HEYNE
BÜCHER

KAREN ROBARDS

MAGISCHE NÄCHTE

Roman

Aus dem Amerikanischen
von Gerda Bean

Deutsche Erstausgabe

WILHELM HEYNE VERLAG
MÜNCHEN

HEYNE ALLGEMEINE REIHE
Nr. 01/9969

Titel der Originalausgabe
NIGHT MAGIC

Umwelthinweis:
Dieses Buch wurde auf
chlor- und säurefreiem Papier gedruckt.

Redaktion: Werner Bauer

Printed in Germany 1996
Umschlagillustration: Pino Daeni / Agentur Thomas Schlück
Umschlaggestaltung: Atelier Ingrid Schütz, München
Gesamtherstellung: Elsnerdruck, Berlin

ISBN 3-453-11466-3

In Liebe gewidmet dem ›echten‹ Paff –
meiner Schwester Lee Ann,
die mich zu diesem Buch inspiriert hat.

Und natürlich auch wie immer
für Doug und Peter

1

Freitag, 2. Oktober, 20 Uhr

Er hatte noch ungefähr eine Minute zu leben.

Jack McClain wurde von einer Panik erfaßt, die stärker war als die Droge, welche seine Körperfunktionen auf ein Minimum reduzieren sollte. Aber das Adrenalin, das dabei ausgestoßen wurde, machte seinen Kopf klarer, so daß er sich seine Chancen, einem Kopfschuß aus nächster Nähe zu entgehen, ausrechnen konnte. Ergebnis: keine guten.

Die Typen, die ihn aus der hellen Kabine des Trawlers in die gischtfeuchte Schwärze an Deck gezerrt hatten, waren die reinsten Gorillas. Selbst im Vollbesitz seiner Kräfte hätte er – unbewaffnet, wie er war – eine ebenso geringe Chance, sie zu überwältigen, wie die Horned Frogs der Christlichen Universität von Texas sie damals gegen die ›Rote Welle‹ von Alabama gehabt hatten, als er noch Football-Star und Quarterback der Frogs gewesen war. Mit anderen Worten: seine Chancen standen so gut wie die eines Schneeballs in der Hölle.

Blieb noch sein Hirn. Auf sein Hirn war er immer sehr stolz gewesen. Wenn die schwabbelige Masse grauer Materie doch bloß wieder normal funktionieren würde …

Der Bug tauchte in die Mulde einer vorbeirollenden Welle und bäumte sich auf. Ihm schwirrte der Kopf. Übelkeit, die in gleichem Maße von der Droge wie von dem schwankenden Boot herrührte, wühlte seinen Magen durcheinander. Er torkelte und fiel beinah auf die Knie, als seine Straßenschuhe auf dem schlüpfrigen Holz den Halt verloren. Als man ihn ruckartig an den Armen zerrte, die sie ihm auf den Rücken gedreht hatten, schrie er auf.

Die Gorillas traten an die Reling. McClain, der heftig gegen die Eisenstange gestoßen wurde, starrte benommen in das finstere, rauhe Gewässer des Atlantiks. Wie viele Meilen waren sie draußen auf See? Vor etwa einer Stunde waren sie unter der Chesapeake Bay Bridge durchgefahren. Bei einer Geschwindigkeit von ungefähr sieben Knoten, hieß das, sie befänden sich jetzt ... Verdammt, sein Hirn schaffte nicht mal diese einfache Rechnung. Er zwang sich zur Konzentration und versuchte es noch einmal.

Das Boot tauchte wieder ein, und sein Magen sackte ab. Mein Gott, er konnte nicht denken. Wenigstens verschluckte der Wind Juropows Gejaule. Mit einer Kneifzange hatten sie dem Russen die Knöchel seiner rechten Hand zerquetscht, einen nach dem anderen. Der Mann hatte geschrien, bis einer ihrer Fänger ihm einen Gewehrkolben ins Gesicht gerammt hatte. Danach hatten sie nur noch Schluchzen gehört, das vom Blubbern des Blutes untermalt wurde, als Juropow durch den Brei zu atmen versuchte, der einmal Nase und Mund gewesen war. Vielleicht ganz gut so, hatte McClain gedacht. Zumindest hinderte es den Russen, die Wahrheit über den Mikrofilm auszuspucken, der in einem Geheimfach von McClains Gürtel steckte. Wenn Rostow auch nur die leiseste Ahnung gehabt hätte, daß ein Mikrofilm existierte, hätte er einen von ihnen so lange gefoltert, bis er das Versteck verriet. Allerdings hätte auch eine simple Körpervisitation genügt, den Film ans Tageslicht zu bringen. Rostow war schließlich ein Profi. Geheime Verstecke waren ihm nicht fremd, und der Gürtel war ein ganz ordinärer Geldgürtel, der bei Raubüberfällen, die er eigentlich vereiteln sollte, meist nicht funktionierte.

Juropows Leben war jetzt, da die Sowjets ihn zurück hatten, keinen Penny mehr wert, und Juropow war sich dessen genauso bewußt wie McClain. Abtrünnige waren beim Zentralkomitee nicht sonderlich beliebt, und Abtrünnige, die zudem noch ehemalige KGB-Offiziere mit Informationen waren, die sie weitergegeben hatten, konnten eines sehr langsamen, qualvollen Todes sicher sein, während der KGB mit Hilfe seiner unzähligen Tricks herausfand, welche Geheimnisse ausgeplaudert worden waren.

Aus dem Augenwinkel sah McClain die weiße Sohle eines Deckschuhs unter der perfekten Bügelfalte eines weißen Segeltuchhosenbeins hinter sich. Oberst Andrej Rostow, KGB. Absolvent des Staatlichen Instituts für internationale Beziehungen in Moskau und ehedem Diplomat bei der russischen Botschaft in Washington. Inoffiziell war er Stellvertreter des Washingtoner Rezident bzw. KGB-Chefs. McClain kannte Rostow seit Jahren; zumindest hatte er seit Jahren von ihm gehört. Sie waren ungefähr gleich alt und mit der gleichen Rasanz in den Rängen des jeweiligen Geheimdienstes aufgestiegen. Aber in den letzten paar Jahren hatte Rostow ihn überflügelt.

Rostow war – ungewöhnlich für einen Sowjetbürger – stets elegant gekleidet und ein verdammt guter Spion. Intelligent, skrupellos, tüchtig. Das war auch McClain einmal gewesen – vor dem gewaltigen Fiasko von Budapest. Jetzt war er nur noch eine versoffene, ausgebrannte Hülle.

Unglaublich, daß er so unvorsichtig sein konnte, auf diese Typen reinzufallen. Daß man ihm das Interview mit Juropow, dem dicksten Fang des Büros, überlassen hatte, war gleichzeitig auf die Bitte Juropows (McClain hatte ihn kennengelernt, als beide zur selben Zeit in Deutschland stationiert waren) und einen persönlichen Vertrauensbeweis Hammersmiths zurückzuführen. Tim Hammersmith mußte als neu ernannter amtierender Chef des im Ausland agierenden Geheimdienstes seinen Kopf hinhalten, aber er hatte sich für McClain stark gemacht, der schon für ihn tätig war, als beide noch erstklassige, weitreichende Einsätze bewältigten. Jetzt war Hammersmith dick und glatzköpfig, und die Flamme, die ihn einst getrieben hatte, war wie die von McClain auf Mittelmäßigkeit heruntergebrannt. Aber er hatte seinen respektlosen Sinn für Humor behalten und nannte sein Team in Anlehnung an den Film *Ghostbusters* die ›Redbusters‹. Besprechungen endeten stets mit der Erkennungsmelodie aus diesem Film, wobei die Ghostbusters durch den Namen Redbusters ersetzt worden waren. Die Sekretärinnen flippten aus und schworen, in den Generalstreik zu treten, wenn sie sich noch ein einziges Mal diesen Song anhören müßten, aber McClain fand die Sache witzig. Es peppte die Konferenzen, die sterbenslangweilig und staubtrocken waren, ein bißchen auf.

»Du kannst mehr Informationen aus ihm rauskriegen als jeder andere, den ich kenne, Jack. Erstens scheint er dir zu vertrauen. Und aus irgendeinem Grund, den ich nicht zu ergründen vermag, tauen die Leute bei dir auf. Muß an deiner häßlichen Visage liegen.« Hammersmith hatte gegrinst, als er McClain von diesem Supereinsatz erzählte, mit dem er – nach erfolgreichem Abschluß – einen Teil seines verlorenen Glanzes zurückgewinnen könnte. McClain wußte, daß Hammersmith, trotz Juropows Ersuchen, hart zu kämpfen hatte, um ihm diesen Auftrag zu verschaffen. Es war symptomatisch für Hammersmiths Weichherzigkeit, daß er tat, was er konnte, um seinen alten Freund und Untergebenen wieder auf Erfolgskurs zu bringen. Ausgebrannte Agenten durften gewöhnlich bei einem netten Schreibtischjob ihr Gnadenbrot essen; auch McClain hatte in den letzten drei Jahren nur Meldungen abgehört. Selten erhielten sie die Chance eines Comeback. Aber McClain wußte, daß er außergewöhnlich effektiv gearbeitet hatte. Das Büro sah ihn ungern in die Mittelmäßigkeit abdriften, es sei denn, es gab wirklich keine Alternative. Und so war sie gekommen – seine Chance, sich an seinen alten Platz zurückzukämpfen.

Hammersmith hatte recht behalten: Juropow war aufgetaut. In den letzten sechs Wochen, in denen McClain ihn bearbeitet hatte, hatte er viele kleine Geheimnisse ausgespuckt. An diesem Abend, über Lengfisch mit Muschelsauce in einem teuren Restaurant der Hauptstadt, hatte er den absoluten Knüller von sich gegeben – ein Geheimnis von solchen Ausmaßen, daß McClain Hammersmith vom Restaurant aus anrief und ihren sofortigen Besuch ankündigte. Ohne zu verraten, was Juropow ausgeplaudert hatte (auch öffentliche Telefone waren nicht abhörsicher), hatte er den Russen in seinen klapprigen Chevy Nova gepackt und war zu Hammersmith nach Gaithersburg gerast. *Die* Story würde Hammersmith nur glauben, wenn sie aus erster Quelle käme.

Nur war es nicht soweit gekommen. Ein Auto, das ohne Licht fuhr, kam hinter ihnen auf der dunklen kurvigen Straße wie aus dem Nichts herangebraust. McClain war die Strecke so vertraut, daß er beim Fahren nur halb bei der Sache war. Die andere Hälfte seines Verstands beschäftigte sich mit der Bombe, die Juropow platzen ließ. Frühere Informationen von Juropow hatten ins Schwarze getroffen, aber es war absolut undenkbar, daß ein sowjetischer Maulwurf großen Kalibers es geschafft haben sollte, sich beim CIA in eine Spitzenposition zu manövrieren.

Der Codename des Maulwurfs war Bigfoot. Wenn das, was dieser Juropow gesagt hatte, stimmte, war die Existenz des Maulwurfs eine Katastrophe ungeheuren Ausmaßes. Seine Identität war Juropow nicht bekannt, obwohl die Informationen, die Bigfoot weitergegeben hatte, in ihrem Umfang, ihrer Genauigkeit und Fähigkeit, den gesamten amerikanischen Spionageapparat zu kompromittieren, mehr als erschreckend waren. Sie mußten von jemandem stammen, der ganz oben an der Spitze saß. Von einem, der zu einem breiten Spektrum an Geheimnissen Zugang hatte. Einem, der es nicht nötig hatte, sich vor der Verbreitung von Verschlußsachen erst einmal ›zu erkundigen‹. Aber noch unheimlicher als die Möglichkeit von Bigfoots Existenz war die Operation, mit der sich der Maulwurf – wie Juropow versicherte – gerade befaßte: nichts Geringeres als die bevorstehende Ermordung des Außenministers.

Laut Juropow hatte Bigfoot Moskau über ein streng geheimes Gipfeltreffen informiert, das in zwei Wochen an einem nicht bekanntgegebenen Ort stattfinden sollte. An diesem Treffen sollten chinesische und amerikanische Staatsmänner teilnehmen. Der Zweck dieses Gesprächs war die Unterzeichnung eines Verteidigungsabkommens zwischen den beiden Supermächten. Die Sowjets betrachteten einen solchen Vertrag als außerordentliche Gefahr, und der Außenminister, Franklin Conrad, war ein Erzkonservativer, der dieses Abkommen vorantrieb. Ohne seine Unterstützung wäre der geschwätzige Präsident nicht damit einverstanden gewesen. Die Lösung war demnach offensichtlich: Beseitigung des Außenministers. Aber Juropow kannte die genauen Einzelheiten der Verschwörung nicht. Nur daß die Ermordung in Moskau auf höchster Ebene genehmigt worden war, der Plan selbst aber von Bigfoot ausgeführt würde.

McClain war in Gedanken alle Möglichkeiten durchgegangen, als der Wagen sie überholte, in die Seite des Nova krachte und das Auto in einen Graben schleuderte. McClain schlug natürlich mit den Fäusten zu, aber einer der Schurken stieß ihm eine Nadel in den Schenkel, und das war's dann gewesen. Jetzt würden er und Juropow sterben, und er schien nicht das geringste dagegen unternehmen zu können. Wieder mal hatte er alles vermasselt. Und gleich würde er für die unglaubliche Sünde sekundenlanger Unaufmerksamkeit mit seinem Leben bezahlen müssen. Aber das Allerschlimmste war, daß er Hammersmith nicht einmal andeutungsweise hatte sagen können, womit Juropow ihn überrascht hatte. Was Juropow ihm verklickert hatte, würde er also mit ins Grab nehmen. Und niemand in Washington würde über die Gefahr informiert sein, in der sich die nationale Sicherheit befand. Bigfoot würde lange leben und gedeihen, der Außenminister würde sterben, und das amerikanisch-chinesische Verteidigungsabkommen wäre wieder einmal nichts weiter als ein sowjetischer Alptraum gewesen.

»*Do swidanija* Mr. Magic Dragon.« Die spöttische Stimme, mit der sein alter Codename und der russische Abschiedsgruß gesagt wurden, war kaum zu hören. Eine Welle klatschte laut gegen den Bug, als das Boot sich von neuem aufbäumte. Rostow stand direkt hinter ihm. McClain konnte Mondlicht auf dem Lauf der Pistole glitzern sehen, die Rostow hob. Jetzt oder nie.

Panik und sein geballter Zorn verliehen ihm übermenschliche Kräfte, und das gewaltige Hieven des Trawlers kam ihm nicht ungelegen. Die Aufmerksamkeit der Gorillas war jetzt auf Rostow gerichtet. Von McClain erwarteten sie keinen Widerstand mehr. Mit einem verzweifelten Ruck riß er sich los und hechtete über die Reling.

»Njet!« jaulte Rostow, als McClain in das schaumige schwarze Wasser tauchte. Ein helles Licht blitzte auf. Es krachte dumpf, und ihm war, als habe ihn ein Baseballschläger hinter dem linken Ohr getroffen. Ihm wurde schwarz vor Augen. Aber der Schock des eisigen Wassers, das über seinem Kopf zusammenschlug, brachte ihn wieder zur Besinnung, als er in den Fluten verschwand.

Er war nicht tot. Es wurde ihm klar, während er tiefer und tiefer in der eiskalten See versank. Seine Augen öffneten sich weit und versuchten vergeblich durch die salzige Schwärze zu blicken, die ihm so träge wie Öl vorkam. Sein Kopf schmerzte gewaltig. Es bohrte und brannte gleich hinter seinem Ohr. Er konnte weder sehen noch hören noch atmen, aber er war nicht tot. Noch nicht. Um zu leben, mußte er sich aus dem Sog herauskämpfen, der ihn kopfüber in die pechschwarze Tiefe des Ozeans riß. Erst einmal brauchte er Luft, dann würde er sich um sein weiteres Überleben kümmern. Er zwang sich, die Stelle hinterm Ohr, an der sich der Schmerz konzentrierte, zu berühren. Seine Finger ertasteten einen flachen Schnitt von sieben bis acht Zentimetern, der sich etwas oberhalb und hinter seinem Ohr schräg nach oben zog. Rostow mußte auf ihn geschossen haben, aber die Kugel hatte sein Fleisch nur gestreift. Nicht schlimmer als die Schnitte, die er sich gelegentlich beim Rasieren zuzog. Glück. Er hatte Glück gehabt.

Mit brennender Lunge versuchte er zu schwimmen. Es war unmöglich. Das Meer hatte ihn in seiner Gewalt und warf ihn hin und her wie ein Kind seinen Ball. In blinder Panik schlug er wild um sich und spürte, daß er noch tiefer sank. Mit ungeheurer Willenskraft versuchte er, sich zu beruhigen und zu schwimmen. Er verlor einen Schuh – eine Erleichterung. Er schleuderte den anderen von sich und fühlte sich sofort lebendiger. Seine Arme und Beine machten schwache Paddelbewegungen, die nicht viel bewirkten, aber sie schienen ihn vor dem Sinken zu bewahren. Er paddelte und hielt die Luft an, bis es nicht mehr ging, und dann hielt er sie noch länger an und betete, die See möge ihn ausspucken, bevor er ertrank.

Plötzlich zog es ihn nach oben, und er tauchte auf. Würgend und nach Luft ringend blickte er sich um. Keine dreißig Meter zu seiner Linken hüpfte der Trawler übers Wasser. An Deck stand Rostow und suchte die Wellen mit der Taschenlampe ab. An beiden Enden des Bootes taten seine Handlanger das gleiche. Klarer Fall, daß sie ihn suchten. Er holte tief Luft und tauchte wieder unter.

Als er gezwungenermaßen wieder an die Oberfläche kommen mußte, war der Trawler weiter weg. Das Boot bewegte sich kaum. McClain blinzelte, um es trotz des brennenden Salzwassers in den Augen beobachten zu können, und sah, daß es einen Bogen machte und sich nun zwischen ihm und der Küste befand. Rostow hoffte natürlich, daß der Schuß ihn getötet oder so sehr verwundet hatte, daß er ertrank, aber er wollte kein Risiko eingehen. Wenn McClain irgendwo zu finden wäre, mußte er ihn finden …

Ein Lichterstrahl wurde in seine Richtung geschwenkt. McClain wußte, daß er in dieser Entfernung nicht mehr entdeckt wurde – er, ein winziger Fleck in einem riesigen schwarzen Ozean voll peitschender Wellen. Doch dann hörte er leises Rufen, und Sekunden später schien der Trawler in seine Richtung zu drehen. Erst da wurde McClain bewußt, daß sein weißes Gesicht sich von dem tintenschwarzen Wasser wie ein Seezeichen abheben mußte. Er schnappte sich eine Lunge voll Luft und wollte untertauchen, aber eine riesige Welle schwappte über ihn hinweg und sandte ihn wieder kopfüber in die Tiefe, wo er hilflos wie eine Stoffpuppe durch das Wasser wirbelte.

In der Dunkelheit um ihn herum konnte er zylindrische Formen ausmachen, die noch schwärzer waren als das Meer. Blinzelnd versuchte er sich einzureden, daß es eine Sinnestäuschung sei. Und während sein Körper noch herumgeschubst wurde, suchten seine Augen die Umgebung ab. Dann kamen die schwarzen Formen näher. McClain geriet in

Panik. Haie! Das Blut, das wahrscheinlich immer noch aus seinem Kopf rann, mußte sie angezogen haben. Seit er den Film *Der weiße Hai* gesehen hatte, gehörte die Vorstellung, von diesen primitiven Freßmaschinen in Stücke gerissen zu werden, zu seinen geheimem Alpträumen. Er wollte wild um sich schlagen, machte sich aber dann klar, daß die Bewegung sie zum sofortigen Angriff animieren würde. Er durfte nicht in Panik geraten. Irgendwo hatte er gelesen, daß ihre Nasen ihre verletzlichsten Stellen waren. Er würde versuchen, ihre Nasen mit den Fäusten zu bearbeiten. Vielleicht konnte er sie so in die Flucht schlagen. Eine jämmerlich schwache Verteidigung, aber etwas Besseres fiel ihm nicht ein. Er strengte sich an, die Formen in der Dunkelheit nicht aus den Augen zu lassen, ballte eine Hand zur Faust und paddelte mit der anderen. Die Angst schmeckte sauer auf seiner Zunge ...

In diesem Augenblick warf ihn der Sog nach oben. Sein Kopf durchbrach die Oberfläche. McClain dachte an nichts anderes, als seine gierige Lunge zu füllen, und holte tief Luft. Die Lichter des Trawlers hüpften in etwa hundert Meter Entfernung auf und ab. Statt in gerader Linie zwischen dem Punkt, an dem sie ihn verloren hatten, und der Küste zu fahren oder aufs Meer hinauszusteuern, wo Juropow einem Schiff übergeben würde, das ihn nach Rußland zurückbrächte, schien sich der Trawler in konzentrischen Kreisen zu bewegen. McClain befand sich exakt nördlich ihres Mittelpunkts.

Rostow mußte ihn beim Auftauchen gesehen haben. Mit charakteristisch systematischer Gründlichkeit kreisten sie ihn ein. Rostow würde erst ruhen, wenn er tot war.

Über ihnen lugte der Mond hinter dunklen Wolkenmassen hervor, und McClain senkte instinktiv das Gesicht auf die Wasserfläche. Er wußte, daß seine Haut das Licht reflektierte und für jeden sichtbar wäre, der zufällig in seine Richtung blickte. Dabei wäre erschossen zu werden einigen anderen Todesarten sogar vorzuziehen.

Eine Welle überrollte ihn. Gleichzeitig spürte er das Gewicht eines glatten, schlanken Körpers, der an seinem Oberschenkel vorbeihuschte.

»O Gott«, entfuhr es ihm, unfähig, seine Bitte genauer zu formulieren, denn schon wieder wurde er in den Bauch des Ozeans gezerrt. Die Haie waren nah. Der Geruch seines Blutes wies ihnen trotz des wirbelnden Sogs den Weg. Daß jener Körper an ihm vorbeigestrichen war, bedeutete zweifellos, daß sie ihn umkreisten – ihn einkreisten, um ihn zu töten ...

Er spürte, wie einer sein Bein streifte, und hätte geschrien, wenn er anderswo gewesen wäre. Verzweifelt drehte er sich um und versuchte, den Angreifer im Blick zu behalten. Fünf oder sechs der schwarzen Kolosse umzingelten ihn jetzt. Er versuchte davonzuschwimmen, wußte jedoch, daß es sinnlos war, daß er diesen Räubern genauso hilflos ausgeliefert war wie vorher Rostow und seinen Schlägern. Jeden Augenblick konnte einer angreifen. Die messerscharfen Zähne würden ihm einen Arm oder ein Bein abreißen.

Gemeinsam rückten sie näher, klemmten ihn wie ein Sandwich zwischen sich, machten aber keine Anstalten, ihn zu verletzen, sondern trugen ihn mit sich davon. McClains Kopf durchbrach die Wasseroberfläche. Gleichzeitig wurde ihm klar, daß ihn keine Haie bedrohten. Es waren Delphine, und die Tiere schienen ihm auf wunderbare Weise helfen zu wollen.

Geschichten von Delphinen, die Ertrinkende an Land trugen, hatte er nie geglaubt. Noch immer zweifelnd packte er eine glänzende Rückenflosse, als ein geschmeidiger, kraftvoller Körper an ihm vorüberschoß, und wurde mitgerissen. Riesige Wellen des salzigen Meerwassers, das ihm in Mund und Nase drang, drohten ihn erneut zu versenken. Würde der Delphin wieder in die Tiefe tauchen? Nein, er glitt an der Oberfläche entlang und entfernte sich mit großer Geschwindigkeit von der Stelle, an der der Trawler auf den Wellen tänzelte und immer größere Kreise zog, wo seine Besatzung herumsprang und ins Meer tauchte. Mit beiden Händen die schlüpfrige Flosse umklammernd, gab sich McClain alle Mühe, bei Bewußtsein zu bleiben und Mund und Nase über

Wasser zu halten. Das Salzwasser brannte wie Petroleum. Er schloß die Augen und vertraute sich Gott an. Und dem Delphin.

Es mochten Stunden vergangen sein. Oder Tage. Oder Jahrhunderte. Was McClain aus seinem tranceartigen Zustand riß, war das Gefühl, daß ihm die Flosse aus den Händen glitt. Eben noch war er in rasendem Tempo durchs Wasser gezogen worden und im nächsten Augenblick zappelte er herum, versank und schluckte den halben Ozean in seinem Bemühen, den Kopf über den Wellen zu halten.

Wie ein Hund paddelnd sah er plötzlich etwas aufblitzen. Der Mond strahlte eine sich wölbende Form an, die schon hundert Meter weiter aus den Fluten sprang. Dann war nur noch eine phosphoreszierende Spur auf der Oberfläche des Meeres zu sehen, die im Mondlicht wie grünes Leuchtfeuer funkelte. Sie verließen ihn, dachte er verzweifelt. Sie ließen ihn im Stich, und er müßte ertrinken, während sie ins Meer hinaus schwammen …

»Halt' durch, Kumpel, gleich haben wir dich!«

Er schlug wild um sich. Etwas traf ihn am Rücken und landete klatschend neben ihm. Er drehte den Kopf und sah den weißen Kringel eines Rettungsrings, der in seiner Nähe im Wasser hopste. Also hatte Rostow ihn doch noch erwischt. Aber es war nicht der Trawler, sondern ein viel kleineres Boot, vielleicht ein Fischerboot. Außerdem hätte ihm Rostow bestimmt keinen Rettungsring zugeworfen. Im Strahl einer Taschenlampe kniff er die Augen zusammen und sah, daß die beiden Männer, die sich über das Boot beugten, Fremde waren. Einer war blond, jung und hatte wie alle jungen Leute Jeans und ein Flanellhemd an. Der andere war älter und grauhaarig. Sowjets waren sie jedenfalls nicht, und Spione erst recht nicht, egal welcher Sorte.

McClain hauchte ein wortloses Dankgebet und kämpfte sich zum Rettungsring. Sie zogen ihn ans Boot heran und dann an Bord. Er verlor die Besinnung.

Als er erwachte, lag er in einem Rettungswagen und wurde auf der Fahrt zum Krankenhaus kräftig durchgeschüttelt.

Die angespannten Gesichter von Sanitätern beugten sich über ihn. Als er die Augen öffnete, befestigte einer gerade einen durchsichtigen Plastikbeutel, halbvoll mit einer Flüssigkeit, an einem Haken über der Trage. McClain sah, daß der Schlauch zu einer Nadel führte, die in seinem Arm verschwand. Sein Kopf fühlte sich an, als würde er gleich explodieren. Er wollte eine Hand heben und sich an den Kopf fassen, stellte aber fest, daß er mit einem Gurt über Armen und Brust ans Bett gefesselt war.

»Was ...« begann er.

»Ruhig liegen bleiben, Mann.« Der Sanitäter war schwarz und hatte dunkelbraune Augen, die ihn über einem weißen Mundschutz anfunkelten. McClain konnte ihn kaum verstehen, weil die Sirene so laut heulte. »Sie haben Glück gehabt, die Kugel hat Sie nur gestreift. Sie sind nur erschöpft, aber das bringt Sie nicht um. Können Sie uns Ihren Namen sagen – den Namen von jemand, den wir anrufen können? Sie wissen schon, die nächsten Angehörigen?«

Eine Antwort lag ihm auf der Zunge. Dann setzte sich durch, was er sich ein Leben lang antrainiert hatte. Niemand im Büro, nicht einmal Hammersmith, wußte von der Existenz seiner Mutter und Schwestern. Es war besser so, und er würde sie auch jetzt nicht in Gefahr bringen. Rostow vermutete höchstwahrscheinlich, daß er nicht tot war, und würde keine Anstrengung scheuen, ihn zu suchen und zu vernichten. Natürlich konnte Rostow auch annehmen, daß er auf dem Meeresboden lag, aber er war ein vorsichtiger Mann. Er würde nichts unversucht lassen, um die Sache zu klären. Und das Fischerboot, das ihn aufgelesen hatte, hatte den Krankenwagen bestimmt per Funk alarmiert. Zweifellos hatte Rostow die Funksprüche abgehört.

»Wo ...« Komisch, er schien nicht sprechen zu können. Seine Zunge fühlte sich an, als ob sie auf ihre dreifache Größe angeschwollen wäre. Der Sanitäter runzelte die Stirn. McClain sah, daß sich die Falten zwischen seinen Augenbrauen vertieften.

»Ruhig liegen bleiben, Mann«, wiederholte er ungeduldig. McClain mußte sich fügen, und der Mann klebte ihm ein Gazepflaster hinters Ohr. Mit Erleichterung stellte er fest, daß sein Verstand noch funktionierte. Langsam und schmerzhaft zwar, aber er funktionierte. Und was sein Verstand ihm verklickerte, war, daß Rostow ihm auch jetzt noch hart auf den Fersen war.

McClain war klar, daß er überleben *mußte,* daß er Bescheid sagen *mußte.* Es ging um die nationale Sicherheit – und seinen eigenen Stolz –, gleichzeitig aber auch um eine Chance, die Patzer, die er sich geleistete hatte, wiedergutzumachen. Und es ging um sein Leben, das ihm, wie er mit Überraschung feststellte, doch eine ganze Menge bedeutete. Aber McClain wußte auch, daß Rostow, um ihn zu schnappen, sogar das eigene Leben aufs Spiel setzen würde. Rostow war mehr Maschine als Mensch. Nichts konnte ihn davon abhalten, einen Job zu erledigen.

Der Rettungswagen kam kreischend zum Stehen. Sofort riß jemand von außen die Türen auf, und McClain wurde in seinem fahrbaren Bett ausgeladen. An der Ziegelmauer konnte er gerade noch erkennen, daß er ins Marine-Hospital von Bethesda eingeliefert wurde. Bevor er im Haus verschwand, stoppte ein unauffälliger brauner Volvo quietschend hinter dem Krankenwagen. McClain reckte den Hals und sah, daß zwei Männer ausstiegen. Männer in schlecht sitzenden Anzügen und klobigen Mänteln, die hinter ihm herstarrten, als er durch den hell erleuchteten Eingang geschoben wurde.

In der Notaufnahme waren nur wenige Leute. Eine Mutter mit ihrem Kind auf dem Schoß, das in einem flaumigen Schlafanzug steckte, ein altes Ehepaar und ein Mann, der seinen Arm umklammerte. McClain wurde durch eine Schwingtür gerollt. Ärzte in weißen Kitteln und Schwestern in weißen Uniformen wuselten um ihn herum, während er in den Behandlungsbereich geschoben wurde.

»Scheiße!« McClain freute sich, daß seine Zunge wieder funktionierte. Bis auf einen Arzt und eine Krankenschwester verließ ihn seine Gefolgschaft, sobald man ihn in eine Nische geschoben hatte, die durch einen Vorhang vom Rest des Raumes abgeteilt war. Was die Sache vereinfachte, dachte er. Er war lange genug ›dabei‹, um KGB-Leute auf Anhieb zu erkennen, und sein immer noch träges Hirn hatte endlich begriffen, was ihn an den beiden Männern im Volvo gestört hatte: es waren KGB-Veteranen. Wie vermutet, hatte Rostow den Funkverkehr überwacht, um herauszufinden, ob er aus dem Wasser gefischt worden war. Wenn er also nicht schleunigst das Weite suchte, war er ein toter Mann.

Die Krankenschwester löste die Gurte, die ihn an die Trage gefesselt hatten.

»Danke«, sagte McClain höflich, setzte sich auf und riß sich die Kanüle aus dem Arm.

»Nicht!« Die Schwester versuchte, ihn runterzudrücken, aber er schob sie beiseite. »Doktor!«

Für Höflichkeiten war jetzt nicht die Zeit. Als der junge Arzt der Schwester zu Hilfe kam, versetzte ihm McClain einen Kinnhaken. Unter normalen Umständen wäre der Mann wie ein Stein zu Boden gegangen. Doch der Bursche taumelte nur zurück, verlor dann den Halt und fiel.

»Hilfe!«

Die erschrockene Schwester rief nach Verstärkung und langte nach dem Alarmknopf neben dem Bett. McClain torkelte auf die Füße, stakste durch den Behandlungsraum und bahnte sich seinen Weg durch das Krankenhauspersonal, das der Schwester zu Hilfe eilte. Die Schwester lief kreischend aus der Nische und zeigte mit dem Finger auf ihn. Er rannte aus der Tür, die von der Notaufnahme in das eigentliche Krankenhaus führte. Gleich links stand ein Aufzug mit geöffneten Türen, in dem sich glücklicherweise niemand befand. Er betrat ihn, sackte gegen die Wand und drückte die Taste für das oberste Stockwerk. Die Türen schlossen sich gerade, als zwei weißbekittelte Ärzte, die Krankenschwester, der er davongelaufen war, und die KGB-Männer in den Korridor stürzten.

Der Fahrstuhl raste mit einer solchen Geschwindigkeit in die Höhe, daß sich ihm der Magen drehte. Auf halber Strecke drückte er auf die Not-Taste. Wenn er Glück hatte, stellten sich die Trottel vom KGB vor, daß er sie sich – verletzt und in Panik geraten – vom Leben zu halten versuchte, indem er sich im Aufzug verschanzte. Während sie darauf warteten, daß sich der Aufzug wieder in Bewegung setzte, blieb ihm genügend Zeit zur Flucht. Erfahrungsgemäß wurden die Typen nicht nach ihrem Intelligenzquotienten ausgewählt, und wenn er Glück hatte, käme es ihnen nicht in den Sinn, daß er sich aus einem steckengebliebenen Fahrstuhl davonmachen könnte.

Wenn er doch nur nicht so schwach wäre, dachte McClain, als er einmal, zweimal, dreimal in die Höhe springen mußte, bis er die Falltür in der Decke zu fassen bekam. Wimmernd und japsend gelang es ihm schließlich, sich hoch und durch die Tür zu ziehen, wobei er die Metalltür aus dem Rahmen riß. Er konnte sie gerade noch packen, bevor sie über den Rand des Daches schlitterte. Wäre sie weggerutscht, wäre sie vier Stockwerke tiefer krachend auf dem Betonboden gelandet, und jeder aufmerksame Zuhörer hätte geahnt, was er im Schilde führte.

Zum Glück war es ein doppelter Schacht. Jetzt brauchte er nur noch um die nötige Kraft zu beten. Er versuchte, nicht an das vier Stockwerke tiefe Loch unter sich zu denken, zog die dicken, klatschnassen Socken aus und wickelte sie sich um die Hände. Dann holte er tief Luft und sprang vom Dach der Kabine auf die Betonwand zu. Er fiel wie ein Stein, schaffte es aber, im Flug das Stahlkabel des zweiten Aufzugs zu packen. Der Schmerz in seinen Händen war trotz der Sockenpolster ungeheuerlich, aber er hielt das Kabel fest umklammert, wand seinen Körper um das Kabel und versuchte mit seinen jeansbekleideten Beinen den Abrutsch zu bremsen, bevor sich seine Hände bis auf die Knochen zerschlissen. Seine Strategie funktionierte, und die Schußfahrt in die Tiefe wurde abrupt gestoppt.

Vor Schmerzen in Händen und Kopf schnappte er nach Luft, betete, er möge wegen des Blutverlusts nicht die Besinnung verlieren, und klammerte sich mit einer Hand und dem Rest seines Körpers an das Kabel, während er mit der anderen Hand seinen Gürtel lockerte. Er befestigte den kräftigen Lederriemen gleichzeitig um das Kabel und seine Taille, packte wieder das Kabel und streckte die Beine, bis sich seine nackten Füße an der rauhen Betonmauer abstützten. Er würde sich hinunterhangeln. Dabei bemühte er sich, das schreckliche Brennen hinter dem Ohr zu ignorieren, umklammerte das Stahlkabel mit verzweifelter Kraft und ließ sich, durch jahrelanges Fitneßtraining geübt, den Schacht hinunter. Er durfte nur nicht die Besinnung verlieren. Und wehe, der Aufzug, der zu diesem Kabel gehörte, sauste herab, bevor er aus dem Schacht käme ...

Geschafft. Er öffnete den Notausgang und taumelte in das verlassene Untergeschoß. Seine nassen Jeans hinterließen auf dem Fliesenboden eine Tropfenspur, und er konnte nur hoffen, daß sie trocknete, bevor jemand sie bemerkte und mit ihm in Verbindung brachte. Mit wenigen Schritten war er an einer unverschlossenen Tür, die zu einer Außentreppe führte. Er lief die Stufen hinauf und landete auf dem Bürgersteig vor dem Parkplatz des Krankenhauses.

Dort riß er sich die nassen, zerrissenen Socken von den Händen und schleuderte sie hinter einen Busch. Rasch begutachtete er im blendenden Licht der Parkplatzbeleuchtung seine Hände. Blut tropfte langsam aus den beiden messerrückendünnen Schnitten in den Handflächen. Geringfügiger Schaden, war seine Einschätzung. Nicht lebensbedrohlich. Er würde also am Leben bleiben. Definitiv. Er umklammerte seine nackte Brust (der Sanitäter hatte ihm offenbar das Hemd ausgezogen), stand zitternd in der kalten Nachtluft und überlegte sich die nächsten Schritte.

Er fühlte sich erstaunlich wohl. Ein Adrenalinstoß vermutlich, ausgelöst von dem Bewußtsein, sich aus Todesgefahr befreit zu haben. McClain ertappte sich dabei, daß er durch die Zähne pfiff, und grinste, als er die *Ghostbuster*-Melodie erkannte. Hammersmith und seine lächerlichen Kassetten.

Er ging schnell auf den Parkplatz zu und überflog den Bestand. Wie die meisten Parkplätze vor einem Krankenhaus, war auch dieser halbvoll mit führerlosen Fahrzeugen. Ein Kinderspiel, dachte er, nicht schwieriger als einem Baby ein Bonbon wegzuschnappen, und suchte sich aus Jux eine bonbonrote Corvette aus. Nach diesem fürchterlichen Tag hatte er ein bißchen Spaß verdient.

2

Samstag, 3. Oktober, 0 Uhr 45

Clara Winston gähnte. Es war spät, ihre normale Schlafenszeit – elf Uhr – längst vorbei, und sie war todmüde. Um ihrem neuesten Buch den allerletzten Schliff zu geben, war sie lange aufgeblieben. *Der Kuß eines Sommers* war ihr nicht schlecht gelungen. Leicht, spritzig, romantisch, glaubhafte Figuren. Ohne unbescheiden sein zu wollen, fand sie das Buch wirklich sehr gut. Während sie die letzte Seite ihres neunten Romans überflog, spürte sie den undefinierbaren Kitzel, der sich beim Abschluß eines Buches unweigerlich einstellte, denn nun lagen einige Monate süßen Nichtstuns vor ihr ...

Sie legte die Druckfahnen beiseite, knipste das Licht aus und ging die Treppe hinunter. Paff, das riesige graue Fellknäuel, das sie mit eiserner Pfote beherrschte, begrüßte sie am Fuß der Treppe. Maunzend schlängelte er sich um ihre Knöchel, als sie den Korridor entlang zum Badezimmer des kleinen, zweistöckigen Kutscherhauses ging, das sie vier Jahre zuvor für sich umgebaut hatte. Zwar hatte Clara eine besonders liebevolle Mutter, doch brauchte sie auch ein Eigenleben, und es war ganz unmöglich, ihre Mutter aus dem großen Haus, das seit Generationen der Familie Jolly gehörte, auszuquartieren. Aber das wäre ihr sowieso nie eingefallen. Emily Jolly Winston Crawleigh Hays Seidel *war* Jollymead. Ihre Mutter, eine waschechte Südstaatlerin, die im

Alter von zweiundfünfzig Jahren bereits vier Ehemänner verbraucht hatte und drauf und dran war, sich in die fünfte Ehe zu stürzen, war die letzte einer aussterbenden Rasse. Clara liebte sie sehr, aber sie konnte nicht im selben Haus mit ihr leben. Jedenfalls nicht, wenn sie ihren Verstand behalten wollte. Und zum Schreiben brauchte sie Ruhe, wie sie ihrer Mutter vor vier Jahren erklärt hatte, was Emily jedoch nicht überzeugte. Ihrer Ansicht nach hatte es Clara nicht nötig zu arbeiten. Vielmehr sollte sie ihre Energien darauf verwenden, einen passenden Ehemann zu finden. Aber Clara hatte ihren Kopf durchgesetzt. Das Kutscherhaus gehörte ihr. Im Vergleich zur leicht verblichenen Pracht des Haupthauses mit seinen herrlichen Säulen war es winzig und unbedeutend, sogar ein bißchen schäbig, aber Clara liebte es trotzdem. Sie hatte das ganze obere Stockwerk in ein Arbeitszimmer verwandelt. Die zwei Seiten ihres Lebens voneinander zu trennen, schien eine gute Idee zu sein. Unten wohnte, schlief und aß sie. Oben wurde gearbeitet.

»Du hast doch eben schon eine ganze Dose Fisch verspeist!« schimpfte Clara an der Tür zum Badezimmer. Aber das gierige Monster schmiegte sich maunzend an sie. Clara seufzte. »Schau dir Amy und Iris an! Die betteln nicht um einen Nachschlag!«

Die beiden Siamkatzen, eine cremefarben, eine grau, waren ein Geschenk ihrer Tante zum neunundzwanzigsten Geburtstag gewesen und saßen jetzt Seite an Seite auf dem geflochtenen Teppich in der Küche und putzten sich. Paff würdigte die grazilen Wesen keines Blickes. Statt dessen senkte er seine nadelspitzen Zähne in Claras rosa Frotteepantoffel, als ob er sie dafür bestrafen wollte, daß sie seine stattliche Perser-Gestalt mit der orientalischen Schlankheit der anderen verglichen hatte.

»Autsch! Hör auf, Paff!« Clara schob ihn mit dem Bein zur Seite, marschierte ins Bad und verschloß die Tür. Da sie allein lebte, mochte einem das Verschließen der Badezimmertür unnötig erscheinen, aber wenn sie auch nur einen Augenblick lang Frieden wollte, blieb ihr keine andere Wahl.

Der verflixte Kater konnte jede Tür öffnen, die nicht verschlossen war. Jeder Schrank mußte mit einer Kindersicherung versehen werden. Sie mußte sogar ein Lineal zwischen die beiden Griffe des Kühlschranks schieben, als sie herausfand, daß er ihn öffnen konnte. Ihr war aufgefallen, daß er nicht mehr jedes Mal, wenn ihn nach seiner täglichen – gigantischen – Mahlzeit immer noch Hungergefühle plagten, weiter herumjaulte. Er hatte einfach den Kühlschrank geöffnet und sich selbst bedient, einmal sogar eine Milchflasche umgestoßen, damit er, Iris und Amy zu trinken hatten.

Der Kater war wirklich eine Katastrophe, dachte Clara und band sich ein Tuch um den Kopf, um die schulterlangen, feinen blonden Haare aus dem Gesicht zu halten. Sie massierte eine dicke, weiße Reinigungscreme in die Haut und zog eine Grimasse. Paff hatte sie jetzt zehn Jahre und liebte ihn trotz seiner vielen Fehler abgöttisch. Aber seit der Tierarzt ihr empfohlen hatte, ihn auf Diät zu setzen ... Clara spülte die Creme mit warmen Wasser ab und spritzte sich zum Schließen der Poren kaltes ins Gesicht. Der Tierarzt hätte mal versuchen sollen, Paff auf Diät zu setzen. Bleiben Sie hart, äffte sie seine Anweisungen nach. Der Mann hatte ja keine Ahnung, was Paff alles anstellte, um zu einer anständigen Mahlzeit zu kommen.

»Miau!«

Clara seufzte. Jetzt würde er so lange heulen, bis sie wieder rauskam. Das Rattern der Tür, als er versuchte, sie mit der Pfote aufzustemmen, ließ sich ignorieren, aber das Gejaule war nicht zum Aushalten. Diese jammervollen, kehligen Laute waren wie Fingernägel, die über eine Schiefertafel kratzten. Einfach ignorieren! Sie schaute ihrem Spiegelbild fest in die Augen und trug Feuchtigkeitscreme auf die weiche weiße Haut von Gesicht und Hals auf. Ihr Teint war das einzige an ihr, was sie für schön hielt, und sie pflegte ihn sorgfältig. Eine gute Haut machte eine Menge Schönheitsfehler wett, dachte sie und besah sich resigniert die etwas zu lange Nase, die nicht richtig zusammenpassenden Lippen und das spitze Kinn. Raffiniert aufgetragene Schminke tarnte den Rest. Ihre langweiligen, blauen Augen funkelten, wenn sie sie mit mandarinenfarbenem Lidschatten, graubraunem Lidstrich und dunkelbrauner Mascara umrahmte. Und ihre strubbeligen Augenbrauen bekamen Schwung, sobald sie mit einem blaugrauen Stift geschickt nachgezogen wurden. Wenn sie Zeit und Lust dazu hatte, gelang es ihr durchaus, sich in eine sehr attraktive Frau zu verwandeln. Aber wenn sie nur so herumhing …

»Jaul!«

Clara verzog das Gesicht und wandte sich von ihrem Spiegelbild ab. Gleich würde sie den Verstand verlieren.

»Schon gut, Paff!« Zähneknirschend zog sie den Gürtel des rosa Frotteemantels enger, öffnete die Tür und stapfte in die Küche. Paff, diese elende Kreatur, schnurrte wie ein Motor und folgte ihr gelassen. Wieder mal bekam er seinen Willen, und Clara schüttelte den Kopf über sich selber. Gut, daß sie keine Kinder hatte, dachte sie, als sie die Milch aus dem Kühlschrank nahm und ein bißchen davon in Paffs Schüssel goß. Sie wurde ja nicht einmal mit einem viel zu fetten Kater fertig!

Mit voll aufgedrehtem Motor ließ sich Paff vor seinem Napf nieder und attackierte die Milch mit gierigem Schlabbern. Amy und Iris lagen bereits zusammengerollt auf dem Teppich und schliefen fest. Warum konnte sich Paff nicht so wohlerzogen benehmen?

Es klopfte laut. Erschrocken drehte sich Clara um. Wer, um alles in der Welt, klopfte um diese Zeit und so weit draußen auf dem Land noch an ihre Tür? Ihre Mutter war seit zwei Tagen mit ihrer neuesten Eroberung auf Kreuzfahrt in der Karibik. Mrs. Mullins, die Frau, die sich um den Haushalt ihrer Mutter kümmerte, war auch nicht da. Jollymead, die Tabakfarm aus der Zeit vor dem amerikanischen Bürgerkrieg, lag an einer schmalen Straße, die sich durch die Weiden Virginias schlängelte und eigentlich nirgendwo hinführte. Zwischen Jollymead und den nächsten Nachbarn lag ein knapper Kilometer. Wer könnte also –

Es klopfte wieder, noch lauter und ziemlich ungeduldig.

Amy und Iris setzten sich auf und starrten auf die Tür. Sogar Paff blickte kurz auf, bevor er sich wieder seiner Milch zuwandte.

Clara ging zur Tür, zögerte und zog den blaukarierten Vorhang zur Seite. Ein Männergesicht starrte sie an. Ein fremder Mann mit kurzen blonden Haaren, der ausdruckslos durchs Glas blickte. Ein Mann im Trenchcoat, der etwas in der Hand hielt.

»Miss Winston? Claire Winston?«

Die Worte kamen gedämpft von draußen, aber Clara hatte ihr Pseudonym sehr wohl verstanden. Als Claire Winston war sie eine ziemlich bekannte Autorin von Liebesromanen, und da auf den Bucheinbänden ihre Adresse stand, hatte sie außer Fanpost auch schon einige Überraschungsbesuche bekommen. Aber dieser Mann sah beim besten Willen nicht wie ein Fan von Liebesromanen aus. Plötzlich bekam sie es mit der Angst, ließ den Vorhang fallen und ging schnell zum Telefon in der Küche. Sie störte Mitch ungern so spät in der Nacht, aber der Sheriff mußte her!

Glas splitterte. Scherben flogen durch die Küche und landeten scheppernd auf dem liebevoll restaurierten Ziegelboden. Eine schwarzbehandschuhte Hand wurde durch die obere Türhälfte gestoßen und langte nach dem Knauf darunter. Entsetzt schnappte Clara nach Luft – zum Schreien fehlte ihr der Atem –, ließ das Telefon fallen und rannte in Richtung Schlafzimmer, das mit einer stabilen, verriegelbaren Tür, einem zweiten Telefon und einem Gasspray ausgerüstet war. Die Katzen flitzten davon. Krachend flog die Tür auf. Claras Herz klopfte so wild, daß sie jeden einzelnen Schlag spürte. Sie würde es schaffen, sie würde es schaffen, sie würde –

Sie stolperte über irgendwas und fiel vor der Schlafzimmertür auf die Knie. Als sie, die Fingernägel in den dicken malvenfarbigen Veloursteppich grabend, verzweifelt weiterkroch, verriet ein beleidigtes Miauen, was das Etwas gewesen war. Zum Teufel mit dir, Paff! fluchte sie im stillen und wurde im selben Augenblick von einer Hand, die sie schmerzhaft im Nacken packte, auf die Füße gezerrt.

Sie schrie laut auf, doch ein heftiger Schlag ins Gesicht, der ihren Kopf nach hinten riß, brachte sie sofort zum Schweigen. Ihre Knie gaben nach. Stumm, gelähmt, entsetzt, den Blutgeschmack auf der Zunge infolge einer aufgeplatzten Lippe kaum wahrnehmend, wurde sie von einem eisig schweigenden Monster in der Gestalt eines Mannes, der ihr den Arm brutal auf den Rücken drehte, ins Schlafzimmer geschleift. Schmerzen durchbohrten ihren Körper wie heiße Schwerter, aber schlimmer als die körperliche Qual war die seelische. Wer war das? Was wollte er von ihr? O Gott, wollte er sie etwa vergewaltigen? Töten? Was könnte sie tun?

Sie überlegte, ob sie ihn treten sollte, nach hinten ausschlagen. Ob sie in ihrer gebückten Haltung überhaupt so weit ausholen konnte? Und wenn ihr Fuß auch sein Bein erreichte, würde nicht viel passieren. An ihren Füßen steckten weiche Frotteepantoffeln. Er packte noch fester zu und stieß sie neben dem Bett brutal auf die Knie. Tränen traten ihr in die Augen und verstopften ihr den Hals. Alles tat so weh ...

»Durchsucht das Haus! Überall!« schnauzte er über die Schulter jemanden an. Er hatte einen leichten Akzent, den sie in ihrer Qual aber nicht identifizieren konnte. Das Krachen umgekippter Möbel verriet ihr, daß seine Kameraden das Haus auf den Kopf stellten.

»Sagen Sie mir, wo er ist, und ich laß' Sie in Ruhe.« Ihr Peiniger beugte sich über sie. Er hielt sie wie in einen Schraubstock geklemmt. Ein entsetzlicher Schmerz zuckte durch ihren Arm. Dann lockerte er seinen Griff, und sie atmete erleichtert auf.

»Wer – wer?« Es kam quietschend, aber Clara wunderte sich, daß sie überhaupt noch etwas rausbrachte. Ihr Arm wurde so heftig gedreht, daß sie aufschrie.

»Der Zauberdrache – Magic Dragon. Wo ist er?«

»Der Zauberdrache?« War der Mann verrückt? Wie konnte das nur passieren? Es war wie der schlimmste Alptraum. Halb schluchzend ließ sie ihren Kopf auf den weichen Bodenbelag sinken. Er würde sie umbringen. Bestimmt. Mit welcher Kaltschnäuzigkeit er ihr Schmerzen bereitete! Sie würde sterben – und sie würde nicht einmal wissen, warum, oder wer der Killer war. Clara traute sich nicht, dem Mann ins Gesicht zu sehen.

»Ja, der Zauberdrache!« Er drehte wieder heftig an ihrem Arm und lockerte seinen Griff erst, als sie schrie. »Spielen Sie keine Spielchen mit mir! Wo ist er?«

»Der Zauberdrache?« Clara dachte verzweifelt nach, hatte aber nicht die leiseste Ahnung, wovon er sprach. »Äh – welcher Zauberdrache denn?«

Clara schrie auf, als er mit ungeheurer Grausamkeit an ihrem Arm zerrte. Wenn sie nichts sagte, würde er ihn brechen. Aber was sollte sie sagen? Die Schmerzen waren so unerträglich, daß sie nicht mehr klar denken konnte.

»Der Zauberdrache! Der Zauberdrache! *Dieser* Zauberdrache!« Er zog etwas aus der Tasche und hielt es ihr vor die Augen. Clara sah, daß es ein Exemplar ihres letzten Buches war – *Der Zauberdrache*. Ihr Held war ein Geheimagent gewesen, der diesen Songtitel als Codename benutzt hatte. Aber was hatte ihr Buch mit der Sache zu tun?

»Es tut mir leid, aber ich verstehe nicht, was Sie wollen.« Sie versuchte klar und vernünftig zu reden und hoffte, daß sie diesen Wahnsinnigen mit ihrer Vernunft ansteckte.

»Ich will wissen, wo der Zauberdrache ist!« sagte er mit einer Stimme, die entsetzlicher klang als jedes Gebrüll. »*Dieser* Zauberdrache!« Er schlug das Buch auf und hielt ihr die Titelseite unter die Nase, so daß sie die Widmung lesen konnte. »Mit den besten Wünschen für den echten Zauberdrachen, der mich zu diesem Buch – und mich – angeregt hat« hatte sie geschrieben.

»Dieser Zauberdrache!« stieß er hervor. »Wo ist er? Sagen Sie es mir *jetzt sofort*!«

»Äh – unterm Bett«, wisperte Clara und schloß die Augen. Wenn er sie umbrachte, wollte sie nicht zusehen.

»Unter dem ...« Seine Stimme verlor sich. Sein Griff um ihren Arm wurde fester, und sie raffte alle Kräfte zusammen, als er ihn langsam und genußvoll drehte. Rasende Schmerzen durchzuckten ihren Körper von den Schulterblättern bis zu ihrer Mitte und wieder hinauf. Clara wimmerte. Sie war völlig fertig. »Ich will die Wahrheit, und zwar auf der Stelle! Wo ist der Zauberdrache?«

»Er ist unterm Bett. Ich schwöre es«, flüsterte Clara. Ihr wurde schlecht. Sein Griff wurde wieder fester. Dann ließ er sie los. Er stieß sie so heftig von sich, daß sie auf den Teppich fiel. Sie versuchte, sich mit Händen und Knien abzustützen, aber ihr Arm schmerzte und konnte ihr Gewicht nicht tragen, und Clara preßte ihn an ihren Körper, während sie sich mühsam drehte, um den Täter anzusehen. Auch er lag jetzt auf den Knien und hielt eine häßliche schwarze Pistole in der Hand. Ihr Herz fing wieder an zu rasen, und unter diesem Trommelwirbel war sie für andere Dinge fast taub.

»Eine Bewegung, und ich leg' Sie um«, stieß er zwischen den Zähnen hervor. Sie blickte in eisblaue Augen, die aus einem Gesicht starrten, das ohne vorgehaltener Pistole und einer Drohung, die offensichtlich ernst gemeint war, nicht schlecht ausgesehen hätte. Clara war sich außerdem sicher, daß dieser Wahnsinnige sie töten würde, ob er nun fand, was er suchte, oder nicht. Ihr Schicksal war ihm deutlich von den Augen abzulesen.

Irgendwie gelang es ihr den Kopf zu schütteln. Aber schon verlagerte sich seine Aufmerksamkeit. Sie mußte etwas unternehmen, dachte sie, als er die gepunktete Batistrüsche hob und unters Bett schaute. Clara beobachtete ihn, traute sich aber nicht, sich zu rühren. Sie mußte unbedingt etwas tun, aber was? Was konnte sie gegen diesen großen, gemeinen Irren mit seiner Pistole unternehmen?

»Da ist niemand!« schrie er wütend. Clara schluckte. In der obersten Schublade war die Sprühdose …

»Er – er war da. Er hat sich dort versteckt. Ich hab ihn gesehen. Ich – er muß da unten sein.«

Der Mann hob die Rüsche wieder hoch. Eine dicke graue Pfote schoß hervor und schlug nach dem Stoff. Paff schlug nach allem, was sich bewegte.

»Sehen Sie – er ist da!« Ihre Stimme klang erleichtert.

»Da ist nur eine Katze!«

»Das ist Paff.«

»Es interessiert mich nicht, wie das Vieh heißt! Genug mit dem Unsinn! Sie sagen mir jetzt auf der Stelle, wo der Zauberdrache ist, oder ich werde Sie auf eine Weise zum Reden bringen, die Ihnen nicht gefallen wird, das kann ich Ihnen versichern.« Er stand auf und kniff die Augen zu eisblauen Schlitzen zusammen.

Clara glaubte ihm aufs Wort. Sie kauerte am Boden und sah ihn mit wachsendem Entsetzen auf sich zukommen.

»Aber – aber Paff *ist* Zauberdrache! Sie kennen doch sicher das Lied – ›Paff, der Zauberdrache, lebt an der See‹«, plapperte sie und sang zur Untermalung auch gleich ein paar Noten. »Ich hab ihn nach dem Drachen in diesem Lied genannt, und die Figur in meinem Roman hab ich nach Paff benannt. Weil sein Name mich auf die Idee brachte …« Ihre Stimme verstummte, und Clara sank gegen den Nachttisch. Gleich war er bei ihr. Er würde ihr weh tun. Sollte sie nach der Sprühdose greifen? Selbst wenn sie sie zu fassen bekäme – würde sie es wagen, sie gegen diesen Mann einzusetzen? Sie erinnerte sich, irgendwo gelesen zu haben, daß das Gas bei Verrückten nicht immer funktionierte. Und dieser Kerl schien ja wirklich total durchgeknallt zu sein.

»Ich will den Zauberdrachen!« Es war nur ein Zischen. Clara krümmte sich, als er auf sie zutrat. Sie bog sich so weit nach hinten, bis sie das Gefühl hatte, ihr Rückgrat verschmelze mit der Blumentapete an der Wand. Ihre Hand schoß zum Nachttisch und umklammerte das Bild ihrer Mutter – im gepolsterten Stoffrahmen! Es war das einzige, was sie zu fassen bekam … Aber bevor sie es werfen oder damit auf ihn einschlagen konnte, stolperte er und fiel polternd zu Boden. Als sein Kopf krachend gegen den Nachttisch schlug, fluchte er in einer fremden Sprache. Schrilles Miauen und blitzartig durchs Zimmer schießendes graues Fell sagten ihr, wer ihr zu Hilfe gekommen war. Und Clara wartete nicht ab, bis ihr Angreifer sich erholte, sondern packte ihre Chance, ihre einzige Chance, beim Schopf. Sie sprang auf die Füße, hob den Saum ihres Bademantels, sprang mit der Behendigkeit eines Footballspielers über den Rücken des Mannes und rannte ohne ihre rosa Pantoffel durch den Flur. Die Küchentür stand sperrangelweit offen.

»Haltet sie auf!« brüllte der Mann, und seine beiden Helfershelfer kamen aus zwei Zimmern gelaufen. Mit ungeahnter Schnelligkeit raste sie an ihnen vorbei, sprang über das Glas auf dem Boden und aus der Tür, die russische Flüche brüllenden Verfolger dicht auf den Fersen. (Das »njet, njet«, das einer dem anderen zuschrie, war unmißverständlich.) Kalter Herbstregen prasselte auf ihren Kopf, aber sie spürte es nicht, und das Grollen des Donners hörte sie nicht. Sie lief um ihr Leben, sprintete über den Rasen in das Tabakfeld über der Straße und sprang durch die Pflanzen, die glücklicherweise noch nicht geschnitten waren und sie deshalb überragten. Es würde den Männern schwerfallen, sie nachts in diesem Feld zu finden. Sie konnte sie hinter sich herumdreschen hören, und sie war froh über das Geräusch. Wenigstens wußte sie, wo sie waren, und der Krach, den sie machten, erstickte ihre eigenen Schritte …

Plötzlich tauchte eine große, dunkle Gestalt vor ihr auf. Sie hielt eine Pistole in der Hand. Clara riß den Mund auf. Das war ihr Ende! Der Mann sprang auf sie zu, wirbelte sie herum und schlug sie mit der Hand auf den Mund, um ihren Schrei im Keim zu ersticken. Er zog sie heftig an sich und warf sie auf die Erde. Es verschlug ihr den Atem, als sie mit ihm zu Boden fiel, er mit seinem ganzen Gewicht auf ihr landete und ihr Gesicht in die steinige Erde zwischen den Tabakreihen drückte. Tränen liefen ihr aus den Augen und vermischten sich mit dem Regen auf ihrem Gesicht. An ihrer Schläfe spürte sie den harten Lauf der Pistole.

3

McClain spürte den weichen Körper der Frau unter sich und fluchte leise. Er haßte es, Frauen weh zu tun – eine Schwäche, die er seiner weiblichen Verwandtschaft zu verdanken hatte. Aber diese Frau hier hatte nichts Gutes im Sinn, da sie mit Rostow unter einer Decke steckte. Als er eine halbe Stunde nach seiner Flucht aus dem Krankenhaus mit dem Corvette vor seinem Wohnhaus vorfuhr, mußte er feststellen, daß ihm Rostow und seine Handlanger zuvorgekommen waren und sein Apartment bereits systematisch durchkämmten. Dabei hatte er nur einmal kurz angehalten, um einem Zeitungsverkäufer auf der Straße die Samstagsausgabe abzukaufen und ihm für sein Sweatshirt und seine Turnschuhe einen Zwanziger anzubieten. Der Mann war auf den Handel eingegangen. Das Sweatshirt war nicht gerade brandneu, und deshalb roch er jetzt etwas streng, aber seine Blöße war bedeckt, und bewaffnet war er auch. Rostow war er dann heimlich bis zu dieser einsamen Farm gefolgt.

Gleichzeitig Maschine und Mensch zu sein war insofern ein Nachteil, als alle Schritte vorhersehbar waren. Er hatte Rostow zwar in seiner Wohnung erwartet, aber nicht so schnell. Also beschloß er, in die Offensive zu gehen und Rostow zu beseitigen, bevor dieser ihn beseitigte.

Er dankte Gott, daß er und Gloria sich am Morgen gestritten hatten und sie zum x-ten Mal in diesem Monat in die Arme ihrer Mutter geeilt war. Sein erster Gedanke auf der Flucht vom Parkplatz des Krankenhauses war Hammersmith gewesen, mit dem er sich in Verbindung setzen mußte, aber sein Instinkt hatte ihn gebremst. Schließlich hatte sein letztes Telefonat ziemlich unangenehme Folgen gehabt. Das Gespräch war vom KGB abgehört worden. Die Möglichkeit, daß Hammersmith mit den Sowjets gemeinsame Sache machte, war gering, aber nicht völlig auszuschließen. Schon ganz andere Top-Agenten hatten sich umschwenken lassen. Vorsichtshalber wollte er sich lieber irren, als sein Leben aufs Spiel zu setzen, und die Sache vorerst im Alleingang erledigen. Möglicherweise ließ sich Rostow sogar dazu benutzen, an Bigfoot heranzukommen. Wenn er Glück hatte und ein Posten vor seinem Haus stationiert wurde, um seine Rückkehr zu melden, würde Rostow sich mit seinem Vorgesetzten in Verbindung setzen. Und wenn er *echtes* Glück hatte, stand Rostows Vorgesetzter mit Bigfoot in Verbindung. Das Glück war ihm zwar untreu geworden, aber das konnte sich schnell ändern.

»Klappe halten!« raunzte er die Frau an, die japsend nach Luft rang, und stählte sich innerlich für das, was zu tun wäre, um sie später zum Sprechen zu bringen.

Clara hielt die Klappe. Der Akzent des Mannes war eindeutig amerikanisch, und er schien kleiner und kräftiger zu sein als der Typ, der sie in ihrem Haus überfallen hatte. Außerdem trug er keine Handschuhe, denn sie spürte die rauhe Wärme seiner Pranke auf ihrem Mund, und das Salz seiner Haut brannte auf ihrer aufgeplatzten Lippe.

Ewig lang, wie ihr schien, lag sie reglos unter seinem zermalmenden Gewicht und versuchte, nicht an die Pistole zu denken, die sich immer noch in ihre Schläfe bohrte. Würde sie es spüren, wenn er abzog, oder ging alles so schnell, daß sie tot wäre, bevor sie etwas merkte?

Endlich rührte er sich. Er hob den Kopf, lauschte. O Gott – waren die anderen denn immer noch hinter ihr her? Oder auch hinter ihm? Denn er schien ja genausowenig erpicht darauf zu sein, entdeckt zu werden …

»Ein einziger Ton aus Ihrem Mund, und ich puste Ihnen den Schädel weg. Haben Sie mich verstanden?«

Clara nickte. Sie spürte noch nicht einmal mehr Angst. Sie war wie betäubt. Nichts spielte mehr eine Rolle. Wenn er sie töten wollte, sollte er sie eben töten. Schluß. Aus.

Zu ihrer Überraschung wälzte er sich von ihr runter und hockte sich neben sie. Die Pistole hielt er ihr nicht mehr an die Schläfe, sondern balancierte sie locker in der Hand. Er zerrte Clara hoch, so daß sie mit dem Rücken zu ihm auf der Erde kniete. Die Pistole war jetzt hinter ihrem Ohr. Clara zuckte zusammen.

»Was haben Sie mit Rostow zu schaffen?«

»Wem?« Ihre Stimme klang rauh, weil Hals, Zunge und Lippen trocken waren. Der kalte Regen hatte nachgelassen, aber ihr Gesicht war – wie der Rest von ihr – triefendnaß. Sie fuhr sich mit der Zunge über die Lippen, um etwas von der kostbaren Feuchtigkeit aufzufangen, schluckte und probierte es noch mal. »Wem?«

Er wurde ungeduldig. »Dem Mann, der sich gerade in Ihrem Haus befand. Sie erinnern sich?«

»Oh.« Clara leckte sich die ausgedörrten Lippen. Der Druck des Pistolenlaufs hinter ihrem Ohr verstärkte sich. »Er – er ist in mein Haus eingebrochen. Aber –«

»Wieso? Weshalb sollte er in ein fremdes Haus einbrechen? Ziemlich ungewöhnlich, wie?« Er schwieg einen Augenblick. Dann wand er sich den nassen Haarknoten in ihrem Nacken um die Hand. »Die Wahrheit! Was sind Sie für Rostow? Ein Kontakt?«

»Ich sag die Wahrheit!« Clara war verzweifelt. Warum glaubte ihr denn keiner? Da hockte sie mitten in der Nacht zwischen riesigen Tabakpflanzen im eiskalten Regen mit einem Wahnsinnigen, der ihr eine Pistole an den Schädel drückte. Ihr wurde schwindlig. Schlimmer konnte es kaum noch werden. Dann fiel ihr ein, daß er sie töten konnte, und sie fing an zu zittern.

»Sie wollen also behaupten, daß Rostow dreißig Meilen weit aufs Land fährt und dann grundlos bei Ihnen einbricht? Ich warne Sie, meine Liebe – mit Rostows Spielchen kenn' ich mich bestens aus. Er gehört zum KGB und wäre um diese Zeit niemals ohne Grund an diesen gottverlassenen Ort gefahren. Er ist aber direkt auf ihr Haus zugesteuert und reingegangen. Also – was wollte er?«

»Er fragte dauernd nach einem Zauberdrachen – dem Magic Dragon!« wimmerte Clara. Der Typ war ja genauso verrückt wie der andere. Dem einen war sie entkommen und seinem Doppelgänger in die Arme gelaufen. Sie mußte sehen, daß sie auch dem hier entwischte.

»Einem Zauberdrachen?« Seine Stimme klang plötzlich

ganz anders. Nach einer Weile setzte er leise hinzu: »Er fragte nach einem Zauberdrachen? Was genau hat er gesagt?«

»Er – er wollte wissen, wo der Zauberdrache sei. Er fragte mich immer und immer wieder danach. Also hab ich's ihm gesagt.«

»Sie haben es ihm *gesagt*?«

»Paff war unterm Bett. Das hab ich ihm gesagt.«

»Wer zum Teufel ist Paff?«

»Mein Kater. Ich nannte ihn Paff wie in ›Paff, der Zauberdrache‹.* Dieser Irre da drin – Rostow? – schwenkte mein Buch herum und wollte unbedingt wissen, wo der Zauberdrache war. Also hab ich's ihm gesagt.«

Schweigen. Dann: »Erzählen Sie mir bitte genau, was passiert ist. Lassen Sie nichts aus!«

Clara berichtete ihm alles, vom Augenblick, an dem der Unbekannte an ihre Küchentür klopfte, bis zu ihrer Flucht. Er schwieg lange. Clara wagte einen raschen Blick über die Schulter. Der Mond warf ein merkwürdig silbriges Licht auf sein Gesicht. Er war keine Schönheit. Er hatte einen breiten Unterkiefer und sah kampflustig aus. Seine Nase war krumm, und die schmalen Lippen verzogen sich zu einem schiefen Lächeln. Die schwarzen Haare – für ihren Geschmack zu kurz – schimmerten im Mondlicht blau. Am eindrucksvollsten fand sie die Farbe seiner Augen. Im Mondschein glitzerten sie grün wie Smaragde.

»Rostow ist also nur wegen einer Widmung in einem Buch hergefahren?« Es klang, als ob er grinste. »Er muß es in meiner Wohnung gefunden haben. Meine Freundin liest ständig diesen romantischen Schwachsinn. Sie muß ein Fan von Ihnen sein. Wie war noch mal Ihr Name?«

»Clara. Clara Winston. Aber ich schreibe unter dem Pseudonym Claire Winston.« Unter den gegebenen Umstän-

*Gemeint ist ›Puff, the Magic Dragon‹, ein Lied, das zu Beginn der Sechziger Jahre zu einem Hit wurde, u. a. durch die Version von Peter, Paul & Mary (1962). *Anm. d. Red.*

den war sie bereit, die unverschämte Bemerkung über ihre Tätigkeit zu ignorieren.

Er schüttelte den Kopf. »Sie haben also ein Buch über einen Spion geschrieben und es *Der Zauberdrache* genannt? Und haben es dem echten Zauberdrachen mit den besten Wünschen gewidmet?« Er lachte gluckernd. »Ich muß schon sagen, es ist Ihnen wirklich gelungen, die Leute auf die falsche Fährte zu locken. Alle Achtung!«

Plötzlich richtete er sich auf. Dann stand er auf und schob die Pistole in seinen Gürtel. Clara blickte hoch und sah, daß seine Schultern sehr breit waren, seine Taille schmal und die Beine lang und muskulös. Er trug ein schwarzes Sweatshirt und Jeans und sah – so, wie er sich vor ihr aufbaute – ziemlich bedrohlich aus, auch wenn er die Waffe weggesteckt hatte.

»Ich gebe Ihnen einen guten Rat, Miss Winston«, sagte er leise. »Verschwinden Sie für ein paar Wochen. Rostow glaubt, daß Sie wissen, wo ich bin. Er will mich unbedingt schnappen. Und er gehört nicht zu den Leuten, die sich mit einem simplen ›nein‹ zufrieden geben. Fahren sie in Urlaub. Fürs erste ist er weg – er und seine Leute sind, kurz nachdem Sie ins Feld gelaufen waren, davongefahren. Aber glauben Sie mir, wenn er nicht bald findet, was er sucht, kommt er zurück. Und ich werde dafür sorgen, daß er nicht findet, was er sucht.«

»Wer sind Sie?« wisperte sie. Die Frage war ihr nur so herausgerutscht, und sie erwartete eigentlich keine Antwort. Was gut war, denn sie bekam auch keine.

Statt dessen drehte er sich um und verschwand im Tabak. Nur das Rascheln der hohen Pflanzen verriet ihr, daß es ihn wirklich gab und sie sich das Ganze nicht eingebildet hatte. Erschüttert kauerte sie im Schlamm und wagte sich lange nicht zu rühren. Allmählich dämmerte es ihr, daß sie allein war und in Sicherheit, zumindest vorübergehend. Es fing wieder an zu regnen. Sie erhob sich und spähte durch die Tabakreihen auf ihr Häuschen. Die Küchentür stand weit offen, jedes Fenster war hell erleuchtet. Es war niemand zu sehen. Konnte sie dem Mann wirklich trauen und glauben, daß Rostow und seine Bande fort waren? Wer war der Typ überhaupt? Er sagte, Rostow sei hinter ihm her. Hatte er irgendwas mit dem geheimnisvollen Drachen zu tun, den Rostow suchte? So, wie er auf ihre Geschichte reagiert hatte, mußte sie es annehmen. In was, um alles in der Welt, hatte sie sich bloß verwickeln lassen?

Eine vertraute runde graue Form kam in Sicht, angestrahlt vom Licht, das aus der Küchentür strömte. Paff hockte sich auf die Schwelle und fing an, sich das Gesicht zu putzen. Damit war wenigstens eines geklärt, dachte Clara, und machte ein paar wacklige Schritte. Es war niemand mehr im Haus. Paff war besser als jeder Wachhund. Er würde sich nicht so ruhig verhalten, wenn ein Fremder in der Nähe wäre. Sie schritt langsam vorwärts, dann schneller, und schließlich rannte sie mit ihren nackten Füßen durch den zähen Schlamm. Clara lief über die Straße, über den Rasen und die Stufen hinauf. Paff beobachtete ihren Galopp durch Augenschlitze und tappte die Stufen hinunter, als sie an ihm vorbeisprang. Seine Würde blieb unantastbar. Ihre war nicht vorhanden.

Im Haus angekommen, schlug Clara sofort die Tür zu und verriegelte sie. Nicht, daß es etwas nutzte, wenn der böse Mann zurückkäme. Der zweite, der Gute, wie sie ihn mangels besserer Informationen nannte – obwohl er nur im Vergleich zum ersten, der sich brutal benommen hatte, ›gut‹ war –, hatte ihr geraten, in Urlaub zu fahren. Keine schlechte Idee. Sobald sie mit Mitch gesprochen hatte. Er war schließlich der Sheriff, und es war seine Pflicht, unschuldige Bürger wie sie zu schützen. Bei der letzten Wahl hatte sie für ihn gestimmt. Und wo war er, wenn sie ihn brauchte?

Sie nahm den Hörer ab und fing an, die Nummer zu drücken, noch bevor sie den Hörer am Ohr hatte. Zu mehr war sie im Augenblick nicht fähig – sich sammeln, dastehen und telefonieren. Ihre Nerven waren zum Zerreißen gespannt. Es fehlte nicht viel, und sie liefe schreiend durch die Nacht.

Das Telefon war tot, und diese Tatsache sickerte nur langsam durch. Auf den Hörer starrend, vergeudete sie kostbare Sekunden. Als ihr endlich klar wurde, wie entsetzlich allein und hilflos sie war, ließ sie das Telefon fallen, als ob es sich plötzlich in eine warzige Kröte verwandelt hätte. O Gott – sie mußte hier raus – sofort –, bevor Rostow und seine Leute zurückkehrten!

Clara hetzte durchs Schlafzimmer, ließ den Bademantel fallen, schnappte sich ein Paar Jeans und eine Hemdbluse aus der Schublade und zog sie hastig über ihren schlammstarrenden Körper und das Hemdhöschen aus weißer Seide, das sie zum Schlafen trug. Sie war schmutzig, von Kopf bis Fuß schlammverschmiert, aber es war ihr egal. Es war ihr auch egal, daß ihre vollen Brüste ohne Büstenhalter unter der Bluse unanständig hin- und herschaukelten. Später, wenn sie in Sicherheit wäre, könnte sie einen BH und Slip anziehen. Sie warf beides in einen kleinen Koffer. Aus dem Schrank zerrte sie ausgelatschte Deckschuhe und eine Regenjacke, zog sie an und rannte zur Tür. Nur raus.

Sie brauchte ihre Handtasche. Die Autoschlüssel waren drin. Wild um sich blickend, mußte sie sich die Tränen verbeißen, die ihr plötzlich in die Augen schossen. Nie konnte sie ihre Tasche finden, wenn sie sie brauchte ... Gott sei Dank, da lag sie auf dem Fußboden. Die Schweine hatten sie durchsucht und hingeschmissen. Der Inhalt lag auf dem Teppich verstreut. Sie kehrte alles mit einer Hand in die Tasche zurück, grabschte nach den Schlüsseln und der Tasche und lief zum Eingang. Nicht um alles in der Welt würde sie noch einmal durch die Küchentür gehen. Schon der Gedanke an die schwarzbehandschuhte Hand, die durch die Scheibe stieß, ließ sie schaudern.

Die Katzen. Sie konnte die Katzen nicht allein lassen. Leise fluchend lief sie in die Küche. Amy und Iris lagen unter dem Tisch. Sie rief sie, und sie kamen zögernd, aber folgsam zu ihr. Sie schnappte sie sich und eilte aus der Tür. Paff war draußen. Sie rief nach ihm, als sie die Stufen hinuntersprang. Aber er tauchte natürlich nicht auf. Clara pfiff – normalerweise gehorchte er wie ein Hund auf Pfeifen –, aber er ließ sich nicht blicken.

»Komm schon, Paff!« murmelte sie, als sie Iris und Amy auf den Rücksitz ihres Honda Civic fallen ließ. Sie verstaute den Koffer im Kofferraum und blickte sich suchend um. Sie pfiff noch einmal. »Dann mach, was du willst«, brummte sie und stieg ein. Nicht einmal Paff zuliebe würde sie es auf ein neues Zusammentreffen mit Rostow und Genossen ankommen lassen. Sie könnte Mitch zurückschicken und Paff suchen lassen, denn Mitch war der erste, den sie zu Gesicht bekäme. Nicht daß Mitch diesen Gaunern gewachsen wäre, auch wenn er der Sheriff war und Waffe trug. Aber mit ihm würde sie sich tausendmal sicherer fühlen als allein.

Gerade als sie den Motor anließ, kam Paff angeschlendert. Nachdem sie sich mit gehetztem Rundumblick versichert hatte, daß sie immer noch allein war, stieß sie fluchend und schwitzend die Tür auf.

»Los, komm, Paff!« Er saß auf seinem dicken Hintern und starrte sie reglos an. Clara hätte ihn sitzenlassen, wenn er nicht die Auffahrt blockiert hätte. Fluchend stieg sie aus und schnappte ihn. Er schnurrte und rieb seinen Kopf an ihrer Schulter.

»Erwürgen sollte ich dich«, murmelte Clara, als sie ihn auf dem Beifahrersitz absetzte. Dann sprang sie selber ins Auto, schlug die Tür zu und verriegelte sie und fuhr mit quietschenden Reifen aus der Einfahrt.

4

Am Abend des folgenden Tages ging es Clara bedeutend besser. Sie hatte den Rest der Nacht unter den mißbilligenden Argusaugen von Mitchs Mutter verbracht, und nach einem herzhaften Frühstück war Mitch zu ihrem Haus gefahren, um ihre Story zu überprüfen. Die Glasscheibe in der Küchentür sei zwar eingeschlagen, wie sie es geschildert habe, sagte er, aber im Haus schien nichts weggekommen zu sein. Er glaube, daß sie es mit einem Einbrecher zu tun gehabt hatte – na schön, einer Einbrecherbande –, der wußte, daß sie Schriftstellerin war und sie irrtümlicherweise für reich hielt. Sie hatten nicht viel gefunden, und Mitch bezweifelte, daß sie wiederkämen. Aber Clara könne natürlich gern bei ihm und seiner Mutter bleiben, bis ihre eigene Mutter von der Kreuzfahrt zurück sei. Oder bis sie was anderes gefunden hätte, wenn sie in ihrem Haus nicht allein bleiben wollte.

Obwohl Clara darauf bestand, daß der ›Einbrecher‹ Rostow hieß und zum KGB gehörte, war Mitch und seiner Mutter deutlich anzumerken, daß sie meinten, die lebhafte Phantasie einer Schriftstellerin mache aus einer ziemlich gewöhnlichen Situation eine ungewöhnliche. Die Tätigkeit einer Autorin schwülstiger Liebesromane galt nach Ansicht von Mitch, seiner Mutter und den meisten anderen Bewohnern von Clarke County nicht gerade als respektabler Beruf. Und dieser Vorfall bestätigte nur ihre Vermutung, daß sie nicht alle Tassen im Schrank hatte. Wütend schluckte Clara ihre Einwände hinunter und ließ sie in dem Glauben, sie hätten sie überzeugt, das Opfer eines Einbrechers geworden zu sein.

Die Katzen waren in Mitchs Haus nicht sonderlich willkommen. Clara würde sie nach dem Abendessen wohl zu Lena bringen müssen. Lena Kennary war seit der ersten Klasse ihre beste Freundin. Die Freundschaft hatte die ganze Schulzeit und den Aufmarsch sämtlicher Boyfriends von Lena (Clara hatte in der High School nur einen und auch den eher aus Versehen gehabt, nachdem Lena ihn fallen ließ und er sich trostsuchend der unscheinbaren, aber netten Clara zuwandte) überdauert. Sie hatte beide Ehen von Lena, die Geburt ihrer drei Kinder und die finanziellen Schwierigkeiten überdauert, die Clara dazu bewogen hatten, Lena stundenweise als Sekretärin zu beschäftigen. Gemeinsam hatten sie vor fast einem Monat ihre beiden Geburtstage gefeiert (Clara war Anfang September, Lena Anfang August dreißig geworden). Während der Schulzeit war Lena die Beliebte gewesen und Clara die mollige, strähnhaarige beste Freundin. Jetzt hatte sich die Situation umgekehrt. Lena war mollig geworden, und Clara hatte sich auf Diät gesetzt, so daß sie jetzt die Schlankere war. Clara stand finanziell gut da, während Lena trotz der Unterhaltszahlungen von Ehemann Nummer zwei, den Alimenten für ihre drei Kinder und ihrem Teilzeitjob bei Clara ständig mit den Rechnungen jonglieren mußte. Die Situation hatte sich geändert, aber ihre Freundschaft nicht. Clara wußte, daß Lena sich ohne zu zögern um die Katzen kümmern würde. Natürlich würde sie darauf bestehen, einen angemessenen Pensionspreis zu zahlen, weil sie auf gar keinen Fall irgendwo anders unterschlüpfen würde. Bis ihre Mutter zurück war und/oder sie sich viel sicherer fühlte, würde sie im Schutz von Mitchs Dienstpistole bleiben.

»Dein Kuchen hat mal wieder prima geschmeckt, Ma.« Mitch wischte sich mit einer der Leinenservietten, die seine Mutter gewissenhaft wusch und stärkte (Papierservietten wurden ihrer Meinung nach nur von ›Schlampen‹ benutzt), den Mund ab. Seine Mutter strahlte ihn an, schnitt von der restlichen Kuchenhälfte noch ein Stück ab und schob es ihm auf den Teller.

»Mögen Sie keinen Kuchen, Clara?« fragte sie mit einem mißbilligenden Blick auf Claras kaum berührtes Stück.

»Er schmeckt wunderbar, Mrs. Potter, aber ich bringe einfach keinen Bissen mehr runter. Ich bin so satt von all dem herrlichen Essen, daß ich kaum noch Luft bekomme.« Das entsprach nicht ganz der Wahrheit – Clara war zu nervös gewesen, um Mrs. Potters Kochkünste, die gebratene Schweinekoteletts, Kartoffelbrei und verschiedene Gemüsebeilagen hervorgebracht hatten, richtig würdigen zu können. Das Kompliment besänftigte sie, und sie schenkte Clara ein zartes Lächeln. Sie war überzeugt, daß die jüngere Frau es auf Mitch abgesehen hatte, und sie war ebenso überzeugt, daß er die beste Partie im County war, also gab sie sich Mühe, nicht allzu freundlich zu sein. Clara lächelte zurück.

»Ist das die Möglichkeit?« Mitch hatte gerade die Abendzeitung aufgeschlagen, und eine der Schlagzeilen erregte seine Aufmerksamkeit. Clara und seine Mutter sahen ihn fragend an. Kopfschüttelnd sagte er: »Irgendein Idiot hat gestern nacht im Marine-Hospital in der Notaufnahme rumgeballert und Leute erschossen – Schwestern, Ärzte, Sanitäter, unschuldige Menschen, die im Wartezimmer saßen. Ohne jeden Grund.«

»Ist das nicht schrecklich?« sagte Mrs. Potter. »Wer macht denn so was? Ich sag's ja immer, heutzutage ist einfach niemand mehr seines Lebens sicher.«

»Hier steht, daß ein Mann, den sie eingeliefert hatten, plötzlich durchdrehte. Was soll man da machen?« Mitch wandte sich wieder seiner Zeitung zu. Mrs. Potter machte »ts-ts« und schüttelte den Kopf.

»Dürfte ich mich bitte zurückziehen?« Südstaaten-Manieren waren ihr seit dem ersten Atemzug eingebleut worden. Sollte sie irgendwann einmal hingerichtet werden, vermutete Clara, würde sie sich wahrscheinlich beim Henker bedanken. Jetzt aber konnte sie den Anblick von Mitch, der sich das zweite riesige Kuchenstück in den Mund schob, kaum noch ertragen. Sie wartete höflich ab, bis Mrs. Potter nickte, dann erhob sie sich, legte ihre Serviette auf den Tisch und ging in den Salon (eigentlich das Wohnzimmer, aber Mrs. Potter hatte, seit Clara denken konnte, darauf bestanden, den Raum so zu nennen, und dabei war es geblieben).

»Ich fahr nach dem Essen noch mal rüber zu Ihrem Haus, Clara. Am besten, Sie schreiben auf, was ich mitbringen soll«, rief Mitch hinter ihr her.

»Danke, Mitch. Nur Kleidung und so was. Und mein Buch. Ich muß es zur Post geben.« Es war nett von Mitch, noch mal rüberzufahren und ihre Sachen zu holen. Er war wirklich ein sehr netter Mann. Es war nicht seine Schuld, daß sie so nervös war.

Durch das große Fenster, das von steifen, goldfarbenen Satinvorhängen aus einem Sears-Katalog gerahmt war, beobachtete sie die lustigen Sprünge dreier Eichhörnchen und überlegte, ob sie nicht versuchen sollte, sich der Kreuzfahrt ihrer Mutter anzuschließen. Das Schiff legte in Acapulco und Cancun an. Sie hatte seit Jahren keinen Urlaub gemacht, keine rechte Lust dazu gehabt. Sie war am liebsten zu Hause, was ihre Mutter, die auf allen Partys tanzte, überhaupt nicht verstehen konnte. Aber sie mochte den neuen Freund ihrer Mutter nicht, und auf einem Schiff konnte sie nicht weglaufen. Außerdem war sie bestimmt nicht mehr in Gefahr. Selbst ein Wahnsinniger wie Rostow mußte inzwischen gemerkt haben, daß er einen Fehler gemacht hatte, jedenfalls was sie betraf.

Die Dämmerung kroch übers Land. Die letzten goldenen Sonnenstrahlen berührten die orangeroten Blätter der beiden großen Eichen im Vorgarten und ließen sie feuerrot erglühen. Die Eichhörnchen waren eifrig damit beschäftigt, Eicheln für den kommenden Winter zu sammeln. Clara hatte sie immer gern dabei beobachtet.

Aus dem Augenwinkel sah sie, wie sich ein dicker grauer Schatten heranpirschte.

»Nicht, Paff!« schrie sie, aber natürlich schenkte er ihr nicht die geringste Beachtung. Paff war ein hervorragender Jäger und ließ sich bei der Verfolgung seiner Beute von nichts und niemandem ablenken. Nicht einmal das Silberglöckchen, das sie ihm vor Jahren ans Halsband hängte, hielt ihn zurück. Nach einer Woche hatte er gelernt, sich zu bewegen, ohne daß es klingelte. Seitdem verbrachte Clara eine Menge Zeit damit, ihn genau dann zu schnappen, wenn er zum Sprung auf ein ahnungsloses kleines Wesen ansetzte.

»Paff, laß das!« Sie rannte aus der Tür und lief auf den großen Hyazinthenbusch neben der Einfahrt zu. Paff fixierte ein Eichhörnchen in der Nähe. Die goldfarbenen Augen funkelten, und sein riesiger Schwanz fegte hin und her. »Ich hab gesagt, du sollst das lassen!«

In die Hände klatschend versuchte sie, die Eichhörnchen zu verscheuchen, aber sie waren an Menschen gewöhnt und sprangen nur bis zur nächsten Baumwurzel. Sobald sie sich zurückzöge, würden sie ihre Arbeit wieder aufnehmen und höchstwahrscheinlich kurze Zeit später als Paffs Hors-d'oeuvre enden. »Verflixt!« stieß sie leise hervor und fiel auf die Knie. Grasflecken auf den Knien der einzigen Jeans, die sie dabei hatte, waren genau, was ihr noch fehlte.

»Komm hier raus, Paff!« zischte sie, steckte einen Arm ins Gebüsch und packte ihn am Halsband, um ihn vorzuziehen. Er knurrte, und seine goldenen Augen funkelten sie böse an. Clara achtete nicht darauf und nahm ihn auf den Arm. Sie und nur sie kannte sein streng gehütetes Geheimnis: hinter diesem grimmigen Knurren versteckte sich eine ganz liebe Schmusekatze. Es würde ihm niemals einfallen, sie zu kratzen oder zu beißen. Daß er Fremde attackierte, die Sachen mit ihm anstellten, von denen er nichts hielt, war allerdings schon vorgekommen. Zum Beispiel, als Lenas Jüngster versuchte, seinen Schwanz mit einer Schere zu bearbeiten.

Sie wollte sich gerade von ihren Knien erheben, als es raschelte. Sie blickte auf, und ihre Muskeln spannten sich. Eine Hand stieß ihr eine Dose ins Gesicht. Eiskalter Nebel drang ihr in Nase und Mund. Clara wollte schreien, schluckte aber nur Nebel. Ihre Augen schlossen sich instinktiv, als sich die Welt in Übelkeit erregenden Wirbeln um sie zu drehen begann. Sie stürzte zu Boden, ihre Arme schlossen sich um Paff, und sie spürte noch, daß ihr etwas über den Kopf gestülpt wurde und sie zu ersticken drohte …

5

Jeden Augenblick würde sie sich übergeben müssen. Clara spürte Galle im Hals, bevor ihr bewußt wurde, wo sie sich befand. Als sie merkte, daß sie in einer muffig riechenden dunklen Segeltuchhülle steckte und ihre Arme von etwas außerhalb der Segeltuchhülle fest an ihren Körper gepreßt wurden, schluckte sie schwer. Sie durfte sich nicht übergeben, halb stranguliert, wie sie war, denn sie würde sonst mit Sicherheit ersticken.

Sie lag auf etwas Hartem, etwas, das sie durchrüttelte. Nicht nur ihr Gesicht steckte in diesem widerlich riechenden Segeltuch, anscheinend auch ihr ganzer Körper. Auf ihrer Brust lag ein merkwürdiges Gewicht. Ihr drehte sich der Magen, der Kopf tat ihr weh, und jede gerade noch funktionierende Gehirnzelle, die sie besaß, schrie ihr förmlich zu, daß sie sich in großen Schwierigkeiten befand.

Ganz allmählich ließen sich ihre Wahrnehmungen einordnen. Sie merkte, daß sie verschnürt auf dem kalten Metallboden eines Liefer- oder Lastwagens lag und daß sich jemand in ihrer Nähe befand. Natürlich mußte das Fahrzeug einen Fahrer haben, aber sie ahnte, daß er nicht allein war. Möglicherweise hockte einer neben ihr, um sie zu bewachen. Was er mit ihr täte, falls sie aufwachte, malte sie sich lieber nicht aus. Wahrscheinlich würden sie ihr noch mehr von diesem K.-o.-Spray ins Gesicht sprühen. Oder Schlimmeres. Man brauchte kein Genie zu sein, um sich auszurechnen, daß sie Rostow und Genossen wieder in die Hände gefallen war. Eiskaltes Entsetzen kroch an ihr hoch. Was hatten sie vor? Wie umbringen, war die nüchterne Antwort jenes Teils ihres Gehirns, das sie verzweifelt zum Schweigen zu bringen versuchte. Was sonst? Sie konnte ihnen ja beim besten Willen keine Auskünfte geben.

Das Gewicht auf ihrer Brust versetzte ihr einen solchen Stich, daß sie zusammenzuckte. Gleichzeitig fiel ihr der unsichtbare Jemand neben sich ein, und sie zwang sich, still zu liegen. Mit ihren festgezurrten Armen war es unmöglich, den Gegenstand, der sie so quälte, von sich zu schieben, aber plötzlich wollte sie es gar nicht mehr. Auf einmal wurde ihr klar, daß Paff das Gewicht war, daß er mit ihr unter der Segeltuchhülle lag und auf ihrer Brust hockte. Seltsamerweise fühlte sie sich sogar getröstet. Der Stich, den sie verspürt hatte, stammte von seinen Krallen, die er in ihrem empfindlichen Fleisch vergrub. Trotzdem hätte sie den Kater am liebsten umarmt.

Der Wagen fuhr langsamer und bog links ab. Die Fahrt wurde unruhiger. Das Fahrzeug schien das Straßenpflaster verlassen zu haben und jetzt über Kies zu rollen. Clara hatte das Gefühl, daß ihr der Magen bis zu den Zehen rutschte. Offenbar brachten sie sie an einen einsamen Ort, wo ihr das Schlimmste bevorstand. Gefesselt, mit verbundenen Augen und halb erstickt, wie sie war, blieben ihr wenig Möglichkeiten, sich vor dem Schicksal, das sie für sie vorgesehen hatten, zu retten. Sie konnte sich nur ohnmächtig stellen und auf eine Chance warten, die der liebe Gott ihr vielleicht zuspielte.

Die Straße wurde immer holpriger, und Paffs Krallen sanken tiefer. Clara zuckte zusammen, aber sie konnte nichts daran ändern, ohne ihren Peinigern zu verraten, daß sie bei Bewußtsein war. Also lag sie zähneknirschend da, redete ihrem Magen gut zu und litt.

Endlich kam das Fahrzeug mit einem Ruck zum Stehen. Claras erste Reaktion war Erleichterung. Dann packte sie grauenvolle Angst. Was immer sie mit ihr vorhatten, würde jetzt gleich geschehen.

»Ist sie immer noch weg?« Die Stimme war rauh, kehlig – und nicht die von Rostow. Seinen Akzent würde sie überall wiedererkennen.

»Ja.«

Es war lächerlich, aber daß weder der eine noch der andere ihrer Fänger Rostow war, empfand sie als Trost. Dabei waren es bestimmt seine Leute, die sie zu ihm brachten! Immerhin war es möglich, daß ihr bis zu seinem Auftauchen nichts geschah.

Clara spürte, daß sie an den Schultern gepackt wurde und daß andere Hände ihre Füße ergriffen, die aus dem Segeltuch ragten. Dann wurde sie hochgehoben und ungeschickt aus dem Wagen getragen. Sie versuchte, reglos zu bleiben – keine leichte Aufgabe, wenn ein zwanzigpfündiger Kater einem seine Krallen in die Brust stieß – und schlapp wie eine weiche Nudel zu sein.

»Ganz schön schwer, was?«

Dieses Gebrummel, als sie eine steile Treppe hinunterzusteigen schienen, verletzte ihren Stolz. Was unter den gegebenen Umständen natürlich idiotisch war, wie sie sich sagte. Aber wenn es um ihr Gewicht ging, war sie empfindlich, und der Gedanke, daß Paff für mindestens zwanzig Pfund extra verantwortlich war, tröstete sie.

»Mein Gott, ich laß sie gleich fallen!«

Der Mann hatte seinen Satz noch nicht einmal beendet, da passierte es auch schon. Zum Glück hatte derjenige, der sie an den Füßen gehalten hatte, die Butterfinger bekommen. Aber ihr Bein krachte gegen eine Tischkante oder ähnliches, und der heftige Schmerz war fast noch schlimmer als die zerfetzende Pein von Krallen im Fleisch, als Paff, der von seinem Lager geschubst wurde, widerwillig bis zu der Stelle rutschte, an der das Seil ihr die Arme an die Hüften schnürte. Trotz ihrer Bemühungen, wie ein Totgewicht zu fallen, versuchte sie sich so weit es ging zu schützen. Ob sie bemerkt hatten, daß sie zusammenzuckte?

»Was war das?«

Die Frage galt offensichtlich Paffs drohendem Geknurre.

»Die verdamme Katze.«

»Du hast sie nicht rausgeschmissen?«

»Wie denn, zum Teufel? Dieses Monster! Steck du mal deine Hände in den Sack und schmeiß sie raus!«

»Ist ja sowieso egal. Los, pack sie wieder an und laß uns die Sache zu Ende bringen. Der Oberst wird gleich da sein.«

Claras Füße wurden wieder angehoben. Sie wurde durch eine Tür getragen und dann offenbar auf einem kalten Steinboden abgelegt. Feuchtigkeitsgeruch drang durch das steife Segeltuch. Sie lag in einem Keller.

Ein paar Meter weiter klopfte es laut an eine Tür.

»Was ist?« Die Frage kam von jenseits der Tür.

»Mach auf!« antwortete einer ihrer Fänger. »Wir haben die Ware.«

Clara hörte das unmißverständliche Geräusch eines Schlüssels, der sich im Schloß dreht. Sie wurde wieder hochgehoben und durch einen schmalen Durchgang geschleppt. Ihre Schultern streiften dabei die Mauern, aber das Segeltuch schützte ihre Haut. Dann wurde sie auf die Füße gestellt.

Einer hielt sie aufrecht, während der andere am Seil fummelte. Clara, die die Bewußtlose gewissenhaft weiterspielte, sackte zusammen. Jemand versetzte ihr eine kräftige Ohrfeige. Sie stieß einen Schrei aus und richtete sich schnell auf.

»Wir wissen, daß du wach bist, Blondchen. Und wenn *du* weißt, was für dich gut ist, machst du uns keine Scherereien.«

Der Schlag und die gemurmelte Warnung kamen von dem Mann, der immer noch mit dem Seil kämpfte, das um das Segeltuch gewickelt war. Eine andere Stimme, eine, die sie bisher noch nicht gehört hatte, sprach aus einiger Entfernung.

»Hier ist das Geschenk, das wir Ihnen versprochen haben, McClain.«

»Was soll der Scheiß? Arschloch!« Die rauhe, höhnische Stimme gehörte dem Mann im Tabakfeld. Dem Mann, den Rostow gesucht und offensichtlich gefunden hatte. Aber was wollten sie dann noch von ihr?

»Wenn Rostow das nächste Mal was von dir wissen will, machst du besser das Maul auf. Weil ich mir nämlich nicht vorstellen kann, daß deine kleine Freundin aushält, was sich Rostow für sie ausdenken wird. Wie wird es ihr gefallen, daß man ihr jeden Finger einzeln bricht? Und wie wird es *dir* gefallen, dabei zuzuschauen? Und wenn das nicht funktioniert, können wir es immer noch mit Zigaretten auf ihren weichen Titten probieren. Oder ein Ochsenziemer. Ich weiß ein paar hübsche Sachen, die man mit einem Ochsenziemer machen kann ...« Und er beschrieb eine so ungeheuerliche Tat, daß Clara schlecht wurde. Sie machte sich nicht vor, daß der Mann nur redete, um ihr Angst einzujagen. Sie *hatte* Angst. Aber das war den anderen wohl egal. Sie wollten sie benutzen, um McClain zum Sprechen zu bringen – und der würde nicht reden, um sie zu retten. Sie kannte den Mann zwar nicht, aber sie traute ihm zu, daß er eine Menge vertrug, auch ihren Tod. Sie stöhnte.

Jemand lachte gackernd. »Siehst du, sie ist schlauer als du. Sollen wir dein Schätzchen wirklich in die Mangel nehmen? Du brauchst nur auszupacken, das ist alles.«

»Ich sag euch doch schon die ganze Zeit, sie ist nicht meine Freundin!«

»Du sagst es uns die ganze Zeit«, stimmte der eine zu. Dann sagte er, offenbar zu dem Mann, der sich immer noch mit den Seilknoten mühte: »Schneid's durch, du Idiot!«

Sekunden später spürte Clara, daß ein Messer an dem Seil herumschnitt. Plötzlich gab es nach. Ihre Arme wurden von der durchblutungshemmenden Fessel erlöst, und Paff, dessen rundlichem Körper der Halt genommen wurde, fiel im selben Augenblick wie ein Stein zu Boden, in dem Clara aus ihrem Gefängnis, das sich als großer Wäschesack erwies, befreit wurde.

»Was ist denn das?« Die verdutzte Frage kam von dem Mann, der mit McClain im Keller gewesen war.

»Nur eine Katze«, versuchte ihm einer der Häscher zu versichern. Aber Paff benahm sich nicht wie ›nur eine Katze‹. Von der Behandlung, die ihm widerfahren war, empört, kauerte er zähnefletschend zu Claras Füßen und sprang dann auf eine Heizlampe, die auf McClain gerichtet war. Clara, die in dem unerwartet grellen Licht immer noch blinzeln mußte, bekam nur vage mit, was als nächstes geschah. Die Lampe fiel krachend um. Paff wurde von seinem auserkorenen Sitzplatz geschleudert und landete mit ausgefahrenen Krallen auf der Schulter eines der Halunken. Der Mann schrie auf und versuchte Paff vom Rücken zu zerren. Die beiden anderen sahen mit aufgerissenen Augen zu, wie ihr Kumpel in dem kleinen Raum umhertanzte und die riesige pelzige Kugel abzuschütteln versuchte, und McClain, der auf einem kleinen Holzstuhl gesessen hatte und dessen Gesicht verschwollen und blutig geschlagen war, sprang auf, obwohl seine Hände auf dem Rücken in Handschellen steckten. Als der Mann, der ihn bewachte, sich zu ihm drehte, trat einer von McClains Füßen aus und traf ihn zwischen den Beinen. Brüllend fiel der Mann auf die Knie. Von den beiden anderen, die auf den Schreienden blickten, wurde der eine mit einem saftigen Fußtritt, der genau unter seinem Kinn landete, zu Boden geschickt. Der dritte, endlich von Paff befreit, der sich mit einem Satz auf einen Metallspind gerettet hatte, fummelte in seiner Jacke nach einer Waffe. Bevor er sie ziehen konnte, sprang McClain auf ihn zu und stieß ihm seinen Kopf in den Magen. Der Mann kippte vornüber.

»Nichts wie raus hier!« brüllte McClain und raste, sich kaum nach ihr umblickend, aus der Tür. Clara, die immer noch benommen, aber nicht dumm war, rannte hinter ihm her. Die drei Kerle kamen bereits wieder zu sich.

McClain lief die Kellertreppe hoch, durch die Speisekammer und die Küche eines offensichtlich großen, elegant möblierten Hauses und dann auf einen gepflasterten Innenhof, auf dem mehrere Autos standen.

»Schauen Sie nach Schlüsseln«, rief er ihr zu. Clara rannte zum Fenster des nächsten Fahrzeugs. Es war ein Lieferwagen, und der Schlüssel steckte im Zündschloß.

»Hier!«

Er stand bereits neben ihr, als sie die Tür aufriß, und schob sie mit den Schultern hinein. Dann ließ er sich auf den Beifahrersitz fallen.

»Fahren Sie los!«

»Aber –«

»Los!« brüllte er. Clara drehte den Schlüssel und startete, als ein grauer Fellball, gefolgt von drei Männern, aus der offenen Haustür geschossen kam.

»Paff!« schrie sie und fuhr donnernd auf sie zu. Einer zielte ... Sie duckte sich, die Kugel zerbarst die Windschutzscheibe. McClain stieß die unflätigsten Flüche aus, die sie je gehört hatte, die Männer sprangen auf die Seite, und dann trat Clara so hart auf die Bremse, daß der Wagen seitwärts schlingernd mit lautem Quietschen zum Halten kam.

»Was zum –« Sie achtete nicht auf seinen Protest. Leise fluchend sprang sie raus, rannte zu Paff, gabelte ihn von der Einfahrt, wo er vor Angst wie erstarrt gekauert hatte, und sprang in dem Augenblick zurück in den Lieferwagen, als die nächste Kugel über ihren Kopf pfiff. Paff kurzerhand hinter den Sitz kippend, trat sie gleich darauf so fest aufs Gaspedal, daß der Wagen wie ein Stein aus einer Schleuder davonschoß.

6

»Wegen 'ner verdammten Katze haben Sie uns fast umgebracht?« McClains Stimme war ein mühsam unterdrücktes Gebrüll.

»Er saß mitten im Weg. Ich konnte ihn doch nicht überfahren!«

»Das waren keine Spielzeugkugeln, verstehen Sie? Das sind echt böse Kerle, die uns echt umlegen wollen.«

»Sie brauchen nicht sarkastisch zu werden.«

»Ich kapier' nicht, wie ein normaler Mensch wegen einer verdammten Katze ...«

Clara ignorierte sein Gemecker und konzentrierte sich aufs Fahren. Der kurvenreiche Weg endete an einer zweispurigen Asphaltstraße. Sie bremste kurz am Stop-Schild. Die Räder des Lieferwagens drehten sich beim Einbiegen furios. Alle paar Sekunden warf sie einen Blick in den Rückspiegel. McClain hatte gesagt, sie würden verfolgt. Wo blieben sie denn?

»Wo fahren Sie überhaupt hin?«

Clara schaute ihn verdutzt an. Die Dunkelheit war seinem zerschlagenen Gesicht gnädig, aber er sah trotzdem kein bißchen besser aus als bei ihrem ersten Zusammentreffen. Mit seinem quadratischen Unterkiefer, einer Schwellung von der Größe einer Faust direkt unterm Ohr und einer häßlichen, fingerlangen Wunde dahinter, einem Blutfleck im Mundwinkel und einem dunkelvioletten Ring um ein funkelndes grünes Auge sah er aus, als ob er sich für Halloween zurechtgemacht hätte. Aber Clara wußte natürlich, daß es kein Make-up war.

»Heim«, sagte sie und wunderte sich über die Frage. Dann dachte sie darüber nach und wunderte sich über ihre eigene Dämlichkeit. Das Zeug, mit dem sie sie eingenebelt hatten, wirkte wohl nach. Natürlich konnte sie nicht nach Hause fahren. Wenn Rostow sie schon zweimal aufgespürt hatte, einmal sogar im Haus des County-Sheriffs, war sie nirgendwo sicher. Der Gedanke war beängstigend.

»Blöde Idee, was?«

Er nickte. »Sie werden uns suchen. Wir müssen uns verstecken.«

»Erklären Sie mir eins. Warum wollten die mich, wenn sie *Sie* doch schon hatten?«

»Das einzige, was mich am Leben gehalten hat, war die Idee, ich könnte meine Informationen schon an andere Leute weitergegeben haben. Rostow wagte es nicht, mich umzubringen, solange er nicht wußte, mit wem ich gesprochen habe. Sie versuchten, die Informationen aus mir rauszuprügeln. Als das nicht funktionierte, beschlossen die Schweine, Sie ranzuschleppen und mich zuschauen zu lassen, wie sie meine Freundin langsam zu Tode folterten. Sie rechneten damit, daß ich es nicht ertrage. Wie dem auch sei – sie hätten uns auf jeden Fall beide umgebracht.«

»Ich bin nicht Ihre Freundin.«

»Stimmt.«

»Es spielt gar keine Rolle, oder?« Sie streifte ihn mit einem verzweifelten Blick. »Es spielt überhaupt keine Rolle, daß ich Sie im Leben noch nie gesehen hatte, bis Sie plötzlich auf dem Feld vor mir auftauchten und mich zu Tode erschreckten. Es spielt keine Rolle, daß ich absolut nichts mit den Dingen zu tun habe, in die Sie verwickelt sind. Es spielt keine Rolle, daß ich überhaupt nichts weiß – gar nichts. Und jetzt soll ich wegen Ihnen umgebracht werden. Es ist nicht fair!«

»Das Leben ist nie fair.« Seine Gelassenheit brachte sie zur Weißglut. Sie funkelte ihn an und wandte ihre Aufmerksamkeit dann wieder der Straße zu. Er hatte ja recht, das Leben war nicht fair. Wenn es anders wäre, hätte Rostow schon längst Hackfleisch aus ihm gemacht und sie wäre gar nicht erst in diesen Quatsch hineingezogen worden.

»Was ist das?«

Sie meinte das dumpfe Knattern, das plötzlich zu hören war. McClain runzelte die Stirn. Dann wurden seine Augen groß.

»Heilige Scheiße«, sagte er. »Sie kommen mit dem Hubschrauber. Geben Sie Gas!«

Als Clara einen schnellen Blick aus dem Fenster riskierte,

hatte der Scheinwerfer sie in der Dunkelheit schon entdeckt, und der Helikopter schwenkte herunter, bis er direkt hinter ihnen flog. Sie trat aufs Gaspedal. Sie fuhr wie der Teufel und gab sich alle Mühe, den Wagen auf der kurvenreichen Straße zu halten. Es war der reinste Selbstmord.

Wegen des Scheinwerferlichts konnte Clara die Leute im Hubschrauber nicht erkennen, aber nach den jüngsten Erfahrungen mit Rostow und Genossen bezweifelte sie nicht, daß sie bewaffnet waren. Sie hatte recht und duckte sich unwillkürlich, als ein Kugelhagel auf das Auto prasselte.

»O mein Gott!«

Mit gesenktem Kopf, so daß ihre Augen gerade noch über das Lenkrad spähten, drückte sie das Gaspedal durch. Der Wagen raste die Straße entlang. McClain, der sich wegen der Handschellen nicht festhalten konnte, wurde aus dem Sitz geschleudert. Er fluchte wie ein Bierkutscher, hielt den Kopf gesenkt und beobachtete den Hubschrauber durch das Seitenfenster.

»Rechts rein!«

»Wo?«

»Hier!«

Clara konnte die schmale Straße, die eine Baumgruppe teilte, kaum erkennen. Aber sie riß das Steuer rum. Der Wagen fuhr auf zwei Rädern quietschend um die Kurve. Dann rasten sie unter überhängenden Zweigen entlang und waren vorübergehend vor dem Helikopter sicher. Clara hatte kaum Zeit, erleichtert aufzuseufzen, als das Auto schon wieder ins Freie raste.

Der Scheinwerfer erfaßte sie erneut. Clara mußte gegen den Drang ankämpfen, die Augen zu schließen, als der Hubschrauber wie eine ausgeflippte Möwe auf sie herabtauchte. Er brauste hinter ihnen her, Kugeln knallten aufs Pflaster und die Erde am Straßenrand. Eine Kugel fetzte durchs Dach und prallte im Innern von den Wänden ab. Clara und McClain duckten sich gleichzeitig. Die Kugel pfiff über McClains Kopf hinweg und drang durch das Fenster an seiner Seite.

»O mein Gott!«

Sekundenlang wurden sie wieder von einer Baumgruppe geschützt, dann fuhren sie wieder unter freiem Himmel. Diesmal hatte es der Helikopter direkt aufs Dach abgesehen. Seine Landekufen schabten auf dem Metall entlang. Clara zuckte zusammen und trampelte aufs Gaspedal. Die Tachometernadel kletterte über die Siebzig-Meilen-Marke. Das linke Hinterrad fuhr kiesspritzend in den Straßengraben, und Clara dachte, nun sei alles vorbei. Aber durch das verzweifelte Herumreißen des Lenkrads schaffte sie es, den Wagen auf der Straße zu halten, obwohl das Auto nach diesem Manöver auf der falschen Straßenseite in Schräglage entlangpreschte.

»Eigentlich hatten wir uns das Ziel gesetzt, mit dem Leben davonzukommen«, kam es gequetscht aus McClains Mund, als Clara den Wagen endlich wieder in der richtigen Spur hatte. »Sie wissen doch, der KGB will uns vorläufig nicht tot. Sie wollen uns lebendig schnappen, damit sie rausfinden können, ob ich jemandem erzählt habe, was ich weiß. Bleiben Sie also ganz ruhig und versuchen Sie, nicht von der Straße abzukommen. Das Auto zu Schrott zu fahren wäre im Augenblick das Schlimmste, was wir tun können.«

»Ruhig bleiben!« Clara wollte hysterisch lachen, aber sie war zu beschäftigt, dem immer wieder auf sie herabstoßenden Helikopter zu entkommen. Er tauchte direkt vor ihnen ab, und seine Kufen berührten fast das Straßenpflaster. Clara trat wie wild auf die Bremse, stampfte aber nach einem gebrüllten Befehl von McClain sofort wieder aufs Gaspedal und fuhr unter Beschuß auf den Hubschrauber zu.

Ein Zusammenstoß schien unvermeidlich. Mit geschlossenen Augen trat Clara das Gaspedal durch. McClain fluchte, es rauschte gewaltig, und dann öffnete sie die Augen und stellte fest, daß sie unter überhängenden Ästen in Sicherheit waren; in letzter Minute hatte sich der Hubschrauber gehoben.

»Tun Sie mir einen Gefallen«, sagte McClain gequält. »Wenn wir beim nächsten Mal wieder Fangen spielen, halten Sie die Augen bitte offen, ja?«

Dann waren sie für kurze Zeit wieder im Freien, so daß der Helikopter einmal herabstoßen konnte, bevor der Wagen erneut in den Schutz der Bäume raste. Clara spürte, daß sie sich ein wenig entspannte. Für die nächsten beiden Minuten waren sie in Sicherheit.

Soweit es in der Dunkelheit zu erkennen war, wand sich die Straße einen Hügel hinauf. Es war eine zweispurige Asphaltstraße, und Clara hoffte, daß ihnen nichts entgegenkam.

»Machen Sie die Lichter aus.«

McClain klang angespannt, aber ruhig. Clara sah ihn an. Er erwartete doch wohl nicht von ihr, daß sie auf dieser unbekannten schmalen Landstraße in völliger Dunkelheit fuhr? Seine Miene war nicht zu entziffern, aber seine grünen Augen glitzerten, als sich ihre Blicke trafen. Er sah quicklebendig aus. Schockiert stellte sie fest, daß ihm die Sache Spaß machte! Es war erschreckender als alles andere.

»Haben Sie mich nicht verstanden? Ich sagte: Machen Sie die Lichter aus!«

Es klang beißend. Ein gefährlicher Mann, dachte sie.

Am Rande eines akuten Anfalls von Hysterie schaltete sie die Scheinwerfer aus. Sofort waren sie in Schwärze gehüllt. Clara konnte die Straße nicht mehr sehen. Instinktiv trat sie auf die Bremse. Der Wagen stoppte quietschend und seitlich ausscherend seine rasante Fahrt. Im Schneckentempo fahrend, warf sie McClain einen Blick zu.

»Wer sind Sie eigentlich – James Bond?«

Es sollte herausfordernd klingen, kam aber ziemlich kläglich heraus. Ohne zu lächeln, sah er sie an. Dieser gnadenlose Blick war ihr bereits vertraut. So hatte er sie im Tabakfeld angesehen, als er ihr die Pistole an den Kopf hielt.

»So was ähnliches.«

»Sie sind ein Spion?« Ihre Stimme war beim letzten Wort um zwei Oktaven höher gerutscht. James Bond gab es nur im Kino. Echte Spione – und sie wußte, daß es sie gab ... sie hatte davon in der Zeitung gelesen ... aber doch nicht in Virginia, um Himmels willen – waren nichts weiter als glorifizierte Klatschbasen und Bleistiftstemmer. Der ganze James-Bond-Kram war reine Erfindung. Sie wußte Bescheid. Oder etwa nicht?

»Agent.«

»O mein Gott!« Etwas anderes schien ihr nicht einzufallen. Da fuhr sie also auf einer dunklen, kurvenreichen Straße mit einem Mann entlang, der ihr eine Heidenangst einjagte, und betete, daß die Zweige über ihnen sie vor einem Hubschrauber schützten – Clara kam alles wie ein schrecklicher Alptraum vor. Das wahre Leben war doch nicht so. Nicht in Virginia!

»Hören Sie – ich könnte ja hier einfach aussteigen und Sie allein weiterfahren lassen. Ich möchte mit der Sache eigentlich nichts zu tun haben.«

Seine Augen funkelten katzenartig in der Dunkelheit.

»Sie *haben* mit der Sache zu tun. Und Sie kommen aus der Sache nicht raus, indem Sie weglaufen. Rostow gibt nicht auf, bis er uns *beide* hat, und wie wir beide wissen, ist er gut im Aufspüren von Leuten. Außerdem kann ich mit diesen verdammten Handschellen nicht fahren.«

»Das ist nicht mein Problem.« Im Augenblick fehlte ihr jedes Mitgefühl. Wegen diesem Mann würde sie wahrscheinlich ihr Leben verlieren, und dabei kannte sie ihn nicht einmal. Wußte absolut nichts über ihn. Und wollte auch gar nichts über ihn wissen. Sie holte tief Luft. »Es tut mir leid, wenn es sie ärgert, aber ich fahre zur nächsten Polizeistation. Danach sind Sie auf sich gestellt. Sagen Sie ihnen, was Sie wollen. Ich werde nicht verraten, daß Sie ein Spion sind, aber ich will mit der Sache nichts mehr zu tun haben. Es ist mir zu gefährlich.«

»Hören Sie, Lady – Cora, oder wie Sie heißen –«

»Clara!«

»Clara. Ob es Ihnen nun gefällt oder nicht, Sie *sind* in diese Sache verwickelt. Und zur Polizei fahren Sie *nicht*! Da ist niemand, dem Sie vertrauen können. Niemand. Haben Sie mich verstanden?«

»Nein, hab ich nicht.« Clara fühlte sich jetzt, wo sie einen

Entschluß gefaßt hatte, besser. »Die Polizei von Virginia hat mit dem KGB nicht das geringste zu tun, wenn es überhaupt der KGB ist, der es auf uns abgesehen hat, und nicht irgendwelche Ganoven, die Sie in irgendeinem Drogendeal oder was übers Ohr gehauen haben. Ist mir auch egal«, fügte sie hastig hinzu, damit er nicht auf die Idee käme, sie zum Schweigen bringen zu müssen. »Machen Sie, was Sie wollen, aber dieser Wagen und ich sind auf dem direkten Weg zur Polizei.«

»O nein – kommt überhaupt nicht in Frage.«

»Sie können mich nicht daran hindern! Ich habe Ihnen das Leben gerettet. Außerdem können Sie nicht fahren. Vergessen Sie die Handschellen nicht!«

Vor Angst war ihre Stimme schrill geworden. In der Dunkelheit sah er sie mit glitzernden Augen an. Dann hörte sie ihn Luft holen. Als er sprach, war seine Stimme leise und rauh.

»Sie trauen mir nicht. Verständlich. Ich würde es wahrscheinlich auch nicht glauben. Gehen wir die Sache also Punkt für Punkt durch. Langen Sie mir in die Tasche und ziehen Sie meine Brieftasche raus. Mein Ausweis ist drin.«

Clara warf ihm einen langen, abwägenden Blick zu und tat schließlich, wie ihr gesagt wurde. Ihre Hand berührte den harten Muskel unter seiner Taille – er hatte auf die linke Gesäßtasche der verwaschenen Jeans gedeutet, die ihm wie eine zweite Haut paßte – und zog sich instinktiv zurück. Sie mochte ihn nicht anfassen, auch nicht aus einem so prosaischen Grund. Es hatte etwas … Sexuelles. Er war zu männlich. Primitive männliche Kraft schien aus seinen Poren zu strömen. Und sie wußte aus Erfahrung, wie aggressiv er sein konnte. Nein, ihn berühren war keine sichere Angelegenheit. Aber seinen Ausweis wollte sie unbedingt sehen und nachschauen, ob er die Wahrheit sagte und diese Katastrophe irgendwie mit der Regierung zu tun hatte. Also zwang sie ihre Hand, sich in seine Tasche zu schieben und das flache Lederportemonnaie, das sie vorfand, herauszuziehen.

»Knipsen Sie das Deckenlicht an!« befahl er. Sie gehorchte. Die Straße nicht aus den Augen lassend, gelang es ihr dennoch, den Inhalt der Brieftasche durchzukämmen: eine anständige Menge Bargeld, MasterCard, Kreditkarten von American Express und Sears, das Foto einer sehr hübschen blonden Frau, die schlanker war als sie, seinen im Staate Maryland ausgestellten Führerschein und die Karte, die ihn als John Thomas McClain, Mitarbeiter der Central Intelligence Agency, auswies. Sowohl der Führerschein als auch der CIA-Ausweis waren mit identischen Fotos des Mannes bestückt, der neben ihr saß. Es bestand also kein Zweifel. Wortlos klappte sie die Brieftasche zu, steckte sie in die Brusttasche seines schwarzen Sweatshirts und knipste das Deckenlicht wieder aus. Sie spürte, daß er sie ansah, weigerte sich aber standhaft, den Blick zu erwidern. Komisch – jetzt, da sie wußte, daß er für ihre Regierung arbeitete, sollte sie sich eigentlich sicherer fühlen. Dem war aber nicht so.

»Hören Sie, Clara. Ich weiß, daß Sie Angst haben – völlig berechtigt. Die Leute, die hinter uns her sind – hinter uns, nicht nur mir –, sind Killer. Sie glauben, daß Sie bei der Polizei in Sicherheit sind. Und Sie hätten recht, wenn wir es nur mit dem KGB zu tun hätten. Die Chance, daß ein berittener Polizist ein Maulwurf ist, ist ziemlich gering. Aber fragen Sie sich doch selbst: würde die Polizei Sie dem FBI, der CIA oder irgendeiner anderen Bundesbehörde übergeben? Jawohl, das würde sie. Sofort. Und es würde gar nicht lange dauern, und Sie würden sich in der gleichen Situation wiederfinden, aus der wir uns gerade befreit haben. Weil nämlich auf höchster Ebene des amerikanischen Geheimdienstes ein sowjetischer Maulwurf sitzt, und solange er nicht identifiziert und entlarvt worden ist, wird er mit jeder Faser seines ansehnlichen Muskels versuchen, uns aufzuspüren und zu eliminieren. Für die Agency sind wir wahrscheinlich laut Aussage des Maulwurfs schon längst die Bösen. Unsere eigenen Leute könnten uns genauso schnell ausschalten wie Rostow. Verstehen Sie jetzt?«

Schweigen. Dann sagte Clara: »Sie übertreiben.«

»So? Wollen Sie wirklich Ihr Leben riskieren, um das herauszufinden?«

Es war ein stichhaltiges Argument, und Clara, die hilflos in die Dunkelheit starrte, durch die sie fuhren, mußte es sich eingestehen.

»Was haben Sie eigentlich getan, daß jeder Sie umbringen will? Wenn ich schon mit Ihnen sterben muß, hab ich doch sicher ein Recht darauf, das zu erfahren?«

»Ich weiß über den Maulwurf Bescheid und soll nicht dazukommen, die Sache publik zu machen. Und sie vermuten wahrscheinlich, daß ich Ihnen schon alles gesagt habe.« Er schwieg. Dann setzte er langsam und nachdenklich hinzu: »Ich will Ihnen auch alles sagen, falls sie mich schnappen und Sie davonkommen.«

»Ich will es nicht wissen.«

Ihr entsetzter Protest hatte keine Wirkung. In knappen Sätzen wiederholte er, was Juropow ihm mitgeteilt hatte. Von Bigfoot und wie wichtig es war, daß dieser sowjetische Spion aus dem Verkehr gezogen wurde. Von dem Plan, den Außenminister zu ermorden. Von einem Abtrünnigen, der nach Rußland geschafft wurde, um dort gefoltert und getötet zu werden …

»Wenn sie mich schnappen, Sie aber nicht, gehen Sie damit zu Tim Hammersmith«, fuhr er fort. »Sagen Sie ihm, was ich Ihnen erzählt habe, und sagen Sie ihm auch, daß Natalia nicht in Budapest gestorben ist. Vergessen Sie das auf keinen Fall. So weiß er, daß das, was Sie ihm sagen, von mir kommt.«

»Jetzt werden sie mich wirklich töten!« jammerte Clara.

Er lächelte. »Wenn Sie entkommen und ich nicht, sind Sie wenigstens noch zu etwas nutze.«

»Na prima.«

»Wir müssen den Wagen stehenlassen. Inzwischen sind sie wahrscheinlich mit einem Auto hinter uns her. Der Hubschrauber wird ihnen gesagt haben, wo wir uns ungefähr befinden. Und wenn wir aus dem Wald kommen, ist er gleich wieder über uns.«

»Okay.« Was blieb ihr anderes übrig, als ihm zuzustimmen. Er gab den Ton an, und sie war ihm ausgeliefert, bis sie eine Möglichkeit sähe, sich aus dem Schlamassel zu befreien. Aber wie? Sie konnte ja nicht mal zu ihrer Mutter fliehen. Was, wenn die Kerle sich ihr an die Fersen hefteten? Wie sie aus Erfahrung wußte, war Unschuld kein Schutz.

»Fahren Sie durch die Bäume da oben! Solange es möglich ist mit dieser Karre. Wenigstens ist sie bis morgen früh nicht zu sehen.«

Clara gehorchte. Der Lieferwagen holperte und krachte über den Erdboden, bis die Bäume zu dicht standen, um durchzukommen. Sie trat auf die Bremse, schaltete den Motor aus und drehte sich zu McClain.

»Und jetzt?«

»Jetzt gehen wir zu Fuß. Aber vorher schau ich nach, ob ich noch was Brauchbares finde. Eine Pistole zum Beispiel.«

»O mein Gott!«

Er blickte sie angewidert an.

»Fällt Ihnen denn gar nichts anderes ein? Ständig dieses ›O mein Gott‹! Es geht mir langsam auf die Nerven.«

»Oh, entschu-u-u-ldigen Sie!«

»Schon besser.« Er war auf den Füßen, bevor sie ihn richtig anblitzen konnte. Vornübergebeugt durchsuchte er den Wagen. Im hinteren Teil waren keine Sitze; ein paar Werkzeuge und eine schmutzige Decke lagen in einer Ecke auf einem Haufen. Als McClain davor kauerte, hörte Clara unheilvolles Fauchen. Er richtete sich so schnell auf, daß er mit dem Kopf gegen die Decke schlug.

»Verdammte Katze!« Bevor Clara erklären konnte, woher die Laute stammten, hatte er schon die beiden goldglühenden Augen entdeckt. Paff hatte sich unter der Decke versteckt. Als sie ihm zu Hilfe eilte, hörte sie ihn schon wieder knurren.

»Nehmen Sie das verdammte Vieh weg!«

Das brauchte er ihr nicht zweimal zu sagen. Sie streckte die Hände aus und nahm Paff auf den Arm. Immer noch aufgeregt nach allem, was ihm widerfahren war, bleckte er die Zähne. Sie achtete nicht darauf, verbarg ihr Gesicht in dem kuscheligen Fell und murmelte beruhigende Worte.

»Jagen Sie die Katze fort! Und nehmen Sie von den Sachen was mit. Man kann nie wissen, wozu man das Zeug noch braucht.«

»Ich soll ihn fortjagen?« fragte sie empört.

Er sah sie ungeduldig an. »Was denn sonst? Wir können keine Katze mitschleppen. Sie findet sich schon zurecht, glauben Sie mir. Rostow hat es nicht auf die verdammte Katze abgesehen.«

»Selbstverständlich können wir ihn mitnehmen. Und wir *werden* ihn mitnehmen! Ich laß ihn nicht zurück. Basta!« Ihr war es ernst, und es war deutlich zu hören. Er schaute sie kurz an und zuckte mit den Schultern.

»Wie sie wollen. Sie müssen ihn tragen. Wenn er Sie aufhält, laß ich Sie allein. Wegen 'ner blöden Heulsuse, die es nicht übers Herz bringt, ihr süßes kleines Miezekätzchen zurückzulassen, bring ich meinen Arsch nicht in Gefahr.«

»Dieses süße kleine Miezekätzchen hat Ihnen das Leben gerettet, falls Sie es schon vergessen haben!«

Ein Schulterzucken war die Antwort. Er hockte wieder vor den Werkzeugen und begutachtete den Haufen.

»Nehmen Sie den Schraubenzieher und den Hammer«, wies er sie an. »Und die Decke. Das andere Zeug nutzt uns nichts.«

Auf ihren fragenden Blick, sagte er: »Die Handschellen. Kapiert?«

Wütend nahm Clara die Werkzeuge und wickelte sie in die Decke, wobei sie mit dem maunzenden Paff jonglierte. Schließlich schaffte sie es, das Bündel unter den einen Arm zu klemmen und Paff, der wie ein gestrandeter Fisch herumzappelte, unter den anderen.

»Wollen Sie ihn nicht doch lieber dalassen?«

Es klang, als würde er gleich losbrüllen vor Lachen. Clara funkelte ihn an. Wenn sie auch nur die winzigste Spur eines Grinsens entdeckt hätte, wäre sie ihm auf die Füße getrampelt. Aber seine Miene war wie immer ausdruckslos. Nur die grünen Augen glitzerten ...

McClain kletterte durch die hintere Tür ins Freie, Clara

folgte. Ihre doppelte Last war ziemlich hinderlich. Paff ließ sich sowieso nicht gerne tragen und zappelte und knurrte böse, als sie ihn den Abhang hinaufschleppte. Ihre Wut wurde mit jeder Sekunde gewaltiger, und sie wünschte, sie hätte eine Hand frei, um dem Mann, der mühelos vor ihr ausschritt, eine reinzuschlagen. Die Handschellen schienen ihm überhaupt nichts auszumachen.

»Geht's nicht ein bißchen schneller?« Fast oben angekommen, wartete er unter einer hohen Tanne auf sie. In der Dunkelheit war er mit seinen dunklen Sachen kaum von den Bäumen zu unterscheiden. Clara, die ihn schnaufend erreichte, stellte verärgert fest, daß er kein bißchen schnaufte. Aber sie verkniff sich die Bemerkung, daß sie schwerer zu schleppen hatte als er, da Paff schließlich die Hauptlast war.

»Haben Sie irgendeinen Plan? Oder wandern wir hier nur durch die Gegend, bis sie uns finden?« fragte sie sarkastisch.

Er ging mit langen, mühelosen Schritten weiter. Die Unebenheit des Bodens unter seinen Füßen oder die dunklen Schatten des Waldes, in denen sich alles mögliche verstecken konnte, schienen ihn kalt zu lassen. Clara folgte. Wütend starrte sie auf seinen Rücken. Was blieb ihr auch anderes übrig, als sich ihm an die Fersen zu heften? In dieser kalten, dunklen, aus den Fugen geratenen Welt war er die einzige Sicherheit, die ihr geblieben war.

Im Laufe der Nacht wurde der Wald immer dichter, er wurde kälter und Paff schwerer, bis Clara das Gefühl hatte, einen Amboß unter dem Arm zu tragen. In Jeans und einem beigebraunkarierten Flanellhemd, unter dem sie nur ihr Hemdhöschen trug, sowie mit Deckschuhen an den nackten Füßen war sie für eine Wanderung durch den Wald in einer kalten Oktobernacht kaum passend angezogen. Wenn sie eine Hand frei und eine Sekunde Zeit gehabt hätte, hätte sie sich in die Decke gewickelt. Aber vor ihr marschierte McClain unerbittlich weiter und kletterte über die bergigen Abhänge, als ob er eine Art Roboter wäre. Sie hatte Angst, auch nur einen einzigen Augenblick stehen zu bleiben, um ihn nicht aus den Augen zu verlieren. Mitten in der Nacht wollte sie auf keinen Fall im Wald allein gelassen werden und schon gar nicht mit Rostow und seinen Häschern auf den Fersen und wer weiß was noch alles im Unterholz um sie herum.

»Warten Sie – bitte!« Sie mußten stundenlang herumgewandert sein. Clara hatte keine Ahnung, wie lange; als sie geschnappt wurde, hatte sie dummerweise ihre Uhr nicht getragen. Aber sie wußte, daß sie bis auf die Knochen durchgefroren und völlig erschöpft war. Wenn er einen Plan hatte, wollte sie gefälligst darüber informiert werden.

»Die Katze hält sie auf. Sie müssen sie laufen lassen.«

Sie fror, war müde und hatte die Nase gestrichen voll. Ihre sonst sanften blauen Augen sprühten Funken. Sogar in der Dunkelheit war zu erkennen, daß seine Augen größer wurden, als er sie so wütend sah.

»Hören Sie zu, James Bond. Ich *laß* die Katze nicht laufen! Ist das klar?« brüllte sie und baute sich kampfbereit vor ihm auf. Zu ihrer Überraschung drehte er sich aber nur achselzuckend um und ging weiter.

»Warten Sie!« heulte sie. Er blieb stehen und sah sie stirnrunzelnd über die Schulter an.

»Können wir uns nicht ein paar Minuten ausruhen? Meine Beine tun schrecklich weh.«

»Gut. Zwei Minuten.«

Er war ja wohl überhaupt nicht müde, stellte sie verbittert fest und sank auf der Stelle zu Boden. Paff befreite sich blitzschnell aus ihren Armen und kauerte sich unter einen Busch. Clara war es egal. Paff wog so viel wie ein kleiner Elefant, und wenn sie das vermaledeite Tier nicht so lieben würde, würde sie es laufen lassen. Aber der Kater würde nie den Weg nach Hause finden ... Zitternd zog sie die Beine an. Sie packte die Decke und wickelte sich hinein. Sie fror wie ein Schneider.

»Glauben Sie, daß Sie die Handschellen aufmachen können?«

Clara schaute ihn nur an, als er sich neben sie hockte. Ihre Abneigung wuchs mit jeder Sekunde. Sie hatte nicht darum gebeten, in diesen Schlamassel hineingezogen zu werden. Es war alles seine Schuld!

»Mit dem Schraubenzieher und Hammer«, erklärte er geduldig, als ob sie blöd wäre. Clara blitzte ihn durch Augenschlitze an. Abneigung war sehr milde ausgedrückt für das, was sie empfand.

»Hey, leben Sie noch?« Es klang ungeduldig.

Clara kniff die Augen noch mehr zusammen und schüttelte den Kopf. »Nein.«

»Wenn Sie mir mit den Handschellen helfen, kann ich was tragen.«

Clara schmollte. Reine Bestechung! Aber wenn er Paff eine Weile trug, schaffte sie es vielleicht doch noch ein Stückchen weiter.

»Wie?«

»Nehmen sie den Schraubenzieher und den Hammer.«

Sie mußte sich aus der Decke schälen. Aber die Aussicht, daß Paff von ihm getragen wurde, war zu verlockend. Er fand einen großen Stein und schob ihn heran. Dann legte er seine Handgelenke drauf. Er hatte ihr den Rücken zugedreht, und Clara mußte sich beherrschen, um ihm nicht mit der flachen Hand eins über den Schädel zu geben. Alles war seine Schuld.

»Stecken Sie den Schraubenzieher da rein, wo die Kette mit der Handschelle verbunden ist.«

Sie tat es.

»Und jetzt schlagen Sie ordentlich mit dem Hammer drauf.«

Mit Schwung ließ sie den Hammer niedersausen.

»Scheiii-ße!« Er sprang auf die Füße und tanzte fürchterlich fluchend zur Seite. Clara beobachtete ihn. Sie hatte danebengehauen – na und? Ein zerquetschter Finger war ein geringer Preis für die mißliche Lage, in die er sie gebracht hatte.

Imme noch fluchend und mit drohend zusammengekniffenen Augen stakste er auf sie zu. Erstaunlicherweise hatte sie überhaupt keine Angst.

»Sorry.«

»Ja-ja«, sagte er miesepetrig und kniete sich wieder hin. Als seine Handgelenke wieder auf dem Stein lagen und der Schraubenzieher an der vorgesehenen Stelle steckte, hob Clara den Hammer und setzte zu einem neuen Versuch an. Seine Schultern krampften sich zusammen. Clara bemerkte es und brachte den Hammer vorsichtig herunter. Das Metall wurde nicht einmal zerkratzt.

»Probieren Sie's noch mal.«

Sie probierte es noch mal. Und noch mal. Beim zwölften Versuch hatte sie das Theater dermaßen satt, daß sie ihm am liebsten den Schädel eingeschlagen hätte, und siehe da – das Glied, das die Kette mit einer der Handschellen verband, zersprang.

»Gut gemacht!« Er drehte sich um, streckte die Arme aus und rieb sich das Handgelenk, an dem die Handschelle mit der Kette immer noch festsaß. Auch das andere Gelenk schmückte eine Handschelle, aber die Kette war gesprengt, und er konnte seine Hände frei bewegen.

»Wie spät ist es?« Sie sah, daß er eine Uhr trug.

»Zwanzig nach elf. Warum?«

»Es kommt mir später vor. Vor sechs Stunden habe ich bei Mitch noch zu Abend gegessen.«

»Mitch?«

»Der Sheriff. Ich bin gestern zu ihm gefahren.«

»War aber keine große Hilfe, was?«

»Nein.«

McClain brummte und drehte sich weg, um Decke, Schraubenzieher und Hammer aufzuheben.

»Wie haben die Sie eigentlich geschnappt?« Sie war neugierig.

Er sah sie an. »Sie warteten an der Straße vor Ihrem Haus. Ich bin an ihnen vorbeigefahren. Sie zerschossen mir die Reifen, mein Auto fuhr in den Graben, und schon hatten sie mich. Kinderleicht.«

»Das wäre James Bond nie passiert«, sagte sie schnippisch. Seine Augenbrauen zogen sich ruckartig zusammen.

»Hier. Wickeln Sie sich da rein, und dann nichts wie weiter«, sagte er und warf ihr die Decke zu. Clara starrte ihn sekundenlang an. Sie sträubte sich stillschweigend, denn sie konnte sich nicht mehr rühren. Sie, die niemals zu Fuß ging, wenn es sich irgendwie vermeiden ließ, war schon mindestens sieben oder acht Meilen gewandert. Die Beine taten ihr weh. Sie konnte nicht weiter.

»Rostow und seine Leute sind uns hart auf den Fersen, glauben Sie mir«, sagte er. »Vielleicht haben sie sogar schon das Auto entdeckt. Vielleicht warten sie, bis es hell wird, um uns zu verfolgen. Vielleicht aber auch nicht.«

Clara erhob sich wortlos und hing sich die Decke wie eine Squaw über die Schultern. McClain war nicht wärmer als sie angezogen – sogar seine Knöchel waren in den weißen Turnschuhen sockenlos –, aber wenn er den Gentleman spielen und ihr die Decke überlassen wollte, würde sie es ihm nicht ausreden.

McClain steckte die Werkzeuge in seinen Hosengurt, und sie ging zu einem Busch, um Paff zu holen. Paff widersetzte sich mit jammervollem Maunzen, aber Clara zerrte ihn am Halsband vor und nahm in auf den Arm.

»Pscht!« zischte sie gereizt. Um ihren unfreundlichen Ton wiedergutzumachen, kraulte sie ihn zwischen den Ohren. Er knurrte immer noch, und Clara seufzte.

Als sie sich aufrichtete, war McClain schon unterwegs. Schnell lief sie hinterher.

»Hey, Sie hatten versprochen, etwas zu tragen, wenn ich die Handschellen runterkriege.«

»Ich trage etwas. Die Werkzeuge.«

»Das zählt nicht. Die wiegen ja kaum was! *Sie* sind an der Reihe mit Paff!«

»Die verdammte Katze trag ich nicht. Ich hasse Katzen.«

»Sie hassen Katzen?« Clara war zutiefst schockiert. Sie zog sich so abrupt von ihm zurück, als ob ihm Hörner gewachsen wären. »Wie kann denn einer Katzen hassen?«

»Ganz leicht, glauben Sie mir! Vor allem dieses Biest. Es benimmt sich eher wie ein Säbelzahntiger als wie eine Katze.«

»Paff mag Sie auch nicht.«

Paff knurrte tatsächlich schon wieder, aber Clara wußte nicht, ob er es tat, weil er getragen wurde, was er normalerweise haßte, oder weil er noch nichts gefressen hatte, was wohl eher der Grund war. Seine Meinung von McClain hatte sicherlich nur entfernt mit seiner schlechten Laune zu tun.

»Es bricht mir das Herz.«

»Sie sind gar kein netter Mann.« Das war so schwach gekontert, daß sich Clara schämte, aber McClain marschierte einfach weiter, ohne darauf einzugehen. Sie hing sich ihm an die Fersen, gab sich alle Mühe, mit ihm Schritt zu halten, und überhäufte jeden Aspekt seiner Person mit stillschweigenden Schmähungen. Für eine Weile hob es ihre Stimmung.

Nach einer weiteren Stunde wurde Paff ganz still – und hundert Pfund schwerer. Clara, der Arme, Beine, Rücken schmerzten, fing an, sich Rostow herbeizuwünschen, um sie einzufangen. Dann könnte sie sich wenigstens setzen. Mit einem haßerfüllten Blick auf McClains entschwindenden Rükken änderte sie diesen Wunsch insoweit, daß er *ihn* einfangen möge. Wenn sie ihn das nächste Mal wieder in die Mangel nähmen, wäre sie gern eine Fliege an der Wand. Sie würde die Typen noch anfeuern.

Der hübsche kleine Hain, in dem sie losgegangen waren, hatte sich zu einem ausgewachsenen Wald entwickelt. Einem richtigen tiefen Wald mit Bäumen, die so dicht standen, daß man sich zwischen ihnen kaum durchschlängeln konnte, und Kletterpflanzen, die ihnen ins Gesicht hingen, sich in ihrer Kleidung verfingen und einen zu Tode erschreckten, mit Tieren, die einem über den Weg sprangen, Blättern, die einem um die Füße wirbelten, und Gestrüpp, das einen zum Stolpern brachte ... Clara schauderte, als sie sich in Gedanken die Gefahren aufzählte. Die Finsternis machte einem das Vorwärtskommen auch nicht leichter. Mehr als einmal stolperte sie über einen krakeligen Ast, den sie in der Dunkelheit nicht sehen konnte. Eulen schrien und kleine pelzige Kreaturen hasteten vorbei und kreischten, aber sie hörte sie schon gar nicht mehr. Ihr ganzes Bewußtsein konzentrierte sich nur noch darauf, einen Fuß vor den anderen zu setzen.

Sie prallte auf McClain, knallte mit ihm zusammen. In seiner dunklen Bekleidung war er schwer von den Schatten zu unterscheiden, und ihr Verstand hatte sich ihre Links-rechts-links-Litanei dermaßen einverleibt, daß sie nicht einmal bemerkt hatte, wie er haltgemacht und sich umgedreht hatte. Sie prallte regelrecht von seiner Brust ab, und er mußte sie an den Armen packen, damit sie nicht fiel. Paff knurrte und holte mit der Pfote nach ihm aus. McClain machte einen Schritt zurück.

»Ich finde, wir sollten uns für ein paar Stunden aufs Ohr hauen.«

»Halleluja.«

»Neben dem Weg liegt ein hohler Baumstamm. Wenn wir reinkriechen, könnten sie an uns vorbeigehen und wüßten nicht mal, daß wir drin sind.«

»Glauben Sie –«

Er schüttelte den Kopf. »Nein, ich glaube nicht, daß sie uns im Dunkeln durch den Wald gefolgt sind. Morgen sieht die Sache allerdings anders aus. Deshalb sollten wir schlafen, solange es geht, nicht, daß Sie mir aus den Latschen kippen!«

Clara hütete sich, ihm zu widersprechen oder darauf hinzuweisen, daß *er* genausogut aus den Latschen kippen könnte. Die Aussicht, schlafen zu dürfen, war so unwiderstehlich, daß sie als Gegenleistung mit allem einverstanden gewesen wäre.

»Setzen Sie die verdamme Katze ab und folgen Sie mir!«

»Nein!« Alles, nur das nicht. Sie würde Paff nicht im Stich lassen.

»Ich werde ganz bestimmt keinen Baumstamm mit einer Katze teilen.«

»Und ich werde ihn ganz bestimmt nicht hier draußen lassen. Außerdem«, setzte sich schlau hinzu – ihre Verzweiflung machte sie raffiniert –, »wenn Rostows Leute zufällig vorbeikommen und Paff finden, wissen sie, daß wir in der

Nähe sind. Sie haben ihn bestimmt nicht vergessen. Ihn vergißt keiner so schnell!«

Das Argument schien ihm einzuleuchten. Mit zusammengekniffenen Augen und ärgerlichem Gebrumm über die verdammten Frauen und ihre verdammten Haustiere ging er ein paar Meter weiter, fiel dann auf die Knie und verschwand in einem riesigen Stamm. Clara folgte mit Paff, den sie eng an sich preßte, und tastete sich in der Dunkelheit vorwärts. Das faulige Holz fühlte sich unter ihren Fingern gleichzeitig krümelig und glitschig an. Clara schauderte und dachte, daß es ganz gut war, nicht zu sehen, was sie berührte. Es gab Dinge, über die man besser nicht Bescheid wußte.

Paff, dem seine Lage nicht gefiel, fing schon wieder an zu knurren. Clara spürte, daß er die Krallen seiner Hinterpfote in ihrer Brust vergrub.

»Verdammt noch mal!« fluchte McClain wütend, als sich Paff von Clara abstieß, ihm über die Schultern sprang und in der Dunkelheit verschwand.

»Paff!« schrie Clara.

»Keine Angst, das verdammte Biest geht schon nicht verloren«, sagte McClain verbittert. »Der Stamm endet an einem anderen Baum. Der Kater kann nicht abhauen.«

»Oh, gut.« Clara sackte zusammen, legte den Kopf auf ihre verschränkten Arme und schloß die Augen. Gleich würde sie einschlafen …

»Kommen Sie her!«

Sie schreckte auf. Ihr Kopf hob sich, und ihre Augen spähten mißtrauisch durch die Dunkelheit auf die Stelle, an der McClain mit angezogenen Beinen auf dem Rücken lag.

»Wieso?« Sie hatte beinahe vergessen, daß er ein Mann war, und diese Spezies war schließlich auf mancherlei Art gefährlich.

»Was soll das heißen – wieso? Wenn ich *Herkommen* sage, dann tun Sie es gefälligst. *Ich* hab in dieser kleinen Komödie das Sagen.«

»Ach, wirklich?« Empört starrte sie ihn an.

»Ja, wirklich. Und jetzt kommen Sie her.«

»Nein.«

Sie konnte fast hören, wie er mit den Zähnen knirschte. Einen Augenblick lang geschah gar nichts. Dann streckte er die Hand aus, packte einen ihrer Arme und zog sie zu sich heran. Clara schnappte nach Luft.

»Ich hab das Sagen. Sie tun, was ich will und wann ich es will, und ich will keine verdammten Fragen mehr hören«, zischte er durch die Zähne. Er spuckte ihr die Worte regelrecht ins Gesicht. Seine beiden Hände umklammerten jetzt ihre Oberarme. Er hatte sie so weit zu sich herangezogen, daß ihr Gesicht nur noch wenige Zentimeter von seinem entfernt war. »Wir befinden uns in einer verzweifelten Lage. Diese ständige Streiterei kann uns das Leben kosten. Wenn ich sage, Sie sollen springen, dann fragen Sie von jetzt an: wie hoch? Kapiert?«

»Nein!« Clara kochte. Was bildete er sich ein – einfach so das Kommando an sich zu reißen! Normalerweise war sie das sanfteste Wesen, aber sie haßte es, wenn jemand sie grob behandelte. Sie blitzte ihn an. Seine Augen wurden schmal, aber sie wich um keinen Millimeter zurück.

»Was haben Sie gesagt?« Es klang drohend.

»Ich sagte ›nein‹!« Auge in Auge. »Entweder machen wir als Team zusammen weiter, oder wir machen überhaupt nicht weiter. Lieber nehm ich's mit Rostow und der Polizei auf, als daß ich mich von Ihnen schikanieren lasse!«

Schweigen.

»Sie haben das Hirn einer Küchenschabe«, sagte er schließlich und ließ ihre Arme los. »Wenn Sie Ihr Leben aufs Spiel setzen wollen – bitteschön. Ich riskiere mein Leben jedenfalls nicht wegen einer schlechtgelaunten, dickköpfigen, blöden –«

»Okay!« sagte Clara und huschte rückwärts.

»Okay«, sagte er, packte einen Zipfel der Decke und zog sie ihr weg, um sich selbst hineinzuwickeln.

»Geben Sie die Decke wieder her!«

»Kommt nicht in Frage. Sie wollen Gleichberechtigung, also kriegen Sie Ihre Gleichberechtigung. Ich wollte die

Decke mit Ihnen teilen, aber da Sie ja so verdammt *tough* sind, können Sie auch frieren.«

Clara starrte ihn durch die Dunkelheit an. Wenn Blicke töten könnten, wäre er jetzt eine Leiche.

»Ach, zum Kuckuck, das ist ja lächerlich«, sagte sie plötzlich. Bevor sie wußte, wie ihr geschah, hatte er sie wieder an den Armen gepackt und zu sich gezogen. Schon lag sie auf der Seite mit dem Gesicht zur gewölbten Wand des Baumstamms. Dann legte er sich neben sie, zog die Decke über sie beide und legte einen Arm über Clara, damit sie still hielt.

»Wir stecken, verdammt noch mal, gemeinsam in dieser Sache drin, ob es uns nun paßt oder nicht. Und wenn Sie auch nur ein Fünkchen Vernunft haben, halten Sie jetzt die Klappe und schlafen«, knurrte er ihr ins Ohr. Clara lag steif da. Dann spürte sie die Wärme seines Körpers hinter sich und den Trost der Decke über sich, und als ihr die energischen Schnarchlaute verrieten, daß er eingeschlafen war, entspannte sie sich. Mitgefangen, mitgehangen ... in guten wie in schlechten Zeiten, bis daß ... sie sich aus dieser Sache herauswinden könnte ... Bevor ihr aber etwas einfiel, das einigermaßen erfolgversprechend war, senkten sich ihre Lider, und sie schlief ein.

7

Eine Explosion gleich neben ihrem Ohr schreckte sie aus dem Schlaf. Er nieste noch einmal und murmelte die gemeinsten Flüche. Clara drehte sich nach dem Mann neben sich um. Sein zusammengeschlagenes Gesicht sah in dem schwachen Licht der Morgendämmerung noch fürchterlicher aus. Lilagelbe Flecken zierten seine Gesichtszüge. Der große Schnitt hinter seinem Ohr sah entzündet aus. Die Schwellung am Unterkiefer war zurückgegangen, aber der dazugehörige Bluterguß hatte sich vom Hals bis zu den Schläfen ausgebreitet. Erschrocken starrte sie ihn an. Er sah bösartig wie eine Schlange aus.

Sie bemerkte, daß sich ihr Körper von den Schultern bis zu den Füßen eng an ihn gepreßt hatte und konnte jeden Muskel, jede Wölbung und Einbuchtung spüren. Seine Wärme. Ein Arm lag warm und schwer um ihre Taille, der andere unter ihrem Kopf. Um sich gegen den Nachtfrost zu schützen, hatten sie sich unter der Decke aneinandergeschmiegt.

Wieder heftiges Niesen. Clara schrak zurück.

»Die verdammte Katze«, sagte er haßerfüllt und starrte Paff an, der mit zuckendem Schwanz am blockierten Stammende saß und sie beobachtete. Clara, die endlich begriff, was los war, grinste. Dann mußte sie lachen.

»Sie sind allergisch gegen Katzen«, sagte sie entzückt. Er funkelte sie an, hob seinen Arm von ihrer Taille und rückte von ihr ab. Dann setzte er sich so aufrecht hin, wie es die Enge erlaubte.

»Ich hasse Katzen«, verbesserte er sie eisig. Und nieste. Clara grinste. James Bond war nicht gegen Katzen allergisch. Es machte McClain viel menschlicher.

»Hören Sie auf zu kichern«, sagte er griesgrämig. »Wir müssen weiter.«

»Ja, Sir«, stimmte sie ihm zu und salutierte, während sie sich an ihm vorbeischlängelte. Daß er gegen Katzen allergisch war, hob ihre Stimmung ungemein. »Komm, Paff«, lockte sie und beobachtete McClain aus den Augenwinkeln. Er sah angeekelt aus. Clara mußte wieder grinsen. Paff erhob sich mit ungeheurer Würde und näherte sich ihrer ausgestreckten Hand. Sein Schwanz schwang sanft hin und her. Clara nahm den Kater auf den Arm und drückte ihn zärtlich an sich. McClain nieste.

Sie krochen aus dem Stamm hinaus. Claras schmerzende Muskeln protestierten gegen jede Bewegung. Aber draußen sah Clara, daß sein Zustand viel schlimmer war als ihrer. Ihr Körper schmerzte von der ungewohnten sportlichen Betätigung, aber an seinem war jeder sichtbare Zentimeter geschwollen oder blaugrün verfärbt. Im helleren Tageslicht sah sie die Verletzungen, die im finsteren Baumstamm nicht zu erkennen gewesen waren. Seine Unterlippe war auf dreifache Größe angeschwollen und im rechten Mundwinkel geplatzt. Den rechten Wangenknochen zierte ein blauer Fleck, und eine längliche Wunde, die aussah, als sei sie ihm mit einem Messer zugefügt worden, zog sich von seinem linken Ohr über den Hals und verschwand unter dem schmuddeligen Sweatshirt. So, wie er sich über die Rippen rieb und zusammenzuckte, war zu vermuten, daß die Verletzungen im Gesicht nicht das Schlimmste waren.

»Sie sind schwer mitgenommen, nicht wahr?« sagte sie und fühlte zum ersten Mal echtes Mitleid.

Seine blau umrandeten Augen sahen sie an. »Ich werd's überleben«, sagte er und ließ die Hand sinken. Die Kette am rechten Handgelenk klirrte, und Clara fuhr zusammen. Sie merkte, wie sehr sie sich fürchtete. Rostow konnte überall sein – wenige Meter oder viele Meilen entfernt –, auf jeden Fall aber hinter ihnen her. Und wenn er sie fand ... Sie schauderte und zwang sich, an etwas anderes zu denken. Sie würde verrückt werden, wenn sie ständig darüber nachgrübelte.

McClain hielt die Decke in der Hand und langte in seinem Hosenbund nach dem Schraubenzieher. Er bohrte ein Loch in den festen Stoff und riß die Decke auseinander. Dann bohrte er Löcher in beide Hälften und riß sie zu fußlangen Schlitzen. Schließlich steckte er den Schraubenzieher wieder in die Hose und zog eine der Deckenhälften über den Kopf. Ponchos. Er warf Clara die andere Deckenhälfte zu, und sie zog sie sich wortlos über. Der Poncho war ein willkommener Schutz gegen die feuchte Kälte des frühen Morgens.

»Kommen Sie«, sagte er und ging voraus.

Clara wimmerte, als sich ihre Muskeln streckten mußten, um Schritt zu halten, holte ihn aber ein. McClain warf Paff, der, wahrscheinlich in der Hoffnung, seiner Herrin eine Mahlzeit zu entlocken, wie ein Motor schnurrte, einen scheelen Blick zu.

»Wo gehen wir hin?« fragte sie und versuchte, ihren Schritt den seinen anzupassen.

»Nach Maryland.«

»Wir gehen nach Maryland?« Virginia grenzte zwar an Maryland, aber sie waren mindestens fünfzig Meilen davon entfernt. Wenn nicht mehr. So weit konnte sie nicht gehen.

»Ich hab mir gestern nacht noch was überlegt. Ich arbeite seit vielen Jahren für Tim Hammersmith, und wenn wir irgendeinem trauen können, dann ihm. Heute ist Sonntag, also ist er zu Hause. Wir werden ihm alles erzählen. Wenn alles bekannt ist, wird Rostows Motivation, uns zu töten, erheblich abnehmen.«

»Oh.« Clara war enorm erleichtert. Es gab also doch einen Weg aus dieser Misere. »Warum haben Sie Ihren Chef nicht schon früher angerufen?«

»Als ich ihn anrief, um ihm zu sagen, was für eine Sensation mir Juropow gerade aufgetischt hatte, hat sich jemand eingeschaltet. Daraus leitete ich mehrere Möglichkeiten ab. Erstens: Hammersmith macht mit dem Maulwurf gemeinsame Sache. Nicht sehr wahrscheinlich, aber möglich. Zweitens: jemand hat unser Gespräch im Restaurant belauscht. Auch nicht sehr wahrscheinlich. Drittens: Hammersmiths Telefon wird abgehört. Wahrscheinlich. Ich sagte ihm, wo ich war und daß Juropow und ich uns auf den Weg machen würden. Sie schickten jemand los, der dafür sorgen sollte, daß wir nicht ankämen. Ich mußte mir alles noch mal ganz genau durch den Kopf gehen lassen. Schließlich will man nicht vom Regen in die Traufe geraten.«

Clara überlegte. »Sind Sie sicher, daß Hammersmith einer von den Guten ist?«

Plötzlich grinste er. »Ziemlich sicher. Glaub' ich.«

»Super.«

McClain sah sie an. »Ich will auch nicht sterben.«

Etwas Beruhigenderes hätte er kaum sagen können.

Sie marschierten stundenlang, bis die Sonne den Nebel aufgelöst hatte und die Luft wärmer wurde. Es war ein richtiger Altweibersommertag. Fallende Blätter drifteten an Claras Gesicht vorbei, und das Laub leuchtete in purpurroten, orange- und goldfarbenen Tönen hoch über ihren Köpfen.

Dicke Blätterhaufen raschelten unter ihren Füßen. Eichhörnchen schnatterten und Vögel zwitscherten in den Bäumen. Es war idyllisch und schwer zu begreifen, daß in diesem Frieden und dieser Schönheit Verbrecher nach ihrem Leben trachteten.

Clara schauderte und schloß näher zu McClain auf. Entschlossen zwang sie sich, die Gedanken an Rostow und seine Leute wegzuschieben und sich statt dessen mit McClain zu befassen. Er war größer, als sie ihn eingeschätzt hatte, stellte sie, hinter ihm herschreitend, fest. Seine kräftigen Schultern hatten ihn im Dunkeln untersetzter wirken lassen, als er tatsächlich war. Sie war selbst nicht gerade klein, doch reichte ihr Kopf nicht einmal an sein Ohrläppchen heran. Seine Schultern waren breit unter dem groben Stoff des blauen Ponchos. Er hatte ihn um die Taille gegurtet, damit ihm die Zipfel nicht im Weg waren, und sie nahm mit Interesse zur Kenntnis, daß seine Taille im Vergleich zu den Schultern schmal war. Die herabhängenden Enden des Ponchos verbargen sein Hinterteil, aber seine Beine, die mühelos ausschritten, waren lang und sahen im verwaschenen Jeansstoff kräftig aus. Sein ganzer Körper war muskulös, und dann wurde sie zu ihrem eigenen Erstaunen rot, als sie daran dachte, wie er sich am Morgen, als sie erwachte, neben ihr angefühlt hatte. Hart und warm und sehr, sehr männlich …

Er blieb stehen, und wieder prallte sie ums Haar mit ihm zusammen. Er stand auf einer Anhöhe und blickte in die Ferne. Clara trat neben ihn. Unter ihnen schlängelte sich eine Landstraße, und in eine Kurve schmiegte sich ein Tante-Emma-Laden mit zugehöriger Tankstelle. Auf dem Parkplatz stand ein klappriger weißer Chevy; an der Klinkerwand hing ein uralt aussehendes Münztelefon.

»Wie wär's mit Frühstück?«

»Klingt wunderbar«, sagte Clara begeistert. Sie hatte sich schon seit längerem gefragt, wann sie wohl etwas zu essen bekämen, und befürchtet, erst bis nach Maryland trotten zu müssen. In ihrem Arm wand sich Paff und miaute, als ob er alles verstanden hätte. »Paff ist der gleichen Meinung.«

Aber McClain machte noch keine Anstalten, den Abhang hinunterzuklettern. Sein Blick war hart, als er das Gelände musterte. Alles schien jedoch friedlich zu sein.

»Die Handschellen müssen weg, bevor ich runtergehe. Glauben Sie, daß Sie's schaffen, ohne mich abzuschlachten?« Er ließ die Kette klirren.

»Ich werd' mein Bestes tun.« Gestern noch hätte sie sich so was nicht zugetraut, heute sah die Sache schon etwas anders aus. Er fand einen großen flachen Stein, legte sein linkes Handgelenk darauf und brachte den Schraubenzieher für sie in die richtige Position. Sie brauchte nur noch mit dem Hammer draufzuschlagen, also setzte sie Paff ab, nahm den Hammer, hielt die Luft an und schlug mit aller Kraft zu. Er sprang jaulend auf, aber die Handschelle öffnete sich, und er konnte sie abstreifen.

»Sie sind eine Gefahr für die Menschheit!« brüllte er, sich das befreite Handgelenk reibend und sie mißmutig beäugend. »Sie müssen auf den Schraubenzieher hauen und nicht daneben! Sie hätten mir fast das Handgelenk gebrochen.«

»Tut mir leid«, sagte Clara demütig. Mit strengem Blick legte der das andere Handgelenk auf den Stein, und der Vorgang wiederholte sich. Diesmal hielt Clara den Schraubenzieher fest und hatte mehr Erfolg. Bereits nach zwei Versuchen war das Schloß geknackt, und sie hatte McClain kein Härchen gekrümmt.

»Schon besser«, sagte er, als er die Handschellen los war. »Und jetzt gibt's was zu essen.« Sie standen auf dem Hügel und schauten auf den kleinen Laden. Paff, der sich wieder in Claras Arme kuschelte, miaute beifällig. McClain blickte ihn finster an. »Du warst nicht gemeint, Fellkugel.«

Clara schaute ihn bittend an. »Sie müssen ihm auch was bringen. Er hat Hunger.«

Miau!

»Unglaublich«, murmelte McClain. Zwei Augenpaare, eines golden und eines hellblau, flehten ihn an. »Okay, okay. Ich werd' meine letzten Dollar auf den Kopf hauen und uns dreien was zu essen besorgen.« Er schüttelte den Kopf.

»Warten Sie hier. Ich bin so schnell ich kann zurück.« Immer noch kopfschüttelnd machte er sich an den Abstieg.

»McClain!«

»Was?«

»Seien Sie vorsichtig!«

»Ja-ja.«

Er kletterte leichtfüßig durchs Unterholz. Clara blickte ihm nach. Dann fiel ihr ein, daß die Gelegenheit günstig war, eine äußerst dringliche Sache zu erledigen, die sie seit einiger Zeit ignoriert hatte. Sie setzte Paff ab, ging hinter einen Busch und fühlte sich danach augenblicklich wohler. Als sie wieder auftauchte und sich an ihren Aussichtspunkt stellte, war von McClain nichts mehr zu sehen. Das weiße Auto fuhr vom Parkplatz. Clara beobachtete es stirnrunzelnd. McClain konnte natürlich im Laden sein oder …

Eine sehnige braune Hand an einem Arm in schwarzem Sweatshirtstoff winkte aus der Fahrerseite ungeduldig aus dem Fenster. Clara sprangen schier die Augen aus dem Kopf. McClain klaute den Wagen! Sie schnappte sich Paff und lief, mehrmals stolpernd, den Abhang hinunter, schaffte es aber, nicht der Länge nach hinzuschlagen.

»Sie klauen ein Auto!« sagte sie vorwurfsvoll, als sie sich atemlos auf den Beifahrersitz fallen ließ. Paff kletterte auf den Rücksitz.

»Wollen Sie zu Fuß nach Gaithersberg?« Er war so gelassen, als ob das Stehlen eines Autos eine alltägliche Sache für ihn wäre.

»Aber das ist doch ein Verbrechen!«

»Muß sein.« Er war merkwürdig wortkarg. Seine Brauen hatten sich zusammengezogen und bildeten eine gerade schwarze Linie.

»Stimmt was nicht?«

Er schnaubte verächtlich. »Sie meinen, was Neues? Schauen Sie sich das mal an!« Er machte eine Kopfbewegung zur Mitte des Autositzes. Clara sah die dicke Sonntagszeitung. Sie nahm sie in die Hand und zog die Stirn kraus. Dann blieb ihr fast das Herz stehen. Auf der ersten Seite war ein Brustbild von McClain. Unter der Schlagzeile ›Massaker-Verdächtiger identifiziert‹ las sie: »Die Suche nach John Thomas McClain, Mitarbeiter der CIA und ehemaliger Psychiatriepatient, der im Massaker, das Freitag nacht im Marinehospital von Bethesda stattfand, als Hauptverdächtiger gilt, wurde landesweit aufgenommen.«

»O mein Gott!« sagte Clara und starrte ihn entsetzt an. Eine schreckliche Sekunde lang glaubte sie, was sie gelesen hatte. Dann begann ihr Verstand zu arbeiten.

»Stammt das von Rostow?« hauchte sie.

»Rostows Leute waren die Mörder. Ich war Freitag nacht, nachdem ich ihm entkommen war, in der Notaufnahme. Rostow ist ein vorsichtiger Mann, er geht keine Risiken ein. Für den Fall, daß ich jemandem erzählt hatte, was ich weiß, ließ er einfach alle abschlachten. Aber Rostow würde nicht auf die Idee verfallen, das Blutbad zu benutzen, um mich zu schnappen. Er denkt nur in eine Richtung – töten, töten, töten. Ich denke, daß Bigfoot selbst dahintersteckt.« Sein Mund zuckte. »Brillant – das muß ich ihm lassen. Jeder Gesetzeshüter im Land ist jetzt hinter mir her und wird höchstwahrscheinlich zuerst schießen und dann Fragen stellen. Ich bin als Verrückter, als Massenmörder gebrandmarkt. Mit ein bißchen Glück bleibt mir 'ne Woche.«

»Steht auch von mir was drin?« Wenn sie sich auf McClain konzentrierten, wäre sie vielleicht vergessen. Vielleicht könnte sie sogar wieder nach Hause gehen.

McClain sah sie scharf an. »Lesen Sie den Artikel. Es steht da, daß ich wahrscheinlich mit einer Frau unterwegs bin. Einer Blondine. Ihr Name wird nicht erwähnt.«

Clara schwieg. Der kleine Hoffnungsschimmer erstarb. Es schien tatsächlich keinen Ausweg aus dieser Katastrophe zu geben.

»Was sollen wir tun?« wisperte sie und las den Rest des Artikels. Sie erinnerte sich, daß Mitch darüber gesprochen hatte; und seine Mutter hatte gesagt, kein Mensch wäre heutzutage noch irgendwo sicher. All diese Menschen waren wegen des Mannes neben ihr brutal ermordet worden.

Schlagartig wurde ihr das Ausmaß der Gefahr, in der sie sich befand, bewußt. Es war durchaus möglich, daß auch sie wegen ihm sterben mußte.

Er blickte sie kurz an. Die Gefühle, die sich hinter diesen smaragdgrünen Augen verbargen, ließen sich nicht deuten.

»Wir fahren zu Hammersmith. Dann sehen wir weiter.«

Clara sah ihn hilflos an. Seine Aufmerksamkeit war auf die Straße gerichtet. Seine Hände umklammerten das Lenkrad. Die blaugrünen Flecken hoben sich lebhaft von seiner dunklen Haut ab und erinnerten sie daran, daß auch er sich in Todesgefahr befand. Sie waren gemeinsam in diese Sache verwickelt, und sie versuchte nicht daran zu denken, wie sehr wie sich wünschte, daß es anders wäre.

8

Sie hatte den Artikel zu Ende gelesen und faltete die Zeitung zusammen. Da sprang ihr die Schlagzeile ins Auge: *CIA-Mitarbeiter von Ehefrau erschossen.* Es war eine kleine Story, nur ein paar Absätze, aber ihr Herz fing an zu hämmern.

»McClain«, sagte sie mit rauher Stimme, weil ihr Hals plötzlich staubtrocken war. »Hieß die Frau von Hammersmith Mary?«

Er sah sie an. »Woher wissen Sie das?«

Clara schluckte und fuhr sich mit der Zunge über die Lippen. »Sie hat ihn getötet. Gestern nachmittag. In der Zeitung steht, sie nahm an, er wolle sie wegen einer anderen verlassen. Sie hat ihn erschossen.«

»Was?« McClain fuhr beinahe in den Straßengraben.

»Passen Sie auf!«

Leise fluchend fuhr er an die Seite, bremste scharf und langte nach der Zeitung. »Zeigen Sie her!«

Sie reichte sie ihm wortlos und beobachtete ihn beim Lesen. Er saß da und starrte aufs Papier, obwohl er mit dem kurzen Artikel längst fertig sein mußte.

»McClain, ist was mit Ihnen?« fragte sie schließlich. Er hob den Kopf. Seine grünen Augen glitzerten hell. Zu hell.

»Möge Gott die verdammten Schweine zur Hölle fahren lassen«, stieß er hervor.

Ihre Augen wurden groß. »Was meinen Sie?«

McClain schnaubte wütend. »Sie haben ihn erwischt. Irgendwie. Das weiß ich so sichere wie die Tatsache, daß heute früh die Sonne aufgegangen ist.«

»Wer?« Aber Clara wußte bereits, was McClain vermutete. »Rostow?«

»Ja. Oder seinesgleichen. Wegen mir. Wegen dem, was ich weiß.«

»O mein Gott!«

»Sie wußten, daß ich zu ihm gehen würde. Früher oder später. Also zogen sie ihn aus dem Gefecht, die Schweine.«

»Aber McClain, könnte die Geschichte in der Zeitung nicht auch stimmen? Ich hab mal gesehen, daß es zwischen Mann und Frau immer ein Motiv für einen Mord gibt. Vielleicht fand sie wirklich raus, daß er eine Geliebte hatte. Vielleicht ist es reiner Zufall, daß es gerade jetzt passierte.«

Er sah sie wieder an. Dann fuhr er los.

»In diesem Geschäft gibt es keinen Zufall«, sagte er und wendete scharf. Dann fuhr er schweigend in südliche Richtung, bis Clara die Stille nicht mehr ertragen konnte. Aber sie wußte nicht, was sie sagen sollte.

Hilflos schaute sie zu McClain und sah, daß er die Lippen zusammenpreßte. Nach allem, was er ihr erzählt hatte, war Hammersmith nicht nur sein Chef, sondern auch sein Freund gewesen. Er trauerte.

Sie streckte die Hand aus und legte sie ihm schüchtern auf den Arm. Er fühlte sich unter dem Sweatshirt stahlhart an.

»Es tut mir so leid«, sagte sie. Er blickte auf ihre Hand und dann in ihr Gesicht. Seine grünen Augen funkelten wie Edelsteine.

»Er war ein Profi. Er kannte die Gefahr«, sagte er schroff und schüttelte ihre Hand vom Ärmel. Clara sank auf ihren

Sitz zurück. Es tat ihm weh, aber er konnte es nicht ertragen, daß jemand an seine Schmerzen rührte. Sie biß sich auf die Unterlippe und blickte auf die vorüberziehende Landschaft. Am besten, sie ließ ihn in Ruhe.

So fuhren sie fast zwei Stunden lang schweigend durch das kurvenreiche Straßenlabyrinth des ländlichen Virginia und schienen sich in südwestlicher Richtung zu bewegen. Schließlich nahm Clara allen Mut zusammen und fragte ihn nach dem Ziel.

»Wir nehmen den Blue-Ridge-Parkway nach Florida«, antwortete er.

»Florida!«

Er nickte. »Jetzt, wo Hammersmith tot ist, kann ich keinem mehr trauen. Ich war nicht gerade Mr. Sympathisch in der Agentur. Aber einen gibt's noch – Michael Ball. Er hat zwanzig Jahre lang die versteckten Operationen geleitet und mich angeheuert. In den Florida-Keys besitzt er ein Haus. Wir fahren zu ihm. Er hat bestimmt nichts mit der Sache zu tun. Denk ich mir jedenfalls.«

»McClain.« Claras Stimme war kaum zu hören.

»Was?«

»Da oben ist ein Hubschrauber.« Ob es derselbe war, der sie gejagt hatte, war natürlich nicht auszumachen, aber Clara verspürte ein unangenehmes Kribbeln in der Magengrube, als sie zu seinem glänzenden blauen Bauch hinaufblickte. Er flog parallel zur Straße über das Waldgebiet.

»Ich seh ihn.«

Seine Stimme war ruhig. Aber die Knöchel seiner Hände, die das Lenkrad umklammerten, waren weiß. Den blaugrün geschlagenen Unterkiefer hatte er vorgeschoben.

»Glauben Sie, daß es der Hubschrauber von gestern nacht ist?«

»Wahrscheinlich nicht. Hier fliegen eine Menge davon rum. Es ist ein Helikopter der Polizei.«

»O mein Gott!«

Er sah sie gereizt an.

»Sie können unmöglich wissen, daß wir hier entlangfahren. Also, bleiben Sie ruhig! Wenn sie uns suchen sollten, fahnden sie nach zwei Menschen, die zu Fuß unterwegs sind.«

Clara hörte kaum zu. »Sie werden uns auf der Stelle erschießen – wie Bonnie und Clyde!«

McClain seufzte. Dann versteifte er sich.

»Legen Sie Ihren Kopf auf meinen Schoß. Jetzt sofort!«

»Was?«

»Nun machen Sie schon!« Erschrocken tat sie, was er verlangte. Wie erstarrt lag sie auf dem Sitz, ihr Kopf auf seinem harten Oberschenkel. Ihr Gesicht war dem Lenkrad auf unangenehme Weise nahe, aber lieber würde sie sich die Nase einschlagen lassen, als ihr Gesicht in die andere Richtung zu drehen.

Er beugte sich vor, um am Radio zu fummeln, das nicht funktionierte, und zerquetschte ihr dabei fast den Kopf zwischen seinem Schenkel und Unterbauch. Clara zuckte zurück. Er roch nach Mann …

»Hinter uns ist ein Polizeiauto«, stieß er leise hervor. »Wer uns sucht, sucht einen Mann und eine Frau. Sie sollen denken, ich bin allein. Bleiben Sie unten, und liegen Sie still!«

Clara erstarrte. McClain tat, als ob er das Radio einstellte. »Bitte, lieber Gott, bitte, bitte, bitte«, betete sie. Rauschend wurden sie von einem Auto überholt. McClain richtete sich auf. Sie spürte, daß sich seine Muskeln entspannten.

»Sehen Sie? Kein Grund zur Aufregung«, sagte er, als sie sich wieder auf ihren Platz setzte. »Wie wär's mit Essen? Ich hab uns in dem kleinen Laden ein paar Schinkenbrote und Cola besorgt. Das Zeug liegt hinten.«

Clara drehte sich um und riß entsetzt die Augen auf. Paff saß mitten auf dem Rücksitz, neben ihm eine offene Tüte. Die einzelne Brotrinde mit einer Spur Senf dran lugte aus der Tüte, die bis auf zwei Coladosen leer war. Mit breitem Katzengrinsen putzte sich Paff zufrieden das Fell. Der Sitz war voller Krümel.

»Oje!« sagte sie.

»Was ist los?« McClain schaute kurz zu ihr rüber. Als er

sah, worauf ihr Blick ruhte, linste er über die Schulter. Ihre Blicke trafen sich, und seiner war blutrünstig. »Der verdammte Kater – ich dreh ihm den fetten Hals um! Ich –«

»Wir können die Cola trinken«, fiel Clara ihm nervös ins Wort.

»Ich will keine Cola. Ich will mein Schinkenbrot!«

Paff rülpste zart. McClain fluchte. Clara schloß die Augen. Als hinter ihnen eine Sirene ertönte, machte sie sie schnell wieder auf.

9

»Heilige Mutter Gottes«, knurrte McClain. Clara blickte über ihre Schulter an Paff vorbei, der sich immer noch putzte. Hinter ihnen fuhr ein blauweißer Streifenwagen der Polizei von Virginia.

»Was sollen wir tun?« Clara fühlte sich wie betäubt.

»Anhalten.« McClain bremste bereits und fuhr an die Seite.

»Anhalten?« Clara konnte nicht glauben, daß er so schnell kapitulierte. Wenn alles stimmte, was er gesagt hatte, war dies ihr sicherer Tod.

»Hauen wir ab!« stieß sie hervor. »Es ist nur einer – vielleicht schaffen wir's. Ist doch besser, als es gar nicht erst zu versuchen!«

»Klappe halten und aufpassen!« McClain klang böse. Er fuhr den Wagen auf das steinige Bankett und stellte den Motor ab. »Sagen Sie nichts und tun Sie nichts. Haben Sie mich verstanden? Bleiben Sie einfach sitzen.«

Sie wollte etwas erwidern, aber er rollte bereits das Fenster runter. Paff, dem die frische Luft gefiel, sprang auf McClains Kopfstütze und schwenkte seinen Schwanz. McClain fluchte, als ihm das pelzige Anhängsel ins Gesicht schlug.

»Ist irgendwas –« McClain nieste heftig und funkelte Paff böse an. Schnell nahm ihn Clara in die Arme. »– los, Officer?«

»Steigen Sie bitte aus.«

McClain mußte wieder niesen. »Gibt es ein Problem?«
»Bitte steigen Sie aus.«
»Sicher. Sicher. Lassen Sie mich nur mein Portemonnaie rausholen.« McClain nieste noch zweimal, während er ganz langsam in seine Hosentasche griff. Der Polizist, der jung und ängstlich aussah, beobachtete ihn aufmerksam.
»Steigen Sie aus!«
»Gleich ... hatschi ... hoppla!« Das Portemonnaie landete klatschend auf dem Pflaster. Der Beamte bückte sich automatisch, um es aufzuheben. McClains Hand schoß zum Türgriff. Er warf sich mit seinem ganzen Gewicht gegen die Tür und knallte sie dem jungen Mann an den Kopf. McClain sprang raus und stellte sich über den Polizisten, der auf der Straße lag und sich stöhnend den Kopf hielt. Schnell riß er ihm die Pistole aus dem Halfter und richtete sie auf ihn, als ob er ihn gleich ins Jenseits befördern wollte.
»Nein – nicht!« kreischte Clara. Mit gerecktem Nacken hatte sie McClains Bewegungen verfolgt und bekam fast einen Herzanfall, als es aussah, als wolle er den Mann erschießen. Sie drückte Paff, den sie in der Aufregung ganz vergessen hatte, an sich, kletterte aus dem Auto und lief zu McClain. »Nicht schießen!«
»Seien Sie doch nicht blöder, als es unbedingt sein muß«, knurrte er. »Steigen Sie ein und fahren Sie das Auto hinter die Büsche dort drüben.«
Als Clara zögerte, schnauzte er sie an. »Nun machen Sie schon!«
Sie folgte brav, warf Paff auf den Rücksitz und fuhr mit quietschenden Reifen rückwärts. Die Stelle, die er bestimmt hatte, lag hinter dichten immergrünen Sträuchern. Sie fuhr holpernd durch eine flache Mulde und brachte es sogar fertig, das Auto nicht im Matsch festzufahren, aber ihre Angst und Unruhe waren stärker als die vagen Triumphgefühle, die sich einstellen wollten. Was würde er mit dem Polizisten anstellen?
»Nicht schießen!« Der junge Mann lag reglos da und sah McClain argwöhnisch an. Auf einen Wink mit der Waffe

stand er langsam auf. Mit kaltem Blick verfolgte McClain jede Bewegung. Der Mann hielt die Hände hoch. Clara sah, daß er zu schwitzen begann. Auf seiner Nase bildeten sich winzige Schweißperlen. Sein Gesicht war bleich. Wahrscheinlich so bleich wie ihr eigenes, dachte Clara, aber er konnte kaum ängstlicher sein als sie.

»Nicht, wenn Sie mich nicht dazu zwingen, mein Freund«, sagte McClain. Dann zu Clara: »Nehmen Sie ihm die Handschallen weg!«

Ihr blieb keine Wahl. Clara wurde noch blasser und führte den Befehl aus. Nervös fummelte sie am Gürtel des Mannes herum. Er tat ihr leid und sie sich auch. Wie waren er und sie nur da hineingeraten?

»Und jetzt gehen Sie zum Mikrophon und sagen dem Einsatzleiter, daß sie sich unwohl fühlen und frühzeitig Mittagspause machen. Irgendwas anderes, und ich schieß Sie über den Haufen. Kapiert?«

»Ja, Sir«, stotterte der junge Mann. Clara zuckte zurück, als McClain in den Wagen langte und das Mikrophon rauszog. Bald würde die ganze Highway-Patrol von Virginia hinter ihnen her sein.

»Sprechen Sie jetzt!« befahl McClain und reichte dem jungen Beamten das Mikrophon. Er hielt ihm die Pistole ans Ohr. Der junge Mann schluckte und tat, was er verlangte.

»Kluger Kerl«, sagte McClain, brachte das Mikrophon wieder an seinen Platz und rückte die Pistole etwas vom Kopf des jungen Mannes ab. »Und jetzt gehen Sie zu dem Auto dort drüben. Aber vorsichtig, damit ich nicht abdrücken muß.«

»McClain«, wisperte Clara. Wenn er unbedingt jemanden kaltblütig erschießen mußte, wollte sie nichts damit zu tun haben. Brächte er das wirklich fertig? Man konnte einen Menschen doch nicht grundlos umbringen – und einen Polizisten schon dreimal nicht. Oder? Was wußte sie überhaupt von ihm? Außer daß er schweigsam und rücksichtslos war, Katzen haßte und um seinen Freund trauerte ...

Jemand, der Katzen haßte, konnte nicht durch und durch gut sein.

»Halten Sie die Klappe, okay?« zischte er. »Setzen Sie sich in den Streifenwagen! Fassen Sie nichts an! Und sagen Sie kein Wort mehr!«

Aber Clara hatte viel zuviel Angst, er könnte dem armen Polizisten etwas antun, als daß sie ihm gehorchen konnte. Sie ließ ihn nicht aus den Augen, nicht, solange er die Pistole in der Hand hielt. Außerdem war Paff noch in dem weißen Auto. Sie mußte ihn retten. Es war klar, daß McClain ihn im Stich lassen oder erschießen würde, wenn ihm danach war. Clara ging hinter ihm her, während er den jungen Mann durch die schlammige Mulde zum Auto trieb. Aber wie könnte sie ihn daran hindern, den armen Teufel zu erschießen? Ein Cop-Killer! Sie schauderte. Sie würden ihn jagen wie einen tollwütigen Hund – und sie auch. Ihr wurde schlecht.

Die beiden Männer blieben neben dem Auto stehen. Clara, die ängstlich hinter ihnen hergestolpert kam, wurde von McClain aus zusammengekniffenen Augen angeblitzt. Sein Blick entlockte ihr beinahe ein Wort. Sie biß sich auf die Lippe und blieb still. Der Polizist sah sie flehend an. Sie schaute nervös zu McClain, der haßerfüllt zurückstarrte.

»Steigen Sie ein!« befahl er. Der junge Mann ließ sich auf den Fahrersitz gleiten.

»Die Hände aufs Steuer!«

McClain fesselte ihn mit den Handschellen ans Lenkrad. Augenblicklich wurde er freundlicher.

»Bleiben Sie einfach hier sitzen, mein Freund. Man wird sie bald finden. Es fliegt nämlich ein Hubschrauber mit Ihrem Namen drauf durch die Gegend.«

Damit trat er vor das Auto und klappte die Motorhaube hoch. Clara folgte ihm und sah staunend zu, wie er den Schraubenzieher aus dem Hosenbund zog und keine zwei Minuten später die Batterie in Händen hielt. Er schmiß sie ins Gebüsch. Clara zog die Stirn kraus, als er die Haube wieder runterdonnerte.

»Damit er sich nicht auf die Hupe lehnt«, beantwortete er ihren fragenden Blick. Dann steuerte er auf das Polizeiauto zu.

»Oh, warten Sie, ich hab Paff vergessen!« Clara rannte um das Auto. Der Polizist erschrak.

»Ich hab meinen Kater vergessen«, erklärte sie, öffnete die hintere Tür und langte nach Paff, der eifrig die letzten Krümel vom Rücksitz schleckte. Er schnurrte, als sie ihn hochhob. Mit vollem Bauch war Paff ein Schmusekätzchen.

»Es tut mir wirklich leid«, entschuldigte sie sich und schlug die Autotür zu. »Ich meine wegen Ihrem Kopf und wegen der Handschellen und –«

»Clara!« Sie fuhr erschrocken zusammen. McClain stand keine zwei Meter von ihr entfernt und starrte sie böse an. Mit einem letzten bedauernden Blick auf den Polizisten drehte sie sich eilig zu McClain um.

»Können Sie Ihren Rand nicht halten?« sagte er bissig und stakste auf den Streifenwagen zu. »Es ist wichtig, daß der Gegner Angst vor einem hat. Wenn er gehörig Angst hat, ist die Gefahr, daß er was Dummes macht, viel geringer. Hätte der Typ versucht, den Helden zu spielen, hätte ich ihn womöglich erschießen müssen. Versuchen Sie, das in Ihren Schädel zu kriegen: entweder wir oder die. Glauben Sie, daß Sie sich das merken können?«

»Ach, halten Sie's Maul«, sagte Clara zu seinem Rücken. Eine solche Frechheit war ihr so fremd wie Seife einem Warzenschwein, aber es tat gut. Sie hob das Kinn und starrte seine Rückseite an. Sollte er sich ruhig umdrehen und sich mit einer ebenso frechen Bemerkung revanchieren. Zu Ihrer Enttäuschung tat er, als habe er sie gar nicht verstanden.

Als sie den Streifenwagen erreichte, saß er bereits auf dem Fahrersitz, und während sie um den Wagen lief, heulte schon der Motor auf. Clara hatte kaum die Tür zugeschlagen, da trat er aufs Gas. Kies spritzte, und Clara wurde gegen ihren Sitz geschleudert. Paff rappelte sich aus ihren Armen und sprang wieder auf McClains Kopfstütze. Mit dämonischer Miene langte der sich, um den Kater runterzuschubsen, aber eine mit messerscharfen Krallen bewaffnete Pfote versetzte ihm einen Hieb.

»Autsch!« McClain hielt sich das Handgelenk an den

Mund und sog daran. Der Blick, mit dem er Clara bedachte, war mehr als grimmig.

»Ich hasse dieses verdammte Vieh«, stieß er zähneknirschend hervor.

Clara konnte sich ein Grinsen nicht verkneifen, was McClain noch mehr aufbrachte. Paff dagegen machte es sich auf seinem Thron gemütlich. Er schnurrte wie ein Rasenmäher, und sein Schwanz peitschte McClains Nacken. Als Clara die Hand nach dem Kater ausstreckte, mußte McClain so heftig niesen, daß es ihn schüttelte. Clara grinste wieder, zog Paff aber auf ihren Schoß, in den er sich seufzend kuschelte, um sein Mittagsschläfchen zu halten. McClain nieste, fluchte und nieste noch einmal, Clara kicherte und Paff schnurrte.

10

McClain fuhr etwa eine Stunde lang. Eisig schweigend brütete er vor sich hin und lenkte den Wagen über kurvige Landstraßen in westliche Richtung. Clara zuckte jedes Mal, wenn ein Auto in Sicht kam, zusammen, was zum Glück immer seltener passierte. Paff hatte sich auf ihrem Schoß zu einer zufriedenen Kugel zusammengerollt und war fast eingeschlafen.

»McClain«, wagte Clara schließlich zu fragen, »glauben Sie, daß sie den Polizisten inzwischen gefunden haben?«

»Wahrscheinlich.«

»Werden Sie uns nicht suchen? Sie wissen doch sicher, daß wir seinen Wagen haben.«

»Weshalb wir ihn stehenlassen werden. Und zwar bald.«

Clara wurde still. Das mußte sie erst einmal verdauen.

»Und dann?«

»Dann gehen wir zu Fuß weiter, bis wir eine andere Beförderungsart gefunden haben. Etwas, was nicht so auffällt.«

»Könnten wir nicht einfach mit dem Bus weiterfahren? Sie haben doch noch etwas Geld, oder?«

»Jeder Flughafen, jeder Bahnhof und jede Bushaltestelle an der gesamten Ostküste wird in diesem Moment überwacht. Garantiert. Einfacher könnten wir ihnen nicht zu ihrem Glück verhelfen.«

Clara wurde wieder still. Dann fragte sie zaghaft: »Wie gut stehen unsere Chancen wirklich, aus diesem Schlamassel herauszukommen?«

McClain sah sie an. Sein Blick war hart.

»*Wenn* wir bis zu Michael Ball durchkommen, und *wenn* er in diese Sache nicht verwickelt ist, und *wenn* er mir glaubt und es ihm gelingt, die zuständigen Kräfte davon zu überzeugen, daß meine Geschichte nicht das blöde Geschwafel eines ausgeflippten Agenten ist, und *wenn* sie dann in der Lage sind, Bigfoot schnellstens zu identifizieren und unschädlich zu machen, dann stehen unsere Chancen ziemlich gut.«

»Das sind aber eine Menge ›Wenns‹.«

»So ist es.«

»McClain, was würde passieren, wenn wir einfach weiterfahren würden? Nach Kalifornien oder Mexiko oder sonstwohin? Wenn wir Bigfoot einfach in Ruhe ließen? Würde er uns dann in Ruhe lassen?«

McClains Augen flackerten. »Niemals. Es steht zuviel auf dem Spiel. Einen Mitarbeiter auf höchster Ebene in unserem Geheimdienst sitzen zu haben, ist für die Kommunisten viel zu wertvoll, als daß sie etwas riskieren würden. Sie werden nicht ruhen, bis wir aus dem Verkehr gezogen sind. Das können Sie mir glauben!«

»Aus dem Verkehr gezogen? Ein schöner Ausdruck. Warum sagen Sie nicht, was Sie meinen? Tot!«

»Okay – tot.«

McClain schwieg. Dann setzte er hinzu: »Und vergessen Sie die Bullen nicht. Sie glauben, ich hätte die Notaufnahme zusammengeschossen. Und *Sie* hat man wahrscheinlich als Komplizin auf dem Kieker. Auch die Polizei würde uns nicht in Ruhe lassen.«

Clara seufzte. Sie hatte gewußt, daß es keinen leichten

Ausweg geben würde. McClain fuhr leise fort: »Selbst wenn ich könnte, würde ich jetzt nicht mehr davonlaufen. Ich habe Bigfoot gegenüber noch eine Schuld zu begleichen.«

»Was wollen Sie damit sagen?«

Er drehte sich zu ihr. Die smaragdgrünen Augen funkelten. »Tim Hammersmith war mein Freund. Und ich werde dafür sorgen, daß diejenigen, die für seinen Tod verantwortlich sind, den Preis dafür bezahlen.«

Clara lief es eiskalt über den Rücken. Es klang, als ob er zu allem fähig wäre – sogar Mord.

»Und was passiert, wenn wir bei Michael Ball sind? Angenommen, er glaubt uns?«

»Wir versuchen, Bigfoot zu identifizieren.«

»Haben Sie eine Ahnung?«

»Wer es sein könnte? Wenn ich eine Weile dran arbeite, komme ich sicher auf ein Dutzend Leute, die in Frage kämen.«

»Phantastisch.«

McClain grinste. Seine Laune schien sich aufzuhellen. Er blickte Clara an. Ihr sarkastischer Ton amüsierte ihn. »Aber ich weiß, wer uns dabei helfen kann.«

»Wer?«

»Big Floyd.«

Clara schnaufte verächtlich. »Sehr hilfreich. Und wer ist dieser Big Floyd? Ein Pop-Star? Ein Clown?«

»Ein Super-Computer. Big Floyd kann Dinge, die Sie nicht für möglich halten würden. Zum einen hat er Zugriff zu den Dateien der Agentur und kann rausfinden, wer die Informationen abrufen konnte, die Bigfoot weitergegeben hat. Das sollte den Personenkreis schon etwas einschränken. Dann kann er uns Hintergrundinformationen über diese Kandidaten geben – Kindheit, Ausbildung, Mitgliedschaften, Familie, schlechte Gewohnheiten, wie Glücksspiele oder Frauen, solche Sachen eben. Dabei sollten wir den Täterkreis noch weiter eingrenzen können. Danach kann er ein Profil ausspucken, das uns zeigt, was für ein Typ unser Maulwurf ist.«

»Und dann?«

»Dann benutzen wir die Computer, die uns in die Wiege gelegt wurden – unsere Gehirne. Und wir beten viel.«

»Super.«

»Fällt Ihnen was Besseres ein?«

Clara mußte es verneinen.

»Ich hab nur eine Frage«, sagte sie nach kurzem Überlegen und sah McClain mißtrauisch an. »Wie kommen wir an Big Floyd ran? Ich bezweifle, daß uns jemand einfach so erlaubt, ihn zu benutzen.«

McClain setzte ein gemeines Grinsen auf. Seine grünen Augen funkelten. Clara hatte wieder das Gefühl, daß er sich köstlich amüsierte, und wieder lief es ihr eiskalt über den Rücken. Einem Mann, der eine Situation, bei der es um Leben und Tod ging, genoß, war nicht zuzutrauen, daß er einen mit heiler Haut davonkommen ließ.

»Wir dringen natürlich einfach ein. Dafür brauchen wir lediglich einen PC mit einem Modem.«

»Mehr nicht? Moment mal – lassen Sie mich nur schnell in meine Taschen schauen. Ach, verflixt – wie's scheint, habe ich meinen PC und das Modem zu Hause gelassen«, sagte sie sarkastisch. Sein Grinsen wurde noch breiter.

»Michael Ball hat einen PC mit Modem. So erfährt er alles, was in der Agentur los ist. Auch deshalb fahren wir nach Florida.«

»Woher wissen Sie, daß Michael Ball nicht Bigfoot ist?« Clara traute inzwischen gar keinem mehr.

»Das weiß ich nicht.«

»Nicht?«

Er schüttelte den Kopf. »Woher denn? Aber ich glaube es nicht. Mein Instinkt sagt mir, daß er clean ist. Sie vertrauen doch meinem Instinkt, nicht wahr?«

»Fällt mir nicht im Traum ein«, sagte Clara. Wo war bloß ihr gutes Benehmen geblieben? Die jahrelange sorgfältige Erziehung war glatt für die Katz! Sie sollte seinem Instinkt vertrauen? Nicht, wenn ihr Leben auf dem Spiel stand!

»Sie verletzen meine Gefühle.« Er sah überhaupt nicht verletzt aus. Im Gegenteil – er lachte sie an. Clara knirschte mit den Zähnen. Es war seine Schuld, daß sie sich in dieser mißlichen Lage befand. Es war seine Schuld, daß alles ständig komplizierter wurde. Es war seine Schuld, daß inzwischen schon x-Leute ermordet worden waren und sie vielleicht die Nächsten wären. Und er lachte sie an?

»Ich will nach Hause«, murmelte sie. Er grinste und fing an, einen unmelodischen Song zu pfeifen, der vage an *Ghostbusters* erinnerte.

Sie fuhren jetzt bergauf, hoch in die Berge. Trotz des strahlenden Sonnenscheins war es kalt draußen. Das Laub des dichten Waldes funkelte blutrot und goldgelb und in allen Zwischentönen. Die Landschaft war zauberhaft. Aus dem Fenster schauend, konnte Clara kaum glauben, daß sie mit einem abtrünnigen Geheimagenten in einem gestohlenen Streifenwagen fuhr, und daß jeder Polizei- und Kriminalbeamte der Gegend – von Rostow und seinen Genossen ganz zu schweigen – hinter ihnen her war. Sie hatte das Gefühl, in einem Alptraum gefangen zu sein.

Paff, der sich auf ihrem Schoß enger zusammenrollte, knetete zufrieden ihre Schenkel. Sie schrie auf, als seine nadelspitzen Krallen durch die Jeans stachen, und löste die Pfoten mit einem leichten Klaps. Er schnurrte, McClain sah angewidert aus, und Clara gab die Hoffnung auf, bald zu erwachen. Es war kein Traum. Unglücklicherweise war es ihr Leben.

Ein kleines Straßenschild kündigte an, daß der Blue-Ridge-Parkway zwei Meilen weiter begann. McClain fuhr kurz danach an die Seite. Clara blickte sich nervös um.

»Warum halten wir an?« fragte sie widerwillig. Jedes Mal, wenn sie anhielten, schien es Ärger zu geben.

»Wir müssen das Auto endlich loswerden. Steigen Sie aus!«

Seufzend stieg Clara mit Paff im Arm aus. Normalerweise mochte er es nicht, wenn man ihn weckte, aber seine gute Laune nach dem stibitzten Lunch schien sich nicht zu verflüchtigen. Schnurrend streckte er sich. Clara kraulte seinen Kopf und sah zu, wie McClain zurückfuhr. Sie runzelte die

Stirn. Was hatte er vor? Wollte er sie im Stich lassen? Aber diesen Gedanken ließ sie gleich wieder fallen. Merkwürdigerweise vertraute sie ihm in dieser Hinsicht voll und ganz …

Das Polizeiauto mit McClain am Steuer brauste mit quietschenden Reifen an ihr vorbei. Mit offenem Mund wirbelte Clara herum und starrte hinter dem Wagen her, der in kurzer Entfernung um die Kurve raste. Sekunden später folgte dem Knirschen von Unterholz ein gewaltiger Krach. Entgeistert blickte Clara in die Richtung, aus der der Lärm kam. Dann rannte sie los.

Kurz vor der Biegung bekam sie Seitenstechen und mußte langsam gehen. Paff im Arm und mit der anderen Hand auf den schmerzenden Punkt drückend, hinkte sie zu der kahlen Stelle, an der etwas durchs Gestrüpp geprescht sein mußte. Ein Auto? Entsetzt starrte Clara in eine dicht bewachsene Schlucht. Auf ihrem Grund, etwa sechs Meter unterhalb der Straße, lag der Streifenwagen auf seinem Dach. Die Räder drehten sich noch.

»Sie werden noch Fliegen fangen«, sagte eine Stimme hinter ihr. Eine quadratische, kräftige Hand kam von hinten und klopfte leicht gegen ihren herunterhängenden Kiefer. Clara klappte den Mund sofort zu, und eine Welle der Erleichterung überkam sie. Sie hatte doch gleich gewußt, daß er da nicht hinuntergebraust war, aber …

»Hier – Sie tragen Paff!« Sie drückte ihm den Kater in den Arm. Eine bessere Rache fiel ihr für diesen Schrecken nicht ein, und er griff automatisch zu. Seinen Protest wartete sie gar nicht erst ab, sondern drehte sich auf dem Absatz um und marschierte die Straße hinunter. Brustendes Niesen und Fluchen sagte ihr, daß er ihr folgte, aber es war ihr eigentlich egal. Er hatte sie zu Tode erschreckt, dieser –

»Was ist denn mit Ihnen auf einmal los?« donnerte er und streckte ihr den maunzenden Paff entgegen. Clara verschränkte die Arme vor der Brust und stapfte weiter. McClain nieste schon wieder, schimpfte und folgte.

»Verfluchtes Krallenmonster!« brüllte er und nieste erneut. Clara blieb stehen und blickte über ihre Schulter.

McClain rieb sich die Schulter, und Paff verschwand mit zornig gesträubtem Fell im Unterholz am Straßenrand.

»Was haben Sie denn *jetzt* wieder angestellt?« Mordgelüste kamen hoch, als sie sich umdrehte und zu McClain zurückging, der abwechselnd nieste und ihr entgegenstarrte. »Fangen Sie ihn ein!«

»Ich werd' mich beherrschen können! Das Vieh ist ja gemeingefährlich! Schlimmer als eine tollwütige Ratte! Das ist wahrscheinlich gar keine Katze, sondern ein Teufel im Katzenfell!«

»Reden Sie nicht so von meinem Paff!«

»Ich rede, wie ich will und wovon ich will, verdammt noch mal!«

»Ach ja?«

»Jawohl!«

Sie standen sich gegenüber, Nase an Nase, und brüllten sich an, als ein schrecklich vertrautes Geräusch sie zusammenfahren ließ.

»Hubschrauber!«

»Ins Gebüsch!«

McClain packte sie am Arm und stieß sie unter die niedrigen Bäume neben der Straße. Seine Hand auf ihrem Kopf, um ihn runterzudrücken, war nutzlos. Clara kauerte schon am Boden. McClain hockte sich neben sie. Beide schauten hoch, konnten aber nur den schmalen Streifen Himmel über der Straße sehen. Die Bäume standen zu dicht. Doch dem Geräusch nach zu urteilen, waren die Hubschrauber nah.

»Glauben Sie, daß sie uns sehen können?« flüsterte Clara – was albern war, denn die Helikopter knatterten so laut, daß sie ihr eigenes Wort nicht verstand.

»Nein.« Aber sie glaubte, Besorgnis herauszuhören. Dann wurde ihr klar, daß die Besatzung der Hubschrauber bestimmt keine zwei im Gebüsch hockenden Personen entdeckten, aber mit großer Wahrscheinlichkeit einen umgekippten Streifenwagen.

Ein Hubschrauber kam in Sicht. Er hatte den bekannten blauweißen Anstrich der Polizei von Virginia und folgte der

Straße. Hinter ihm, etwas weiter nördlich, flog ein zweiter. Nach dem Dröhnen zu urteilen, waren die beiden nicht allein. Es klang, als ob eine ganze Helikopterflotte den Wald absuchte.

»Offenbar haben sie unseren Freund gefunden.« Auch McClain flüsterte. Clara freute sich, daß auch er nervös geworden war. Gleichzeitig machte es ihr angst. Sie hielt sich eigentlich nicht für einen Feigling. Aber hätte James Bond in solch einer Situation geflüstert? Das Herz sank ihr noch tiefer in die Hose, als sie daran dachte, daß ihrem Geheimagenten vielleicht gerade die Geheimagententricks ausgegangen waren.

»Ein Glück, daß wir das Auto losgeworden sind.«

»Ja. Hoffentlich entdecken sie es nicht.«

»Sie hätten es mit Sicherheit entdeckt, wenn wir die Straße entlanggefahren wären.«

»Stimmt. Verbergen Sie Ihr Gesicht. Es reflektiert das Licht.«

Der erste Hubschrauber flog jetzt direkt über ihnen. Clara lag vornübergebeugt auf den Knien. McClains Hand lag auf ihrem Kopf – wahrscheinlich, um zu verhindern, daß sie im falschen Moment hochblickte. Er kniete in ähnlicher Stellung neben ihr. Clara drückte sich an ihn und konnte seine Kraft und die Wärme seines Körpers spüren. Obwohl er der Grund für ihre mißliche Lage war, empfand sie seine Gegenwart als tröstlich.

Sekunden später waren die Hubschrauber verschwunden. Clara richtete sich vorsichtig auf und schaute in den Himmel, um sich zu vergewissern, daß die Luft rein war. McClain runzelte die Stirn. Das Dröhnen der Hubschrauber war immer noch deutlich zu hören.

»Meinen Sie, die haben uns gesehen?«

»Ich weiß nicht. Hoffentlich nicht.«

»Hätten sie nicht was unternommen, wenn sie uns entdeckt hätten?«

»Sie hätten Unterstützung am Boden angefordert. Was wir natürlich nicht mitkriegen.«

»Glauben Sie, daß sie es getan haben?«

McClain stand plötzlich auf und zog sie unsanft mit sich. »Jedenfalls habe ich nicht die Absicht, hier herumzuhocken, um es rauszufinden. Schnappen Sie sich die Fellkugel, und dann nichts wie weg.«

Staunend, daß er an Paff gedacht hatte, sah sie ihn an.

»Nun machen Sie schon!«

Clara rief den Kater, aber Paff blieb verschwunden. Sie bückte sich und entdeckte ihn im Gebüsch. Sie ging in die Knie und streckte die Arme nach ihm aus, aber Paff kroch rückwärts und entkam ihren Fingern. Offensichtlich hatte er ihr noch nicht verziehen, daß sie ihn an McClain weitergereicht hatte.

»Möge Gott alle Katzen und alle Frauen verdammen, die sie besitzen«, sagte McClain wütend und fiel neben ihr auf die Knie, um einen fauchenden Paff unter dem Busch vorzuziehen. »Autsch!«

Er stand auf und schob ihr mit böse funkelnden Augen den Kater in die Arme. An seiner Handkante bildeten sich winzige Blutstropfen.

»Danke«, sagte Clara. Die Hand am Mund, blitzte er sie nur an. Dann drehte er sich auf dem Absatz um und marschierte durchs Unterholz. Clara drückte Paff an sich und folgte.

Die provisorischen Ponchos boten wenig Schutz vor der Kälte des späten Nachmittags. Trotz des flotten Tempos, das McClain anschlug, zitterte Clara. Paff war eine willkommene Wärmequelle, und sie hielt ihn fest an sich gedrückt, während sie durch Blätterhaufen stapfte und über Schlingpflanzen stolperte, die so dick waren, daß sie jahrelang unberührt dagelegen haben mußten. Wenn Paff doch nur nicht so schwer gewesen wäre …

»McClain, warten Sie!« Clara hatte den Punkt erreicht, an dem sie nicht mehr weiter konnte. Sie hatten mindestens zehn Meilen hinter sich gebracht, ohne eine einzige Pause einzulegen. Ihre Beine fühlten sich an, als ob sie gleich abfallen würden. Sie fror sich zu Tode, ihr brachen die Arme, weil sie Paff schleppen mußte, und außerdem hatte sie einen fürchterlichen Hunger. Was sie allerdings unerwähnt ließ, um sich und Paff weitere Beschimpfungen zu ersparen.

»Wir müssen weiter.« Er ging zu dem halb verfaulten Baumstamm zurück, auf dem sie zusammengesackt war. An der frischen Luft funkelten seine blaugrünen Flecken, aber der lebendige Ausdruck in seinem Gesicht ließ ihn anziehend erscheinen. Am besten sah er aus, wenn er sich in unmittelbarer Gefahr wähnte, dachte Clara und blickte ihn finster an. *Sie* sah am besten in ihrem malvenfarbigen Zuhause aus, wo sie jetzt wäre, wen es ihn in ihrem Leben nicht gäbe.

»Ich mach eine Pause«, sagte sie würdevoll. Paff unterstrich die Aussage mit einem Miau. McClain verschränkte die Arme vor der Brust und musterte ihn stirnrunzelnd.

»Das ist der gemeinste, fetteste Kater, den ich je gesehen habe. Das reinste Pony. Was kriegt er zu fressen? Cornflakes für Katzen?«

»Ha-ha.«

»Er hat unser Mittagessen gefressen. Ich weiß nicht, wie's Ihnen geht, aber ich hab einen gewaltigen Kohldampf. Wie wär's, wenn wir ihm das Fell abziehen und ihn braten? Der hat genug Fleisch auf den Knochen. Wir könnten 'ne Woche lang davon leben.«

»Überhaupt nicht witzig.«

»Es sollte kein Witz sein.«

»Hören Sie – nur weil Sie Tiere hassen –«

»Ich hasse keine Tiere. Ich mag Hunde. Ich hab sogar einen. Er lebt auf einer Farm, und am Wochenende besuche ich ihn. Er ist ein lieber Hund, ein Collie.«

»Einen Hund nur am Wochenende zu besuchen, ist nicht dasselbe wie einen haben.«

»O doch. Ich betrachte die Sache mit Vernunft. Tiere sind schließlich keine Kinder. Wuffer braucht einen Ort, an dem er sich auslaufen kann und mehr Aufmerksamkeit bekommt, als ich ihm geben kann, da ich ja dauernd unterwegs bin. Also hab ich ihn bei einer meiner Schwestern gelassen.«

»Wuffer?« lachte Clara hämisch. »Was für ein Name!«

»Auch nicht dämlicher als Paff.«

»Paff ist nicht dämlich.«

»Ach, nein? Wenn dieser Kater schlau wäre, würde er meilenweit Abstand von mir nehmen, weil ich nämlich am liebsten eine Katzenfellmütze aus ihm machen würde.«

»Sie mögen ihn nicht, weil er Sie zum Niesen bringt. Für einen Kerl wie Sie ist es natürlich peinlich, gegen Katzen allergisch zu sein. Haben die anderen Jungs Sie früher ausgelacht?«

McClain blickte noch finsterer. »Ich kann mich nur wundern, daß Sie noch keiner erwürgt hat. Aber das läßt sich ja nachholen.«

»Sie machen mir keine angst, Mr. Geheimagent.« Und erstaunlicherweise hatte sie tatsächlich keine.

McClains Augen wurden schmal. »Wissen Sie, ich glaube nicht, daß Sie sich die Sache gut überlegt haben. Was würden Sie tun, wenn ich Sie und die verdammte Fellkugel einfach hier sitzen lasse und Sie mit Rostow oder den Bullen oder wem auch immer allein fertig werden müßten?«

Clara lächelte engelsgleich. »Ich würde ihnen natürlich ganz genau erklären, was Sie vorhaben. Daß Sie an Big Floyd rankommen und Michael Ball in Florida besuchen wollen und –«

»Gemeines Biest!«

»Sie sitzen also mit uns fest, McClain, genauso wie wir mit Ihnen. Und glauben Sie mir, es gefällt uns nicht besser als Ihnen.«

»Ach ja?«

»Jawohl!«

McClains Augen wurden zu Schlitzen. Er preßte die Lippen zusammen und stemmte sich die Fäuste in die Taille. Dann beugte er sich vor, bis sein Gesicht nur noch wenige Zentimeter von Claras entfernt war und stieß zwischen den Zähnen hervor: »Ich hab's wirklich satt, Ihrem blöden Geschwätz zuzuhören. Ich dachte, wir hätten die Sache gestern geklärt – *ich* geb die Anordnungen, und *Sie* führen sie aus!«

»Pah!«

Sie hielt seinem Blick mit ebenso schmalen Augen stand. Sie war müde, hatte Hunger und eine Heidenangst, und er war weiß Gott nicht ihre größte Sorge. Sie streckte ihm die Zunge raus.

»Wissen Sie, was Ihr Problem ist?« zischte er. »Sie hassen die Männer. Ich wette, Sie hatten noch nie einen Freund.«

Das saß. Clara reagierte empfindlich auf das Thema Männer, besser gesagt, den Männermangel in ihrem Leben. Nicht, daß sie nicht attraktiv gewesen wäre. Sie *war* attraktiv. Sie wußte, daß sie es war, und ihre Mutter und Lena versicherten es ihr mehrmals im Monat. Aber sie hatte einfach nicht den Trick raus, wie man sie fesselte. Im Gegensatz zu Lena.

»Waren Sie schon mal mit einem Mann im Bett, Miss Männerhasser? Sind Sie überhaupt schon mal geküßt worden?«

Clara wurde puterrot. Während sie stotternd nach Worten suchte, höhnte er weiter: »Alte Jungfer und keiner hat sie geküßt – alte Junger und keiner hat sie geküßt –«

Sie schlug zu. Mitten in sein verbeultes Gesicht. So hart, daß ihr die Handfläche brannte. So hart, daß sein Kopf nach hinten klappte. So hart, daß er jaulte. Dann verdunkelten sich seine grünen Augen und sprühten Funken. Er packte sie an den Oberarmen und riß sie an sich. Paff sprang miauend in Sicherheit. Im gleichen Augenblick senkte er seinen Mund auf ihren herab und küßte sie so heftig, daß es wehtat.

Clara spürte die gierige Hitze seines Mundes bis in die Zehen. Ihr drehte sich der Magen. Ihre Lenden zogen sich zusammen. Ihre Zehen krümmten sich. Sie legte die Arme um seinen Nacken. Sie schmolz an seinem Körper wie überhitztes Plastik. Mehr als alles im Leben wollte sie seinen Kuß.

Seine Zunge war in ihrem Mund, Clara glaubte zu sterben; Schauder liefen ihr über den Rücken. Sie berührte seine Zunge mit der ihren, liebkoste sie. Sie spürte, wie sein Herz gegen ihre Rippen hämmerte. Seine Arme umfingen sie, preßten sie an sich. Seine Hände glitten herab und legten sich um ihr rundes Hinterteil. Er zog sie zu sich hoch, und sie spürte, wie sich seine Größe und Härte an den Teil von ihr preßte, der plötzlich voller Verlangen schmerzte. Ihre Knie wurden schwach. Ihr Kopf lag auf seiner Schulter, als er sie über seinem Arm zurückbog und seinen Mund wie ausgehungert um ihren schloß …

Dann richtete er sich genauso plötzlich, wie er sie gepackt hatte, wieder auf und stieß sie so heftig von sich, daß sie mit Wucht auf dem Baumstamm landete und sich den Po verletzt hätte, wenn sie es überhaupt bemerkt hätte. Aber sie konnte nur wie benebelt in seine grünen Augen starren, die die geheimnisvolle dunkle Kerbe von Tannenwäldern angenommen hatten.

»McClain«, hauchte sie. Er atmete tief ein und schob den Unterkiefer vor.

»Was wir in diesem Moment absolut nicht brauchen, ist eine Komplikation dieser Art«, stieß er hervor. »Also reißen Sie sich gefälligst zusammen!«

Er drehte sich auf dem Absatz um und marschierte in den Wald. Clara starrte hinter ihm her. Langsam kam sie wieder zu sich. Wut stieg in ihr hoch. McClain war schon fast außer Sicht, als sie Paff endlich aufklaubte und hinterherstapfte.

11

Paff hörte es zuerst. Die Sonne stand tief. Unter den Bäumen dämmerte es bereits. Seit sie den Streifenwagen verlassen hatten, waren ungefähr vier Stunden vergangen, und in dieser Zeit hatten sie sich vor allem angeschwiegen, weil jeder bemüht war, den anderen zu ignorieren. Clara hatte Paff schließlich absetzen müssen. Ihre Arme konnten ihn einfach nicht mehr tragen. Voller Stolz, den sie vor McClain nicht verbarg, stellte sie fest, daß der Kater Verstand genug hatte, ihnen zu folgen. Er war klüger als jeder Hund. Als sie sich dann einmal nach ihm umblickte, sah sie, daß er in einiger

Entfernung mit gespitzten Ohren und zuckendem Schwanz dastand und zurückschaute.

»Er hört was.« Es war das erste, was ihr seit dem Kuß über die Lippen kam.

Auch ohne Paff schleppen zu müssen, konnte sie mit McClain nicht Schritt halten. Er war ihr immer einige Meter voraus. Ohne stehenzubleiben, warf er ihr einen ungeduldigen Blick über die Schulter zu.

»Das blöde Vieh sieht wahrscheinlich einen Vogel. Gehen Sie weiter.«

»Nein, er hört was«, sagte Clara. Sie drehte sich um und ging zu Paff, der in die Richtung starrte, aus der sie gekommen waren. An ihrem Ton mußte McClain gemerkt haben, daß etwas nicht stimmte. Leise fluchend folgte er ihr.

»Gottverdammich!« Es klang höchst beunruhigend. Clara schaute mit großen Augen zu McClain auf, der stehengeblieben war, um zu lauschen. Auch sie hörte jetzt etwas – merkwürdig hohe Töne, die sie sich nicht erklären konnte.

»Was ist das?«

»Hunde.«

»Was?«

Er blitzte sie gereizt an und bückte sich, um Paff hochzuheben. Clara war entsetzt. Nur eine Katastrophe apokalyptischer Ausmaße würde ihn dazu bewegen, Paff auf den Arm zu nehmen.

»Hunde. Das Gegenteil von unserer Fellkugel hier, verstehen Sie? Setzen Sie Ihren Arsch in Bewegung! Wir müssen weiter.«

Hatschi!

Abwechselnd niesend und fluchend fiel er sofort in einen gleichmäßigen Jogger-Trab. Seine Füße kickten die obere Blätterschicht des Waldbodens hoch. Clara joggte normalerweise nicht, aber die Angst trieb sie an, und sie schaffte es, mit einem Hüpf-Lauf-Schritt ein passables Tempo einzuhalten, so daß sie McClain auf den Fersen blieb.

»Was soll das heißen – Hunde?« rief sie ihm zu. Er hielt Paff wie einen Fußball unter den Arm geklemmt, und obwohl die Niesanfälle so gewaltig waren, daß sie den Kater eigentlich ins Gebüsch hätten katapultieren müssen, machte er keine Anstalten, das Tier loszulassen oder es ihr in die Arme zu drücken. Clara staunte. Ihre Meinung von ihm, die nach seinem unverzeihlichen Befehl, sich zusammenzureißen, abgrundtief gesunken war, besserte sich. Aber nur um eine Winzigkeit.

»Ein Rudel Hunde. Spürhunde. Und wem, glauben Sie wohl, sind sie auf der Spur?«

Hatschi!

»Uns?« Claras Herz machte Sprünge. Sie hatte Filme gesehen, in denen Männer aus Gefängnissen ausbrachen und von bellenden Höllenhunden verfolgt und zerfleischt wurden.

»Richtig.«

»Was sollen wir tun?«

Er gönnte ihr einen flüchtigen Blick über die Schulter. »Laufen wie der Teufel. Und beten.«

Hatschi!

Beten tat sie bereits. Und überlegen. Der Hubschrauber mußte das Polizeiauto gesehen haben. Sie hatten, wie McClain richtig vermutet hatte, Verstärkung angefordert. Und die Verstärkung hatte Hunde angefordert. Und die Hunde waren ihnen auf der Spur. Clara dachte an ihren langsamen Trott durch den Wald und stöhnte. Sie hätten wie die Kaninchen vor ihrem Jägern davonlaufen sollen. Aber Herumjammern half auch nicht. Beten half vielleicht. Und schnell denken. Und noch schnellere Füße.

Das Hundegebell wurde lauter. Lag es daran, daß sie jetzt darauf achtete, oder kam die Horde schon näher? Würden die Hunde sie in Fetzen reißen, oder müßten sie sich auf einen Baum retten, bis die ebenso furchterregenden Menschen sie mit vorgehaltenen Waffen vom Baum holten? Vielleicht könnten sie alles erklären – wie sich in Wirklichkeit alles abgespielt hatte –, bevor es zu spät wäre …

»McClain!« Die vielen Stunden, in denen sie sich mit dem Schreibblock auf dem Schoß alte Filme angeschaut hatte, machte sich plötzlich bezahlt. »McClain!«

»Was?«

»Wasser! Wir müssen durch Wasser laufen! Hunde verlieren im Wasser die Fährte!«

»Sehen Sie irgendwo Badewannen?«

Hatschi!

Selbst vor einem Exekutionskommando würde er noch frech sein, dachte sie wütend, aber es kostete sie ihren ganzen Atem, seinem Rücken eine Antwort zuzuschreien. Sie hatte keinen übrig, um sich zu streiten.

»Wir müssen einen Bach finden! Wir laufen durch, und die Hunde verlieren unsere Spur. Warten Sie doch mal!«

Sie kreischte so laut, wie sie es wagte, um nicht von den Hunden und ihren Haltern gehört zu werden. Außerdem hatte sie Seitenstechen und glaubte nicht, daß sie noch lange hinter ihm herbrüllen konnte. Die Rennerei allein war schon schwierig genug.

»Na, kommen Sie schon.« Er kam zurück, packte sie bei der Hand und zog sie hinter sich her. Das Tempo, das er anschlug, war mörderisch, vor allem, wenn die Seite zwackte. Sie biß die Zähne zusammen, kniff die Augen zu und beschloß weiterzulaufen, bis sie – mit oder ohne Seitenstechen – tot umfiel.

Hatschi!

»Wenn wir parallel zur Anhöhe laufen, stoßen wir bestimmt auf einen Bach. Wasser läuft bergab, und irgendwo in diesem Gebirge muß es doch Wasser geben!«

»Hören Sie auf zu quatschen und laufen Sie! Was, glauben Sie, tu ich die ganze Zeit?«

Er lief tatsächlich am Berg entlang und nicht hinauf.

Wahrscheinlich hatte er dieselben alten Filme gesehen. Wenn doch nur endlich Wasser auftauchte …

Mit aller Macht klammerte sie sich an seine Hand und zwang ihren widerwilligen Körper, sich so schnell zu bewegen wie noch nie. Selbst Paff schien zu begreifen, daß es sich um eine Notsituation handelte, und ließ sich widerstandslos von einem Mann, den er verabscheute, auf diese unwürdige Art und Weise durch die Gegend schleppen.

Das Gebell wurde immer lauter. Clara warf einen angstvollen Blick zurück und war froh, daß die Hunde noch nicht in Sicht waren. Aber sie schienen rasch näherzukommen – viel schneller, als sie und McClain ihnen davonliefen. Wenn sie nicht bald einen Bach fänden, würden die Tiere sie einholen.

Gerade, als das Gekläff so laut wurde, daß sie jede Sekunde auftauchen konnten, war Rettung in Sicht. McClain zerrte an Claras Hand und rannte noch schneller, und als Clara verzweifelt aufblickte, sah sie ihn vor sich – einen breiten, seichten Bach, der sich durch sein laubgefülltes Bett schlängelte. Es war ein ganz gewöhnlicher Gebirgsbach, aber in diesem Augenblick das Schönste, was sie je gesehen hatte.

McClain rannte, ohne sein Tempo zu drosseln, ins Wasser und ging stromabwärts weiter, was Clara nicht begriff, da die Hunde den Berg hinauf hetzten und deshalb an ihnen vorbeilaufen würden. Aber zum Protestieren fehlte ihr der Atem. Mit jedem zweiten Schritt niesend, zog er sie wie einen Fisch an der Angelschnur durchs Wasser. Das Bachbett schien aus schlüpfrigen Kieseln und Sand zu bestehen, und sie mußte höllisch aufpassen, daß sie auf dem unebenen Boden nicht hinfiel. Das Wasser bedeckte kaum ihre Knöchel, aber bei all dem Gespritze waren ihre Jeans bald bis zu den Oberschenkeln naß. Und es war kalt. So kalt wie Eiswasser im Kühlschrank.

Das Hundegebell wurde plötzlich sehr laut, und Clara konnte eine menschliche Stimme hören, die die Tiere antrieb. Paffs Fell sträubte sich, und dann waren die Laute hinter ihnen und wurden leiser.

Irgendwann waren die Hunde nicht mehr zu hören. McClain, der nur noch selten niesen mußte, schlug eine langsamere Gangart ein. Clara hätte sich vor lauter Seitenstechen am liebsten mit dem Gesicht nach unten ins Wasser fallen lassen, aber dann würde sie natürlich ertrinken. Und McClain würde sie höchstwahrscheinlich im Stich lassen.

»Ich glaube, wir haben sie abgehängt.« Er klang überhaupt nicht atemlos, dachte Clara und betrachtete ihn voller Groll.

Sie hätte wetten können, daß er zu jenen Fitneßfanatikern gehörte, die jeden Tag meilenweit durch die Gegend rannten und die restliche Zeit damit verbrachten, über vernünftigere Leute die Nase zu rümpfen. Sie konnte Fitneßfreaks nicht ausstehen, aber die Seite tat ihr viel zu weh, als daß sie ihn verdientermaßen in seine Schranken hätte verweisen können.

»Bißchen aus der Übung, wie?« bemerkte er als nächstes, dem anscheinend doch aufgefallen war, wie mühsam sie sich mit hervorquellenden Augen, tomatenrotem Gesicht und eingeknicktem Körper vorwärtskämpfte.

Wenn Blicke töten könnten, wäre er auf der Stelle umgefallen. Leider fehlte ihr für Worte immer noch die Kraft.

»Okay, machen wir eine Pause! Aber höchstens eine Minute. Hier – lehnen Sie sich an den Felsen! Wir müssen vorläufig noch im Wasser bleiben.«

Clara kletterte auf einen Felsbrocken mitten im Bach, der ihr bis zu den Oberschenkeln reichte. Das grünliche Wasser bildete da, wo es sich am Felsen teilte, ein weiß sprudelndes V. Sie warf sich bäuchlings auf die gewölbte Fläche und ließ ihr heißes Gesicht auf dem kühlen Stein ruhen, während sie die Finger in das Eiswasser hängte. Vielleicht – aber nur vielleicht – müßte sie ja doch nicht sterben. Paff, genauso naß wie ihre Jeans, war neben ihrem Kopf geparkt worden. Er knurrte fürchterlich.

»Aber einen Herzanfall haben Sie nicht, oder?« Es klang nicht sonderlich besorgt. McClain lehnte sich an den Felsen.

»Zum … Teufel … mit Ihnen!« brachte sie mühsam heraus und versuchte, ihn böse anzufunkeln. Aber sie war einfach zu müde.

Dann nieste er wieder, und sie fühlte sich ein bißchen gerächt.

»Wir werden so lange es geht diesem Bach folgen. Wenn wir Glück haben, glauben sie, daß wir in die andere Richtung gegangen sind. Es wird eine ganze Weile dauern, bis die Hunde beide Seiten des Baches stromaufwärts abgelaufen haben. Aber wenn sie schlau sind, schicken sie für alle Fälle auch eine Patrouille stromabwärts.«

»Also weiter«, stöhnte Clara und löste sich mühsam vom Felsen. Der Gedanke an eine Patrouille war unerträglich. McClain klopfte ihr auf die Schulter und richtete sich auf. Er packte wieder ihre Hand, bevor er durch das Wasser weiterstapfte, und klemmte sich Paff unter den Arm.

Fast eine Stunde später mündete der Bach in einen Fluß.

»Und jetzt?« Clara blieb stehen und starrte verzweifelt auf die Wassermassen.

»Gute Frage.« Auch McClain stand da und betrachtete die reißende Strömung. Er hatte endlich aufgehört zu niesen. Paffs Fell war inzwischen wohl so naß, daß es McClains Nase nicht mehr reizte.

»Hier können wir natürlich nicht durchwaten.«

»Nein.«

Clara trottete in Richtung Ufer. McClain zog sie an der Hand zurück.

»Warten Sie – schauen Sie mal dort drüben!«

›Dort drüben‹ war eine Baumgruppe, ein Gewirr von Sträuchern und ein orangeschwarzes Gummiboot, das umgedreht auf der Böschung lag.

»Gehört wahrscheinlich Jägern«, bemerkte McClain und schob ihr Paff in die Arme, bevor er darauf zuging. Er hatte ihre Hand losgelassen, und sie vermißte die tröstliche Wärme. Mit Paff, der sich damit abgefunden hatte, durch die Gegend geschleppt zu werden, stapfte sie spritzend hinter ihm her.

»Sie haben doch nicht etwa vor, das Ding da …« – sie deutete mit einer Kopfbewegung auf das fadenscheinig aussehende Boot – »zu nehmen? Es sieht aus wie ein Spielzeug.«

McClain blickte kurz auf den angeschwollenen Fluß, dann zu Clara. »Was Besseres fällt mir nicht ein. Es sei denn, Sie wollen wieder durch den Wald marschieren, bis wir den Hunden begegnen.«

Clara hielt den Mund. Sie sah ihm zu, wie er sich vorbeugte und das Boot ins Wasser zog, nachdem er sich vorsichtig umgeblickt hatte. Ein Besitzer war nicht in Sicht. Unter dem achteckigen Boot lag ordentlich nebeneinander ein Paar Aluminiumpaddel. Sorgfältig darauf bedacht, daß seine Füße nie das Wasser verließen, packte McClain die Paddel und warf sie scheppernd ins Boot, das bereits neben ihm im Bach trieb. Das Ding schien tatsächlich zu schwimmen, jedenfalls der hintere Teil. Vorne ruhte es auf dem steinigen Grund neben McClains Fuß. Clara konnte mindestens zwei schwarze Gummiflicken erkennen. Das Ding könnte McClain, sie und Paff unmöglich tragen.

»Springen Sie rein«, sagte er und zog das lächerlich kleine Boot in die Mitte des Baches. Clara stellte erleichtert fest, daß das Vorderteil ebenfalls schwamm. Vorläufig jedenfalls.

»Es sieht nicht gerade seetüchtig aus«, protestierte sie nervös und beäugte die wurstähnlichen Seiten und den schwarzen Gummiboden, der schlammverschmiert und voller Blätter war. Die klobigen, geflickten Ränder erinnerten sie an Luftschläuche, mit denen sie als Kind geschwommen war, was damals Spaß gemacht hatte, sie aber jetzt nicht besonders reizte. Nicht auf einem Fluß, wo ihr Leben auf dem Spiel stand.

»Was wollen Sie? Die *Pacific Princess?*« fragte er und watete um das Boot. Bevor sie wußte, wie ihr geschah, hatte er den einen Arm um ihre Schulter gelegt und den anderen unter ihre Knie geschoben. Sie wurde hochgehoben und wehrlos auf dem Boden des Gummiboots abgesetzt. Paff riß sich maunzend los. Zum Glück landete auch er im Boot. Claras Hinterteil war von den zwei, drei Zentimetern eiskaltem Wasser, das im Boot stand, sofort genauso naß wie der Rest von ihr. Paff, der Wasser unter den Pfoten spürte, diesem am meisten gefürchteten Element, jaulte fürchterlich, machte einen Luftsprung und landete in derselben Pfütze. Er blickte wild um sich und schien dann zu begreifen, daß es kein trockenes Plätzchen für ihn gab. Mit einem kläglichen Miau hob er eine Pfote, schüttelte und leckte sie – und mußte sie wieder in die ekelhafte Brühe tauchen. Jammernd wiederholte er die Prozedur.

»Lassen Sie gefälligst das blöde Macho-Gehabe!« schimpfte Clara, setzte sich gerade und blitzte McClain wütend an, während sie sich an die Seiten des wild schaukelnden Bootes klammerte. Er stand hinter dem Boot und schob es dem Fluß entgegen. Das Wasser wirbelte um seine Oberschenkel.

»Ich bin liebend gern bereit, meinen Arsch ins Boot zu setzen, wenn Sie lieber schieben wollen«, sagte er, zog sich den Poncho über den Kopf und warf ihn ihr zu. Es klang gelassen, aber das Glitzern in seinen grünen Augen gefiel Clara gar nicht. Schweigend drückte sie den Poncho an ihre Brust und sah McClain böse an. Wenn sie sich weiter mit ihm streiten würde, fände sie sich möglicherweise bis zur Taille im schlammigen Wasser wieder, was sie, wie sie sich eingestehen mußte, *liebend gern* ihm überließ.

»Rücken Sie nach hinten, ja? Dann läßt sich das Boot leichter schieben.«

Clara, die nicht mit Paffs Körperbeherrschung gesegnet war, hatte Schwierigkeiten, ihren Po vom Boden des Bootes zu heben. Der Gummi gab bei jeder Bewegung nach, und am Ende blieb ihr nichts anderes übrig, als rückwärts zu der Stelle im Heck zu rutschen, auf die McClain gezeigt hatte. Paff setzte sie in die Mitte. Er maunzte und versuchte von neuem, sich die Pfoten zu säubern.

»Das meiste von dir kann trocknen«, erklärte sie Paff, hängte sich McClains Poncho um den Hals und versuchte, das Wasser aus ihren pitschnassen Jeans zu quetschen, was natürlich zu nichts führte, solange das Wasser am Boden des Bootes herumklatschte. Kurze Zeit später gab sie auf, fand sich mit ihrem Schicksal ab und fror.

Nach wenigen Minuten hatten sie das schützende Bachufer verlassen. Die Strömung war im Fluß viel stärker, und das Wasser ging McClain schon bis zur Brust, als er sich über den Rand hievte. Das Boot neigte sich gefährlich. Clara warf sich mit Macht auf die Gegenseite und beugte sich in einem Winkel von neunzig Grad über das strudelnde Naß. Als mit McClain Wasser ins Boot schwappte, wanderte Paff auf Claras Arm entlang und hockte sich auf ihre Schulter.

»Ich wußte doch, daß ich früher oder später eine nützliche

Aufgabe für euch beide hätte«, sagte er selbstzufrieden und kniete sich hin, um die Paddel, die weggerollt waren, aufzuklauben.

»Und die wäre?« fragte Clara mißtrauisch und reckte sich, klammerte sich aber immer noch mit einer Hand am Rand fest, während sie Paff mit der anderen von ihrer Schulter holte.

»Als Ballast«, sagte er grinsend, zog ihr den Poncho vom Hals und sich über den Kopf und streckte ihr ein Paddel hin. Bevor sie es ihm über den Schädel schlagen konnte, kroch er schnell nach vorn.

Clara hatte in ihrem ganzen Leben noch mit keinem Gummiboot herummanövriert (sportliche Aktivitäten im Freien waren nicht ihr Ding), aber zum Glück wurde es ohne große Anstrengung von der Strömung flußabwärts getrieben. Einmal schwamm der aufgedunsene Kadaver einer Kuh an ihnen vorbei, drehte langsame Kreise und verbreitete den fürchterlichen Gestank nach faulendem Fleisch. McClain äußerte die Vermutung, daß sie von einer schlüpfrigen Böschung gerutscht und ertrunken war. Auf beiden Seiten des Flusses, der vielleicht eine Viertel Meile breit war, standen hohe, herbstlich bunte Bäume. Daß manche Bäume halbhoch im Wasser standen, zeugte davon, daß der Fluß gestiegen war.

»Haben Sie eine Ahnung, wo wir sind?« Während der wilden Flucht vor den Spürhunden hatte Clara jeden Richtungssinn verloren. McClain paddelte mal mehr und mal weniger hektisch und war eher darauf bedacht, das Boot von den beiden Ufern mit ihren verborgenen Hindernissen und der reißenden Flußmitte fernzuhalten, als es voranzubringen.

»Wir haben das Auto südlich vom Pipers Gap abgestoßen. Danach haben wir uns in südwestlicher Richtung weiterbewegt. Vielleicht sind wir inzwischen schon in North Carolina. Jedenfalls steuern wir drauf zu.«

»Wissen Sie, wie der Fluß heißt?«

McClain schob die Lippen vor. »Der New? Ich rate nur,

aber wenn er's nicht ist, sind wir auf jeden Fall nicht weit davon. Geographie war nie meine Stärke.«

Ihre auch nicht. Die einzigen Flüsse, die sie kannte, waren der Mississippi, der Ohio und natürlich der Potomac. Und dieser Fluß war keiner von den dreien.

»McClain –«

Er seufzte. »Warum nennen Sie mich nicht Jack? So, wie Sie mich dauernd McClain nennen, erinnern Sie mich an meinen alten Spieß, den Schrecken von Parris Island. Ich hasse es, an Sergeant Jackson erinnert zu werden. Mindestens zehnmal am Tag hat der mich zusammengeschissen.«

»Weshalb denn?« Clara fand, daß Jack viel besser zu ihm paßte als John, wie er getauft worden war, aber sie hatte Hemmungen, ihn mit dem Vornamen anzusprechen. Solange sie ihn McClain nannte, wahrte sie eine gewisse Distanz, und sie war sich nicht sicher, ob sie diese Distanz aufgeben wollte. Im Augenblick stellte sie ihn sich jedoch als naiven jungen Rekruten vor, der vor seinem strengen Vorgesetzten erbleichte.

»Zum Spaß. Es gefiel ihm, wenn sich die Leute vor ihm wanden. Ein richtiges Arschloch. In Vietnam mußte er dann ins Gras beißen. Von den eigenen Truppen umgelegt, wie ich hörte.«

»Wirklich?«

»Ja.«

»Waren Sie dabei?«

»Als das Arschloch ins Gras biß? Nein. Leider nicht.«

»Ich meinte, in Vietnam.«

»Ja.«

Clara schüttelte den Kopf. Er hatte ihr den Rücken zugekehrt und konnte deshalb nicht sehen, wie sie die Augen verdrehte. Irgendwelche Informationen aus ihm herauszuholen war ungefähr so leicht, wie Paff vom Kühlschrank fernzuhalten.

»Waren Sie bei den Marines?«

»Ja.«

»Wie alt waren Sie?«

»Zwanzig, einundzwanzig. Ich schmiß mein Studium hin, um einzutreten. Was für ein Idiot!«

»Wann war das? Ende der sechziger Jahre?«

»Achtundsechzig und neunundsechzig. Demnach bin ich achtunddreißig, wenn es das ist, was Sie wissen wollen. Nicht viel älter als Sie, nehm' ich an.«

»Ich bin eben erst dreißig geworden«, sagte Clara betroffen.

»Sag ich doch«, gab er frech zurück, und wieder mußte Clara den Drang niederkämpfen, ihm mit dem Paddel eins überzuziehen. Es entstand eine Pause, in der sie sich mit einem akuten Fall von verletztem Stolz herumschlagen mußte.

»Und wie war es in Vietnam?«

»Was ist das – ein Quiz?« Endlich drehte er sich nach ihr um. Seine Augen waren schmal, die Lippen aufeinandergepreßt. Seine breiten Schultern schienen sich anzuspannen.

»Ich war nur neugierig. Neugier gehört zum Rüstzeug des Schriftstellers, verstehen Sie? Man kann nie wissen – wenn Sie mir alles erzählen, findet sich Ihre Lebensgeschichte vielleicht in einem meiner Bücher wieder.«

»Gott bewahre!«

Clara war beleidigt. »Es sind sehr gute Bücher.«

»Glaub ich Ihnen aufs Wort.«

»Also wirklich!«

»Okay, okay. Gloria ist ein großer Fan von Liebesromanen. Das ist ihr größtes Problem. Sie hofft ununterbrochen, daß Mr. Wonderful auf einem Schimmel angeritten kommt und mit ihr davonbraust.«

Clara kniff die Augen zusammen. »Die arme Frau. Ihr Leben muß eine einzige Enttäuschung sein.«

McClain blickte sie mißtrauisch über die Schulter an. »War das auf mich gemünzt?«

»Natürlich nicht. Aber einer Frau, die auf einen Ritter in glänzender Rüstung wartet, müssen Sie wie der Trostpreis des Jahrhunderts vorkommen.«

»Wissen Sie, Sie haben eine verdammt spitze Zunge. Kein Wunder, daß Sie nicht verheiratet sind.«

Clara starrte wütend auf seinen breiten Rücken. Er hatte sich nicht einmal die Mühe gemacht, sich zu ihr umzudrehen, als er sie beleidigte, was die Sache noch schlimmer machte.

»Weshalb sind Sie so sicher, daß ich es nicht bin? Mein Mann kann ja geschäftlich verreist sein oder was.«

»Sie tragen keinen Ehering.«

»Na und? Viele Frauen tragen keinen Ring mehr, Mr. Mittelalter.«

»Sie küssen nicht wie eine verheiratete Frau.«

»Vielleicht kommt es drauf an, *wen* ich küsse«, sagte sie bissig. Er konnte ja nicht sehen, wie ihre Wangen brannten, als sie sich an den Kuß erinnerte.

»Außerdem«, fügte er leise hinzu und drehte sich dabei immer noch nicht um. »Außerdem habe ich Ihre Biographie auf dem Einband Ihres Buches gelesen. ›Miss Claire Winston, die geschworen hat, nur einen Mann zu heiraten, der so unwiderstehlich wie ihre Romanhelden ist, lebt mit ihrer Mutter auf dem alten Landsitz Jollymead im Pferdestaat Virginia‹.«

Er zitierte den Satz mit spöttisch verzerrter Stimme, und Clara konnte nur mit den Zähnen knirschen und bis zu den Haarwurzeln erröten. Sie hatte diese Beschreibung von Anfang an gehaßt, aber sie hatte sie so spät zu sehen bekommen, daß sie nicht mehr geändert werden konnte.

»Ach, halten Sie doch die Klappe«, sagte sie. »Es ist keine Schande, nicht verheiratet zu sein. Heutzutage jedenfalls nicht mehr.«

»Warum ist es Ihnen dann so peinlich?« Auch diese Bemerkung traf. Clara starrte böse auf den Hinterkopf mit den kurz geschnittenen schwarzen Haaren, stellte sich genußvoll vor, wie es wäre, ihr Paddel darauf niedersausen zu lasen, und ließ den Gedanken gleich wieder, aber mit einigem Widerwillen, fallen. Zweifelsohne käme sein Vergeltungsschlag postwendend und auf äußerst unangenehme Weise.

»Es dürfte Ihnen eigentlich nicht schwer fallen, einen Mann an Land zu ziehen«, fuhr dieser paddelnde Affe mit leiser, aufreizender Stimme fort. »Sie sind nicht unbedingt häßlich. Ein bißchen Make-up, ein Gang zu einem guten Friseur und zehn Pfund weniger könnten nicht schaden, aber im großen und ganzen, würd' ich sagen, sehen Sie auch nicht schlechter als die meisten Mädels mit Ehemännern aus.«

»Besten Dank«, zischte Clara. Bei der Aufzählung ihrer ›Tugenden‹ war sie erstarrt und saß jetzt mit geballten Fäusten und blitzenden Augen da. »Von einem boxergesichtigen Neandertaler mit breitgequetschter Nase verstehe ich das als Kompliment.«

»Vielleicht liegt es an Ihrer Kußtechnik«, fuhr ihr Peiniger fort. »Sie könnte einige Verbesserungen vertragen. Sie zu küssen, ist wie an einer überreifen Tomate saugen. Viel Mus, aber nichts Festes, kein Biß.«

»Also wirklich – Sie ...« Es war die Höhe. Seine Vergeltungsschläge waren ihr gleichgültig. Sie würde ihm das Hirn einschlagen! Paddelschwingend sprang sie auf die Füße. Das Boot schaukelte bedenklich, das Paddel verfehlte sein Ziel um eine Meile, er blickte fluchend über die Schulter – und sie fiel mit einem Platscher in den Fluß, der Moby Dick zur Ehre gereicht hätte.

Als sie Sekunden später spuckend und prustend aus dem schlammigen Wasser auftauchte, starrte sie Paff über den Rand des Bootes an, und McClain lachte so laut, daß sie hoffte, er würde ebenfalls ins Wasser fallen, was selbstverständlich nicht geschah. Statt dessen streckte er ihr sein Paddel hin, und als sie es packte, zog er sie ans Boot. Mit ihren klatschnassen Sachen und ihrer angeborenen Unsportlichkeit brachte sie es natürlich nicht fertig, sich an Bord zu hieven. Er mußte die Hände nach ihr ausstrecken, sie am Hosenbund ihrer Jeans packen und über den Rand zerren. Einen Augenblick lang zappelte Clara wie ein Fisch im Trocknen auf dem Boden herum und starrte auf seine triefenden Turnschuhe. Weiter sah sie nichts von ihm. Dann rappelte sie sich auf, kroch vorsichtig durch die fünf Zentimeter Wasser und kauerte sich ins Heck, wo sie sich vergeblich bemühte, durch Arme-um-sich-schlagen mit dem Zittern aufzuhören. Paff streifte sie mit einem einzigen Blick, drehte sich um und stolzierte würdevoll so nah wie möglich an McClain heran. McClain lachte schallend über ihre bitterböse Miene. Clara dachte an Mord.

»Ich hasse Sie«, sagte sie mit Überzeugung.

»Ach, und ich hatte gehofft, Sie würden mich für unwiderstehlich halten«, sagte er lächelnd. Dann brüllte er wieder los. Das Bild, das sie abgab, war eben umwerfend: Mit geballten Fäusten funkelte sie ihn an, von Kopf bis Fuß von Schlammwasser durchtränkt, nasse Strähnen im Gesicht, die in Rinnsalen auf den Poncho tropften, Schlammstreifen über der linken Wange und um den Po herum eine riesige Pfütze.

»Sie sind ein –« fing sie wutschnaubend an. Er drohte mit dem Finger.

»Na, na«, sagte er. »Noch ein paar Beleidigungen von Ihnen, und ich geb' Ihnen meine Decke nicht. Dann müssen Sie in Ihren nassen Sachen rumsitzen und sich zu Tode frieren.«

Sie hielt den Mund und sah ihm mit wütend gerunzelter Stirn zu, wie er sich den Poncho über den Kopf zog und ihr reichte. Wenn ihr nicht so fürchterlich kalt gewesen wäre, hätte sie ihm gesagt, er könne ihn sich an den Hut stecken. Unter den gegebenen Umständen nahm sie in unfreundlich entgegen.

Der Gedanke, sich vor ihm auszuziehen, auch wenn er einen halben Meter von ihr entfernt saß und ihr den Rücken zuwandte, gefiel ihr gar nicht. Er war der abscheulichste Kerl, der ihr je begegnet war. Sie haßte ihn. Sie verachtete ihn. Sie hoffte, daß Rostow ihn schnappen und zu Tode foltern würde. Am liebsten täte sie es selbst. Aber wenn sie sich nicht bald der nassen Sachen entledigte und etwas Trockenes und Warmes auf den Leib bekam, würde sie bestimmt sterben. Also beschränkte sie sich darauf, ihn mit tödlichen Blicken zu traktieren, streifte die nassen Deckschuhe ab, rollte ihre triefenden Jeans runter und zog den durchweichten Poncho und das Flanellhemd über den Kopf. Sie zögerte einen Augenblick, als sie an ihrem Teddy herabblickte, der naß fast durchsichtig war, und warf McClain einen mißtrauischen Blick zu. Aber seine Aufmerksamkeit schien auf die Biegung des Flusses gerichtet zu sein – und das Hemdhöschen war so klamm wie der Rest. Sie ließ die Spaghettiträger über ihre Schulter rutschen und streifte es rasch ab. Dann zog sie sich McClains fast trockenen Poncho über. Oh, wohlige Wärme! Es war ihr nicht bewußt gewesen, wie kalt ihr war, bis sie die noch körperwarme rauhe Decke auf ihrem Körper spürte. Zitternd setzte sie sich vorsichtig auf den hinteren Wulst des Bootes und paßte auf, daß sie nicht nach rückwärts fiel. In der eisigen Pfütze am Boden hielt sie es einfach nicht mehr aus. Ihre Füße mußten jedoch drin bleiben. Sie beugte sich vor, umklammerte ihre Beine mit den Armen und sah zu, wie ihre Füße blau anliefen.

»Ich nehme zurück, daß Sie zehn Pfund abnehmen müssen«, sagte der Wüstling leise. »Fünf würden genügen.«

Also hatte er sie doch beim Ausziehen beobachtet! Wie er zweifellos beabsichtigt hatte, brachte er sie mit dieser Offenbarung erneut in Rage. Aber sie fror zu sehr und fühlte sich viel zu elend, um reagieren zu können. Hilflos vor sich hin wütend, biß sie die Zähne zusammen und ballte ihre Fäuste. Eines Tages … eines Tages würde er dafür bezahlen.

»Sie sind wirklich der unverschämteste Kerl, der mir je begegnet ist«, stieß sie hervor. Dann hob sie das Kinn und tat, als existiere er gar nicht mehr. Sie wrang das nasse Zeug aus, dekorierte damit die Wülste des Bootes neben sich so gut sie konnte und hoffte, daß ihre Sachen schnell trockneten.

12

Eine halbe Stunde später war es dunkel. Clara zitterte unkontrollierbar, als sie mit ihrem Schuh Wasser aus dem Boot schöpfte – eine Aufgabe, die ihr das herzlose Ungeheuer im Bug übertragen hatte. Wenn sie nicht wolle, daß sie sanken, hatte McClain gesagt, solle sie gefälligst schöpfen. Da ihre

Schuhe nicht allzuviel Wasser faßten und durch ihren Trip über Bord eine ganze Menge ins Boot geschwappt war, versprach diese Aufgabe eine länger währende Angelegenheit zu werden. Und Clara fror. Bei der nächtlichen Kälte und in ihrer Nacktheit bot ihr die Decke, die ihr am Anfang so warm vorgekommen war, jetzt nur noch wenig Schutz.

»McClain, ich friere«, sagte sie schließlich. Er zuckte mit den Achseln und paddelte weiter.

»Außerdem hab ich Hunger.«

»Es war Ihre Katze, die unsere Brote gefressen hat.«

»Na und? Deswegen habe ich trotzdem Hunger. Und ich muß aufs Klo.«

»Machen Sie über den Rand.«

Clara gab sich geschlagen. Ein Mann, der so wenig Mitgefühl besaß, war ihr wirklich noch nie über den Weg gelaufen. In diesem elenden kleinen Gummiboot würde sie wahrscheinlich sterben, und es würde ihn nicht die Bohne interessieren. Er würde ihre Leiche einfach in den Fluß schmeißen.

Schlotternd und innerlich vor Wut kochend, schöpfte sie weiter Wasser aus dem Boot. Der Fluß sah nachts unheimlich aus, nicht so dunkel wie der dichte Wald an beiden Ufern, sondern er war ein glänzendes schwarzes Band, das sich durch unruhige Schatten wand. Aus den Büschen am Rand kam seltsames Geraschel. McClain achtete darauf, sich nicht allzuweit vom Ufer zu entfernen. Es könnte ja sein, daß plötzlich ein Hubschrauber auftauchte und den Fluß entlangschwirrte. Außerdem wollte er den vielen tückischen Objekten, die in der Mitte des Flusses trieben, entgehen. So konnte Clara die Umrisse von Tieren ausmachen, die sich aus dem Wald schlichen, um am Flußufer zu trinken. Einmal glaubte sie sogar, einen Bären und seine Jungen zu sehen, aber sie waren noch so weit entfernt, daß sie nicht sicher sein konnte. Beim Gedanken, durch einen Wald streifen zu müssen, in dem Bären lebten, zitterte sie noch mehr.

Der Mond tauchte auf, eine schimmernde weiße Sichel, die hin und wieder von dunklen Wolken, die über den Himmel trieben, verdeckt wurde. Sterne funkelten in der schmalen Spur über ihren Köpfen, die vom Fluß aus sichtbar war. Der Wind wurde stärker und kälter und brachte den Duft nach Tannennadeln und Fäulnis mit sich. In den Poncho gewickelt, der zu schmal war und ihr nur bis zu den Knien reichte, wenn sie stand (was sie natürlich unterließ – sie hatte ihre Lektion gelernt), meinte Clara, sich in ihrem ganzen Leben noch nie so elend gefühlt zu haben.

McClain war durch nichts zu erschüttern. Im Gegenteil, er schien sich unter solchen Bedingungen erst richtig wohl zu fühlen, dachte sie verbittert. Natürlich saß er auch nicht halbnackt und mit nassen Haaren rum. Nur Paff schien sich so unwohl zu fühlen wie sie. Aufgeregt schritt er zwischen ihnen hin und her, starrte aufs Ufer und ließ ab und zu einen durchdringenden Schrei los.

»Was fehlt dem haarigen Monster denn jetzt schon wieder?«

»Ich vermute erstens, daß er Hunger hat, und zweitens, daß er aufs Klo muß.«

»Er hat nicht annähernd soviel Hunger wie ich – dank ihm. Und was die andere Sache betrifft – Pech. Er kann's halten.«

»Irgendwann kann er's nicht mehr halten«, warnte ihn Clara und freute sich diebisch. »Er hat eine schwache Blase. Er ist nämlich schon ein sehr alter Kater.«

»Wunderbar.«

McClain klang ungefähr so froh, wie sie sich fühlte, was paradoxerweise ihre Laune hob. Sie hoffte, daß er sich richtig elend fühlte. Er verdiente es, sich elend zu fühlen.

Paff schrie schon wieder und noch durchdringender als zuvor.

»Sie halten das Ding als Haustier?« fragte McClain mit einem Ton, als ob er es nicht fassen könnte. »Lieber würde ich mir eine blutsaugende Fledermaus halten.«

»Das glaube ich Ihnen gern«, erwiderte Clara mit süßer Stimme. Paff jaulte.

»Okay, okay.« Vielleicht war an ihm ja doch noch nicht

Hopfen und Malz verloren, dachte Clara überrascht. Er wandte sich direkt an Paff. »Halt aus, hörst du? Wir müssen sowieso irgendwo übernachten.«

Ganz und gar nicht besänftigt, jaulte Paff schon wieder steinerweichend und schritt das Boot ab.

»Ich glaube, Sie beeilen sich besser«, informierte Clara McClain vergnügt. »Er muß wirklich. Ich weiß nicht, ob Sie sich mit Katern auskennen, aber –«

»Ich kenne mich nicht aus, und ich bin nicht interessiert«, schnitt er ihr das Wort ab und manövrierte das Boot dem linken Ufer entgegen. Als sie ungefähr einen halben Meter davon entfernt waren, sprang er aus dem Boot und zog es an Land. Paff machte einen Satz und verschwand im Schatten unter den Bäumen.

»Wenn wir Glück haben, kommt er nicht zurück«, sagte McClain, als Clara in ihre nassen Schuhe schlüpfte und aus Versehen in knöchelhohes eisiges Flußwasser trat. Leise fluchend schlurfte sie die Böschung hoch. Ihr war unvorstellbar kalt.

»Oder ein Bär verschlingt ihn«, setzte McClain hoffnungsvoll hinzu. Clara ignorierte ihn. Ihr war sogar zu elend zumute, um sich über Paff Gedanken zu machen. Außerdem mußte sie selber aufs Klo. Mit einem giftigen Seitenblick auf McClain stapfte sie hinter dieselben Büsche, die Paff sich ausgesucht hatte. Fast nackt zu sein, hatte auch Vorteile.

»Und jetzt?« fragte sie, als sie wieder zu McClain stieß, der das Boot unter die Bäume zog, im Gebüsch umdrehte und die Paddel darunter legte. Ihre immer noch nassen Sachen flogen auf die Erde. Clara bemerkte es kaum.

»Ich glaube, ich hab weiter hinten eine Hütte gesehen. Wenn wir Glück haben, ist sie leer.«

»W-w-wo?« Clara fror so entsetzlich, daß sie kaum sprechen konnte. McClain sah sie an, runzelte die Stirn und ging in südlicher Richtung durch die Bäume. Nach vielleicht fünfzig Schritten sah Clara sie auch – eine kleine Blockhütte, eigentlich nicht viel mehr als ein Schuppen, der schief unter einer hohen Kiefer hockte; die Fenster waren mit Brettern vernagelt. Es sah aus, als sei die Hütte seit Jahren nicht bewohnt gewesen. Es sah außerdem aus, als würde sie gleich zusammenbrechen, aber sie bot wenigstens Schutz vor dem Wind, der immer stärker wurde, und alles andere war Clara im Augenblick egal.

»Glauben Sie, daß Sie einbrechen können?«

McClain schnaubte verächtlich. »Da wird nicht viel Einbruch nötig sein.«

Er ging zur Tür, die einen Fuß hoch über dem Boden endete, als ob vor dem Haus eine Stufe fehlte. Als er gegen die Tür drückte, bewegte sie sich mit rostigem Krächzen eine Handbreit nach innen. Nach einem sanften Schubs, der nichts bewirkte, stieß McClain mit den Schultern dagegen. Mit dem durchdringenden Kreischen empörter Scharniere flog die Tür auf.

Im Innern war es bis auf das graue Rechteck der offenen Tür so dunkel wie in einer Höhle. Es roch nach Moder, aber Clara war auch das egal. Als McClain eintrat, folgte sie ihm auf den Fersen. Ihr war jeder Anblick recht, solange sie aus der Kälte kam.

»Hoppla!« Sie hatte sich darauf konzentriert, nicht in eines der Löcher im Boden zu treten, als sie an McClains Rücken stieß und so nah wie möglich bei ihm stehenblieb. Sie fror wirklich fürchterlich, und die Wärme, die sein Körper ausstrahlte, war ihr genauso willkommen wie ein Ofen.

»Graziös wie immer«, bemerkte er trocken. Aber er zog sie neben sich und legte den Arm um sie. Allerdings mit einem so unangenehmen Gesichtsausdruck, daß Clara keine falschen Schlüsse zog. Er wollte sie bloß wärmen.

»Sie haben nicht zufällig Streichhölzer bei sich?« In Anbetracht ihre spärlich bekleideten Zustands blieb sein kleiner Scherz unerwidert. Sie stand zitternd da, drückte sich an ihn, obwohl er den Arm nicht länger um sie gelegt hielt, und spürte, daß er in seinen Taschen kramte. Kleingeld klapperte, Papier raschelte, und dann war ein zufriedenes Grunzen zu hören.

»Streichhölzer?« fragte sie.

»Was Besseres. Ein Feuerzeug. Warten Sie hier.«

»Wo gehen Sie hin?« Die Frage kam zu spät, er war bereits aus der Tür und mit ihm seine kostbare Wärme. Als er wieder auftauchte, trug er eine brennende Fackel in der Hand, die aus einem Kiefernzapfen gemacht zu sein schien. Als er sie hochhielt, betrachteten sie zusammen das Innere der Hütte.

Drinnen sah alles so baufällig aus wie draußen. Die Wände waren aus groben Holzbrettern so wahllos zusammengefügt, daß man durch die Ritzen die Dunkelheit draußen sehen konnte. Die beiden zugenagelten Fenster waren früher verglast gewesen. Ein paar Splitter steckten noch in den rostigen Metallrahmen. An der Rückwand hingen Regale, auf denen noch ein paar uralt aussehende Dosen standen. In einer Ecke kauerte ein rostiger Kanonenofen, dessen Rohr sich durch ein ausgezacktes Loch im Dach schob. Der Fußboden bestand aus fauligem Linoleum, das ebenso fauliges, durchlöchertes Holz bedeckte; das Dach schien aus Blech zu sein. Die Hütte bestand nur aus einem einzigen Raum und war völlig unmöbliert.

»Es ist nicht gerade das Sheraton, aber besser als nichts«, sagte McClain und heulte auf, als die Fackel bis zu seinen Fingern niedergebrannt war. Fluchend ließ er das Ding fallen und trat darauf. Dann drehte er sich um und ging wieder hinaus. Und Clara stand wieder schlotternd im kalten, dunklen Raum.

Als er nach unendlich langen Minuten zurückkehrte, trug er einen Armvoll Zweige und wurde von Paff begleitet, der, als er Clara saß, gebieterisch miaute.

»Ich wußte, daß wir ihn nicht loswerden würden. Ich hatte ja die ganze Woche schon nichts als Pech.«

Clara überhörte es, kniete sich hin und breitete die Arme aus. Paff stürzte sich hinein. Sie drückte ihn an die Brust und murmelte ihm Koseworte ins Ohr. Wenigstens war er so gut wie trocken. Nur seine Pfoten waren noch naß. Er schnurrte wie verrückt und stieß mit dem Kopf an ihr Kinn. Dann ließ sie ihn los. Er guckte zu ihr hoch, rieb sich an ihren nackten, halb erfrorenen Knöcheln und miaute freundlich.

»Was schreit er denn schon wieder so rum?« McClain schichtete Zweige in den Ofen.

»Er hat Hunger.« Auch Clara hatte Hunger. Wenn sie nicht erfror, meinte sie, würde sie wohl Hungers sterben.

»Ach, wirklich? Hör zu, du räudiges Fellknäuel, dank dir hab ich seit sechsunddreißig Stunden nichts mehr in den Magen gekriegt. Jaul' ruhig weiter. Vielleicht wirst du meine nächste Mahlzeit.«

Paff schaute ihn nur an und schrie noch lauter, während Clara ungeduldig zusah, wie McClain die kleine Flamme des Feuerzeugs an das Gewirr der Zweige hielt. Kurz danach tauchte eine große Flamme auf, die flackerte und wuchs.

»Ein Feuer«, hauchte Clara entzückt, ging schnell hin, stellte sich schlotternd davor und freute sich auf die Wärme. Paff folgte ihr maunzend. Clara ignorierte ihn mit der Leichtigkeit langjähriger Übung. McClain sah ihn giftig an und wandte sich wieder dem Ofen zu. Er beobachtete die sich langsam ausbreitenden Flammen kritisch und schloß die Ofentür. Das Ofenrohr schwankte gefährlich. Clara hockte sich noch näher an das rostige schwarze Ding.

»Fassen Sie den Ofen nicht an. In ein paar Minuten wird er ziemlich heiß sein«, warnte er sie. Clara achtete nicht auf ihn. Die bescheidene Wärme, die dem klobigen Ding entströmte, waren das reinste Nirwana. Sie hätte den Ofen umarmen können.

»Mais, Mais, Mais und Möhren.«

Clara blickte sich um und sah, daß McClain mit Hilfe des Feuerzeugs die Etiketten der Büchsen las, die auf den Wandregalen standen.

»Glauben Sie, daß das Zeug noch gut ist?« fragte sie unter Zähneklappern.

McClain zuckte mit den Achseln. »Die Dosen scheinen intakt zu sein. Wir können sie aufmachen und nachschauen, ob die Sachen in Ordnung sind. Ich weiß nicht, wie es Ihnen geht, *ich* könnte jedenfalls ein – einen Kater fressen«, sagte er und fixierte Paff, der gierig auf ihn und die Dose in seiner

Hand starrte und mit der Begeisterung eines Cheerleaders beim Anfeuern der Mannschaft um die Wette miaute.

»Tut mir leid, Kumpel«, sagte er boshaft. »Nichts da für dich. Nur Gemüse. Vielleicht hast du nächstes Mal mehr Glück.«

»Ach, der frißt alles«, versicherte ihm Clara. McClain hatte die Büchse abgestellt und fischte in seinen Hosentaschen herum. Der Schraubenzieher! Triumphierend zog er ihn hervor und begann, die Dose zu attackieren. Nach einigem Klopfen und Rucken hatte er ein ziemlich großes Loch in den Deckel geschlagen. Er inspizierte den Inhalt, setzte die Dose auf den Ofen und machte sich an die nächste. Schließlich waren alle vier offen und wurden auf dem Ofen warm. Beim Geruch nach Essen – auch wenn es sich nur um Mais und Möhren handelte und beide Gemüsesorten nicht zu Claras Lieblingsgerichten gehörten – wurde ihr fast schwindlig. Seit der Mahlzeit bei Mitch vor mehr als vierundzwanzig Stunden hatte sie nichts mehr zu sich genommen. Dann fiel ihr ein, daß McClain von sechsunddreißig Stunden gesprochen hatte, und fast tat er ihr leid. Aber nur fast.

Paff jammerte erbärmlich und guckte zu den offenen Dosen hoch. Claras Magen knurrte. Dann hörte sie ein Rumpeln und runzelte die Stirn. Augenblicke später wurde ihr klar, daß auch McClains Magen knurrte. Diese gemeinsame menschliche Schwäche machte ihn ihr ein wenig sympathischer. Es war gut zu wissen, daß sie wenigstens teilweise mit ihrem Elend nicht allein war.

»Die Suppe ist fertig«, sagte McClain, ergriff vorsichtig die Dosen und stellte sie auf den Fußboden. Paff schoß sofort darauf los. McClain schubste ihn mit dem Fuß zur Seite. Paff jaulte herzerweichend, als sich McClain im Schneidersitz niederließ und sein Essen hütete. Auch Clara setzte sich. Dabei gab sie acht, daß der Poncho sie überall bedeckte. Selbst mit McClains Gürtel um die Taille war er nicht das zuverlässigste Kleidungsstück.

»Ach, bitte geben Sie ihm doch was ab«, sagte Clara ungeduldig, als Paff sein Gejaule fortsetzte.

»Wir haben nur vier Dosen.«

»Er kann was von mir abbekommen. Vier Büchsen Gemüse schaffen wir sowieso nicht.«

»Ich könnte vier Supermärkte voll Gemüse essen. Und er hat, wie Sie sich vielleicht erinnern, bereits zwei Schinkenbrote verdrückt. *Meine* Schinkenbrote. Dieses ...« Seine Worte verloren sich in einem unverständlichen Gemurmel.

»Bitte ...«

Jaul! Paff heulte weiter.

»Mein Gott noch mal!« McClain nahm eine der Dosen mit Mais und kippte etwa ein Zehntel des Inhalts auf das schmutzige Linoleum hinter sich. Paff stürzte sich mit der Gier des Verhungernden drauf. McClain schaute ihm ungläubig zu.

»Der Kater ist nicht normal.«

»Doch. Er hat Hunger. Und ich auch.«

Das lenkte seine Aufmerksamkeit wieder auf sie. Mit dem gleichen schmaläugigen Blick, den er gewöhnlich für Paff reservierte, musterte er sie von oben bis unten, langte mit zwei Fingern in das ausgezackte Loch im Deckel der Maisdose, angelte sich ein paar Körner heraus, steckte sie sich in den Mund und kaute mit sichtlichem Vergnügen darauf herum.

»Dann essen Sie doch!« sagte er. Clara warf ihm einen angeekelten Blick zu. Aber sie holte sich die nächste Dose Mais und aß den Inhalt auf dieselbe unzivilisierte Art. Erstaunlich, wie köstlich Gemüse sein konnte, wenn man hungrig war!

Nach dem Essen wischte sich McClain die Hände an seinen Jeans ab und entledigte sich der Dosen, indem er sie einfach aus der Tür kickte. Dann hing er hinaus. Als er etwa zehn Minuten später zurückkehrte, trug er das Boot umgekehrt auf dem Kopf. Clara beobachtete interessiert, wie McClain das sperrige Ding durch den schmalen Eingang manövrierte. Als er das Boot schließlich durchzwängte, landete es vor ihren Füßen. Paff, der ein Nickerchen gemacht hatte, sprang in die Höhe und fauchte den unerwarteten Neuankömmling an. Clara blieb, wo sie war, und beäugte zuerst McClain und dann das Boot. Das Boot für die Nacht in die Hütte zu bringen, kam ihr zwar etwas merkwürdig vor, aber sicher hatte er seine Gründe, und sie war zu müde, um sich darüber Gedanken zu machen.

»Hier.« Er warf ihr die klammen Sachen zu. Clara hatte sich, in den Poncho gewickelt, halb eingeschlafen an die Wand gelehnt, als ihr eisiger Stoff ins Gesicht klatschte. Der Rest der Sachen regnete auf sie herab.

»Wieso haben Sie das getan?« Sie strampelte sich von ihren klammen Jeans, die auf ihrem Kopf gelandet waren, frei und sah McClain böse an.

»Wenn Sie wollen, daß die Sachen morgen früh trocken sind, hängen Sie sie besser heute nacht vor den Ofen.«

Sie mußte ihm recht geben. Stöhnend erhob sie sich und sammelte die Kleidungsstücke ein. Sie war so müde, daß sie kaum atmen konnte.

»Hier.« McClain band das Seil los, das um das Boot herum hing, und befestigte ein Ende an einem Nagel in der Wand. Das andere Ende band er an einem rostigen Haken am Ende des mittleren Regals fest.

»Danke.« Sie war überrascht und gerührt angesichts der Mühe, die er sich allein wegen ihr gemacht hatte. Wenn sie es sich recht überlegte, war dies das erste Mal, daß er etwas getan hatte, das nicht auch ihm nutzte. Es konnte natürlich auch sein, daß er keine Lust hatte, am Morgen mit einer feuchten Begleitung weiterzureisen.

Während sie ihre Sachen sorgfältig über die Leine hängte, damit sie so viel wie möglich Wärme abbekamen, ging er wieder hinaus. Als er zurückkam, stellte er zwei der leeren Dosen, die er offensichtlich draußen wieder aufgelesen hatte, auf den Ofen.

»Ein Geschenk für Sie«, bemerkte er auf ihren fragenden Blick. Als sie die Stirn runzelte, deutete er auf die Büchsen.

»Wasser. Zum Waschen. Ich weiß nicht, wie's Ihnen geht, aber ich fühl' mich verdammt schmutzig.«

Clara desgleichen. Sie sah ihn dankbar an. Natürlich würde sie mit der kleinen Menge Flußwasser nicht besonders sauber werden, aber es war besser als nichts. Und eine angenehme Vorstellung.

»Danke«, sagte sie noch einmal und meinte es ehrlich.

Sie hängte gerade ihr Hemdhöschen über die Leine, als sie hinter sich das unmißverständliche Geräusch eines Reißverschlusses hörte. Sie drehte sich um und sah mit Entsetzen, daß McClain in aller Ruhe aus seinen Jeans stieg.

»Was machen Sie da?« Ihre Stimme klang fast ein wenig hysterisch. McClain vor sich in weiter nichts als einem Sweatshirt und einem kastanienbraunen Baumwollslip zu sehen, war entnervend, um es milde auszudrücken. Seine Beine waren lang, muskulös und mit schwarzen Haaren bedeckt. Das Sweatshirt endete gleich unterhalb der Taille und bot dem, was sich darunter befand, wenig Deckung. Seine Unterwäsche war nicht viel besser, sie klebte an den schmalen Hüften wie eine zweite Haut. Der Slip war als stillschweigender Beweis seiner Männlichkeit gehörig ausgebuchtet. Er ging durch den Raum und hängte seine Jeans neben ihre Sachen auf die Leine. Seine nassen Turnschuhe stellte er neben ihre Schuhe ordentlich vor den Ofen. Sie hatte eine ausgezeichnete Sicht auf das knackige, muskulöse Hinterteil in Bewegung. Wie geblendet starrte sie hin.

»Ich habe meine Sachen zum Trocknen aufgehängt. Und jetzt werde ich mich waschen, und dann werde ich mich schlafen legen.«

Sie zuckte zusammen. Der Anblick seiner Rückseite hatte sie so fasziniert, daß sie alles um sich herum vergaß. Schuldbewußt blickte sie auf und sah, daß er sie beobachtete. Seine grünen Augen funkelten wieder wie Smaragde. Clara machte sich schnell mit den Sachen auf der Leine zu schaffen – ein völlig sinnloses Unterfangen, da sie schon einmal alles geradegezogen hatte. Aber er sollte nicht denken, daß sie ihn beobachtete.

Aller guten Vorsätze zum Trotz, konnte sie sich jedoch nicht beherrschen. Als er sich aus einer der Büchsen Wasser in die hohle Hand schüttete und ins Gesicht spritzte, starrte sie ihn wieder an. Und sie guckte noch genauer hin, als er sich das Sweatshirt mit einem Ruck über den Kopf zog und bis auf den enganliegenden braunen Slip nackt dastand. Dann spritzte er sich Wasser in die Achselhöhlen und auf die Brust, und sie sah, daß er einen prachtvollen Rücken hatte – gebräunt und breitschultrig mit einer tiefen Spalte in der Mitte, die unter dem weißen Bund der Unterhose verschwand. Seine Muskeln kräuselten sich wellenartig bei jeder Bewegung. Clara war wie gebannt. Er hatte den schönsten Rücken, den sie je gesehen hatte, und sie mußte an sich halten, um nicht hinzugehen und mit den Händen über diese Seide auf gestähltem Fleisch zu streichen …

Er zog das Sweatshirt wieder an und drehte sich so schnell um, daß Clara kaum Zeit hatte, den Blick auf ihre Jeans zu wenden. Sie würde vor Scham sterben, wenn er wüßte, daß sie ihn beobachtet hatte wie ein Verhungernder ein Festmahl. Nervös ging sie an den Ofen und guckte in ihre Dose. Sie brauchte ein Tuch, um sich das Gesicht zu waschen. Der Poncho, den sie getragen hatte, als sie in den Fluß fiel, hing mit den anderen Sachen auf der Leine. Sie nahm ihn runter, tauchte einen Zipfel in die Dose und fuhr sich damit über Gesicht und Hals.

Mit einem dieser schlitzäugigen Blicke in ihre Richtung ging McClain zum Boot, das mitten im Raum stand. Als er sich damit beschäftigte, wusch sie schnell, was sich unter dem Poncho, den sie trug, verbarg. Es war nur Katzenwäsche, aber mehr war eben nicht möglich. Mit einem vorsichtigen Blick über die Schulter prüfte sie, ob sie beobachtet wurde. Zu ihrer Überraschung hatte er sich der Länge nach im Boot ausgestreckt. Er paßte gerade hinein und benutzte die Wulst am Rand als Kopfkissen. Clara blinzelte. Ohne zu lächeln sah er sie an.

»Sie wollen in dem Boot schlafen?«

»Fällt Ihnen was Besseres ein?«

Clara, die sich in der leeren Hütte umblickte, mußte es verneinen.

»Und ich?«

»Wenn Sie schlau sind, legen Sie sich zu mir.«

Clara guckte ihn an. Er blieb völlig ernst.

»Ich kann nicht in diesem lächerlichen Boot mit Ihnen schlafen. Es ist ja nicht mal genug Platz für uns beide.«

Er hob die Schultern, streckte sich dann und verschränkte die Arme unter dem Kopf. Seine grünen Augen wurden schmal, als er zu ihr hochblickte.

»Je weniger Platz, desto besser. Es ist kalt heute nacht und wird noch kälter. Der Ofen gibt nicht viel her. Und nach dem Ding, das Sie sich heute intelligenterweise geleistet haben, sind Sie auf dem besten Wege, sich eine Lungenentzündung zu holen.«

Sie mußte ihm recht geben. Es war albern, sich unter den gegebenen Umständen nicht zusammenzurollen und sich gegenseitig zu wärmen. Aber das war eben das Problem. Schon bei dem Gedanken, neben McClain und seinen Unterhosen zu schlafen, wurde ihr ziemlich warm.

»Den Poncho müssen Sie übrigens abwerfen. Er ist die einzige Zudecke, die wir haben.«

Er sagte es einfach so hin, daß Clara nicht gleich begriff, was es bedeutete. Als sie sich dann vorstellte, ohne Decke – nackt – in seinen Armen zu liegen, spürte sie, daß ihr Blut zu sieden begann. Was er auch war (ein unverschämtes Monster und so weiter) – ein Mann jedenfalls auch. Und sexy. So sexy, daß sie sich auf die Zunge beißen mußte, um nicht ununterbrochen auf diese sehnigen Beine zu starren. Ganz zu schweigen vom aufreizenden Sitz kastanienbrauner Baumwolle …

»Auf keinen Fall teilen wir uns diese Decke miteinander. *Ich* trage sie.«

McClains Augen wurden noch schmaler. »So?«

»Ich habe nichts anderes an«, erklärte sie und mußte sich immer noch zwingen, ihm nur ins Gesicht und nicht woandershin zu schauen.

»Na und? Glauben Sie mir, ich bin viel zu müde, um mich darum zu kümmern. Wenn es Ihnen angenehmer ist, mach ich die Augen zu.«

Es war ihr nicht angenehmer. »Nein!«

»Stellen Sie sich doch nicht blöder an, als es unbedingt sein muß, Clara.«

Er schaute sie an wie ein Mann einen dickköpfigen Hund.

»Ich schlaf nicht nackt mit Ihnen!« Clara wurde rot. Sie spürte, wie die Röte über Hals, Kinn und Wangen bis zu den Haarwurzeln aufstieg. Als Teenager war sie ständig rot geworden und hatte natürlich darunter gelitten. Sie hatte geglaubt, daß es endlich damit vorbei wäre. Aber McClain schaffte es, daß sie sich ständig Blößen gab.

»Dann schlafen Sie eben nicht nackt mit mir.« Diese unerwartet vernünftigen Worte machten Clara mißtrauisch. Er richtete sich auf, zog sich das Sweatshirt über den Kopf und warf es ihr zu. Sie griff danach, ließ es fallen, bückte sich danach und versuchte dabei ununterbrochen, überallhin, nur nicht auf seinen herrlich muskulösen Oberkörper zu schauen. Er hatte einen phantastischen Körper. Seine Schultern waren braungebrannt und breit. Auch die Arme waren muskulös. Sein Brustkorb wurde zur Taille hin schmaler und war mit dichtem, kohlschwarzem lockigem Haar bedeckt. Der Bauch über dem Slip war flach und sah unglaublich hart und verführerisch aus. Und der Teil, der von der enganliegenden Baumwolle bedeckt war, war so verlockend … Clara spürte, daß ihr Mund trocken wurde, und wandte schnell den Blick ab. Es war peinlich, wie ihr Puls allein vom Hinsehen schneller schlug.

»Ziehen Sie mein Sweatshirt an und kommen Sie endlich rein!«

»Nein.«

»Los!«

Clara war von diesen noch nie dagewesenen Gefühlen, die seine bloße Gegenwart in ihr weckte, derart verwirrt, daß sie nicht einmal die Kraft zum Argumentieren aufbrachte. Um ehrlich zu sein – sie hätte sich ganz gern an diese starke, haarige Brust geschmiegt … Wenn sie sich vormachte, es sei nicht McClain, könnte er fast als einer ihrer Traummänner durchgehen, dachte sie. Der Held, über den sie schrieb …

»Verdammt noch mal!« brüllte er und erstickte ihre viel zu lebhafte Phantasie. Es war McClain, kein anderer, der häßliche, skrupellose, extrem aggressive McClain, so attraktiv die Verpackung auch sein mochte. Muskeln und opulentes Brusthaar machten einen miesen Charakter nicht wett.

»Okay«, kapitulierte sie und war froh, daß sie diese plötzliche Schwäche für ihn überwunden hatte. »Aber machen Sie die Augen zu.«

»Meine Güte«, murmelte er, schloß aber tatsächlich die Augen. Ohne den Poncho auszuziehen und etwas zu enthüllen, was nicht enthüllt werden durfte, zog sich Clara das Sweatshirt über den Kopf, das ihr glücklicherweise halb über die Schenkel reichte.

»Da hätt' ich die Augen ja auch offen lassen können«, sagte er angewidert.

»Sie haben gemogelt«, schimpfte Clara und hielt sich den Poncho vor die Brust.

»Würden Sie bitte endlich mit der Decke herkommen? Jetzt, wo Sie mein Sweatshirt tragen, friere *ich* mich zu Tode.«

Clara warf ihm den Poncho zu und war erleichtert, als er sich damit zudeckte. Vom Kopf her wußte sie, daß er ein Mistkerl war, aber wenn sie sich all dem sehnigen, bronzefarbenen Fleisch gegenübersah, machte ihr Körper einfach, was er wollte. Er bebte und wurde ganz schwach. Eine Reaktion, die ihr gar nicht gefiel.

»Nun machen Sie schon!« sagte er ungeduldig und schlug einen Zipfel der Decke zurück, die ausgebreitet gerade das Boot abdeckte. Das Loch, das McClain in die Mitte gerissen hatte, würde zweifellos Kälte hereinlassen, aber es war nicht zu ändern. Sie schluckte, machte drei Schritte und kletterte vorsichtig ins Boot. Sobald sie drin saß, zog er sie zu sich runter, und schon lag ihr Kopf auf seiner Schulter und sie in seinen Armen. Nur, um warm zu werden, sagte sie sich streng, als sie die seidenweiche Schulter unter ihrer Wange spürte und ihr Blut schon wieder zu kochen begann. Der Geruch nach Mann umfing sie. Ihr Rückgrat kribbelte. Ihre Brüste drückten sich in seine Seite, und ihre glatten nackten Beine berührten seine haarigen rauhen Schenkel. In ihrem ganzen Leben hatte sie die Männlichkeit eines Mannes noch nie so stark empfunden.

Ihre Hände hielt sie bei sich. Als sie sich niederlegte, war sie aus Versehen mit seinem weichen Brusthaar in Berührung gekommen, was sie dermaßen aus der Fassung geraten ließ, daß sie es nicht noch einmal riskieren wollte. Aber ihre Finger wollten ihn so gern berühren ...

Es war dunkel in der Hütte, aber lebendig von zitternden Schatten; die Glut des Ofens leuchtete rot. Es war bei weitem nicht warm im Raum, aber im Vergleich zur Kälte draußen warm genug. Ab und zu hörte Clara den dumpfen Ruf einer Eule oder den Schrei eines kleinen Tieres, das möglicherweise in die Fänge eines Jägers geraten war. Sie dachte lieber nicht darüber nach, was – oder wer – nachts im Wald auf die Jagd ging. Bären oder Wildkatzen oder vielleicht sogar schreckliche, grausame Männer.

»McClain.«

»Mmm.« Es klang schläfrig. Als sie es schließlich wagte, ihn anzusehen, waren seine Augen tatsächlich geschlossen. Seine Wimpern waren kurz und borstig und unglaublich schwarz. Sie entspannte sich ein bißchen. Sie würde sich viel, viel sicherer fühlen, wenn er endlich schlief.

»Glauben Sie, daß sie immer noch hinter uns her sind?«

Er öffnete die Augen einen Spalt breit.

»Bestimmt.«

»Dann –«

»Hier suchen sie uns nicht. Heute haben wir sie abgehängt. Wenn es anders wäre, hätte ich nicht haltgemacht. Schlafen Sie jetzt.«

»Okay.«

Er hatte die Augen schon wieder zugemacht, und Clara spürte, wie sie sich beim Betrachten seines Gesichts langsam entspannte. Im Profil betrachtet – im flackernden Licht des Ofens, das über alles seltsame Schatten warf und die Schwellungen und blauen Flecken weicher erscheinen ließ – war er, ihrer Meinung nach, kein gutaussehender Mann. Sein Gesicht war zu eckig, zu aggressiv. Seine Stirn war breit und hoch unter dem erbarmungslos kurzen schwarzen Haar. Er hatte hohe, flache Wangenknochen. Seine Nase war an mehreren Stellen gebrochen, aber jetzt sah er damit aus wie ein übel zugerichteter Preisboxer. Sein Unterkiefer war kantig und kampflustig und jetzt mit einem stoppeligen schwarzen Zweitagebart bedeckt, die Lippen darüber aber wohlgeformt. Komisch, sie konnte immer noch spüren, wie es war, als sie auf ihrem Mund lagen. Zuerst brennendheiß und weich und dann hart vor Verlangen.

Aber darüber wollte sie nicht nachdenken. Das war ein blöder, blöder Zeitvertreib. Unter den gegebenen Umständen über McClain zu phantasieren, würde sie nur in noch größere Schwierigkeiten bringen. Und das war das letzte, was sie wollte.

Das behelfsmäßige Bett war gemütlich warm geworden. So warm, wie sie es seit anderthalb Tagen nicht mehr gehabt hatte. Clara streckte genüßlich die Beine aus. Die harten Schenkel neben ihr oder die Rauheit seiner Haare an ihren seidenweichen Gliedern regten sie nicht mehr auf. Sich auf der Seite liegend an seinen Brustkorb zu schmiegen, schien das Natürlichste von der Welt zu sein. Trotz der Hütte und des Waldes und Rostow und der Polizei und allem anderen, fühlte sie sich vollkommen sicher. Und glücklich.

Ihre Augen waren geschlossen. Sie seufzte noch einmal zufrieden. Dann schlief sie ein.

13

Die Luft, die sie einatmete, war kalt – so kalt, daß sie sich wie ein Kaninchen in seinem Bau an die Wärme neben sich kuschelte. Die Nase drückte sie an ein weiches, pelziges Kissen. Um sie herum war Wärme und ein eigentümlich scharfer Geruch. Ihre Arme umklammerten einen warmen, biegsamen Gegenstand, und ihre Beine lagen über zwei Baumstämmen, die mit rauhem Samt überzogen waren …

Ihre Augen öffneten sich und sahen einen breiten, haarigen Brustkorb vor sich. Ihre Nase hatte sich hineingegraben. Sie hatte den Geruch dieser Brust, den ihr Kopf als Kissen benutzte, in den Nasenlöchern. Ihre Arme hatten sich um einen kräftigen Hals gelegt, und ihre Beine rekelten sich auf sehnigen Schenkeln. McClain! Sie lag auf McClain!

»Guten Morgen, mein Engel.« Es klang heiser und ganz anders als das, was sie sonst aus seinem Munde gewohnt war. Sie hob den Blick, sah in freundlich glitzernde grüne Schlitze und errötete bis zum kleinen Zeh. Rasch versuchte sie, die Hände von seinem Nacken zu lösen. Die aufreizenden Lippen verzogen sich zu einem Lächeln. Er packte ihre Handgelenke und hielt sie an seine Brust.

»Tut mir leid«, murmelte Clara verlegen und versuchte, sich von ihm runterzuwälzen. Mit einem Ruck seines Beins hinderte er sie daran. Ihre Beine rutschten ab und lagen jetzt rechts und links neben einem von seinen. Sein rauher Schenkel hob sich leicht und drückte gegen die Stelle, an der ihre Beine zusammentrafen. Clara erinnerte sich mit Schrecken, daß sie keine Unterwäsche trug. Ihr Körper war unter dem Sweatshirt völlig nackt, und das Sweatshirt hatte sich bis zu ihren Hüften hochgerollt. Sein Oberschenkel preßte sich an nackte Haut. Clara wurde rot, als sie seine Wärme spürte, und gab sich alle Mühe, sich aus dieser intimen Lage zu winden. Es war ein Fehler. Ein angenehmer Schauder zuckte über die Innenseiten ihrer Schenkel.

»Mir nicht«, murmelte er und hielt ihre Hände fest. Sie wußte, daß sie es bereuen würde, konnte aber diesem wundervollen Beben, das von der Stelle ausging, an der sich sein Schenkel so warm und hart an sie preßte, nicht widerstehen. Hilflos sank sie auf ihn herab, und ihre Finger wühlten krampfhaft in den Haaren auf seiner Brust. Der Schenkel zwischen ihren Beinen schob sie nach oben, bis ihr Mund seinen Hals erreichte. Dann neigte er den Kopf und küßte sie.

Es war der gleiche hinreißende Kuß, an den sie sich so gut erinnerte. Clara schloß die Augen und war verloren. Als er ihre Lippen mit der Zunge streichelte, öffneten sie sich hilflos. Sie hatte das Feuer nicht vergessen, das er so schnell entfachte und dann im Stich ließ.

Er roch nach Moschus. Seine Zunge war heiß und weich und auf zärtliche Weise fordernd. Sie berührte seine Zunge mit der ihren, streichelte sie, liebkoste seine Lippen, wie er es mit ihren getan hatte. Seine Haut schmeckte nach Salz. Dann war ihre Zunge in seinem Mund wie seine Zunge in ihrem, und sie warf die Arme um seinen Hals, drückte sich an ihn und brannte.

Sie klammerte sich an ihn und küßte ihn so gierig wie er sie und bemerkte kaum, daß seine Hände unter das übergroße Sweatshirt glitten und zuerst die seidenweiche Haut ihres Rückens, dann ihre Schultern und schließlich ihr Hinterteil streichelten. Als sich um jede Backe eine große warme Hand schloß, zuckte sie zusammen, und ihr Mund wollte sich von seinem lösen. Aber seine Hände hielten sie fest, drückten und schoben sie sanft auf den wohltuenden Schenkel, und sie ließ es sich gerne gefallen. Diese wunderbaren Gefühle, die sie durchströmten, waren nicht zu verachten.

»Ruhig, Baby.«

Erst als er die Worte geflüstert hatte, merkte sie, wie sehr sie sich an ihn preßte und unbewußt die schönen Gefühle herbeizuführen versuchte. Bevor ihr richtig klar wurde, was sie tat, drehte er sich mit ihr um, legte sie sanft auf den Rücken und zog das Sweatshirt hoch. Ein eisiger Luftzug kroch unter die Decke und riß sie sekundenlang aus ihrem Rausch. Dann zog er die Decke über ihre Köpfe und holte sie zurück in ihr gemütliches Nest, geschützt vor der Kälte durch die Wülste des Gummiboots. Er besah sich ihre Brüste. Clara spürte, daß sie die Luft anhielt.

»Du hast phantastische Titten, Baby«, murmelte er. Die Worte, die sie von jedem anderen zu jeder anderen Zeit als beleidigend empfunden hätte, erregten sie so sehr, daß sie es kaum ertragen konnte. Sie zog ihn bebend zu sich herab und schob seinen Mund an ihre Brustwarze …

Oh, welcher Genuß – sein heißer feuchter Mund, der sich über ihre Brust schob, die harte Brustwarze packte und wie ein Baby daran sog. Sie spürte, wie sie zwischen den Schenkeln, wo sein Bein wieder Platz genommen hatte, von einer Woge der Erregung erfaßt wurde. Während er sie küßte und an ihr nuckelte und knabberte, bog sie den Rücken zurück, preßte ihre Brüste wild und unbeherrscht an ihn, packte seinen Kopf mit beiden Händen und rieb sich an diesem wunderbaren Schenkel …

Dann löste sich eine seiner Hände von ihrer Brust, streichelte ihren Bauch, ein Finger bohrte spielerisch in ihrem Nabel, bevor die Hand tiefer rutschte und über dem weichen Haardreieck verharrte, das sich schmerzhaft nach seiner Berührung sehnte.

Als er immer noch zögerte, hoben sich flehend ihre Hüften und verlangten mit wortloser Geste nach seiner Berührung. Aber immer noch zogen seine Finger quälende Kreise, kitzelten ihre Schenkel, kamen spielerisch näher und zogen sich wieder zurück.

»Bitte, Jack!« Sie hauchte es an seinen Hals. Sie glaubte, sterben zu müssen, einfach sterben, wenn er sie dort nicht berührte. Jetzt! Sie spürte, daß sich seine Zähne so heftig um ihre Brustwarzen schlossen, daß es bestimmt schmerzvoll gewesen wäre, hätte ihre Lust nicht den Schmerz erstickt. Sie spürte, wie seine Hand die andere Brust packte. Dann schob sich diese heiß ersehnte Hand zwischen ihre Schenkel, fand die winzige Knospe, die unter seiner Liebkosung verzweifelt bebte, glitt hinunter und hinein …

»Mein Gott, bist du heiß«, glaubte sie ihn murmeln zu hören, als sie nach Luft schnappte und erschauderte und seufzte. Dann zog sich seine Hand zurück, und sie wimmerte, und ihre Hände ließen seinen Kopf los und zerrten bettelnd an dieser abtrünnigen Hand. Aber statt ihrem Flehen nachzugeben, führte sie die Hand, an die sie sich klammerte, an seinen Körper, so sie zuerst die feste Haut seines Bauches und dann das Gummiband seines Slips spürte. Ihre Knöchel strichen über die harte Wölbung darunter, und ihre Knie wurden zu Butter.

»Jetzt du – berühr mich«, murmelte er, und ihre Hände griffen gierig nach ihm, streichelten den muskulösen Bauch, zupften an den lockigen Haarbüscheln und rissen plötzlich mit zitternden Fingern den Slip herunter, bis sein Glied groß und heiß bebend in ihren Händen lag. Er stöhnte und seufzte unter ihren begierigen Liebkosungen.

Seine beiden Schenkel lagen jetzt zwischen ihren. Er ragte über ihr und stützte sich mit den Knien und einer Hand ab. Die andere streichelte ihre Brüste. Seine Augen waren ein schwelendes smaragdgrünes Feuer, während er zusah, wie sie mit ihm spielte, ihr Gesicht beobachtete, als sie seine Größe und Wärme spürte, ihren Körper betrachtete, der sich offen und breit für ihn ausbreitete. Aber er hielt sich immer noch zurück und gab ihr nicht, was sie forderte. Clara glaubte wahnsinnig zu werden, wenn er nicht bald in sie eindrang. Sie hob die Hüften, um ihn zu reizen. Er beugte sich zu ihr herab und küßte sie auf die Lippen, aber das war es nicht, was ihr Körper wollte. Sie zerrte an ihm und versuchte, ihn zu ihrer brennenden Mitte zu führen, aber immer noch leistete er Widerstand. Sie wimmerte verführerisch und wand sich unter ihm, um seinen Körper zu manövrieren, versuchte, ihn mit winzigen Bissen und Küssen zu verführen – ohne Erfolg. Er war hart und heiß und pulsierte in ihren Händen, und sie wurde verrückt unter ihm, aber er gab ihr immer noch nicht, was sie wollte.

»Liebe mich, Jack«, wisperte sie schließlich und schämte sich, daß sie betteln mußte. Aber sie mußte ihn haben, brauchte ihn so, daß ihre Scham im Vergleich dazu eine Kleinigkeit war. Noch immer wollte er nicht in sie eindringen. Statt dessen packte er ihre Knie und hob sie auf seine Schultern. Ihre Hüften waren in der Luft, und ihr Körper lag ausgebreitet vor ihm, so daß er ihn sehen, riechen, küssen konnte ... Sie wußte nicht, ob sie vor Lust oder Entsetzen sterben wollte.

»Jack – nein!«

»Doch«, sagte er sanft. Dann küßte er sie, und sie spürte seinen feuchten, heißen Mund und seine Zunge. Und Ihre Welt explodierte, eine Million Sterne der Lust funkelten grellbunt.

Als er endlich den Kopf hob, keuchte sie und bebte vom Kopf bis zu den Zehen, und es prickelte an Stellen, von deren Existenz sie bisher nichts geahnt hatte. Er bettete sie wieder ins Boot, und sie lag unter ihm, den Kopf zurückgeworfen, der Körper bebend; sie glaubte, gestorben und an einem Ort gewesen zu sein, der wunderbarer als der Himmel war.

Dann fing alles wieder von vorn an.

Er glitt in sie hinein, riesig und heiß wie ein Schürhaken aus dem Feuer, und füllte sie vollständig aus, und er gab ihr nicht einmal Zeit, von der Höhe, in der sie schwebte, herunterzukommen, bevor er zustieß, sie liebkoste, nahm, gab und sie mehr und mehr und mehr fühlen ließ, bis sie ihm ihre Ekstase in den Mund schrie, sich selbst auf seinen Lippen schmeckte, wußte, daß es das Erotischste war, was sie je erfahren hatte, ihre Nägel in seinen Rücken grub und seinen Namen stöhnte – »Jack, Jack, Jack, Jack, Jack, Jack, *Jack*!« –, bis er endlich Mitleid mit ihr hatte, sich selbst erlöste und seine Lust in ihren Nacken stöhnte und sich in ihren zitternden Körper bohrte.

Danach lag sie lange mit geschlossenen Augen da. Ihr Körper war schlaff. Noch nie hatte sie sich so übervoll gefühlt, so vollkommen Frau. Seine Frau. Jack McClains Frau.

Langsam öffneten sich ihre Augen. Er lag immer noch auf ihr, ein totes Gewicht, alle viere von sich gestreckt, und sein Schweiß tropfte auf sie, sein röchelnder Atem in ihrem Ohr. Langsam wiederholte sie im Kopf, was sie gerade sich selbst gesagt hatte: seine Frau. Jack McClains Frau. Aber wer zum Teufel war er überhaupt? Sie hatte keine Ahnung. Wahrscheinlich wußte es niemand. Er war ein Fremder, ein gefährlicher Fremder aus einer Schattenwelt, mit der sie nichts zu tun haben wollte. Wie hatte sie nur so dumm sein können?

»Runter von mir«, sagte sie und stieß mit den Armen gegen seine Schulter. Aber sie hätte genausogut gegen Mount Rushmore stoßen können. Keinen Millimeter rückte er von ihr ab.

»Ich hab gesagt: *runter* von mir!« Sie war lauter geworden und schubste ihn nicht zum Spaß. Er stützte sich auf seinen Ellbogen, damit er ihr ins Gesicht sehen konnte. Der Rest seines Körpers preßte sie immer noch gegen den Gummiboden des Boots und die harten Bretter darunter.

»Sind Sie taub? *Ich hab gesagt: runter von mir!*« kreischte sie jetzt. Seine Augen wurden schmal, und er wälzte sich gehorsam zur Seite. Sie sprang sofort auf die Füße und zog die Decke mit sich, um ihren Körper vor seinem Blick zu verbergen. Die eiskalte Luft wirkte wie eine Dusche mit ebenso kaltem Wasser. Abscheu vor sich selber stieg in ihr hoch. Ihr wurde übel.

»Was ist denn los?« knurrte er. Im Schneidersitz saß er mitten im Boot, nackt, wie der liebe Gott ihn geschaffen hatte, und störte sich kein bißchen daran. Clara dachte an das, was er mit ihr gemacht hatte, und glaubte, sich übergeben zu müssen. Wie hatte sie sich nur so benehmen können, noch dazu mit McClain? Spione hatten wahrscheinlich wie Matrosen in jedem Hafen eine Frau. James Bond tat es in seinen Filmen mit allen Frauen. Und McClain war offensichtlich darauf aus, diese stolze Tradition fortzuführen. Auf ihre Kosten.

»Sie machen mich krank«, sagte sie laut und deutlich, wickelte die Decke wie einen Sarong um sich und ging zu ihren Sachen, die vor dem kalten Ofen hingen.

»Mein Gott noch mal!« Es klang angewidert, und während sie ihn fasziniert und wütend zugleich beobachtete, stand er, ohne sich um seine Nacktheit zu scheren, auf und funkelte sie an. »Ich hab dich nicht krank gemacht. Du *bist* krank! Verrückt! Was regst du dich denn so auf? Es war doch nur Sex, nichts weiter!«

»Nur Sex!« Ihr versagte die Stimme. Sie hatte es ja geahnt. Sie hatte es ja gewußt! Sie hatte sich zum Narren gemacht, nur um als Nummer 6.849 in seinen Bettpfosten geritzt zu werden. Wahrscheinlich hatte er ständig solche Erlebnisse. Geile Frauen, die sich an ihn ranschmissen –

»Jawohl! Sex. Etwas, was normale Männer und Frauen gern miteinander machen. Wenn ein Mann zum Beispiel mit einem Steifen aufwacht und eine nackte Frau neben ihm liegt und sich darum kümmert. Sex!«

»Du *Schwein!*« Vor lauter Wut konnte sie kaum sprechen. Daß sie sich derart demütigen lassen mußte. Dabei hatte sie es sich selbst zuzuschreiben, weil sie sich nicht beherrschen konnte!

»Lieber ein Schwein als eine verklemmte, ausgehungerte alte Jungfer«, sagte er zähneknirschend. Dann schwirrte er an ihr vorbei, riß seine Jeans von der Leine, packte seine Schuhe und stapfte, immer noch splitternackt und ohne einen Funken Scham, aus der Hütte.

Clara starrte auf seine prachtvolle Rückseite, und als die Tür hinter ihm zuschlug, schmiß sie ihm wütend die Decke nach.

14

Jaul!

Clara sah Paff böse an. Wie ein werdender Vater schritt er den knappen Raum auf dem Boot ab. Seit einer knappen Dreiviertelstunde waren sie wieder auf dem Fluß, und Paff hatte mindestens zweimal pro Minute gemaunzt, in nicht mal einer Stunde also neunzigmal.

»Kannst du das verdammte Fellknäuel nicht endlich zum Schweigen bringen?«

Jaul!

Claras finsterer Blick ging von Paff zu McClain und verfinsterte sich noch mehr. Seine ersten Worte, seit er aus der Hütte gestapft war. Eigentlich wollte sie diese eindeutig rhetorische Frage überhören – nach achtundvierzig Stunden mit

Paff mußte er schließlich wissen, daß es ein Ding der Unmöglichkeit war, den Kater zum Schweigen zu bringen –, aber der Versuchung, etwas Bissiges von sich zu geben, konnte sie nicht widerstehen.

»Ich kann ihn ja ins Wasser werfen.«

Jaul!

Der Blick, den er ihr über die Schulter warf, war tödlich. »Laß *mich!*«

Sie ging gar nicht weiter darauf ein, sondern wechselte das Thema: »Du könntest die Pistole in deinem Gürtel auch mal für was Nützliches gebrauchen – nicht nur, um den Macho zu spielen. Im Wald gibt es nämlich Eichhörnchen und Kaninchen und solche Sachen. Du könntest uns was zu essen schießen. Er hat Hunger und ich auch.«

Jaul!

McClain wandte seine Aufmerksamkeit wieder dem Fluß zu. Der Morgen war sonnig und klar, der Wind aber kalt. Er ließ die Schultern unter dem Poncho, den sie ihm zurückgegeben hatte, hängen. Wenn er nicht heißblütiger als sie war, mußte er schon halb erfroren sein. Und die Gischt, die ab und zu ins Boot spritzte, machte die Sache nicht besser.

Jaul!

»Ich schieße nicht gern auf hilflose Tiere.«

Clara glaubte, sich verhört zu haben. »Was?«

Er warf ihr wieder einen seiner bösartigen Blicke über die Schulter zu. »Ich sagte, ich schieße nicht gern auf hilflose Tiere!«

Clara höhnte. »Du, der großartige Geheimagent, schießt nicht gern auf Tiere! Ha, ha! Du schießt doch ständig auf Menschen, oder nicht? So was machen doch Spione, nicht wahr? Wie kannst du auf einen Menschen schießen, aber nicht auf ein Eichhörnchen, wenn wir verhungern? Du magst Tiere ja nicht einmal!«

Jaul!

»Ich mag Tiere – bis auf riesige Fellkugeln mit rasiermesserscharfen Krallen und einer Stimme, die einem den letzten Nerv raubt. Und damit du's weißt – ich würde viel lieber in

Ausübung meiner Pflicht einen Menschen erschießen als ein Eichhörnchen, nur damit ihr euch den Bauch vollschlagen könnt. Die paar Leute, die ich erschossen habe, hatten es verdient. Ein hilfloses Eichhörnchen verdient es nicht.«

Jaul!

»Ach, wie empfindsam!« bemerkte sie spöttisch.

Er drehte sich halb zu ihr um und starrte sie feindselig an. »Wenn du nicht sofort deine Klappe hältst, schmeiß ich dich *und* die Fellkugel ins Wasser! Ich hab die Nase gestrichen voll!«

Jaul!

»O ja?«

»Ja!«

»Tu's doch, großer Mann!« Claras Hände packten das Paddel fester. Wenn er ihr auf die Pelle rückte, täte sie ihr Bestes, ihm den Schädel einzuschlagen. Sie haßte ihn so sehr an diesem Morgen, daß ihre Nerven zum Zerreißen gespannt waren. Sie haßte ihn so sehr, daß sie es förmlich schmecken konnte. Sie haßte ihn so sehr, daß sie lachend über seinen blutenden Leichnam treten würde. Sie haßte ihn so sehr –

Jaul!

»Ach, halt doch endlich die Schnauze!« schrie Clara den Kater so böse an, wie sie es nicht einmal McClain gegenüber geschafft hatte. Er lachte höhnisch und wandte sich wieder dem Boot zu. Paff blickte sie vorwurfsvoll an. Dann unterbrach er sein ruheloses Hin- und Hergelaufe, stellte die Vorderpfoten auf den Rand des Bootes und schaute in die rauschende braune Flut.

Jauuuul!

»Wenn wir Glück haben, fällt er von allein über Bord«, murmelte McClain. Clara starrte finster auf seinen Rücken. Wenn irgend jemand über Bord fiele, dann hoffentlich er! Wie sie lachen würde! Sie stellte sich die Sache vor und mußte grinsen.

Zwei Stunden später hatte sich der Tag leicht erwärmt, während die Strömung sich verstärkte. Sie trieben rasch voran, und McClain brauchte sein Paddel nur noch, um das Boot von irgendwelchen Hindernissen fernzuhalten. Paff hatte endlich die Heulerei eingestellt. Sprungbereit, mit peitschendem Schwanz und zornigen goldenen Augenschlitzen hockte er mitten im Boot. Auf dem Boden stand das eisige Wasser zentimeterhoch. Wie Clara, hatte auch Paff die Hoffnung aufgegeben, sich gegen die eiskalte Nässe schützen zu können. Er saß einfach nur da und blickte miesgelaunt in die Gegend, während sie im Schneidersitz hinter ihm hockte und sich mieser fühlte, als er aussah. Für einen kurzen Moment tat er ihr leid. Armer Kater! Er hatte genausowenig wie sie darum gebeten, in diesen Schlamassel hineingezogen zu werden. Dieser gefühllose, flegelhafte Neandertaler im Bug war an allem schuld!

McClain suchte stirnrunzelnd beide Ufer ab. Clara sah ihm mit saurer Miene dabei zu. Der Mann war beim besten Willen nicht als gutaussehend zu bezeichnen: seine Nase sah aus, als sei ein Lastwagen darübergefahren, sein Kinn ragte hervor wie Jay Lenos, und auf den Rest seines Gesichts brauchte er sich auch nichts einzubilden. Die Haare waren so kurz geschnitten, daß seine Ohren abstanden, und sein Hals war dick wie der eines Gorillas. Das einzig Positive an ihm waren seine wunderschönen grünen Augen und ein zugegebenermaßen prachtvoller Körper. Was sein unangenehmes Wesen aber zunichte machte. Er war zweifelsohne der hassenswerteste Mann, der ihr je begegnet war. Sie *verabscheute* ihn.

»Wir steuern besser das Ufer an.«

»Warum?« Der etwas *zu* gelassene Ton ließ sie aufhorchen.

»Ich glaube, wir haben einen Staudamm vor uns.«

Clara begriff immer noch nicht. Er mußte ihre verwunderte Miene bemerkt haben, weil er ungeduldig hinzusetzte: »Mit einem Wasserfall – kapiert?«

Ein Wasserfall! Clara machte große Augen und nahm das Paddel in die Hände, um McClain so gut es ging zu helfen. Deshalb war die Strömung also so stark geworden. Holzstücke wirbelten mit zunehmender Geschwindigkeit um sie herum und trieben auf den Abgrund zu. Das Bild der gewaltigen, tosenden Niagarafälle, dem einzigen Wasserfall, den sie bisher in natura gesehen hatte, tanzte in ihrem Kopf herum. So etwas würden sie nie überleben!

Das Ufer, dem sie am nächsten waren – auf der Westseite –, war eine niedrige, gewölbte Felswand, auf der hohe Kiefern standen, die sich bis an den Rand des Felsens drängten. Sich mit dieser Felswand einzulassen wäre eine knifflige Sache, aber Clara erkannte, was McClain vorschwebte. Ein umgestürzter Baum hing ungefähr sechs Meter vor ihnen mit der Spitze ins Wasser. Seine Wurzeln ragten aus der Uferböschung und bildeten ein Netz. Wenn sie darauf zusteuerten, würde es sie auffangen, und sie könnten auf den Baumstamm klettern. Das hoffte sie jedenfalls.

Sie fuhren direkt auf den umgestürzten Baum zu. Clara hob den Blick. Aber es dauerte eine Sekunde, bis sie glauben konnte, was sie sah. Sie zwinkerte einmal, zweimal. Dann schrie sie los.

»McClain, schau, halt an, fahr zurück!«

Er drehte sich rasch zu ihr um, folgte ihrem entsetzten Blick und sah eine kleine Gruppe bewaffneter Sheriffsgehilfen, die keine fünfzig Meter von ihnen entfernt unter den Bäumen standen. Ein Rudel kläffender Hunde wuselte ihnen um die Beine.

Das Wort, das McClain äußerte, war das schmutzigste, das Clara je gehört hatte, aber es drückte exakt auch ihre Gefühle aus.

»Paddeln!« war das nächste, und er fing sofort damit an. Clara brauchte keine Einladung. Sie paddelte um ihr Leben, ahmte McClain in jeder Bewegung nach, und das Boot änderte seine Richtung und steuerte auf die Strömung in der Flußmitte zu. Es knallte, McClain fluchte, und Clara riskierte einen Blick auf die Männer, die ihnen jetzt genau gegenüberstanden. Drei hatten Gewehre an die Schultern gehoben, ein vierter senkte seines.

Es knallte dreimal.

»Duck dich!« befahl McClain und paddelte wie verrückt. Es krachte wie wild über ihrem Kopf. Sie warf sich auf den Boden, zog die Knie an und hielt sich die Arme über den Kopf. Paff war zufällig da, wo sie gelandet war, und sie drückte ihn an sich und wartete darauf, jeden Augenblick eine Kugel zu spüren, die ihr schrumpfendes Fleisch zerfetzte.

Wenn das Boot getroffen würde, würden sie sinken. Clara hob den Kopf und erhaschte einen Blick von McClain, der, über den Bug gebeugt, wie ein Verrückter weiterpaddelte. Dann knallte es wieder mehrmals hintereinander, und sie versuchte abermals, den Kopf mit den Armen zu schützen.

»Du kannst hochkommen und Luft schnappen. Ich glaube, wir sind außer Reichweite«, sagte er atemlos.

Clara hob vorsichtig den Kopf. McClain sah sie stirnrunzelnd an.

»Sie haben dich doch nicht erwischt?« Es klang besorgt.

»Nein, ich glaube nicht.« Sie rutschte in eine halb kniende Position und blickte sich um. Das Boot wurde von der reißenden Strömung erfaßt und sauste dahin. Die bewaffneten Männer waren nur noch Strichmännchen in der Ferne.

»Und die Fellkugel?«

Paff hockte mitten im Boot, richtete seine funkelnden goldenen Augen auf McClain und jammerte zum Steinerweichen. Sein Mund zuckte.

»*Ihm* geht's gut«, beantwortete er sich die Frage selbst.

»Und du?« Clara war so geschockt, daß sie nur noch flüstern konnte. Sie mußte zweimal fragen, bevor er sie verstand.

»Ich? Kein Kratzer.« Aber es klang nicht erleichtert, und sein Gesicht war verzerrt. Er dachte bestimmt an den Wasserfall. Aber sie hatten doch noch Zeit, ans Ufer zu kommen – oder nicht? Vielleicht auf der anderen Seite …

»Was ist das?« Aus der Ferne war ein leises, aber bedrohliches Rumpeln zu hören, das wenig später zu einem gewaltigen Donnergrollen anwuchs.

»Der Wasserfall!« brüllte McClain und paddelte wie wild

auf das Ufer zu, kam in der reißenden Flut aber kaum merklich voran. Während Clara die schlechte Nachricht in sich aufnahm, schoß das Boot um eine Biegung. Was sie dann sah, ließ sie erstarren. Mit beiden Händen klammerte sie sich ans Boot.

Links und rechts des Flusses türmten sich nackte Felsen und bildeten einen Canyon, durch den das Wasser rauschte. Gischt spritzte zischend an den Felswänden hoch, während die Strömung immer reißender wurde. Es war jetzt völlig unmöglich, sich ans Ufer zu retten. Sie mußte sich treiben lassen, egal wohin.

»Klettre auf den Rand und hak' dich mit dem Bein fest!«

»Was?« Sie konnten sich nur noch brüllend verständigen, und Clara war nicht einmal sicher, ob McClain sie verstand. Wie ein Rodeoreiter auf einem bockenden Pferd saß er rittlings auf einem der Wülste. Clara starrte ihn entsetzt an. War das ein Witz? Als sich das Boot durch die Gewichtsverschiebung gefährlich zur Seite neigte, beugte er sich nach innen. Clara umklammerte wieder die Ränder. Paff stöhnte, und seine Augen waren verzweifelte Schlitze, die die hoch über ihnen aufragenden Bäume um Beistand anflehten.

»Hak' dein Bein so unter!« McClain demonstrierte, wie sie das Bein, das im Boot blieb, unter die Seitenrolle klemmen sollte. Clara beobachtete ihn mit wachsendem Entsetzen. Das konnte sie nicht. Ganz unmöglich –

»Willst du ersaufen?« brüllte er. Das Getöse wurde lauter, die Strömung wilder. Eisige Gischt spritzte ins Boot, das wie ein Flugzeug in heftigen Turbulenzen herumgeschleudert wurde. Mit halsbrecherischer Geschwindigkeit brausten sie durchs Wasser. Paff kauerte im Boot und jammerte mit geschlossenen Augen und angelegten Ohren. Sein Fell war naß. Konnten Katzen schwimmen? Konnte überhaupt jemand in diesem Inferno schwimmen?

»Wir ersaufen sowieso!« heulte sie. Mut gehörte nicht zu ihren Stärken. Außerdem würde sie – angesichts des grauenvollen Todes, der ihnen wohl unweigerlich bevorstand – ohnehin einen Herzinfarkt bekommen, bevor sie das Wasser erwischte. Ihr Herz hämmerte so gewaltig gegen ihre Brustwand, daß ein Herzanfall unumgänglich schien.

»Auf den Rand!« brüllte er lauter als der Wasserfall. »Dorthin!«

Er zeigte mit dem Paddel auf eine Stelle ihm gegenüber. Seine Sachen waren inzwischen klatschnaß, und seine Haare glänzten wie ein Seehundfell. Wasser lief ihm in Strömen übers Gesicht. Seine Zähne klapperten. Aber den Blick in seinen Augen kannte sie bereits: ein grünes Glitzern, das vor Lebendigkeit Funken sprühte.

»Dir macht das alles noch Spaß, nicht wahr?« kreischte Clara, und als sie merkte, daß ihr keine Wahl blieb, rutschte sie auf dem Hinterteil zu der Stelle, auf die er gezeigt hatte, und hob vorsichtig ein Bein über den Rand. Sofort war das Bein, das ins Wasser baumelte, eiskalt. Aber als Clara sich aufrecht hinsetzte, vergaß sie alle Beschwerden. Sie vergaß einfach alles, als sie auf das starrte, was sich vor ihr auftat.

Das braune Flußwasser rutschte so gewaltig dahin, daß die Stromschnellen sichtbar waren, daß man sehen konnte, wie sie sprangen und ineinanderliefen, als würden sie von einer riesigen Hand geflochten, bevor sie fünfzig Meter weiter unter einer Wolke nebliger Gischt donnernd verschwanden.

»O mein Gott!« stöhnte sie und legt sich auf den Rand, den sie mit beiden Händen umklammerte. Das Boot bockte wie ein wildes Pferd. Jede Bewegung schien dafür vorgesehen, sie ins Wasser zu schmeißen, das wie in einem eisigen Kessel brodelte. Verzweifelt krallte sie sich an dem Gummiwulst fest, spürte die Kälte kaum und war entsetzlich naß. Die Haare hingen ihr in die Augen und machten sie fast blind. Paff, der mit flach angelegten Ohren wild um sich blickte, konnte sie gerade noch erkennen.

»Paff!« schrie sie. »McClain – was wird aus Paff? Er wird ertrinken!«

McClain schaute zur ihr hinüber und dann auf das durchweichte, zitternde Tier in der Mitte.

»Verdammte Scheiße!« glaubte sie ihn murmeln zu hören.

Dann streckte er heldenhaft den Arm aus, packte Paff am Kragen und zog ihn so weit zu sich ran, daß er ihn zwischen seine Brust und den Bootsrand klemmen konnte.

Clara schrie auf, als das Boot wild über zischenden weißen Schaum sprang und weit in die Luft hinaus geschleudert wurde. Sekundenlang schwebten sie über dem Wasser, eine leuchtend orangefarbene Kugel unter einer Ewigkeit babyblauen Himmels. Dann schlossen sich ihre Augen, und ihr Magen hüpfte ihr in den Hals, als sie in die Tiefe stürzten.

Clara klammerte sich mit aller Kraft ans Boot. Ihre Nägel gruben sich in den Gummi, und ihre Knie drückten so fest dagegen, daß sie selbst durch die luftgefüllte Rolle dazwischen spüren konnte, wie sie sich berührten. Durch den Aufprall bei der Landung wurden sie untergetaucht. Dann richtete sich das Boot wieder auf und kam, sich wie ein Hund schüttelnd, an die Oberfläche, nur um in dem wirbelndem Strudel unter dem Damm wieder unter- und erneut aufzutauchen. Rein und raus, hoch und runter ging es, bis sie nicht mehr wußte, wo sie war und was geschah. Sie wußte nur, daß sie nicht loslassen durfte, auch wenn der Fluß sie wegzureißen versuchte und das eisige Wasser sie ertränken wollte.

»Pack das Seil! Um Himmels willen, Clara, pack das Seil!«

Clara zwinkerte und schüttelte den Kopf, um die Haare aus den Augen zu bekommen. McClain klammerte sich noch immer ans Boot, aber nur mit einem Arm, während der Rest von ihm im Wasser hing.

»Verdammt noch mal, Clara, pack doch endlich das Seil, du blöde Kuh!«

Die Worte schockierten sie so, daß ihr Kampfgeist geweckt wurde. Sie hob den Kopf, um ihn anzublitzen, und sah das Seil, das vor ihrer Nase baumelte. Es hing von einem armeegrünen Hubschrauber, der in etwa zehn Meter Höhe über ihren Köpfen verharrte. Das Donnern des Wasserfalls übertönte das Dröhnen des Helikopters, und er war einfach nur da, schwebte über ihnen, ein Engel des Himmels, um sie – sie alle – zu retten ... Am Ende des Taus, das aus der offenen Tür hing, war eine Schlaufe. Sie hopste und drehte sich, während der Pilot sich bemühte, sie in Reichweite des wirbelnden Bootes zu halten. Ohne Warnung ging das Boot wieder unter. Als es mit Clara, die spuckte und nach Luft schnappte, wieder auftauchte, sprang sie in letzter Verzweiflung nach dem Seil – wie eine Ertrinkende, die sie ja war. McClains gebrüllte Anweisungen, sich die Schlaufe über den Kopf zu ziehen und unter den Armen zu befestigen, waren überflüssig.

Mit einem Ruck wurde sie aus dem Boot gehoben. Ihr Körper baumelte schlaff, als sie in den leuchtendblauen Herbsthimmel gezogen wurde. Das Tau schnitt durch ihre Sachen in die Haut unter ihren Armen, und sie glaubte, sich buchstäblich zu Tode zu frieren, als der scharfe Wind gegen ihren völlig durchnäßten Körper peitschte. Aber was für eine Erleichterung, dem erstickenden Wasser zu entkommen! Sie holte tief Luft und dankte Gott, daß sie am Leben war.

Ein zweites Seil fiel neben ihr herab. Natürlich für McClain. Auch er wurde gerettet. Danke, Gott, dachte sie wieder, bevor die Erschöpfung ihren Verstand ausschaltete. Ihr Körper schwang wie ein Pendel. Ihre Hände waren taub, so daß sie das Seil nicht packen und den Schmerz unter ihren Armen nicht lindern konnte. Ihr ganzes Leben lang hatte sie sich vor großen Höhen gefürchtet, aber die Katastrophen, die in den letzten achtundvierzig Stunden auf sie eingestürzt waren, schienen sie gegen diese Phobie immun gemacht zu haben, stellte sie fest, als sie auf die Wipfel der buschigen Kiefer hinabblickte. Oder ihre Seele war so taub wie ihr Körper. Jedenfalls war sie in der Lage, mit merkwürdiger Gleichgültigkeit zu beobachten, wie das Boot, das in dem mörderischen Becken unter dem Wasserfall herumwirbelte, in die Tiefe gezogen und wieder emporgeschleudert wurde. Irgendwann schien sich McClain aus dem Nichts wegzukatapultieren und mit einer Hand nach dem schwingenden Tau zu greifen. Er hing an seinem Ende, aber sein Körper war immer noch im Wasser. Wie es schien, hatte er Schwierigkeiten, die Schlaufe um seinen Körper zu schlingen. Dann sah Clara, was er getan hatte: Statt sich selbst zu retten, hatte er die Schlinge um ein klatschnasses graues Bündel gelegt. Paff war gerettet! Clara dachte hysterisch. Dann mußte sie weinen, als sie beobachtete, wie der Kater wild strampelnd und fauchend in die Höhe gezogen wurde.

Und McClain? In diesem Augenblick schlug ihr Kopf so hart gegen den Boden des Hubschraubers, daß sie Sterne sah, und bevor sie wieder richtig zur Besinnung kam, wurde sie ins Innere gezerrt.

»Nicht bewegen!« befahl eine strenge Stimme, als Hände nach ihr griffen und sie, alle viere von sich gestreckt, auf den Boden der Kabine fallen ließen. »Sie sind festgenommen! Sie haben das Recht zu schweigen. Wenn Sie von diesem Recht keinen Gebrauch machen, kann alles, was Sie sagen, bei Gericht gegen Sie verwendet werden ...«

Halb ertrunken, mehr als halb erfroren und vom Aufprall immer noch Sterne sehend, blickte Clara auf und sah zwei Uniformierte der Nationalgarde neben sich hocken und Gewehre auf sie richten.

»O mein Gott!« Aufstöhnend ließ sie sich zurücksinken und lag schlapp in der Pfütze, die sie auf dem Boden hinterließ, zu müde, um nachzudenken. Aus dem Fluß direkt in Bigfoots Arme ... Ertrinken schien plötzlich nicht mehr die schlimmste Art zu sterben zu sein.

»Paß auf, er ist –« Danach ein Schrei. Es geschah alles so schnell, daß Clara nur ein wildes Durcheinander gewahr wurde: ein nasser schwarzer Kopf, der am Ausstieg auftauchte, eine Silhouette vor dem verträumten blauen Himmel, ein Paar funkelnde grüne Augen, die sekundenlang ihren Blick trafen, eine braune Hand, die sich blitzschnell in den Gürtel des Gardisten schob, und dann ein Schrei, als der Mann durch die Luft flog und verschwand. Der andere sprang in dem Moment auf die Füße, als McClain wie eine Rakete durch die Öffnung schoß und dem Gardisten den Kopf in den Bauch rammte, während eine Kugel über McClains geduckte Gestalt surrte. Dann sah Clara den zweiten Mann durch die Öffnung sausen und schreiend verschwinden. Der Hubschrauber schwankte, als der Pilot wendete und nach der Pistole in seinem Gürtel griff.

»Mach keinen Quatsch, Kumpel«, sagte McClain und hielt dem Piloten das Gewehr, das er dem zweiten Gardisten entrissen hatte, ins bleiche Gesicht. Der Mann sank auf seinen Sitz zurück, während McClain tropfend hinter ihm stand und grinste. Das Haar klebte ihm am Schädel, so daß seine Ohren noch mehr als sonst vom Kopf abstanden. »Schön ruhig weiterfliegen, dann kannst du deinen nächsten Geburtstag noch feiern!«

Da jetzt keine Kugel mehr durch die Gegend sausten, schaffte es Clara, sich auf die Knie zu ziehen. Ihr Verstand arbeitete immer noch ein bißchen langsam, aber sie war sich ganz sicher, soeben miterlebt zu haben, wie McClain ihnen das Leben gerettet und dabei zwei Männer in den Tod gestoßen hatte. Sie schauderte. Kam man in Virginia immer noch auf den elektrischen Stuhl? Aber das war ja ohnehin kaum von Bedeutung, da Bigfoot ihnen natürlich vorher schon den Garaus machen würde.

Der Bordfunk knatterte. »C-193, hier ist C-204. Chuck, kannst du mich hören? Was, zum Teufel, ist da oben los? Chuck –«

Der Pilot machte eine ruckartige Bewegung. Der Hubschrauber neigte sich um neunzig Grad, und Clara wurde ums Haar aus der Öffnung geschleudert. Vor Entsetzen röchelnd, griff sie nach dem Sitz des Copiloten. Ihre Beine baumelten im Freien. Clara warf einen ängstlichen Blick auf das wirbelnde Kaleidoskop unter sich und schloß die Augen. Während sie sich an den Metallbeinen des Sitzes festklammerte, hatte sie das Gefühl, daß ihre Blutgefäße platzten. Der Hubschrauber richtete sich gerade und tauchte auf der anderen Seite erneut ab. Clara wurde hochgerissen und in die Kabine geworfen. Immer noch klammerte sie sich fest. McClain war an die gegenüberliegende Tür geschleudert worden. Zum Glück hatte sie sich nicht geöffnet. Jetzt zog er sich in die Höhe und langte nach dem Gewehr, das ihm aus der Hand geglitten war.

»Jerry, ich hab Probleme hier«, hörte sie den Pilot verzweifelt ins Funkgerät sagen. »Tony und Keith sind weg. Dieser Typ –«

Er stöhnte erschrocken auf und sprach nicht weiter. McClain, der sich am Rücken des Pilotensitzes festklammerte, drückte dem Mann den Gewehrlauf in den Nacken.

»Chuck! Chuck, kannst du mich hören?« knatterte es.

»Noch ein verdammtes Wort von dir, und ich blas' dich auf dem direkten Weg in die Hölle!« knurrte McClain. Clara zitterte. Sie hatte nicht den geringsten Zweifel, daß er es ernst meinte.

»Hier rüber, Clara!«

Es war ein Befehl, und Clara war nicht zum Streiten aufgelegt. Sie kroch bis zu seinen Füßen und zog sich am Pilotensitz hoch, wobei sie darauf achtete, ihn keine Sekunde lang loszulassen. Sie hatte ihre Lektion gelernt.

»Fliegt über den Fluß zurück. In etwa fünf Meter Höhe.«

Der Pilot wendete. Clara konnte es ihm nicht verdenken. Sie hätte es auch nicht gewagt, McClain zu widersprechen, wenn er diesen Ton draufhatte.

»Clara, setz dich auf den Platz des Copiloten. Siehst du das Ding, auf dem er seine Hand hat? Das ist die Steigungssteuerung. Ich möchte, daß du sie einen Augenblick lang genau so hältst. Und halte beide Pedale ungefähr halb nach unten gedrückt, genauso, wie er's macht. Und jetzt du!«

»Ich soll das Ding fliegen?« Das letzte Wort kam nur noch als Kiekser raus. Sie starrte ihn entsetzt an. Sie konnte unmöglich –

»Und jetzt los! Halt das Ding nur ein oder zwei Minuten gerade. Menschenskind, du brauchst doch nur einen Hebel festzuhalten und auf zwei Pedale zu treten. Selbst *du* solltest das schaffen!«

»Aber, Jack, ich –«

»Mach schon!«

Clara resignierte. Wenn sie schon sterben mußte, spielte die Art und Weise ja doch keine Rolle mehr, sagte sie sich benommen und tat, was er befohlen hatte. Die Hand des Piloten fühlte sich kalt an, als sie ihm die Steuerung abnahm; ihre war bestimmt noch kälter. Sie verlor vor Angst fast den Verstand. Unter ihrer Hand vibrierte der Steuerknüppel. Der Hubschrauber, den sie jetzt in ihrer Gewalt hatte, pulsierte feindselig.

McClain zerrte den Piloten mit dem Gewehr im Rücken vom Sitz. Clara konnte vor Angst nicht zusehen. Der Hubschrauber bockte. McClain und der Pilot fielen beinahe aus der Tür.

»Verdammt noch mal, Clara, paß auf, was du machst!« brüllte McClain. Clara drehte den Männern den Rücken zu. Sie mußte sich darauf konzentrieren, den Dingsbums-Hebel gerade zu halten und ihre Füße auf den Pedalen nicht zu bewegen.

»Spring!« hörte sie McClain sagen. Ihr Herz hämmerte. Sekunden später ließ sich ihr triefendnasser Spion auf den Sitz neben ihr gleiten und übernahm die Steuerung.

»Was hast du mit dem armen Kerl gemacht?« fragte sie mit zittriger Stimme und sank auf ihren Sitz zurück.

»Er hat versucht, uns ins Jenseits zu befördern, falls du es nicht gemerkt haben solltest.« McClain veranstaltete mit dem Steuerknüppel und den Pedalen eine Art Voodoozauber. Jedenfalls flogen sie einen Kreis und stiegen gleichzeitig auf. »Aber wenn du unbedingt sehen willst, was ich mit ihm gemacht habe, schau aus der Tür. Und zieh auch gleich die verdammte Fellkugel mit hoch. Über dir ist ein Knopf, der die Seilrolle in Bewegung setzt.«

Clara schnappte nach Luft. Paff hatte sie völlig vergessen. Der arme Kater schwebte noch immer unter dem ruckenden, schwankenden Helikopter. Sie drückte auf den Knopf, hörte das Keuchen des Getriebes und eilte an die Tür. Paff näherte sich in rasantem Tempo. Er strampelte wie wild und schwang in großem Bogen hin und her, während er mit den Krallen um sich schlug. Hinter ihnen sah Clara den Fluß, und unter dem Wasserfall schwamm ihr Boot. Es war jetzt in ruhigerem Gewässer. Da war noch ein Boot auf dem Fluß.

Männer saßen drin und fischten etwas aus dem Wasser – einen Mann. Sie wickelten ihn in eine Decke und fingen an, stromabwärts zu paddeln.

»Du hast sie in den Fluß geschmissen«, sagte sie und kapierte plötzlich.

»Ich begehe keinen kaltblütigen Mord«, sagte McClain, der sich aufs Fliegen konzentrierte. »Es sei denn, mir bleibt keine andere Wahl.«

Clara dagegen blieb nichts anderes übrig, als über diese erschreckenden Worte nachzudenken und währenddessen einen fauchenden, kämpfenden, fürchterlich nassen Kater in die Kabine zu ziehen.

15

»Jack.«

»Hmmm?«

»Danke, daß du Paff gerettet hast. Es war das Tapferste und Uneigennützigste, das ich je gesehen habe. Die meisten Männer hätten ihn einfach ertrinken lassen. Und dabei bist du doch gegen Katzen allergisch.«

»Ich bin nicht gegen Katzen allergisch. Ich hasse sie.«

Clara lächelte. Sie saß auf dem Copilotensitz, den durchweichten Paff auf dem Schoß. Er zitterte, und sie klapperte mit den Zähnen, obwohl McClain die Heizung des Hubschraubers auf die höchste Stufe gestellt hatte.

»Um so heldenhafter«, sagte sie und gab ihm einen zarten Kuß auf die unrasierte Wange. Trotz seines durchnäßten Zustands war seine Haut erstaunlich warm. Sein moschusähnlicher Geruch erinnerte sie an den frühen Morgen ... Clara ließ sich auf ihren Sitz zurücksinken und spürte, daß ihr Gesicht brannte. McClain warf ihr einen glitzernden Blick zu, sagte aber nichts. Clara hatte den Eindruck, daß ihn Zärtlichkeiten argwöhnisch machten.

»Du ziehst dir besser die nassen Sachen aus.«

Seine Stimme war sachlich. Clara lächelte ihn an. Seine Augen wurden schmal.

»Nur weil ich nicht zugelassen habe, daß der verdammte Kater absäuft, bin ich noch lange kein Held«, sagte er. Es klang, als ob er sich verteidigte.

»Ich weiß«, stimmte sie ihm zu und lächelte ihn wieder an. Er runzelte die Stirn und richtete seine Aufmerksamkeit auf die Frontscheibe. Clara stand auf, um sich der nassen Kleidung zu entledigen. Eine klatschnasse Bluse aufzuknöpfen und sich aus triefenden Jeans zu schälen, war ihr inzwischen schon zur Gewohnheit geworden. Schlotternd wrang sie die Sachen mit raschen Drehungen aus.

»Warum trägst du keinen Büstenhalter und Slip wie die meisten anderen Frauen?« brummte er. Clara sah ihn überrascht an. Sie hatte nicht erwartet, daß er sie beobachtete. Trotz der gründlichen Einführung in die Beschaffenheit ihres Körpers, die er bereits genossen hatte, war es ihr fürchterlich peinlich, in dem fast durchsichtigen Hemdhöschen gesehen zu werden. So, wie ihr die Haare jetzt wild ins Gesicht hingen und ihre weiße Haut mit Schlamm bespritzt war, hielt er sie ganz sicherlich nicht für das Anziehendste, was er je gesehen hatte. Und sie wollte ihm doch gefallen ... Die plötzlich aufflammende Selbsterkenntnis war so unwillkommen wie schockierend.

»Tu ich ja meistens. In dem Ding hier schlafe ich. Im allgemeinen. Aber in der Aufregung vergaß ich, meine Unterwäsche einzupacken.«

Sie gab sich große Mühe, sachlich zu klingen, aber sie konnte nicht verhindern, daß sie rot wurde. Automatisch hoben sich ihre Hände und hielten die nassen Jeans und die Bluse zwischen ihrem Körper und seine wissenden grünen Augen. Sie sahen sie an, leuchteten kurz auf und wandten sich dann wieder den Instrumenten zu.

»Du hast einen phantastischen Körper.«

»Was?« Clara glaubte, das schroffe Gemurmel nicht richtig verstanden zu haben. Sein Blick schnellte in ihre Richtung. Rasch hob sie die Hände, die immer noch die Jeans hielten. Er blickte wieder geradeaus.

»Ich sagte, du hast einen phantastischen Körper. Du solltest stolz darauf sein und ihn nicht dauernd verstecken.«

Clara starrte auf seinen schwarzen Hinterkopf. Wenn sie sich recht erinnerte, war dies der Mann, der ihr Abnehmen empfohlen hatte.

»Du hast gesagt, ich müßte einige Pfunde loswerden!«

Er schüttelte den Kopf. »Da hatte ich noch nicht so genau hingesehen. Ich nehm' alles zurück.«

Clara wurde dunkelrot, als sie daran dachte, wie genau er später hingesehen hatte. Er grinste sie über die Schulter hinweg an.

»Für große Titten und einen schönen runden Arsch hatte ich schon immer eine Schwäche«, setzte er seine Schmeicheleien fort. Clara erholte sich rechtzeitig von ihrer Verlegenheit, um ihn böse anzublitzen.

»Charmant«, sagte sie bissig. Sie konnte zwar nur ein Viertel seines Gesichtes sehen, aber sein Grinsen entging ihr trotzdem nicht. Er neckte sie, wie sie feststellte, und sie stellte außerdem fest, daß sie, was Männer wie ihn betraf, noch eine Menge zu lernen hatte. Mit dieser Sorte hatte sie überhaupt keine Erfahrung. Abgesehen von Mark, den sie in der High School von Lena geerbt hatte, und John Williamson, einem ernsthaften Jurastudenten, mit dem sie eine ziemlich lauwarme Affäre gehabt hatte (als sie noch am Wesleyan College und er an der Universität von Virginia studierten) und zur Freude ihrer Mutter eine Zeitlang – bis er mit einer anderen Studentin durchbrannte – verlobt gewesen war, hatte sie in einer Welt voller Frauen gelebt. Ihr Vater war gestorben, als sie fünf war. Ihre Mutter hatte seitdem eine Reihe von Ehemännern gehabt, aber keinen zu nah an ihre einzige Tochter gelassen. Deshalb war Clara Männern gegenüber immer schüchtern gewesen. Und nun machte sie eine ganz neue Erfahrung, daß nämlich auch unglaublich männliche Typen wie dieser nur Menschen waren.

»Im Rettungsfach hinten muß eine Decke sein.«

Es waren sogar zwei Decken drin. Clara zog eine raus, wickelte sich wie eine Squaw hinein und wand sich, geschützt vor zudringlichen Blicken, aus ihrem Teddy. Die Decke an sich drückend, hängte sie ihre nassen Sachen an die Hydraulikleitungen und setzte sich wieder auf den Copilotensitz. Paff fauchte, als sie ihn hochhob. Das arme Tier hatte einen schlimmen Tag hinter sich. Wie alle. Und der Tag war noch nicht einmal zu Ende.

»Glaubst du, daß du den Hubschrauber geradehalten kannst, während ich mich ausziehe?«

»Ich werd' mein Bestes tun.« So sehr sie sich auch abzulenken versuchte, ging ihr Pulsschlag schneller, sobald sie an die enge braune Unterhose dachte. Allen Widrigkeiten zum Trotz, fand sie ihn attraktiver als alle Männer, die ihr je begegnet waren. Und als sie daran dachte, was er am Morgen mit ihr gemacht hatte, welche Gefühle er in ihr geweckt hatte, krümmten sich ihre Zehen. Und dann wurde sie rot. Wie blöd sie sich benommen hatte. Bestimmt fielen die Frauen wie verrückt über ihn her.

»Laß uns nicht abstürzen«, sagte er. Dann waren ihre Hände und Füße auf den Steuerungen, und er schob sich von seinem Sitz. Sie hörte, wie sein nasses Sweatshirt auf den Boden klatschte, wie er den Reißverschluß runterzog, und sie mußte sich gehörig am Riemen reißen, um nicht über die Schulter zu blicken. Abgesehen von der Blamage, beim Hingucken erwischt zu werden, verlangte der Hubschrauber ihre ganze Aufmerksamkeit. Allein, um ihn bei gleichbleibender Höhe und Geschwindigkeit zu halten, mußte sie sich stark konzentrieren. Und dafür war sie dankbar.

Dann ließ sich McClain wieder auf den Pilotensitz gleiten. Er war in eine Decke gewickelt und warf ihr etwas in den Schoß.

»Was …?«

»Erdnüsse«, sagte er und riß seine Tüte bereits mit den Zähnen auf.

»Erdnüsse!« Ein Steak hätte in diesem Augenblick nicht

willkommener sein können. Clara riß die Tüte auf und verschlang die Nüsse.

»Ganz schön gierig, wie?« Aber McClain hatte seine genauso schnell verspeist. Clara streckte ihm die Zunge raus. Paff setzte sich auf und miaute in anklagendem Ton. Clara schaute schuldbewußt auf ihn hinunter.

»Tut mir leid, Paff, aber Katzen können keine Erdnüsse fressen«, erklärte sie ihm.

Miau!

»O nein«, sagte Clara, weil sie aus Erfahrung wußte, daß aus diesem leisen Maunzen bald ein endloses Jaulen, Heulen und Kreischen würde.

»Keine Sorge, Kumpel«, sagte McClain. »Hier.« Und er warf ihr ein Päckchen mit getrockneten Rindfleischstreifen in den Schoß.

»Gibt's noch mehr davon?« Clara riß bereits die Tüte auf und hielt Paff eins der Stücke hin, der begeistert danach schnappte. Zum ersten Mal, seit er an Bord gezogen worden war, sprang er von ihrem Schoß.

»Ein paar Päckchen Erdnüsse, ein paar Päckchen Rindfleisch, ein paar Schachteln Rosinen und Schokolade. Überlebensrationen.«

»Oh, köstlich!«

»Wir müssen etwas davon aufheben. Es kann lange dauern, bis wir zu einem McDonald's kommen.«

»Ich hab einen Riesenhunger!«

»Hier, nimm noch eine Tüte Erdnüsse. Und in der Thermoskanne ist Kaffee. Wahrscheinlich vom Piloten.«

»Kaffee!« Clara hatte das Gefühl, gestorben und gen Himmel gefahren zu sein. Sie stürzte sich auf die Kanne, die die himmlische schwarze Flüssigkeit enthielt, und goß sich etwas davon in die Schraubkappe. Sie nahm einen Schluck und schloß die Augen, als ihr das heiße, süße Gebräu über die Zunge lief. Für gewöhnlich trank sie ihren Kaffee mit Sahne und Zucker, aber unter den Umständen überhaupt Kaffee zu bekommen, grenzte schon an ein Wunder.

»Möchtest du auch welchen?« Schuldbewußt schaute sie zu McClain. Er kaute auf seinen Erdnüssen herum und machte sich am Funkgerät zu schaffen, das fast nur Knattergeräusche von sich gab. Er hatte die Kopfhörer aufgesetzt und Clara wohl nicht verstanden. Deshalb berührte sie ihn an der Schulter, und er blickte sie fragend an. Sie hielt ihm den Becher hin, und er nahm ihn nickend entgegen, leerte ihn und zog eine Grimasse. Dann schob er die Kopfhörer von einem Ohr und reichte ihr den Becher zurück.

»Nicht viel los im Äther.«

»Oh, wirklich?« Clara war nicht allzu interessiert. Lieber ließ sie sich die letzten Erdnüsse und eine zweite Tasse Kaffee schmecken.

»Vielleicht gibt es Störungen wegen der Berge.«

»Schon möglich.«

»Oder sie haben Funkstille angeordnet.«

Clara schluckte. Sie wollte nicht daran denken, daß sie immer noch gejagt wurden, dabei ging es jetzt wahrscheinlich erst richtig los. Schließlich hatten sie einen Rettungshubschrauber der Nationalgarde gestohlen. »Sie können uns am Radarschirm beobachten.«

McClain sah sie an und nickte. »Ja.«

»Werden sie uns … abschießen?«

Er lachte, und seine Augen funkelten in einem warmen Grün. »Arme Clara. Du hast nicht viel Spaß, oder?«

»Wenn man die Wahl zwischen ungefähr zwei Dutzend Todesarten Spaß nennt, dann nicht – nein.«

»Vertrau' mir. Ich krieg dich unversehrt aus der Sache raus. Wenn es menschenmöglich ist.« Den letzten Satz murmelte er in seinen Bart.

Verständlicherweise fand sie seine beruhigenden Worte nicht sonderlich beruhigend. Wohl, weil sie vermutete, daß es nicht menschenmöglich war. Sie lächelte ihn ziemlich schief an, hob dann den Becher an den Mund, um noch einen Schluck Kaffee zu trinken, und blickte aus dem Fenster auf die unter ihnen vorbeiziehende Landschaft.

Der Hubschrauber schwang sich hinunter, dann wieder

hinauf. Er folgte den Konturen der Berge, immer nah an den Baumspitzen entlang. Die Landschaft war atemberaubend. Goldener Sonnenschein strahlte die Berghänge mit ihren herbstbunten Laubbäumen an. Hügel schimmerten in den blaugrünen Tönen der Kiefern und anderer Nadelbäume. Herrliche blaue Seen. Flüsse und Straßen zogen sich wie Bänder durch die Landschaft, und in der Ferne waren sogar schneebedeckte Gipfel zu sehen, wovon der höchste Mount Mitchell war, wie McClain ihr erklärte. Angesichts von soviel Schönheit schien es unmöglich, daß ihr Leben in Gefahr war. Clara hätte es nur zu gerne geglaubt.

»Wo hast du übrigens gelernt, so ein Ding zu fliegen? Bei den Marines?« Sie machte fast automatisch Konversation, wollte einfach nur schwatzen, um sich von der Vorstellung abzulenken, daß Dutzende unfreundlicher Radarschirme den winzigen Punkt, den ihr Hubschrauber darstellte, verfolgten. Hier über den Bergen schienen sie so allein, so weit entfernt von allem zu sein. Aber sie waren nicht allein.

»Ja, ich hab ein paar Med-evacs geflogen. Dann war Schluß.«

»Wieso?«

»Abgeschossen vom Cong. Bin seitdem nie mehr geflogen. Ich staune, daß ich es noch kann. Es ist wahrscheinlich wie Fahrrad fahren. Man verlernt es nie.«

»Warst du in Gefangenschaft?« Ihre Augen wurden groß. Sie hatte gelesen, was Kriegsgefangene in Vietnam erdulden mußten.

»Ein paar Monate. Dann gelang mir mit einem Kameraden die Flucht. Irgendwann hatte ich die Front wieder erreicht. Ich wurde verwundet und dachte, ich käme nach Hause. Denkste! Sie flickten mich zusammen und schickten mich wieder mitten rein.«

»Was heißt mitten rein?«

»Aufklärung. Da ich mit mehr oder weniger heiler Haut dem Dschungel entronnen war, dachten sich die hohen Herren, daß ich ebensogut auch eine Weile drin überleben und ein Auge auf den Cong werfen könnte. Es waren eine ganze

Menge von uns drin. Das Problem war nur, daß wir keine Verbindung zueinander hatten.«

»Was ist mit deinem Freund passiert?«

»Welchem Freund?«

»Der, mit dem du geflohen bist?«

McClains Stimme blieb unverändert. »Zwei Meilen vor unseren Linien stolperte er über den falschen Draht. Es war nicht mal genug von ihm übrig, um es rauszuschaffen.«

Clara meinte, daß eine gewaltige Faust ihr das Herz zerdrückte. McClain klang so ungerührt. Er mußte unheimlich gelitten haben. In der kurzen Zeit, in der sie mit ihm zusammen war – kaum mehr als zwei Tage, obwohl es ihr wie zwei Jahre vorkam –, hatte sie begriffen, daß er seine Gefühle eisern unter Kontrolle hielt. Je weniger er davon zeigte, desto stärker waren sie. Es war schwer, mit einem solchen Mann zu kommunizieren, aber sie lernte allmählich, damit umzugehen.

»Es tut mir leid«, sagte sie ruhig. Wenn sie in Tränen ausbräche und ihn in die Arme nähme, würde er mit Wut reagieren.

»So was passiert eben im Krieg. Es hätte genausogut mich treffen können. Ich dachte, ich wäre beim nächsten Mal dran. Aber ich kam nicht dran und kehrte schließlich heim. Meine Mutter hat sich jedenfalls sehr gefreut.«

»Du hast eine Mutter?«

Er grinste. »Was denkst du denn? Daß ich aus dem Ei geschlüpft bin? Natürlich habe ich eine Mutter. Jeder hat eine Mutter.«

»Ich meinte, lebt sie noch?«

Ein schiefes Lächeln verzog seine Lippen. »O ja. Meine Mom ist nicht so leicht totzukriegen. Sie lebt auf einer Farm in Tennessee. Da, wo meine Schwestern und ich geboren und aufgewachsen sind. Seit mein Vater tot ist, züchtet sie Hühner und kommt damit ganz gut über die Runden.«

»Erzähl mir von deiner Familie.« Clara war fasziniert. Eigentlich hatte sie sich für ihren tollkühnen Spion einen ganz anderen Background vorgestellt. Eine Mutter, die er liebevoll Mom nannte, eine Hühnerfarm und Schwestern? »Zum Beispiel – wie viele Schwestern hast du?«

Grinsend sagte er mit einem Seitenblick: »Fünf. Alle älter und alle verdammt eigensinnig. Es war, als ob ich mit sechs Müttern aufgewachsen wäre. Als ich zu den Marines ging und nur *einen* Spieß hatte, der mich rumschikanierte, kam ich mir wie im Himmel vor.«

»Was machen sie jetzt, deine Schwestern?«

Er runzelte die Stirn. »Janey, die Älteste, ist elf Jahre älter als ich und lebt mit ihrem Mann Bill und ihren vier Kindern auf der Farm neben der von Mom. Mary Ann, die zwei Jahre jünger als Janey ist, arbeitet in einem Reisebüro in Casper. Sie ist geschieden und hat drei Kinder. Sue und Sally, die Zwillinge, sind drei Jahre jünger als Mary Ann. Sie haben zusammen sieben Kinder und leiten mit ihren Ehemännern die Powder-River-Skisportanlage. Und Betty, meine jüngste Schwester, ist drei Jahre älter als ich. Sie hat vier Kinder und lebt mit ihrem Mann ebenfalls auf einer Farm neben der von Mom.«

»Meine Güte«, hauchte Clara in Ehrfurcht vor einer so großen Familie. Solange sie denken konnte, hatte es nur sie und ihre Mutter gegeben. Insgeheim hatte sie sich immer eine große Familie gewünscht, Brüder und Schwestern, mit denen sie sich kabbeln und denen sie sich anvertrauen konnte, viel Lärm und Chaos. Ihre Kindheit war bestimmt viel langweiliger als seine gewesen.

»Und du? Erzähl mir von deiner Familie.«

Clara schüttelte den Kopf. »Es gibt nur Mutter und mich. Daddy starb, als ich fünf war. Ich wollte immer Brüder und Schwestern haben. Ich fühlte mich ziemlich einsam, vor allem an Feiertagen. Weihnachten war am schlimmsten.«

»Weihnachten mit meiner Familie ist ein Irrenhaus«, sagte McClain fröhlich. »Ich geh nicht mehr hin. Die Kinderschar bringt mich zum Wahnsinn.«

»Magst du keine Kinder?« Sie war schockiert. Bisher hatte sie nur mit Lenas Kindern zu tun gehabt, und trotz der Dummheiten, die sie ständig machten, liebte sie sie sehr. Das war es, was sie am meisten störte, wenn sie sich vorstellte, vielleicht niemals zu heiraten – niemals eigene Kinder zu haben. Es tat weh.

»Doch, sicher, aber höchstens eins oder zwei auf einmal. Wenn du achtzehn Stück um dich hast, reicht der Geräuschpegel, um ein Bataillon Marines umzuhauen.«

»Mir würd's gefallen!« sagte sie mit dem Brustton der Überzeugung. Er sah sie merkwürdig an.

»Weißt du was? Das nehm ich dir sogar ab. Aber warum hast du dann keine?«

Clara spürte, wie sie rot wurde. Er hatte sie an einer empfindlichen Stelle getroffen. Wie immer. Er schien genau zu wissen, wo ihre Schwachpunkte lagen.

»Ich weiß, es klingt altmodisch, aber ich finde, daß ich erst einen Ehemann haben sollte, bevor ich mir Babys zulege.«

»Und warum hast du keinen Ehemann? Ach, stimmt ja, du bist noch auf der Suche nach Mr. Unwiderstehlich, hab ich recht? Hätte ich fast vergessen.«

Clara kniff die Augen zusammen und fragte: »Und was hält dich vom Heiraten ab? Oder stehst du kurz davor?«

Er schüttelte den Kopf. »Wohl kaum. Wie du weißt, bin ich mit einem Haufen schnatternder Weiber aufgewachsen. Ich hab's nicht eilig, mir noch eine aufzuhalsen.«

»Und was ist mit Gloria?« So gehässig, wie sie den Namen aussprach, hätte sie genausogut Bimbo sagen können und sich gleich darauf am liebsten die Zunge abgebissen. Aber irgendwas an dem Namen ging ihr gegen den Strich. Oder es war gar nicht der Name, sondern das Bild, das er heraufbeschwörte – eine blonde Sexbombe, die sich mit ihm im Bett räkelte.

Ihr gehässiger Ton war ihm nicht entgangen. Er lächelte belustigt, und seine Augen leuchteten wieder in dieser einzigartigen Weise.

»O Baby, Baby, es klingt, als ob du Gloria nicht magst. Dabei kennst du das Mädchen doch gar nicht. Bist du etwa eifersüchtig?«

»Wegen dir?« Clara spürte, wie ihr die Röte ins Gesicht schoß. »Daß ich nicht lache!«

»Nein, lächerlich ist sie wirklich nicht«, sagte er und blickte verträumt. »Sie ist eine von diesen schlanken, eleganten Blondinen, weißt du?«

Clara knirschte mit den Zähnen. Er versuchte, sie auf die Palme zu bringen, und hatte Erfolg. Sich Gloria als schlanke, elegante Blondine vorzustellen – etwas, was sie immer sein wollte und bis auf die Haarfarbe nie geschafft hatte –, war beinahe noch schlimmer, als sie sich im Bett mit McClain vorzustellen.

»Und wo ist diese Gloria jetzt? Und warum hat es Rostow nicht auf sie abgesehen statt auf mich?«

McClain sah tatsächlich ein bißchen verlegen aus. Dann grinste er. »Ehrlich gesagt, Gloria war an jenem Abend aus. Und an den vorhergehenden Abenden war sie auch aus. Zu Hause bei ihrer Mutter.«

Clara johlte. »Hat's nicht länger bei dir ausgehalten, wie? Kann ich ihr nicht verdenken.«

»Ich auch nicht«, sagte er gutgelaunt. »Und weißt du was? Ich hatte sowieso den Geschmack an schlanken, eleganten Blondinen verloren. Inzwischen ist mir ein bißchen mehr Fleisch an den Frauen lieber.«

Es dauerte eine Minute, bis die Aussage durchsickerte. Dann sah sie ihn unsicher an. Wie hatte er das gemeint? Aber er schaute auf die Instrumente, und seine Miene verriet nichts.

Sie schwenkten jetzt von den Bergen abwärts, flogen über ein Tal. Unter ihnen lagen ein paar Farmen verstreut zwischen Bäumen. Clara blickte wehmütig hinunter. Wie schön es wäre, zu Hause und in Sicherheit zu sein …

»Clara.« Seine Stimme schreckte sie auf.

»Was?«

»Schau mal nach Osten.«

Ihr blieb das Herz stehen. Am Horizont war eine Hubschrauberflotte aufgetaucht, die ihnen entgegenflog. Die Hubschrauber waren armeegrün.

»O mein Gott!«

McClain tat etwas mit dem Steuerknüppel und den Pedalen, und ihr Helikopter machte einen plötzlichen Schwenk. Clara drehte sich der Magen.

»McClain.« Die Stimme kam knatternd über den Bordfunk. Es war das erste Geräusch, das sie – außer den atmosphärischen Störungen – seit der Entführung des Hubschraubers gehört hatten. Clara spürte, wie sich Panik in ihr breitmachte. Neben ihr rückte McClain die Kopfhörer zurecht und sprach ins Mikrophon.

»McClain hier. Wer ist dort?«

»Bill Ramsey. McClain, wir haben den Befehl, Sie abzuschießen.«

Clara spürte, wie ihr das Blut stockte. O Gott, in einem Feuerball, der auf die Erde stürzte, sterben zu müssen ...

»General, ich habe eine Zivilistin an Bord.« Seine Stimme war vollkommen ruhig.

»Ich weiß Bescheid. Außerdem fällt es mir schwer zu glauben, daß Sie so wahnsinnig sein sollen, ohne einen verdammt guten Grund ein Krankenhaus voll unschuldiger Leute abzuschlachten, einen Polizisten zu erschießen, erst einen Streifenwagen und dann noch einen Hubschrauber zu stehlen. Also will ich Ihnen die Chance geben, mir Ihre Version der Geschichte zu erzählen. Sie werden uns zum Camp Lejeune begleiten, wo Sie mit Ihrem Hubschrauber landen und sich ergeben werden. Habe ich mich klar genug ausgedrückt, McClain?«

»Völlig klar, General.«

»Und, McClain, ich brauche Ihnen wohl nicht zu sagen, daß ich meinen Befehl sofort ausführen werde, falls Sie einen Fluchtversuch wagen.«

»Verstanden, General.«

Der Funkkontakt brach ab. Es knisterte wieder. McClain flog einen Bogen, und sofort löste sich die Flotte aus sechs Hubschraubern auf und bildete um ihren Gefangenen herum ein V. Einer flog voran, der Rest folgte ihm in südöstlicher Richtung.

»Jack.« Ihre Stimme zitterte. »Was passiert jetzt?«

McClain schob den Unterkiefer vor. Seine Augen glitzerten nicht mehr. Sie waren hart und kalt.

»Wir haben eine Chance. General Ramsey war in Vietnam mein Kommandeur. Wir nannten ihn den wilden Bill. Er ist ein Hurensohn, aber ein fairer Hurensohn. Es gehört Mut dazu, einen Befehl zu mißachten, und sein Befehl war, uns abzuschießen. Solange er für uns verantwortlich ist, haben wir nichts zu befürchten.«

»Aber wird er uns an jemand anderen übergeben?«

Clara wisperte. Paff, der ihre wachsende Angst spürte, erwachte von seinem Nickerchen auf dem Klappsitz und sprang auf ihren Schoß. Er sah sie fragend an, und Clara kraulte ihm den Kopf, bis er sich zusammenrollte. McClain blickte auf ihn hinab, schien etwas sagen zu wollen, dann aber seine Meinung zu ändern. Bis das Camp Lejeune in Sicht kam, sprachen sie kein Wort mehr.

»Zieh dich jetzt lieber an, Clara.«

Clara hatte vergessen, daß sie in einer Decke steckte. Die Röte schoß ihr ins Gesicht, als sie sich vorstellte, sich so vor einem Haufen Marines präsentieren zu müssen. Sie rutschte von ihrem Sitz, ging nach hinten und zog sich rasch an. Ihre Sachen waren immer noch feucht, aber es spielte keine Rolle, daß sie sofort wieder bis ins Mark hinein fror. Eine Lungenentzündung war im Augenblick nicht ihre größte Sorge.

»Du bist dran.« Sie setzte sich wieder an ihren Platz und langte nach den Steuerungen. Er grinste sie aufmunternd an und ging nach hinten. Sekunden später war er zurück.

»Ich komme mir vor wie ein Frosch im Winter.«

Er wollte sie aufheitern. Sie lächelte ihn an. »Ich auch.«

Das Funkgerät knackte, und Clara fuhr zusammen. »Setzen Sie die Maschine hinter dem Terminal auf dem Hubschrauberlandeplatz ab, McClain.«

»Wird gemacht, General.« McClain klang ruhig, aber seine Knöchel am Steuerknüppel waren weiß.

»O Jack, ich hab Angst!« sprudelte es aus ihrem Mund, als der Hubschrauber auf dem Rollfeld landete. Sofort war die Maschine von Marines mit vorgehaltenem Gewehr umstellt.

McClain sah Clara an. Seine Augen waren dunkel, die Hand noch am Steuerknüppel. Die surrenden Flügel übertönten alle anderen Geräusche.

»Ich werd' mein Bestes versuchen, dich aus der Sache rauszuhalten. Wenn sie dich verhören, sag ihnen einfach die Wahrheit. Mehr können wir im Augenblick nicht tun.«

»Mich *verhören*?« Clara gefiel der Ausdruck ganz und gar nicht. McClain blickte ihr ernst in die ängstlich aufgerissenen Augen. Dann beugte er sich zu ihr, umfing ihren Kopf mit seiner großen Hand und zog sie an sich. Sein Mund fand den ihren und küßte sie rauh. Sie schlang die Arme um seinen Hals und küßte ihn mit aller Macht.

»Los jetzt, McClain!« Jemand schlug heftig gegen die geschlossene Metalltür. McClain löste ihre Arme von seinem Hals, gab ihr rasch noch einen Kuß und ging an die Tür.

»Bleib hinter mir«, sagte er und schob die Tür zurück. Sofort griffen Hände nach ihm. Er wurde auf das Rollfeld gezogen und verschwand aus ihrem Gesichtsfeld.

»Geht mit der Dame vorsichtig um. Wie ich schon sagte, sie ist Zivilistin«, hörte Clara ihn zu dem bewaffneten Kontingent vor der Tür sagen. Dann ging sie mit Paff im Arm an die Öffnung und stellte zu ihrer Überraschung fest, daß die Soldaten sie respektvoll behandelten, ihr beim Aussteigen halfen und sogar ihren Ellbogen hielten.

»Tut mir leid, Ma'am, aber wir müssen Sie abtasten«, sagte jemand. Dann huschten Hände über sie hinweg – trotz der intimen Stellen, die sie berührten, ziemlich unpersönlich.

»Alles in Ordnung.«

»Und die Katze?«

»Ich glaube nicht, daß an der was ist.«

»Das ist mir klar. Ich meinte, was machen wir mit ihr?«

»Woher soll ich das wissen? Lassen wir sie ihr vorerst. Wir müssen den General fragen. Was macht man mit einer Katze?«

Die Unterhaltung fand irgendwo hinter ihrem Rücken statt. Sie achtete kaum darauf, blickte sich statt dessen nach McClain um. Schließlich entdeckte sie ihn. Alle viere von sich gestreckt, lag er auf dem Rollfeld. Ein halbes Dutzend Gewehre waren auf seinen Kopf gerichtet, während man ihm die Arme auf den Rücken drehte und Handschellen anlegte. Seine funkelnden grünen Augen sahen sie an, dann wandte er den Kopf ab. Clara spürte, wie ihr die Tränen kamen. Sie hatte das schreckliche Gefühl, ihn niemals wiederzusehen.

Ein grauhaariger Offizier schritt rasch auf die Gruppe zu, die um McClain stand, und alle salutierten. Er wurde auf die Füße gezerrt und dem Offizier gegenübergestellt. Es war das letzte, was sie von ihm sah, bevor man sie abführte.

16

Paff wurde ihr im Gefängnis abgenommen. Ein uniformierter Marineinfanterist nahm ihn ihr trotz aller Proteste und Paffs Fauchen aus den Armen und erklärte, der Kater würde zur Quarantänestation der Militärbasis gebracht. Clara weinte. Die Tränen, die sie zurückgehalten hatte, flossen nun wegen Paff. Vielleicht weinte sie um beide – McClain und Paff – und auch um sich selber. Sie wußte es nicht. Sie wußte nicht, daß sie schluchzte und heulte und schrie, bis ein Arzt gerufen wurde, der ihr ein Beruhigungsmittel verabreichte. Danach bekam sie überhaupt nichts mehr mit, bis sie in einem fensterlosen, grüngestrichenen Raum auf einem schmalen Bett erwachte.

»Ich wollte Sie gerade wecken. Sie müssen sich sofort anziehen.«

Clara blinzelte die Sprechende verschlafen an. Eine dunkelhaarige Frau in der Uniform einer Krankenschwester der Marines stand neben ihrem Bett und blickte auf sie herab. Ihr Gesichtsausdruck war weder freundlich noch unfreundlich und ließ sich am ehesten als dienstbeflissen bezeichnen.

»Wer sind Sie?« Clara richtete sich mühsam auf einem Ellbogen auf und versuchte, sich darüber klar zu werden, wo sie sich befand und was passiert war. Sie fühlte sich leicht benebelt, außerdem war ihr ziemlich übel.

»Lieutenant Holmes. Ich bin Ihnen zugeteilt worden, bis Sie die Basis verlassen, was in etwa neunzig Minuten der Fall sein wird. Wenn Sie sich beeilen, haben Sie zum Duschen, Anziehen und Frühstücken ausreichend Zeit.«

Clara starrte die Frau an, während die Ereignisse des vergangenen Tages wie ein Film in ihrem Kopf abliefen.

»Sie sagen, ich werde die Basis in anderthalb Stunden verlassen? Und Jack? Jack McClain, der Mann, der – man hat ihn mit mir hergebracht. Und Paff. Meine Katze.«

»Ich weiß von beiden nichts. Meine Anweisungen sind, Sie für die Abfahrt vorzubereiten. Ich habe Lieutenant Moskowitz, die die Nacht über bei Ihnen war, gerade abgelöst. Soweit ich informiert bin, hatten Sie ein Beruhigungsmittel bekommen. Können Sie aufstehen?«

»Ich – ich glaub schon.« Clara schwenkte die Beine über die Bettkante und wunderte sich, daß sie ein Flügelhemd trug. Der Kopf drehte sich ihr auf erschreckende Weise, aber sie hielt sich mit beiden Händen an der Bettkante fest, und einen Augenblick später ließen die Schwindelgefühle nach.

»Was ist mit meinen Sachen passiert?«

»Häftlinge dürfen keine persönlichen Gegenstände behalten. Ihre Kleidung wird Ihnen in Kürze gebracht, damit Sie sie beim Verlassen der Basis tragen können. Ihr restliches Eigentum können Sie auf dem Weg nach draußen beim Pförtner zurückfordern.«

Der reinste Roboter, dachte Clara. Dann wurde ihr klar, daß sie im Gefängnis war, eine Kriminelle, und Gott weiß wie vieler schändlichen Taten verdächtig. Kein Wunder, daß der weibliche Lieutenant nicht übermäßig freundlich war.

»Sagten Sie was von einer Dusche?«

Lieutenant Holmes führte sie den Korridor entlang zum Waschraum, stattete sie mit Seife und anderen Toilettenartikeln, einschließlich eines spärlichen Sortiments an Kosmetika, aus und postierte sich vor der Tür. Clara zog das Hemd aus, drehte an den Metallknöpfen, bis das Wasser dampfend herausströmte und stellte sich glückselig lächelnd darunter. Es war wunderbar, endlich wieder sauber zu werden. Sie schrubbte sich die Haut, schäumte ihre Haare ein und genoß die warme Brause.

»Noch fünfundvierzig Minuten.«

Die Stimme hinter der Tür riß sie aus ihren Träumen. Sie drehte das Wasser ab und wickelte ein knappes weißes Handtuch um ihren Körper und ein anderes um ihren Kopf. Der Fliesenboden war kalt unter den Füßen. Sie bekam eine Gänsehaut, als sie sich abtrocknete und sich mangels Besserem das Anstaltshemd wieder überzog. Die Argusaugen von Lieutenant Holmes ignorierend, drehte sie sich zum Spiegel und fing an, sich das Haar zu fönen. Das Gefühl, gut auszusehen, machte ihr immer Mut, und den brauchte sie heute ganz bestimmt.

Die Schminkutensilien, die ihr der weibliche Lieutenant überreicht hatte, waren das absolute Minimum. Lippenstift, Wimperntusche, Rouge und Puder. Clara stürzte sich mit der Gier einer Verhungernden darauf. Das Rouge war ein konservatives Blaßrosa. Sie trug es überall, auf Wangen, Kinn, Stirn und sogar auf ihren Lidern auf, um den Sonnenbrand zu mildern, der ihre normalerweise magnolienweiße Haut gerötet hatte. Die Wimperntusche ließ ihre blauen Augen strahlen. Und der Lippenstift, ein helles Rosa, war genau die richtige Farbe für ihren Mund. Clara betrachtete sich kritisch im Spiegel und fand, sie habe noch nie so gut ausgesehen. Ihre Haare umrahmten ihr Gesicht wie ein glänzender goldener Helm, die Wangenknochen waren zum ersten Mal sichtbar, und sogar die Knochen an Hals und Schultern waren zu erkennen. Dann dämmerte ihr, warum: Seit drei Tagen hatte sie fast nichts gegessen, und ihre körperliche Betätigung hätte ausgereicht, um zwölf Männer in die Knie zu zwingen. Die zehn Pfund, die sie nie loszuwerden schien, waren mit einem Schlag verschwunden.

»Noch eine halbe Stunde.«

Clara wandte sich vom Spiegel ab und hielt Lieutenant Holmes die Toilettenartikel hin. Die nahm alles, bis auf die

Kosmetika, an, die sie in einen kleinen Plastikbeutel steckte und Clara zurückreichte.

»Sie können die Sachen behalten. Wenn Sie noch frühstücken wollen, müssen wir uns beeilen.«

In ihrer Zelle stand ein Tablett mit Eiern, Speck und Toast. Clara aß normalerweise keine Eier, aber als sie daran dachte, wie lange sie schon nichts Richtiges mehr gegessen hatte, haute sie rein. So schnell bekam sie vielleicht nicht wieder etwas.

Sie kaute gerade auf dem letzten Stück Speck herum, als es klopfte. Lieutenant Holmes ging an die Tür und kam mit Claras Sachen zurück, die gewaschen, gebügelt und ordentlich gefaltet waren.

»Vielen Dank. Und danken Sie bitte auch demjenigen, der sie für mich gewaschen hat.«

»Sämtliche Kleidungsstücke der Häftlinge werden nach ihrem Eintreffen gewaschen. Wir müssen sie schließlich bis zu ihrer Entlassung aufbewahren.«

»Ich bin jedenfalls froh, daß sie sauber sind.« Unter Lieutenant Holmes' kaltem Blick schlüpfte sie aus dem Anstaltshemd und zog sich die eigenen Sachen an. Das zarte Hemdhöschen aus Seide und Spitze, das ihr vier Tage lang als Unterwäsche gedient hatte, war trotz allem in gutem Zustand. Sie mußte an McClain denken. Ihm hatte es gefallen. Wo er jetzt wohl war? Was machten sie mit ihm? Würde sie ihn wiedersehen? Wie sinnlos, darüber nachzugrübeln! Sie würde noch früh genug erfahren, was passiert war. Sie stieg in die neuerdings lockeren Jeans, knöpfte sie über dem Bauch zu, der sichtlich flacher als vor vier Tagen war, und zog sich das Flanellhemd über. Das Hemd war an der Schulter zerrissen, was unter dem Poncho verborgen bliebe, doch zog sie das häßliche Ding ungern an, dem man ansah, was es war: eine schäbige blaue Deckenhälfte mit einem reingeschnittenen Loch für den Kopf. Ach was – seit wann kümmerten sie solche Äußerlichkeiten? Lieutenant Holmes runzelte die Stirn.

»Vielleicht haben wir einen Pullover für Sie«, sagte sie.

»Oh, danke«, sagte Clara überrascht. Das erste Zeichen menschlichen Interesses! Sie zog den Poncho wieder aus, während der weibliche Lieutenant im Korridor telefonierte. Wenige Minuten später klopfte es an die Tür. Ein grobgestrickter Pullover in Altrosa tauchte auf.

»Viel besser.«

»Ja, nicht wahr? Herzlichen Dank.« Clara lächelte die Frau an. Lieutenant Holmes lächelte nicht zurück, aber ihre Miene hellte sich ein wenig auf.

Es klopfte erneut an die Tür. Lieutenant Holmes öffnete, drehte sich um und sagte: »Zeit zum Gehen.« In Claras Bauch flatterten plötzlich Schmetterlinge.

»Wissen Sie, wo ich hingebracht werde?« fragte sie, aber die Frau schüttelte nur den Kopf.

Lieutenant Holmes begleitete sie zum Eingangsbereich, der durch ein vergittertes Tor versperrt war. Auf der anderen Seite warteten zwei Offiziere. Clara sah sie an, schluckte und hob das Kinn. Was immer geschah, sie würde die Nerven behalten und versuchen, so gut es ging mit allem fertigzuwerden. Sie hielten sie für eine Kriminelle, aber sie war eine Winston und eine Jolly und gehörte einer der ältesten (wenn auch leicht verarmten) Familien Virginias an. Ganz zu schweigen von der Tatsache, daß sie eine bekannte Autorin war. Sie konnten sie nicht einfach einsperren, nur um sie loszuwerden. Oder?

Verwundert stellte sie fest, daß ihr Handschellen angelegt wurden.

»Ist dies wirklich erforderlich?« fragte sie die Offiziere mit aristokratischer Würde.

»Ja, Ma'am«, versicherten sie ihr sehr höflich. Die Handschellen blieben an Ort und Stelle. Vor dem Gebäude warteten zwei weiße Mercury-Kombis, die bis auf die roten Blinklichter in der Mitte der Windschutzscheibe völlig unauffällig waren.

»Was ist mit meinem Kater?«

»Wir wissen nichts von einem Kater, Ma'am.« Unerbittlich führten sie sie die Treppe hinunter.

»Wo bringen –«

Als sie auf die letzte Stufe trat, öffnete sich die Hintertür des ersten Wagens. Eine Hand legte sich auf ihren Kopf, und noch bevor sie ihre Frage zu Ende stellen konnte, wurde sie ins Auto geschoben. Die Tür schlug zu, und der Wagen fuhr los.

»Hallo, Clara.«

Sie drehte sich zur Seite. Neben ihr auf dem blauen Plastiksitz saß McClain. Noch nie hatte ein Mann so wunderbar ausgesehen wie er in diesem Augenblick. Er war frisch rasiert, sein aggressives Kinn glatt und kräftig. Seine Haare waren glänzend sauber und ordentlich gekämmt. Auch seine Sachen hatte man gewaschen und gebügelt. Die blauen Flecken in seinem Gesicht waren nur noch schwache gelbe Spuren und unter der dunklen Haut kaum zu erkennen. Er sah unheimlich männlich aus, ein harter Kerl in einer harten Männerwelt. Mit keinem hatte sie sich bisher so sicher gefühlt.

»Sie haben mir Paff weggenommen!« sprudelte es aus ihr heraus. Er sah sie an. Seine grünen Augen lächelten nicht.

»Wirklich? Ihm wird schon nichts passieren. Du bekommst ihn später zurück.«

»Das sagst du so. Was, wenn sie ihn einschläfern?«

McClain schnaubte. »Wär zu schön, um wahr zu sein.«

»Wie kannst du so was sagen!«

»Tut mir leid. Sie werden ihm nichts tun. Das garantiere ich, okay?« Clara wunderte sich, mit welcher Überzeugung er das sagte. Im ganzen Land wurden streunende Tiere getötet. Nach sieben Tagen im Tierheim wurden sie eingeschläfert. Aber Paff war keine streunende Katze! Er war ein blaublütiger Perserkater und Hunderte von Dollar wert. Jeder Dummkopf konnte das sehen. Außerdem hatte er eine Marke mit seinem Namen, seiner Adresse und Registriernummer am Halsband.

»Du bist in keiner Lage, was zu garantieren, McClain.«

»Rutsch mir den Buckel runter, Thompson.« McClain funkelte den Mann auf dem Beifahrersitz, den er offensichtlich kannte, wütend an. Der drehte sich mit finsterer Miene um.

»Du steckst nämlich ganz tief in der Scheiße, mein lieber McClain. Vergiß das nicht.«

»Halt den Mund, Thompson. Das gleiche gilt für dich, McClain. Wir folgen nur Anweisungen. Kein Grund, anzüglich zu werden.« Den Fahrer kannte McClain offenbar auch. Clara sah ihn fragend an. Erst da fiel ihr auf, daß man ihm die Hände auf dem Rücken gefesselt hatte. Sie hatte ihre zum Glück vorn.

»Clara, darf ich dir zwei ehemalige Kollegen vorstellen? Pat Thompson, Beifahrer, und Arthur Knebel am Steuer. Meine Herren, dies ist Claire Winston, Schriftstellerin.«

»Na klar«, sagte Thompson und wandte sich halb um. Der linke Arm im Tweedärmel seines Jacketts lag auf der Lehne. »Du hast in deinem ganzen Leben kein Buch gelesen, McClain. Woher willst du eine Schriftstellerin kennen?«

»Rostow hat sie für Gloria gehalten. Du kannst dich doch noch an Gloria erinnern, Thompson? Bei der letzten Weihnachtsparty hast du sie kennengelernt und warst ziemlich scharf auf sie, aber du hattest ein bißchen zuviel gebechert und ihr deinen Drink übers Kleid gekippt.«

»Hör auf, McClain«, warnte Knebel. McClain ignorierte ihn.

»Clara, erzähl ihnen, was dir alles passiert ist, und zwar von Anfang an.«

Clara sah ihn stirnrunzelnd an.

»Sie wollen mir nicht glauben. Ich hoffe, daß du sie überzeugen kannst. Wenn es dir nicht gelingt, geht's zurück nach Langley. Und zu Rostow und Genossen.«

Clara fing an zu reden. Sie erzählte den beiden ungläubigen Männern auf dem Vordersitz von der Nacht, in der Rostow bei ihr einbrach und nach einem geheimnisvollen Zauberdrachen suchte. Sie erzählte, wie sie gekidnappt wurde und McClain im Keller eines Hauses im Norden Virginias vorfand, wo man ihn folterte. Sie erzählte, wie sie geflohen waren und seitdem um ihr Leben liefen.

»Seid ihr jetzt überzeugt?« fragte McClain spitz.

Thompson schnaubte. »Ich bin überzeugt, daß du eine unschuldige Frau in einen deiner verdammten Schlamassel gezogen hast. Hat er Ihnen von sich erzählt, Miss Winston? Er war in Ungarn mit einer heiklen Sache betraut, bei der am Ende alle ins Gras beißen mußten, nur er nicht. Totale Pleite. Dann ist er ausgerastet. Wurde wahrscheinlich nicht damit fertig, so viele Leute auf dem Gewissen zu haben. Schließlich haben sie ihn in die Staaten zurückgeholt, wo er fast ein Jahr lang in der Klapsmühle saß. Wahrscheinlich hatte er mal wieder zuviel gesoffen, als er im Krankenhaus alles zusammenschoß. Er verträgt nämlich keinen Alkohol – flippt aus, wenn er trinkt.«

»Du, du …« McClain warf sich wütend nach vorn, schien sich dann aber wieder in die Gewalt zu bekommen und sank auf den Sitz zurück. Clara sah ihn mit großen Augen an. Sie wußte nicht, ob sie Angst oder Mitleid haben sollte.

»Beruhige dich, McClain. Thompson hat recht, und das weißt du genau. Das letzte, was wir über dich hörten, war, daß man dich an einen Schreibtisch verpflanzt hat, ungeeignet für den aktiven Dienst. Und dann heißt es auf einmal, du seist wieder ausgerastet, hättest jede Menge Normalbürger umgelegt und auf dem Land die Gegend unsicher gemacht. Man hat uns losgeschickt, um dich zurückzuholen, weiter nichts.«

McClain beugte sich wieder vor. Sein Gesicht war vor Anstrengung, sich zu beherrschen, verzerrt. »Verdammt noch mal, Knebel, die wollen, daß ihr das glaubt. *Er* will, daß ihr das glaubt. *Bigfoot*. Wer immer das ist – er sitzt irgendwo an der Spitze und kann die ganze Agency auf mich hetzen, wenn er will. Menschenskind, denkt doch mal an die Einsätze, die so ein Maulwurf gefährden kann!«

»Ach, gib Ruhe, McClain!« Thompson wandte sich ab und schaute angewidert aus dem Fenster. »Wenn du so weiterquatschst, landest du bald in 'ner Gummizelle.«

»Halt die Klappe, Thompson.« Knebel zog die Stirn in Falten. »Miss Winston, hat er Ihnen gesagt, daß Sie uns das erzählen sollen, oder sagen Sie uns die Wahrheit, so, wie Sie die Sache erlebt haben? Überlegen Sie sich genau, was Sie sagen, denn wenn Sie weiterlügen, kommen Sie in noch viel größere Schwierigkeiten.«

»Natürlich lüge ich nicht.« Clara ärgerte sich über die Art, wie sie mit ihr redeten, und es war ihr deutlich anzumerken. Sie ging nicht oft aus, aber wenn sie unter Menschen kam, wurde sie respektvoll, wenn nicht sogar regelrecht ehrerbietig behandelt. Ein Dummkopf war sie jedenfalls nicht, und das sagte sie ihnen auch. McClain grinste.

»Gut so. Gib's ihnen, Baby.«

»Eins von deinen Betthäschen, McClain? Jemand sollte Sie warnen, Miss Winston – er ist berühmt für seinen Weiberverschleiß.«

»Thompson, ich schwöre dir, wenn ich die Handschellen los bin, schlag ich dir die Zähne ein!«

»Haltet endlich die Schnauze – beide!« Knebel schlug mit der Hand aufs Lenkrad. Clara fuhr zusammen. Sie blickte unsicher zu McClain. Natürlich wußte sie, daß jedes Wort, das sie gesagt hatte, stimmte, aber wie war es mit ihm? Vielleicht – nur vielleicht – hatte er ja wirklich in der Notaufnahme um sich geschossen. Schließlich waren sie Freitag nacht nicht zusammengewesen. Vielleicht war Rostow aus einem ganz anderen Grund, als er behauptete, hinter ihm her. Vielleicht gehörte Rostow gar nicht zum KGB, sondern war ein Mafiaboß. Wer wußte, in was er sich alles eingelassen hatte? Drogen vielleicht. Einen besonders ausgeglichenen Eindruck machte er jedenfalls nicht.

Ihr Blick lag auf ihm, und er mußte ihr die Zweifel angesehen haben.

»*Et tu,* Clara?« sagte er leise und lehnte sich mit zusammengepreßten Lippen zurück.

»Jack ...« Ihre Stimme klang besorgt. Die grünen Augen blickten starr, als er sie ansah. Sie biß sich auf die Unterlippe. Sie wollte ihm sagen, wenn er ... seelische Probleme hatte, würde sie es verstehen. Er hatte Schlimmes in Vietnam erlebt und später offenbar auch, wenn das, was Thompson gesagt hatte, stimmte. Es war keine Schande, wenn er unter einer unerträglichen Last zusammengebrochen war.

»Ich bin noch sehr wohl im Besitz meiner geistigen Kräfte«, knurrte McClain. Clara lächelte ihn freundlich an.

»Sehen Sie, Miss Winston? Jetzt kommen Ihnen selber Bedenken, nicht wahr? McClain ist zweifellos in Schwierigkeiten. Die Frage ist nur, welcher Art? Könnte das, was Ihnen widerfahren ist, auch anders ausgelegt werden? Was hat Rostow tatsächlich zu Ihnen gesagt? Rostow gehört zugegebenermaßen zum KGB. Die Sache ist nur – woher wissen Sie überhaupt, daß der Mann, der Sie verfolgt hat, tatsächlich Rostow war? McClain kann es Ihnen ja auch nur eingeredet haben. Es könnte sonstwer gewesen sein, der mit unserem Freund hier noch ein Hühnchen zu rupfen hatte. Hab ich recht?«

»Blödsinn!« schimpfte McClain. Clara sah ihn hilflos an. Sie wollte ihm glauben, sie glaubte ihm ja, aber das Ganze war so unglaublich grotesk. Da erklärten ihr diese ruhigen, vernünftigen Männer, die für dieselbe Behörde arbeiteten, zu der ihr Spion angeblich gehörte, daß er verrückt sei. Wem sollte sie glauben? Alle ihre Gefühle bedrängten sie, zu McClain zu halten. Aber waren ihre Sinne nicht vielleicht etwas durcheinander geraten, weil sie sich so zu ihm hingezogen fühlte? Wenn es um Männer ging, ließ ihr Urteilsvermögen immer zu wünschen übrig, und wenn sie Thompson glauben konnte, waren ›Betthäschen‹ ja seine Stärke. Hatte er sie mehr als einmal zum Narren gehalten?

»Die Sache ist die«, fuhr Thompson unerbittlich fort, »daß er keine Beweise hat. Nur, was ein angeblicher Dissident ihm gesagt hat. Und ich habe noch nie was von diesem Überläufer gehört. Wir haben also überhaupt keinen Beweis, nur seine Aussage, daß es passiert ist.«

»Ihr verdammten Idioten«, schrie McClain und wandte den Kopf ab.

Für eine Weile wurde es still. McClain starrte aus dem Fenster und beobachtete schweigend die vorüberziehende Landschaft. Die Gegend war wunderschön, bemerkte Clara, aber sie hatte keine Freude an der Schönheit North Carolinas im Herbst. Sie sah McClain an, und das Herz tat ihr weh. Armer, gequälter Mann. Er hatte das Gesicht von ihr abgewandt, aber sie kannte es so gut wie ihr eigenes. Wenn ihre Hände frei gewesen wären, hätte sie sie ausgestreckt und diese harten Züge berührt. Aber sie konnte ihn nur ansehen.

»Verdammt noch mal, Clara, ich bin nicht verrückt!« Er drehte den Kopf zu ihr und sah ihren mitleidigen Blick.

»Ach, Jack, ich weiß, daß du nicht *verrückt* bist.« So, wie sie das Wort betonte, hing ein großes ›Aber‹ in der Luft. Er starrte sie an. Dann beugte er sich wieder vor.

»Hör zu, Knebel, du siehst doch, daß sie nichts mit der Sache zu tun hat. Laß sie wenigstens frei, bevor ihr mich ausliefert. Wie Thompson gesagt hat – sie ist nur eine von meinen Weibern. Es ist doch sinnlos, sie noch tiefer mit reinzuziehen.«

Knebel schüttelte bedauernd den Kopf. »Unmöglich. Meine Anweisungen lauten, euch beide zu übergeben. Sorry.«

»Verdammt noch mal, Mann, dir ist doch wohl klar, daß sie sie umbringen werden!«

Knebel seufzte. »McClain, niemandem wird etwas zuleide getan, am allerwenigsten Miss Winston. Miss Winston, ich hoffe, Sie glauben mir.«

»Glaubst du ihm, Clara?« McClain sah sie verbittert an. Clara warf ihm einen hilflosen Blick zu. Sie wußte nicht, was sie glauben sollte. Sie befeuchtete ihre Lippen und versuchte, auf eine Antwort zu kommen. Bevor ihr etwas einfiel, blickte Thompson in den Rückspiegel und zog die Stirn kraus.

»Hey, wir haben unsere Verstärkung verloren.« In diesem Augenblick knatterte das Funkgerät. Thompson nahm das Mikrofon in die Hand.

»Wo seid ihr denn?« brüllte er. Die Antwort war für Clara nicht verständlich, aber Thompson entspannte sich und redete mit Knebel. »Scheint's wollte so 'n Idiot mit seinem Lastwagen vor ihnen auf die Straße fahren. Sie werden uns schon wieder einholen.«

»Scheiße! Da habt ihr's! Mann, ich hab euch doch gesagt, die KGB-Typen lassen euch nicht in Ruhe! Das Ganze ist eine Falle, ihr verdammten Idioten!«

»McClain, beruhige dich!« Aber Knebel blickte in den Rückspiegel und klang auch nicht besonders ruhig. McClain saß angespannt da und beobachtete die Umgebung mit zusammengekniffenen Augen. Clara drehte sich um und blickte hinter sich auf die Straße, die wie ausgestorben wirkte. Nervös wünschte sie sich, daß die Verstärkung sie endlich einholen würde.

»Sie sind gleich da.« Knebel klang immer noch besorgt.

»Nehmt mir die Handschellen ab und gebt mir eine Waffe!« McClain beugte sich vor und schrie es Knebel ins Ohr. Clara schrak zurück. Sie hatte Angst, richtige Angst, und sie wußte nicht, vor wem – Vor McClain oder Rostow oder wem sonst?

»Ich sagte, beruhige dich, McClain!« brüllte Knebel und blickte nervös vom Rückspiegel auf die Straße vor sich. »Niemand wird dich –«

Vor ihnen fuhr ein Möbelwagen langsam auf eine Kreuzung und blockierte mit seiner ganzen orangefarbenen Länge die Straße. *Horizon Movers* stand in schwarzer Schrift an der Seite. Ein zweiter Möbelwagen schloß sich an.

»Dreh um, Knebel! Um Gottes willen!« brüllte McClain, aber Knebel ignorierte ihn. Er fuhr langsam näher und machte ein besorgtes Gesicht, als der Möbelwagen ihm weiter den Weg versperrte. Clara wartete entsetzt mit einer Art Fatalismus ab, was als nächstes passierte. Entweder hatte McClain recht und es war wirklich eine KGB-Falle, oder es war nur ein Möbelwagen und sie würden gleich an ihm vorbeifahren. Knebel hupte. Der Fahrer, dessen Gesicht im Schatten nicht zu erkennen war, schien sie endlich zu bemerken. Er streckte eine behandschuhte Hand aus dem Fenster und winkte ihnen zu, als wollte er sagen, daß er in Kürze den Weg freimachen würde.

Die Rückseite des Wagens rumpelte in die Höhe, und vier Männer in identischen grauen Overalls sprangen heraus. Erst als sie auf das Auto zuschritten, sah Clara, daß ihre Gesichter verschmiert waren, ihre Gesichtszüge eigenartig gequetscht. Sie trugen Strumpfmasken. Und sie hatten Gewehre in den Händen. Knebel und Thompson mußten es gleichzeitig gesehen haben, denn sie fluchten und langten nach den Pistolen, die sie in Halftern unter ihren tadellos sitzenden Anzügen trugen.

»Oh, Scheiße!« McClain warf sich auf Clara, riß sie vom Sitz und schmiß sie auf den Boden, bevor die Schießerei begann. Clara schrie, als die Gewehrsalven ihr in den Ohren dröhnten. Kugeln fetzten durch die Karosserie des Autos. Es schlingerte an den Straßenrand. Anfangs schossen die Agenten auf dem Vordersitz zurück, aber dann schrie einer von ihnen auf. Der Schrei erstarb in einem gurgelnden Geräusch. Der andere grunzte und murmelte etwas, das wie »verdammt« klang. Dann wurde es entsetzlich still.

Die Hintertür öffnete sich. Clara hörte es genau, obwohl Jacks Körper auf ihr lag. Dann spürte sie, wie sich sein Gewicht verlagerte, als er von ihr heruntergezogen wurde. Schließlich packte sie eine unsanfte Hand am Arm. Als sie aus dem Auto gezerrt wurde, öffnete sie die Augen. McClain stand neben dem Wagen. Zwei der Maskierten hielten ihn fest. Für einen Mann, auf dessen Herz zwei Gewehre gerichtet waren, sah er erstaunlich ruhig aus. Ein anderer hielt sie fest, während der vierte seine Waffe benutzte, um Thompson, der zur Hälfte im Auto und halb auf der Straße lag, einen Stoß zu versetzen. Der Kerl hielt das Gewehr an Thompsons Kopf und drückte ab. Der Schuß zerfetzte den Schädel wie eine Grapefruit. Grellrotes Blut, vermischt mit grauer Gehirnmasse, spritzte auf die Straße. Starker Blutgeruch. Dann drehte der Kerl Thompson um. Clara spürte, wie sich ihr Magen hob, als sie den roten Brei sah, der einmal sein Gesicht gewesen war. Sie wandte den Blick und sah, daß Knebel über dem Lenkrad hing. Wahrscheinlich war er tot. Der Mann, der Thompson zur Strecke gebracht hatte, ging ums Auto, langte hinein und stellte den Motor ab. Dann jagte er Knebel eine Kugel in den Kopf. Diesmal schloß sie die Augen, bevor sie Zeugin der Metzelei wurde. Sie schmeckte bittere Magensäure und glaubte, sich übergeben zu müssen.

McClain fluchte. Clara öffnete die Augen. Eine Gestalt, an

die sie sich nur allzugut erinnerte, trat hinter der Rückseite des Möbelwagens hervor. Im Gegensatz zu seinen Genossen war er nicht maskiert. Die Sonne glitzerte auf seinem hellen Haar, als er, ein Gewehr lässig unter den Arm geklemmt, auf sie zuschritt.

»So, so – wie es scheint, will das Schicksal, daß wir uns an den abgelegensten Orten immer wieder begegnen. Nicht wahr, Dragon? Und Miss Winston natürlich auch«, sagte Rostow und lächelte. Bei ihnen angekommen, hob er das Gewehr und schlug es McClain brutal ins Gesicht.

17

»Ich gebe Ihnen eine letzte Chance. Miss Winston, Sie frage ich zuerst: wo ist der Mikrofilm?« Dann lächelte er McClain an. »O ja, Juropow hat uns alles erzählt. Hatten Sie Zweifel? Am Ende war er ganz begierig darauf, uns alles zu berichten.« Sein Blick ging wieder zu Clara. »Nun, Miss Winston?«

Der Möbelwagen rumpelte die Straße entlang. Clara saß, spärlich bekleidet, auf dem kalten Metallboden neben McClain, den Rücken an die schmale Wand des rollenden Gefängnisses gepreßt, und spürte, wie sie vor Rostow, der sie ansah, bebte. Sie betete, er möge sie nicht mehr berühren.

Früher oder später würden sie sterben, das wußte sie. Niemand würde erfahren, was mit ihnen passiert war. Die Leichen von Knebel und Thompson waren mitsamt dem Auto, in dem sie getötet wurden, auf den zweiten Möbelwagen geladen, der in der Gegenrichtung davonfuhr. Die Verstärkung, auf die Clara ihre Hoffnung gesetzt hatte, war nicht aufgetaucht. Das Auto war vorsätzlich von einem anderen Möbelwagen aufgehalten worden, der sich ihm in den Weg stellte und so tat, als würde er wenden. Bis die Verstärkung merkte, daß das andere Auto ihnen nicht mehr vorausfuhr, waren alle drei Möbelwagen verschwunden. Und die Behörden würden zweifellos annehmen, daß McClain die Agenten mit ihren Autos entführt hätte – ein weiterer blutiger Akt eines Wahnsinnigen.

Wenn die Leichen von McClain und Clara gefunden würden, befänden sie sich im gestohlenen CIA-Wagen irgendwo am Grund eines Flusses. Thompson und Knebel würde man im Kofferraum finden.

Als sie in den ersten der Möbelwagen getrieben wurden, hatte Rostow ihnen diesen Plan freundlich lächelnd unterbreitet. Dann wurden McClain und sie einer höchst entwürdigenden Leibesvisitation unterzogen. Zuerst hatten die beiden Verbrecher in Rostows Begleitung McClain die Kleidung vom Leib gerissen und jeden Teil seines Körpers und dann seine Kleidung gründlich untersucht, bevor sie die Köpfe schüttelten und ihm die Sachen wieder zuschmissen. McClain hatte diese Schmach mit versteinerter Miene über sich ergehen lassen.

Clara hatte versucht, nicht hinzuschauen. Aber als sie sich dann über sie hermachten, war es eine andere Sache. Sie schrie und strampelte, aber es nutzte nicht. Sie zogen ihr jedes Kleidungsstück vom Leib, fuhren mit den Händen über ihren Körper, schauten in ihre Haare, ihren Mund und ihre Ohren und zwangen sie, sich nach vorn zu beugen, damit sie auch die intimsten Körperöffnungen untersuchen konnten. Als es vorbei war, war Clara ein zitterndes Nervenbündel. Sie hatten ihr erlaubt, Hemdhöschen, Flanellhemd und Pullover wieder anzuziehen (weil die Sachen an den Handschellen baumelten, die ihre Handgelenke immer noch fesselten und deshalb im Weg waren), bevor sie sie McClain entgegenschubsten, der, in Jeans und Sweatshirt gekleidet, teilnahmslos an der Wand zum Fahrerhaus saß. Clara kauerte sich wärme- und schutzsuchend an ihn, die langen Beine angezogen, um soviel wie möglich von sich vor diesen Ungeheuern zu verbergen, denen offensichtlich jedes menschliche Gefühl abhanden gekommen war. Wenigstens waren ihre Handlungen unpersönlich, bis jetzt zumindest. Vergewaltigt zu werden war eine so entsetzliche Vorstellung, daß sie lieber nicht darüber nachdachte.

Rostow hatte sich beinahe leutselig verhalten – abgesehen natürlich von seiner Begrüßung, bei der er McClain mit dem Gewehrkolben schlug. Während der Durchsuchung hatte er wenig gesagt, nur aufmerksam zugesehen. Er stand jetzt lächelnd vor ihnen, schwankte mit der Bewegung des Wagens und balancierte auf den Ballen seiner Füße, die Hände im Rücken verschränkte. Seine Zähne leuchteten weiß im Licht der generatorgespeisten Glühlampe, die an einem Kabel von der Decke hing. Einer der beiden Schurken, die bei Rostow geblieben waren, kurbelte den altmodischen Generator an, sobald sich die Gefangenen im Wagen befanden. Die anderen beiden waren als Fahrer und Späher ins Fahrerhaus geklettert. Mit seinen blonden Haaren, rosigen Backen, den klassischen Zügen und seiner militärischen Haltung sah Rostow wie das Musterbeispiel eines aufrechten Amerikaners aus. Seine marineblauen Wollhosen und der weiße Pullover über einem feingestreiften Botton-Down-Hemd zeugten von erstklassigem Geschmack. Auch nicht in ihren wildesten Träumen hätte Clara geglaubt, daß der Tod ihr im College-Boy-Outfit begegnen würde.

»Ich weiß nichts von einem Mikrofilm.« Clara gab sich die größte Mühe, ruhig zu bleiben. Sie wußte ja wirklich nichts von einem Mikrofilm, aber Rostow würde es ihr niemals glauben. Sie sah McClain von der Seite an. Wußte er was von einem Mikrofilm? Er hatte ihr nichts davon gesagt.

»Bewundernswert mutig, Miss Winston.« Rostow lächelte immer noch. »Was natürlich auch darauf zurückzuführen ist, daß Sie sich vorstellen können, wie leicht es sein wird, Sie zum Sprechen zu bringen. Und Sie, Dragon? Wollen Sie sich und der Dame nicht einige Schmerzen ersparen?«

»Ich weiß nicht, wovon Sie reden.«

Rostow lächelte weiter. »Ach, Dragon, ich weiß, was Sie denken: Wenn ich diesem Rostow sage, wo der Mikrofilm ist, bin ich ein toter Mann, sobald er ihn in den Fingern hat. Stimmt's? Sie sind kein Dummkopf, mein Freund, deshalb will ich es auch gar nicht bestreiten. Sie und die Dame werden sterben, so, wie jeder, mit dem Sie gesprochen haben, entweder schon tot ist oder bald das Zeitliche segnen wird. Der Agent, den Sie und der Verräter Juropow in Gefahr gebracht haben, ist zu wichtig, als daß wir ein Risiko eingehen könnten. Was Sie sich jedoch aussuchen können, ist die Art und Weise, wie Sie sterben wollen. Ich kann es sehr leicht für Sie machen. Ich kann es aber auch sehr schwer und qualvoll machen. Sie werden sicher nicht wollen, daß die Dame Schmerzen erduldet, oder, Dragon?«

»Sie weiß nichts von der Sache, Rostow. Sie haben einen Fehler gemacht, als Sie hinter ihr her waren. Bis zu jener Nacht kannte ich sie überhaupt nicht. Selbst wenn sie wollte, könnte sie Ihnen nichts sagen.«

»Pech für sie.« Rostow drehte sich zu dem Kerl hinter ihm um. »Zieh sie hoch!«

»Nein!« wimmerte Clara und drängte sich noch enger an McClain, der sich nicht rührte. Mit aufgerissenen Augen sah sie die Männer auf sich zukommen. In ihrem ganzen Leben hatte sie noch nie solche Angst gehabt.

Der stämmigere von Rostows Helfern packte Clara am Arm und zerrte sie auf die Füße. Als sie sich zu wehren versuchte und dafür boshaft in den Arm gezwickt wurde, zuckte McClain zusammen, fiel aber gleich wieder in seine starre Haltung zurück. Clara strampelte, als der Kerl sie zu Rostow schleifte. Vergebens. Der Mann, der sie festhielt, war ein brutales Monster. Er war kleiner als McClain und Rostow und untersetzt, hatte grobe Gesichtszüge und eine Glatze, die so glatt war, daß Clara sich hysterisch fragte, ob er sie sich rasierte. Die Strumpfmaske, die er beim Überfall trug, hatte er sich längst vom Kopf gerissen. Als sie in seine boshaften kleinen Augen blickte, wünschte sie, er hätte sie aufbehalten. Dann würde sie nicht sehen, wie er sich auf die Folter freute.

»Wissen Sie, Dragon, ich neige dazu, Ihnen zu glauben, wenn Sie sagen, daß die Dame ein Fehler war. Sie ist zu weich, zu verletzlich. Nicht Ihr Typ, was? Die hier ist nicht so *tough* wie die andere – Gloria.« McClains Miene verzog sich fast unmerklich. Aber Rostow sah es und lächelte. »O ja, ich habe die Bekanntschaft von Gloria gemacht. Wie es scheint, wollte sie sich mit Ihnen versöhnen. Jedenfalls kehrte sie vor zwei Tagen in Ihre Wohnung zurück. Aber auch sie wußte nichts. Schade. Aber man muß tun, was man tun muß. Für das Vaterland, nicht wahr?«

Clara spürte, daß ihr Rachen austrocknete. Hatte Rostow Gloria ermordet? Er hätte es ohne Bedenken fertiggebracht. Sie war heilfroh, daß ihre Mutter außer Landes war. Dann sagte Rostow fast beiläufig: »Brecht ihr einen Finger.«

Bevor sich Clara so weit von ihrem Schreck erholte, daß sie schreien konnte, hatte einer der Kerle sie schon in den Schwitzkasten genommen. Der andere packte sie an den Handschellen, ergriff ihre linke Hand und umfaßte ihren kleinen Finger mit seiner Pranke. Mit einer Drehbewegung riß er ihn zur Seite. Clara schrie auf. Entsetzliche Schmerzen zuckten durch ihren Körper. Als er sie losließ, stand ihr kleiner Finger in einem merkwürdigen Winkel von der Hand ab, schwoll an und verfärbte sich blau. Schluchzend wiegte sie die verletzte Hand in der anderen. Ihre Knie wurden weich, als der Kerl hinter ihr sie zu Boden sacken ließ. Clara fiel auf das kalte Metall, umklammerte ihre Hand und wand sich vor Qual. Sie hatten ihr absichtlich den Finger gebrochen! Sie erbrach sich und würgte, bis ihr Magen leer war.

»Ein kleiner Schmerz, und dann reagiert sie schon so? Eine wahre Lady. Ihr weh zu tun wird einfach sein.« Rostow sagte es über ihren Kopf hinweg zu McClain. Clara schluchzte zu seinen Füßen. Sie rückte von dem Erbrochenen ab, kauerte aber immer noch am Boden und hoffte verzweifelt, sie würden vergessen, daß es sie gab.

»Was sollen wir als nächstes mit ihr machen, Dragon? Wir könnten ihr natürlich alle Finger und Zehen brechen. Aber das sind ja eigentlich Kindereien. Oder wir könnten sie wieder nackt ausziehen und Orlow ein bißchen Spaß verschaffen. Unser Orlow ist ein kranker Mann. Aber ich sehe keine Veranlassung, mich ihm gegenüber wohltätig zu zeigen. Ich habe ihn extra gebeten, es mir zu überlassen, Ihren Agenten den Gnadenstoß zu geben, aber er konnte sich nicht beherrschen und hat sie selbst getötet. Er braucht also eine Lektion in Disziplin. Aber es gibt ja noch viele andere Möglichkeiten. Sie kennen Sie so gut wie ich. Also frage ich Sie noch einmal, Dragon: Wo ist der Mikrofilm?«

»Sie können mich mal.«

Rostow schüttelte den Kopf. »Tut mir leid, Miss Winston, aber wie Sie sehen, schätzt Ihr Freund Sie nicht so sehr, wie er es sollte. Malik, hilf Miss Winston hoch.«

Der Schurke zog Clara auf die Füße. Sie duckte sich wimmernd und umklammerte ihre verletzte Hand. Ihr war kalt – so kalt –, und es hatte nichts mit ihren nackten Füßen und Beinen unter dem dünnen Seiden-Teddy zu tun. Ihr Mund war trocken, selbst das Weinen tat ihr weh. Aber sie schien nicht mit dem Wimmern aufhören zu können. Entsetzen packte sie, als sie wieder auf die Füße gezerrt und erneut in den Schwitzkasten genommen wurde.

»Sie können schreien soviel Sie wollen, Miss Winston. Der Wagen ist schalldicht.« Es klang wohlwollend. Clara war fassungslos.

»Oh, bitte, bitte ...« Sie stellten sie so hin, daß McClain sie und sie ihn sehen konnte. Er sah sie an. Sein Gesicht war versteinert. Sein Blick war so hart und unbeteiligt wie der von Rostow. Er würde ihnen nicht geben, was sie wollten. Trockenes Schluchzen schüttelte sie, wieder und wieder. Sie würden ihr weh tun, sie foltern, töten ...

»Was sollen wir mit ihr machen, hmm? Orlow, hast du eine Zigarette?«

»Da.« Er langte in die Taschen seines grauen Overalls, fischte eine Schachtel Zigaretten samt Feuerzeug heraus und reichte Rostow beides.

»Ah, danke, Genosse.« Mit lässiger Handbewegung zog Rostow eine Zigarette aus der Packung, die er in seine Hemdentasche unter dem Pullover schob. Die Zigarette steckte er in den Mund, klickte das Feuerzeug an, hielt die Flamme an die Zigarette und inhalierte tief. Er klappte das Feuerzeug wieder zu, ließ es in die Hosentasche gleiten und machte ein paar lange Züge. Dann schaute er Clara an und runzelte die Stirn, als ob er sich Sorgen machte.

»Also, was …«

»Bitte, tun Sie mir nicht weh!« Claras Stimme war ein rauhes Krächzen. Ihr war schwindlig vor Schmerz und Entsetzen. Dieses Tier würde ihre zarte Haut mit der Zigarette verbrennen! Es würde ihr weh tun wie ihre Hand. Noch mehr Schmerzen könnte sie nicht ertragen. Aber sie war ihnen hilflos ausgeliefert. Und sie waren erbarmungslos!

»Wo fangen wir an? Nicht gleich im Gesicht. Nein, das Gesicht ist zu hübsch. Wenn es nicht unbedingt sein muß, wollen wir es nicht verunstalten. Wie wär's mit dem Hals? Gleich unterm Ohr …«

Er zog kräftig an der Zigarette. Das Ende glühte rot, als er sie aus dem Mund nahm. Clara krümmte sich, als er mit der freien Hand nach ihr griff und ihr mit zärtlicher Geste die Haare aus dem Nacken schob.

»Solch weiche Haut«, murmelte Rostow.

Clara hob sich der Magen, als ihr klar wurde, wie sehr er genoß, was er tat. Sie versuchte, sich ihm wimmernd zu entziehen, und drückte den Kopf an Orlows gewaltigen Brustkorb, um der sich nähernden Zigarette auszuweichen. Aber Rostows Hand hielt ihre Haare zurück, und die Zigarette berührte ihren Hals. Clara schrie und zuckte hilflos, als die Zigarette sich in ihre weiße Haut brannte. Der Geruch nach versengtem Fleisch stieg ihr in die Nase, und Rostow trat zurück. Einen Augenblick lang glaubte sie, ohnmächtig zu werden. Alles verschwamm vor ihren Augen … Sie *wollte* das Bewußtsein verlieren, so schnell wie möglich sterben und alles hinter sich haben. Aber nichts davon geschah. Sie konnte nur zitternd, sich krümmend, schluchzend dastehen und auf den nächsten qualvollen Angriff warten.

Rostow steckte sich die Zigarette wieder in den Mund und zog genüßlich daran. Als das Ende wieder rot aufleuchtete, nahm er sie aus dem Mund und betrachtete sie interessiert.

»Halt sie fest, Malik.« Ein strenger Befehl.

»Nein, bitte. Nein!« Clara hörte ihre eigenen Worte kaum. Die Schurken achteten nicht darauf. Orlow packte ihren schwankenden, zitternden Körper fester.

»Schon besser.« Rostow nickte und musterte Clara von oben bis unten. Dann langte er nach ihr, ergriff das Bündchen ihres Pullovers und zog ihn ihr über den Kopf, so daß er an ihren gefesselten Händen baumelte. Clara bebte vom Kopf bis zu den Zehen, als er anfing, ihr Hemd aufzuknöpfen. Wieder drehte sich ihr der Magen, als er das weiche Fleisch von Hals, Schultern und Brüsten unter dem weißen Seiden-Teddy freilegte. Er schob ihr das Hemd von den Schultern. Clara spürte die Blicke der Männer auf ihren Brüsten. Sie stellte sich vor, am Ende von allen vergewaltigt zu werden und nicht, weil sie ihren Frauenkörper wollten, sondern weil es ihnen Spaß machte, einem hilflosen Menschen Schmerzen zu bereiten und ihn zu erniedrigen. Es waren grausame, bestialische Männer …

Rostow streckte die Hand aus, streichelte ihre Schulter und ließ einen Spaghetti-Träger über ihren Arm gleiten. Dann zupfte er so lange an dem Träger, bis ihre linke Brust freilag. Clara zuckte zurück, als Rostow mit dem Finger über ihre Brust strich und gegen die harte Brustwarze schnipste.

»Sehr schön, sehr sexy. Ich gratuliere Ihnen zu Ihrem Geschmack, Dragon.« Rostow zog wieder an der Zigarette. Tränen liefen ihr übers Gesicht. Wehrlos mußte sie sich gefallen lassen, daß er sie quälte.

Sie blickte zu McClain, der sie beobachtete. Die grünen Augen waren eiskalt in seinem versteinerten Gesicht.

Rostow nahm die Zigarette aus dem Mund und hielt sie über ihre Brust, ohne sie zu berühren. Clara wand sich hechelnd und wimmernd, während er mit der Zigarette in der Luft Kreise zog und einen bestimmten Punkt zu suchen schien. Dann hielt er die Zigarette direkt über die Brustwarze. Sie konnte die Hitze der glühenden roten Spitze spüren, obwohl sie noch ein oder zwei Zentimeter von ihrer Haut entfernt war.

»Bitte, nein! Ich weiß nichts, ich schwöre es, absolut nichts!« stammelte Clara unter Tränen. »Bitte …« Sie sah McClain an. Seine Augen waren dunkelgrün, fast schwarz. »Jack!«

»Okay, Rostow. Sie haben gewonnen. Hören Sie auf.« McClains Stimme war heiser. Clara begriff nicht gleich, was geschah, als sie sah, wie sich Rostows Mund langsam zu einem Lächeln verzog. Seine hellblauen Augen leuchteten. Dann steckte er die Zigarette wieder in den Mund und sah McClain an. Auf einen Wink Rostows wurde Clara sofort losgelassen. Schwindlig vor Erleichterung sank sie auf die Knie. Es dauerte einen Augenblick, bis sie sich rasch wie ein Kaninchen, das sich in seinen Bau flüchtet, Hemd und Pullover überzog. Nicht, daß die Sachen sie schützen konnten, aber sie ertrug es nicht länger, den Blicken dieser Männer ausgesetzt zu sein.

»Nun?« sagte Rostow gedehnt und bemühte sich nicht, seinen Triumph zu verbergen.

»Er ist an der Katze.«

»Was?« Rostows Stimme war scharf. Die Zigarette kam wieder aus seinem Mund. Er hielt sie steif in der Hand und starrte McClain an.

»Sie haben mich gehört. Die Katze. Die, die wir mit rumgeschleppt haben. Der Mikrofilm ist an der Katze.«

Rostow fluchte auf russisch. Clara blinzelte. Trotz der Schmerzen war sie auf einmal hellwach. McClain hatte den Mikrofilm bei *Paff* versteckt? Kein Wunder, daß er so sorgsam mit ihm umgegangen war! Sie erinnerte sich, daß er gesagt hatte: ›Nur weil ich nicht zugelassen habe, daß der verdammte Kater absäuft, bin ich noch lange kein Held.‹ Wie wahr! Er hatte seinen kostbaren Mikrofilm gerettet und nicht Paff! Sie schaute blinzelnd zu ihm hin, wußte, daß sie ihm eigentlich böse sein sollte, war aber vor Schmerzen und Angst wie betäubt und sah, daß er seine ganze Aufmerksamkeit Rostow zuwandte.

»Und wo ist das Tier jetzt?«

McClain verzog den Mund zu einem langsamen, spöttischen Lächeln, und Rostow preßte die Lippen zusammen.

»Wo ist Paff jetzt, Clara?« McClain blickte zu ihr hin. Er sah schadenfroh aus. Rostows Blick folgte seinem. Clara glaubte, ihr Herz setze aus, als diese erbarmungslosen hellblauen Augen sie zu durchbohren schienen. Er würde ihr wieder weh tun …

»Auf der Quarantänestation. Sie haben ihn auf die Quarantänestation gebracht«, hauchte sie.

»Wo?«

»Im Camp Lejeune.«

Rostow stieß ein russisches Schimpfwort aus und wandte sich an Malik. »Sag ihnen, sie sollen anhalten.«

Malik zog ein Funksprechgerät aus der Tasche und sagte etwas auf russisch. Kurz danach fuhr der Wagen zur Seite und hielt an. Rostow drehte sich wieder zu McClain.

»Um Ihretwillen hoffe ich, daß Sie die Wahrheit sagen. Wenn ich mir schon die außerordentliche Mühe mache, ein Tier aus einem Ort zu holen, an dem es zwangsweise verwahrt wird, und dann feststellen muß, daß kein Mikrofilm vorhanden ist, werde ich sehr unglücklich sein. Und wenn ich unglücklich bin, fürchte ich, wird zuerst Miss Winston meine Gefühle zu spüren bekommen. Vielleicht werde ich ihr eine Halskette schenken. Wie alle Frauen, mögen Sie sicher Halsketten, Miss Winston? Aber die Art, die mir vorschwebt, ganz gewiß nicht. Wir nehmen nämlich einen kleinen Gummireifen, tränken ihn mit Benzin und stülpen ihn über Ihren Kopf, so daß er Ihre Arme fesselt. Dann geben wir Ihnen eine Zigarette zu rauchen. Früher oder später fällt Asche herunter, der Reifen fängt Feuer, und Sie verbrennen bei lebendigem Leib.« Rostow lächelte, und Clara wurde kreidebleich. Sie hatte nicht die geringsten Zweifel, daß er seine Drohungen wahrmachen würde. »Denken Sie darüber nach, Miss Winston, während ich weg bin. Wenn ich ohne das, was ich suche, zurückkehre, wird Ihr Leben auf diese Weise enden.«

Er drehte sich um und sagte Malik etwas auf russisch. Malik sprach in sein Funkgerät. Sekunden später rollte das Tor des Möbelwagens hoch. Rostow drehte sich zu McClain um.

»Ich komme wieder, Dragon«, sagte er und sprang auf die Straße. Malik und Orlow folgten ihm. Die Tür schloß sich rumpelnd. Clara hörte, wie sie draußen scheppernd verriegelt wurde. Sekundenlang verharrte sie, wo sie war. Dann fuhr der Wagen wieder los. Sie konnte noch nicht glauben, daß sie fort waren. Man gewährte ihnen eine Gnadenfrist. Dann sah sie McClains nackte Füße neben sich und merkte, daß er vor ihr stand.

»Clara ...« Er kauerte sich neben sie. Mit den auf dem Rücken gefesselten Händen konnte er sie nicht streicheln, aber seine Stimme war rauh. Sie hob den Kopf. Mit Tränen in den Augen blickte sie auf die breiten Schultern in weicher, schwarzer Baumwolle. Ihr Blick wanderte weiter zu seinem kräftigen Nacken, dem vorspringenden Kinn, dem schmalen Mund, der schiefen Nase und weiter, bis sich ihr Blick mit seinem traf ... Seine Augen funkelten tannengrün. Sie blickte hinein, sah Mitgefühl und fing an zu schluchzen. Sofort beugte er sich zu ihr hin, liebkoste ihre Wange mit seinen Lippen, rieb sein Gesicht an ihrem Hals.

»Schsch, Baby.«

»Oh, Jack!« Sie drückte sich an ihn, vergrub ihr Gesicht in der Vertiefung zwischen seinem Hals und seinen Schultern, suchte verzweifelt seine Wärme, den soliden Trost, ihn berühren zu können. Sie hatte solche Angst gehabt. Hatte immer noch solche Angst. Und ihr tat alles weh. Schluchzend schmiegte sie sich an ihn. Er konnte die Arme nicht um sie legen, aber sie spürte seine Wärme. Sie wand sich an seinem Körper, schob die gefesselten Hände unter das Sweatshirt, um im dichten Haar seiner Brust zu wühlen. Sie küßte seinen Hals. Ihre Augen schlossen sich, als sie das Salz seiner Haut auf der Zunge schmeckte, seinen moschusähnlichen Männergeruch einatmete, die seidenweiche Haut über stählernen Muskeln und die Wärme seiner Brust spürte. Sie brauchte ihn so sehr, daß sie ihn durch die Haut aufsaugen wollte. Zitternd lehnte sie sich an ihn und weinte. Ihre Tränen liefen ihm über den Hals und glitzerten auf seiner bronzefarbenen Haut.

18

»Clara.«

Sie schluchzte, bekam einen Schluckauf und preßte das Gesicht noch fester in die Wärme seines Halses. Seine Stimme drohte, sie in die Wirklichkeit zurückzuholen. Sie schloß die Augen, wollte nicht zurück. Sein Mund schob ihr das Haar aus dem Gesicht und blieb auf ihrer Stirn ruhen.

»Clara! Baby, hör auf zu weinen. Nun komm schon.«

»Nein«, murmelte sie widerwillig. Sein Mund liebkoste wieder ihre Stirn.

»Bitte, Schatz. Wir haben noch was zu tun, bevor Rostow wieder auftaucht. Wir müssen dafür sorgen, daß er dir nicht mehr weh tun kann.«

»Du kannst ihn nicht daran hindern.« Ihre Stimme klang gedämpft an seiner Haut. Ihr Schluckauf unterstrich jedes Wort.

»Ich kann es aber versuchen. Komm schon, Clara hör auf – bitte! Wir haben jetzt für so was keine Zeit. Außerdem fühl ich mich verdammt unwohl. Mir sind die Beine eingeschlafen.«

Die nüchterne Feststellung hatte die gewünschte Wirkung. Clara hob den Kopf. Sein Gesicht war so nah, daß sie jede schwarze Bartstoppel und jede Pore seiner gebräunten Haut sah. Zitternd stemmte sie sich von seiner Brust ein wenig ab. Rasende Schmerzen erinnerten sie an die Qualen, die ihr Orlow und Rostow bereitet hatten.

»Meine Hand tut weh.« Sie starrte auf ihren kleinen Finger. Er war lila, dreimal so dick wie sonst und stand nach wie vor von ihrer Hand ab.

»Ich weiß. Ich kann helfen. Halt noch ein paar Minuten durch. Fall mir bloß nicht in Ohnmacht, Baby.«

Clara merkte, wie sie schwankte. Sie spürte, daß ihr das Blut aus dem Gesicht wich. Der Möbelwagen schien sich zu drehen. Sie dachte noch, sie müsse sich hinlegen. Dann verwelkte sie wie eine Blume, die zu lange ohne Wasser geblieben war, und lag hechelnd am Boden.

»Clara!« Er war neben ihr und beugte sich über sie. Sie blinzelte und sah, daß er die Lippen zusammenpreßte. Ihre Lider zuckten.

»Du mußt bei mir bleiben, Baby. Nur noch ein bißchen länger. Hörst du mich?«

Er sprach sehr langsam und deutlich, als ob er Angst hätte, sie würde ihn nicht verstehen. Clara blickte zu ihm auf. Sie zog die Stirn in Falten. Stand sie unter Schock? Ihre Augen schlossen sich. Jede Faser ihres Körpers schrie nach Schlaf. Schlaf war Flucht ...

»Clara.« Es klang verzweifelt. Durch die Handschellen behindert, machte er eine ruckartige Bewegung. Sie stand am Rand glückseliger Bewußtlosigkeit und wurde gegen ihren Willen zurückgerissen. Sie spürte Schmerzen, hatte Angst, war erschöpft. Sie wollte nur schlafen, aber er ließ sie nicht los.

»Clara! Schlaf nicht ein! Du mußt was für mich tun!« Er kam ganz nah. Sie spürte den warmen Atem auf ihrer Wange. »Als Rostow mich mit dem Gewehrkolben schlug und ich zu Boden ging, zog ich Thompson die Schlüssel aus der Tasche. Hörst du mich, Clara? Ich hab die Schlüssel für die Handschellen.«

»Nein«, sagte Clara gedehnt. Sie konnte kaum denken. »Sie haben dich doch abgetastet. Sie hätten sie gefunden.«

»Ich hab sie auf den Polsterhaufen hinter der Tür fallen lassen. Sie haben es nicht gesehen. Ich wußte, daß sie uns durchsuchen würden. Los, Clara! Ich brauch deine Hilfe – du mußt mir die Handschellen abnehmen. Rostow wird noch eine Weile fort sein, aber wir können nicht ewig warten. Es muß sofort geschehen!«

Es dauerte ein paar Minuten, bis die Worte den Nebel, der sie einhüllte, durchdrangen. Dann spürte Clara plötzlich, wie ein Fünkchen Hoffnung in ihr keimte. Sie versuchte, es zu unterdrücken. Zu hoffen war zu qualvoll. Es würde ihr Leiden nur verschlimmern, wenn Rostow wieder da wäre.

»Steh auf, Clara!«

Er wollte sie einfach nicht schlafen lassen. Sie wandte den

Kopf und blinzelte ihn an. Sie versuchte, Worte zu formen, die ihm sagen sollten, wie hoffnungslos alles war. Aber bevor es ihr gelang, beugte er sich über sie und küßte sie hart und schnell auf den Mund.

»Du bringst mich zum Wahnsinn, Clara Winston.« Es klang wehmütig, zärtlich, gereizt. Er erhob sich und stand über ihr, stubste ihren Schenkel mit seinen nackten Zehen. Sie mochte seine Zehen und betrachtete sie. Lange, schmale Zehen an langen schmalen Füßen mit einem winzigen schwarzen Haarbüschel auf dem großen Zeh. Nett.

»Clara, steh auf!« Es klang überhaupt nicht mehr zärtlich. Es klang streng. Clara zuckte zusammen und blickte ängstlich zu ihm hoch. Er redete wie die Männer, die ihr so Schlimmes angetan hatten. Harte, gefühllose Männer, denen es Spaß machte, Menschen zu quälen.

»Hast du mich gehört?« Sie wimmerte. Seine Augen wurden hart und schmal. Clara spürte, daß ihr schlecht wurde. Die brutale Stimme drang in sie ein. Langsam kam sie schwankend auf die Füße. Einen Augenblick lang schwamm alles vor ihren Augen und sie hatte Angst, zu fallen. Er fluchte, hielt sich hinter ihr. Er konnte sie ja nicht auffangen, wenn sie stürzte. Seine gefesselten Hände zuckten machtlos.

»Fall mir ja nicht in Ohnmacht!« Es war ein Befehl. »Verdammt noch mal – ich weiß nicht, wie's dir geht, aber ich weigere mich, hier einfach nur rumzuliegen und auf das Ende zu warten. Und du wirst mir helfen! Hast du mich verstanden?«

Seine schroffen Worte hatten endlich die gewünschte Wirkung, denn Clara nickte, und ihr Kopf wurde klarer.

»Okay, Jack. Was soll ich tun?« Ihre Fügsamkeit war unnatürlich, aber er achtete nicht darauf.

»Die Schlüssel liegen irgendwo in dem Haufen dort.« Er deutete mit einer Kopfbewegung auf einen Stapel Matten in der hinteren Ecke. »Du mußt drin rumwühlen, bis du sie gefunden hast, und dann meine Handschellen aufschließen. Mehr nicht. Von da an übernehme ich.«

Clara nickte. Sie wollte ihm alles recht machen, er sollte sie nur nicht anschreien. Sie konnte keine Gewalt mehr ertragen. Ihr war schwindlig, und das Gehen fiel ihr schwer, vor allem, weil der Wagen über Löcher rumpelte und um Kurven bog, aber sie schaffte es bis zu dem Deckenhaufen. Dann biß sie die Zähne zusammen und zerrte eine Matte nach der anderen herunter. Endlich klirrte der Schlüsselring zu Boden. Ein neuer Hoffnungsschimmer wurde in ihr wach. Diesmal ließ sie es zu. Sie bückte sich und hob die Schlüssel behutsam, um ihrer Hand nicht weh zu tun, auf. McClain nickte anerkennend.

»Gut! Und jetzt mach die Dinger auf.« Er wandte ihr den Rücken zu. Clara brauchte ein paar Minuten, bis sie den richtigen Schlüssel fand, und dann noch ein paar, bis das Schloß aufsprang. Aber dann war es soweit: Die Handschellen fielen auf den Metallboden. Er drehte sich zu ihr, rieb sich die Handgelenke und streckte die Arme nach ihr aus. Ohne zu überlegen, warf sie sich hinein. Als ob es das Natürlichste von der Welt wäre, als ob sie dort hingehörte. Sie spürte einen Druck auf dem Kopf und fragte sich, ob es seine Lippen waren. Sie blickte hoch und sah, daß er das Kinn vorgeschoben hatte.

»Jetzt werden wir es diesem Rostow ordentlich zeigen!« sagte er mit leuchtenden Augen. Gefahr erregte ihn, riß ihn mit. Es machte ihn high.

»Du bist verrückt«, murmelte sie aus tiefster Überzeugung. Er neigte sich zu ihr und küßte sie auf den Mund.

»Es tut mir leid, daß ich dich in die Sache reingezogen habe. Es tut mir leid, daß sie dir weh getan haben. Und es tut mir leid, daß ich das Schwein nicht früher gestoppt habe.« Ihr Kopf lag jetzt an seine Schulter geschmiegt. Die Worte wurden ihr in die Haare gemurmelt. Clara kuschelte sich enger an ihn und vergaß alles um sich herum. Ein gräßlicher Schmerz durchbohrte ihre Hand. Sie stöhnte und machte einen Schritt zurück. Der Finger tat entsetzlich weh. Wieder wurde ihr schwindlig, und sie lehnte den Kopf an seine Brust. Schnell packte er sie an den Schultern.

»Du mußt dich hinlegen, nicht wahr? Aber erst nehmen wir dir die Handschellen ab.« Er schloß sie auf und ließ sie behutsam von ihren Händen gleiten. Eilig machte er aus ein paar Matten ein provisorisches Bett, nahm Clara in die Arme und trug sie hin. Sie meckerte ein bißchen, aber er beruhigte sie mit einem Kuß auf die Lippen. Er faltete eine Matte zu einem Kopfkissen zusammen und deckte sie mit einer anderen zu. Dabei gab er acht, daß er die verletzte Hand nicht berührte, die auf der Matte lag. Er machte es ihr so gemütlich wie es ging. Dann strich er ihr die Haare aus dem Gesicht und richtete sich auf.

Clara sah ihm zu, wie er den Wagen abschritt, an der Tür nachschaute, ob sie wirklich verriegelt war, die Stärke der Wände und Ecken prüfte und sich die Sachen betrachtete, die auf dem Boden herumlagen. Neben dem rostigen Generator, der irgendwann einmal auf einer Farm Dienst getan haben mußte, und den Matten lagen noch andere typische Umzugsutensilien: zwei Transportkarren, Seile, ein paar leere Kartons und ein kleiner Feuerlöscher. Außerdem stand noch ein halber Karton Bier da. McClain zog ihn in die Ecke, in der Clara auf den Matten lag, fischte eine Dose heraus und hielt sie ihr hin.

»Trink aus.«

Clara schüttelte den Kopf. »Ich mag kein Bier.«

»Hätt' ich mir denken können.« Er schüttelte den Kopf. »Eine Lady bis zum bitteren Ende, nicht wahr? Aber tu mir bitte den Gefallen und trink das Bier, okay? Es wird dir gleich besser gehen, das versprech ich dir.«

Bevor sie etwas erwidern konnte, setzte er sich hinter sie und stützte sie ab. Dann hielt er ihr die Dose an die Lippen. Clara blieb nichts anderes übrig, als zu schlucken. Sie trank, japste und prustete, als die Flüssigkeit zu schnell in sie hineinfloß. Aber als er sie Luft holen ließ, mußte sie zugeben, daß sie sich wohler fühlte. Ihr war wärmer und sie war wacher geworden, obwohl alles um sie herum ein wenig verschwommen aussah.

»Hab ich's dir nicht gesagt?«

Sie wollte ihm nicht widersprechen, genoß es lieber, sich von ihm verwöhnen zu lassen. Solange er sie verhätschelte, konnte sie tun, als sei alles normal. Als müßten sie nicht sterben, sobald Rostow zurückkehrte.

»Laß mich deinen Finger verbinden, Baby. Er muß doch furchtbar weh tun. Ich kann es für dich erträglicher machen, wenn du mir vertraust.«

Bei den letzten Worten schrillten Warnsignale in ihrem Kopf, aber sie ignorierte sie. Als er sie wieder auf ihr Lager bettete und ihr sagte, sie solle nicht hinschauen, legte sie sich gehorsam den guten Arm übers Gesicht. Und als sie spürte, daß er die verletzte Hand in die seine nahm, ließ sie es zu. Selbst als sie spürte, daß seine Finger auf ihrem gebrochenen kleinen Finger herumtasteten, während er mit der anderen Hand ihr Handgelenk umfaßte, protestierte sie nicht. Dann belohnte er ihr Vertrauen, indem er die Spitze des armen Fingers packte und mit aller Macht daran zog. Der Schmerz war unerträglich. Sie schrie. Dann verlor sie endlich das Bewußtsein.

»Es tut mir so leid, so leid, daß ich dir weh tun mußte«, flüsterte er und wiegte sie in den Armen, bis sie langsam wieder zu sich kam. »Armer Liebling, armes Baby, armes kleines Mädchen ...«

»Ich bin kein kleines Mädchen«, sagte Clara empört.

Er hob den Kopf, um sie betrachten zu können. Seine Mundwinkel zuckten.

»Das bist du wirklich nicht, ich bitte vielmals um Entschuldigung«, sagte er ernst. Dann beugte er sich über sie und küßte sie auf die weichen Lippen. Er löste sich von ihr, stand auf und langte nach einem neuen Bier. Dann hockte er sich wieder neben sie, öffnete die Dose und nahm einen großen Schluck, bevor er Clara das Bier reichte. Clara hatte keine Einwände mehr und trank gierig. Ihre Mutter konnte schwören, daß Damen nie, wirklich *niemals* Bier tranken, aber Clara glaubte nicht, daß eine Dame ihrer Bekanntschaft sich jemals in einer solchen Situation befunden hatte.

»Mein Finger tut gar nicht mehr so weh«, sagte sie und stellte fest, daß sie ihre Hand bewegen konnte, ohne daß teuflische Schmerzen durch ihren Körper jagten.

»Ich wurde bei den Marines zum Sanitäter ausgebildet. Der Finger ist so gut wie neu. Siehst du?«

Sie sah sich die Hand an. Aus der steifen Pappe des Bierkartons hatte er eine Schiene gebastelt und sie mit einem weichen kastanienbraunen Baumwollstreifen festgebunden, der Erinnerungen an eine gewisse Unterhose wachrief. Sie berührte den komischen Verband mit einem tastenden Finger.

»Von dir?« fragte sie und sah ihn an. Er grinste.

»Für einen guten Zweck geopfert. Tut die Brandwunde noch weh? Ich hab nichts, was man drauftun könnte, aber es sieht nicht allzu schlimm aus.«

»Es brennt ein bißchen, aber ich werd' schon nicht dran sterben.« Sie bedauerte die Bemerkung sofort. Der Möbelwagen ratterte immer noch durch die Landschaft von North Carolina, aber früher oder später würde er anhalten müssen. Und dann würde Rostow sich wieder zu ihnen gesellen, und trotz McClains gesteigerter Beweglichkeit wäre dies für sie das Ende. Selbst McClain war fünf bewaffneten Gorillas nicht gewachsen.

»Wir werden sterben, nicht wahr?« Sie fing heftig an zu zittern.

»Nein, das werden wir nicht! Wir werden mit heiler Haut davonkommen und später über die ganze verdammte Sache lachen.« Aber die Heftigkeit seiner Worte verriet, daß er genauso unsicher war wie sie. Sie zitterte stärker. Der Gedanke an Rostow und die Vorstellung, was er ihr – ihnen – antun würde, war einfach zu gräßlich.

»Halt mich fest, Jack«, wisperte sie und krabbelte auf die Knie, um sich an ihn klammern zu können. Er legte die Arme um sie und drückte sie an sich. Seine Hände streichelten ihren Rücken. Seine stachelige Wange preßte sich an ihre weiche.

»Hör zu«, sagte er. »Wir kommen da raus.«

Aber sie hörte schon nichts mehr. Nichts war für sie noch von Bedeutung außer der Bestätigung, am Leben zu sein. Daß sie noch riechen und schmecken und berühren und sehen und hören und fühlen konnte … Sie zitterte und bebte in seinen Armen, ihr Körper von den Knien bis zur Brust an seinen gepreßt. Ihre Hände krochen unter sein Sweatshirt, um die Wärme seiner Haut zu suchen, und schoben es nach seiner Wärme gierend hoch und über seinen Kopf, so daß der Stoff, der sich von Ellbogen zu Ellbogen dehnte, seine Bewegungen hemmte. Sie wußte nicht mehr, was sie tat, handelte nur noch nach ihrem Instinkt, dem primitiven Instinkt, sich der Lebenskraft ihres Körpers zu versichern.

Ihr geöffneter Mund strich an seinem Hals entlang, über die gelockten schwarzen Haarbüschel seiner Brust, über seinen harten Bauch bis zum Bund seiner Jeans. Sie drückte das Gesicht in seinen Unterleib und biß in die anschwellende Wölbung, die sich gegen den steifen blauen Stoff preßte. Er zuckte zusammen, hielt den Atem an. Sie hörte nicht auf, konnte nicht aufhören. Ihre Hände waren gierig, zerrten am Knopf, rissen den Reißverschluß runter, so daß seine Männlichkeit, die nun nicht mehr von der Unterhose, die er geopfert hatte, behindert wurde, freilag – groß und heiß und lebendig. Sie nahm das Glied in den Mund, umfaßte die weichen Rundungen darunter mit zitternden Händen, rieb und streichelte und liebkoste sie, während Lippen und Zähne und Zunge einforderten, was ihr gehörte.

»Um Gottes willen, Clara …« Er kniete. Ihr Kopf war in seinem Schoß, während sie vor ihm kauerte. Unfähig, sie abzuwehren, weil das Sweatshirt seine Arme fesselte, versuchte er sich zu erheben. Sie grub ihre Zähne in ihn hinein, und er heulte auf und sank zurück. Dann stieß sie ihn heftig zurück, verwandelte sich in ein wildes Tier und mußte sich doch ihres Lebens versichern, das Dunkel der Angst verscheuchen. Er lag auf dem Rücken und konnte sich ohne den Gebrauch seiner Hände nicht retten. Sofort lag sie auf ihm, zerrte an seinen offenen Jeans und zog sie ihm über die Hüften, während ihr Mund sich wieder auf ihn stürzte und für sich forderte. Diesmal versuchte er nicht, sie zu stoppen. Durch den Nebel, in dem sie gefangen war, drang sein rauhes Atmen, aber sie hörte noch immer nicht auf. Sie biß und sog und küßte und streichelte, bis er stöhnte und zuckte und sie genauso brauchte wie sie ihn.

»Setz dich auf mich, Baby! Bitte, reit' mich!« Die heisere Bitte wurde von heftigen Bewegungen seines Beckens begleitet. Clara fuhr noch einmal mit der Zunge über sein Glied und hockte sich auf die Fersen, um ihr Opfer zu betrachten. Mit dem Sweatshirt, das seine Arme fesselte, und seinen Jeans, die ihm um die Hüften hingen, lag er nackt und verletzlich vor ihr. Seine Männlichkeit ragte dick und pulsierend und feucht aus seinem schwarzen Nest in die Höhe. Sie beugte sich darüber und küßte ihn noch einmal.

Er zuckte zur Seite. Ihre Lippen berührten die pelzige Haut seines Bauches.

»Reit' mich, Clara!« Seine Stimme war rauh.

Sie starrte auf das zuckende Glied, spürte heftiges Verlangen in den eigenen Lenden und setzte sich rittlings auf ihn. Ihre Brüste bedeckten Seide, Flanell und Wolle, aber nur allerfeinste Seide und Spitze hielt den Teil von ihr, der ihn am meisten brauchte, von ihm fern. Das weite spitzenbesetzte Hosenbein ihres Teddys zur Seite schiebend, hielt sie ihn fest umklammert, während sie sich auf ihm niederließ. Zart, ganz zart tastete sich das heiße bebende Glied heran und glitt hinein. Er schnappte nach Luft. Sie schnappte nach Luft. Dann schloß sie die Augen, ihre Muskeln spannten und schlossen sich um ihn. Er war so groß, so heiß.

Sie stöhnte. Ihre Finger verkrallten sich im Haar seiner Brust. Mit zurückgeworfenem Kopf zogen sich ihre Muskeln zusammen. Er drängte sich heftig vor und konnte und wollte es ihr nicht länger gestatten, das Tempo anzugeben. Sie schrie, ritt auf ihm, ihre Bewegungen paßten sich seinen an, ihr Drängen war das seine. Sie brauchte ihn, brauchte ihn, brauchte ihn …

Die Befreiung war eine Explosion. Ihre Nägel vergruben sich in seiner Brust, ihr Nacken bog sich zurück, und sie schrie, während wonnevolle Wogen über ihr zusammenschlugen. Auch er schrie, mitgerissen von ihrer Ekstase, und seine Hüften hoben sich vom Boden, während er sich in sie hineinbohrte. Als es vorüber war, brach sie auf seiner Brust zusammen. Unter ihrem Ohr hämmerte sein Herz.

»Gott im Himmel«, sagte er mit geschlossenen Augen. »Wenn mich das nicht umgebracht hat, bringt mich nichts mehr um.«

Sein Gemurmel brachte sie in die Wirklichkeit zurück. Plötzlich wurde ihr bewußt, in welcher Lage sie sich befand, alle viere von sich gestreckt auf seinem Schoß, nacktes Fleisch noch immer auf nacktem Fleisch. Angst stieg wieder in ihr hoch. Es war schwierig, sich zu erinnern, was sie getan hatte. Sie hatte das Gefühl, daß sie die Peinlichkeit ihres lüsternen Verhaltens unter normalen Umständen nicht hätte ertragen können. Angesichts des Todes mochte sie sich aber über Dinge wie Stolz keine Sorgen machen. Sie wollte nur am Leben bleiben.

»Ich hab Angst«, wisperte sie verzweifelt und fing wieder an zu zittern. Er öffnete die Augen. Dunkel wie ein Tannenwald ruhte sein Blick auf ihr.

»Hab keine Angst«, sagte er schnell, setzte sich auf und zog sich das Sweatshirt über den Kopf. Dann wälzte er sich mit ihr auf das Lager und hielt sie in den Armen, ihr Kopf auf seiner Brust. »Es hat keinen Sinn. Am besten, du konzentrierst dich darauf, was du im Augenblick empfindest, und läßt die Dinge einfach geschehen.«

Clara dachte darüber nach, dachte darüber nach, was sie in diesem Augenblick mit seinem langen, harten Körper neben sich und seinen Armen um sie herum und seinem Atem in ihren Haaren, mit der Erinnerung an ihre Leidenschaft im Herzen, empfand. Wenn sie sich weigerte, an die Schrecken zu denken, die auf sie zukämen, fühlte sie sich warm, umsorgt, zufrieden. Glücklich.

»Sprich mit mir«, murmelte sie an seiner Brust und genoß es, wie die weichen Haare sie an der Nase kitzelten. »Erzähl mir alles von Jack McClain. Ich will alles wissen. Bitte.«

»Du weißt das meiste ja schon«, sagte er nach einem Augenblick. Seine Hand strich ihr geistesabwesend über den Rücken. Ihr Kopf ruhte an seiner Schulter, ihre verletzte Hand lag geborgen auf seiner Brust. »Wie ich mit fünf tyrannischen Schwestern auf einer Farm groß geworden bin und –«

»Bist du aufs College gegangen?« unterbrach ihn Clara.

»Hmm. Christliche Universität von Texas. Ich war ihr bester Quarterback. Und du?«

»Ich hasse Football.«

»Ich meinte, ob du studiert hast.«

»Ach so. Ja. Am Wesleyan College.«

»Vornehm, vornehm.«

»Meine Mutter ist halt so.«

»Wirklich? Eingebildet?«

Clara schüttelte den Kopf. »Nicht eingebildet. Nur ... nur eine Dame. Bei uns gibt's die nämlich noch, weißt du. Bei uns im Süden. Sie weiß immer genau, was zu tun ist, tut es und sieht dabei stets blendend aus. Wesleyan war das richtige College. Ihre Mutter ging hin, sie ging hin, und sie wollte, daß ich hingehe. Also hab ich's getan.«

»Klingt furchtbar. Erzähl mir von ihr. Ich glaube nicht, daß wir so was wie sie in unserer Gegend haben.«

Also erzählte ihm Clara alles von ihrer Mutter. Von den Pelzmänteln und Perlen und Männern, die sie sammelte wie andere Frauen Porzellan. Von ihren vier Ehemännern und dem Kandidaten, der als Nummer fünf auserkoren war. Von den Ballettstunden und den Klavierstunden und den Reitstunden, die ihre Mutter für die Erziehung einer jungen Dame für unentbehrlich hielt, und wie hoffnungslos ungegabt sie in allem war. Von den weißen Handschuhen und weißen Ballkleidern und Kotillons. Von dem Kampf, den sie wegen ihres Debüts ausgefochten hatten. Zum ersten Mal im Leben hatte sich Clara ihrer Mutter widersetzt und rundweg abgelehnt, beim jährlichen Debütantinnenball in Richmond präsentiert zu werden. Ihre Mutter warf es ihr bis zum heutigen Tage vor und behauptete, nur an der Dickköpfigkeit ihrer Tochter läge es, daß sie im Alter von dreißig Jahren immer noch nicht verheiratet war. Von ihrem Rückzug in die Welt der Bücher, um vor einer realen Welt zu fliehen, der sie sich nie ganz gewachsen fühlte, und wie sich ihre Schriftstellerei daraus entwickelt hatte. Von der Einstellung ihrer Mutter zum Beruf der Tochter: eine nette, anständige Art, sich die

Zeit zu vertreiben, bis ein Mann gefunden wäre. Für ihre Mutter war die Ehe das ein und alles im Leben einer Frau.

»Du lieber Himmel, wie hältst du das aus?« sagte McClain, als sie eine Atempause machte.

Clara schüttelte den Kopf. »Ich frage mich eher: Wie hält sie es mit mir aus? Ich war jedenfalls nicht die Tochter, die sie sich wünschte. Ich versage in allem, was sie für wichtig hält, und ich bin noch nicht einmal scharf darauf zu heiraten. Eine völlige Niete. Aber sie liebt mich trotzdem. Und ich liebe sie. Wir sind einfach nur ... unterschiedlich. Das ist alles.«

»Meine Mutter ist ganz anders«, sagte er nach kurzem Zögern. »Sie trägt kein Make-up, steckt sich das Haar irgendwie am Kopf zusammen und hat öfter mal einen Riß im Kleid. Alle Tiere auf dem Hof folgen ihr überall hin, die Enkelkinder auch. Wenn ich in Vietnam Probleme hatte, wünschte ich mir, meine Mutter wäre da. Im Kampf um ihre Kinder und Tiere wird sie zur Löwin. Sie würde mit den Congs schon fertig werden, dachte ich immer. Für ihren kleinen Jungen würde sie barfuß in die Hölle marschieren.«

»Klingt wunderbar.« Clara kicherte. Das Bier schien aus ihrem leeren Bauch direkt ins Gehirn gestiegen zu sein. »Ich kann mir dich schwer als kleinen Jungen vorstellen.«

Er lachte. »Gar nicht so einfach, was? Ich bin's auch nur zu Hause. Deshalb geh ich wahrscheinlich nur selten heim. Es ist schwer zu ertragen, von sechs Frauen bemuttert zu werden.«

»Klingt wirklich schrecklich.« Clara lächelte. Sie war glücklich, ganz ruhig. Wenn man nur an die Gegenwart dachte, war es leicht. Dann fiel ihr etwas ein, was unbedingt gesagt werden mußte. Falls sie später nicht mehr dazu käme.

»Jack.«

»Hmm?« Es klang schläfrig.

»Ich möchte mich entschuldigen.«

»Wofür?«

»Daß ich nicht an dich geglaubt hatte. Daß ich an dir gezweifelt hatte. Ich hätte es besser wissen müssen.«

»Stimmt.«

Da war noch etwas, was sie wissen mußte – sonst würde sie ihn nie verstehen.

»Jack.« Sie zögerte. »Hattest du wirklich eine Art Nervenzusammenbruch? Oder hat Thompson das nur erfunden, um mich umzustimmen?«

Er schwieg. Unter ihrem Kopf spürte sie, wie sich seine Schulter spannte. Dann sagte er mit ausdrucksloser Stimme: »Nein, er sagte die Wahrheit. Vor vier Jahren verbrachte ich sechs Monate in einer Klinik. Ich hatte wirklich einen Nervenzusammenbruch.«

Er war ein Mann, dem man so etwas nicht zutraute. Etwas Furchtbares mußte geschehen sein – etwas, woran er sich immer noch nicht gern erinnerte. Es war ihm anzumerken.

»Kannst du ... mit mir darüber reden, Jack?«

Es entstand eine lange Pause. Sie dachte, er würde nichts mehr sagen, daß er sich weigern würde, darüber zu sprechen. Dann seufzte er.

»Warum nicht? Ich war als Undercover-Agent in Ungarn. Es gab eine Zelle, ein Agentennetz, Spione, wenn du so willst. Ich behauptete, für ein Nachrichtenmagazin zu arbeiten. In Wahrheit sollte ich aber rausfinden, wer in unserer Organisation mit der anderen Seite kooperierte. Ich fand und identifizierte den Verräter, ein angeblicher Student, so wie ich ein angeblicher Journalist war. Ich meldete die Sache meinen Vorgesetzten und bekam den Befehl, ihn zu beseitigen. Der Rest der Geschichte ist klassisch. Als ich drüben war, lernte ich ein Mädchen kennen, eine schöne Ungarin namens Natalia. Sie war jung und süß, und ich war so verliebt in sie, daß ich sie mit in die Staaten nehmen wollte. Als Agent durfte ich natürlich niemandem, wirklich niemandem erzählen, was ich in Ungarn oder sonstwo tatsächlich tat. Aber ich erzählte Natalia davon. Sie hatte eine Familie, Eltern, die sie liebte, Brüder und Schwestern. Sie sollte die Chance haben, sich zu verabschieden. Ich mußte ein Land meist Hals über Kopf verlassen, und ich wollte sie ja mitnehmen.

Meine einzige Entschuldigung – oder besser: eine Erklärung, warum ich mich so irren konnte – ist, daß ich damals ziemlich viel trank. Seit Vietnam ging ich immer mal wieder auf Sauftouren, und in Ungarn wurde die Trinkerei noch schlimmer. Es gab nicht viel anderes zu tun, und ich dachte, ich hätte die Sache im Griff.

In der Nacht, bevor ich meinen Auftrag erledigen sollte, erzählte ich Natalia davon. Um ihr Zeit zu geben. Ich war nicht ganz nüchtern – nicht betrunken, aber eben auch nicht ganz nüchtern. Mir ging's gut. Ich liebte sie, glaubte ich. Aber Liebesgeflüster kann gefährlich sein, und meins war tödlich. Natürlich hatte sie Verbindungen zum KGB. Sie war ein gottverdammter Spitzel, weil sie mich in Verdacht hatten. Ich hätte in fünf Minuten drauf kommen müssen. Aber ich hatte alle Zeichen übersehen. Und später wurde mir klar, daß es Hunderte von Zeichen gegeben hatte. Aber ich kam einfach nicht drauf. Ich bereitete den Einsatz, Casanova – unser Codename – auszuschalten, vor. Er war ein gutaussehender Kerl, dem die Frauen in Scharen nachliefen. Von einem Fenster gegenüber seiner Wohnung wollte ich ihn mit dem Gewehr erledigen. Ich ging auf die Lauer. Nach zwei Stunden – der Typ war normalerweise pünktlich wie die Maurer – wurde mir klar, daß etwas schief gelaufen war. Ich ging zu meinem Verbindungsmann. Er lag tot in seiner Wohnung. Kopfschuß. Auch mein Hintermann war tot. Ich ging in die Wohnung, die als Treffpunkt für unsere Zelle diente, und fand nur einen Überlebenden, einen Sechzehnjährigen, der sich verstecken konnte. Er sagte, alle seien entweder ermordet oder verschleppt worden. Die, die gleich tot waren, hätten Glück gehabt, die anderen würden zu Tode gefoltert. Ich wußte, ich mußte sofort verschwinden. Mit dem Verräter konnte später abgerechnet werden. Ich ging in meine Wohnung zurück. Natalia war da. Sie gab alles zu, lachte über meine Leichtgläubigkeit, und dann klopfte es. Das Aas hatte mich in die Falle gelockt. Ich sprang aus dem Fenster, während sie an die Tür eilte, um die Kerle reinzulassen. Ich schaffte es zwar, meinen Arsch zu retten, aber viele gute Leute mußten wegen mir dran glauben. Dann fand Hammersmith – er war mein Vorgesetzter – heraus, daß Natalia mich betrogen hatte. Er wollte sie erledigen. Ich log, sagte ihm, ich hätte es bereits getan. Ich konnte den Gedanken nicht ertragen, daß noch mehr Menschen sterben sollten, weil ich Mist gebaut hatte. Hammersmith glaubte mir. Aber die Schuldgefühle fraßen mich auf, und sobald ich sicher in Berlin gelandet war, griff ich wieder zur Flasche. Während ich trank, schwor ich, mich früher oder später selbst an Natalia zu rächen. Dann kam ich drauf, daß ich selbst der Verräter war. Ich hatte das, was man mir beigebracht hatte, mißachtet und meine Kollegen in Gefahr gebracht. Ich wurde verrückt. Ich glaube, ich dachte, ich könnte den ganzen KGB im Alleingang vernichten. Versucht hab ich's jedenfalls. Die Agency griff mich auf, steckte mich in ein Sanatorium, legte mich trocken, ließ mein Hirn ein bißchen schrumpfen, und als ich rauskam, kriegte ich einen Job. Einen Schreibtischjob. Mehr trauten sie mir nicht zu, und ich konnte es ihnen nicht verdenken. Einmal ein Verräter, immer ein Verräter.

Das war vor vier Jahren. Dann lief Juropow, den ich vor Jahren kennengelernt hatte, über. Er fragte nach mir, Hammersmith, der wegen meines Fiaskos auch am Schreibtisch gelandet war, bürgte für mich, und dann bekam ich diesen neuen Einsatz. Und jetzt *das*.« Er unterbrach sich und schüttelte den Kopf. »Wenn ich schon in der Scheiße sitze, dann aber richtig.«

Der schwache Versuch, sich auf die Schippe zu nehmen, zeigte Clara nur, wie sehr er sich immer noch selbst verachtete. Sie nahm seine Hand und hielt sie wortlos an sich gepreßt. Was hätte sie auch sagen sollen, um seinen Schmerz zu lindern?

»Ich bin froh, daß du es mir erzählt hast«, versicherte sie ihm schließlich.

»Ja.«

»Ich finde, du bist ein wunderbarer Mensch.« Die Worte kamen aus dem Nichts. Clara war nicht mal sicher, daß es ehrlich gemeint war. Aber sie wollte unbedingt etwas Tröstliches sagen.

»Geh schlafen.« Es klang, als ob auch er von ihrer Ehrlichkeit nicht sonderlich überzeugt war. Clara zögerte. Vielleicht sollte sie noch etwas sagen, versuchen, die Spannung zu lösen – aber was? Wie konnte sie seiner verwundeten Seele bloß helfen?

»Nur Gott macht keine Fehler, Jack«, flüsterte sie. Er sah sich nicht genötigt, darauf zu antworten.

19

Er saß die ganze Nacht lang wach und grübelte. Der Möbelwagen hatte angehalten, doch niemand öffnete die Tür. Wahrscheinlich warteten die Burschen draußen auf Rostow. McClain lächelte; es würde eine Weile dauern, bis der entdeckte, daß Paff nicht auf der Quarantänestation war. Dann würde Rostow sehr, sehr böse werden. Aber es spielte keine Rolle, ob er den Kater ausfindig machte oder nicht. Weil sich nämlich an der Fellkugel sowieso kein Mikrofilm befand.

Ursprünglich hatte er dem Kater zwar den Film anvertraut – in jener scheußlichen Nacht, die sie im Baumstamm verbrachten, hatte er den Film in Paffs blauem Plastikhalsband versteckt. Während er schlaflos dagelegen und sich halbtot geniest hatte, war er auf die Idee gekommen. Natürlich hätte er den Film auch ganz woanders lassen können – Wälder sind voll von Verstecken –, aber er wollte ihn lieber bei sich haben, falls er ihn unvorhergesehen brauchen sollte. Er hatte sogar daran gedacht, ihn Clara heimlich unterzuschieben, den Gedanken aber gleich wieder verworfen. Falls sie geschnappt wurden, würde ja auch sie durchsucht werden. Dann war sein Blick auf die Fellkugel gefallen, und er hatte die perfekte Lösung gefunden. Das Halsband des Katers war eine blaue Plastikrolle mit Naht und, wie es aussah, ziemlich wasserdicht, hatte die richtige Größe und war bestimmt der letzte Ort, an dem jemand nachschauen würde. Es war nicht leicht gewesen, dem Kater das Ding abzunehmen – es hatte ihm eine zerkratzte Hand eingebracht –, aber McClain hatte es mit einigem Heldenmut, wie er es bescheiden nannte, und ununterbrochenem Niesen schließlich geschafft. Dann hatte er das Halsbandende aufgeschlitzt, den Mikrofilm in den schmalen Schlauch gestopft, ihn mit Hilfe eines Schraubenziehers soweit wie möglich hineingeschoben und das Halsband dem fauchenden Monster wieder umgelegt. Voilà! Und wenn Rostow oder jemand anders den Film dort gefunden hätte, hätte er ihnen anerkennend die Füße geküßt.

Der Mikrofilm befand sich jetzt in Ramseys Händen. Der General war im Gegensatz zu McClain ein hundertfünfzigprozentiger Militärmensch, aber auch bekannt dafür, für alle, die einmal unter ihm gedient hatten, fast väterliche Gefühle zu entwickeln. McClain war schnell klargeworden, daß Ramsey vermutlich seine beste, wenn nicht sogar letzte Chance darstellte, von jemandem angehört zu werden, bevor man ihm den Schädel wegballerte, was nur allzu wahrscheinlich war. Als Clara dann abgeführt wurde, hatte er im Interesse der nationalen Sicherheit um ein Privatgespräch mit dem General gebeten. Und Ramsey – gepriesen sei sein väterliches Herz! – hatte die Bitte gewährt, einen Wachtposten vor seine Tür beordert, sonst aber nichts dagegen gehabt, sich mit dem verrückten McClain unter vier Augen zu unterhalten.

Nicht, daß Ramsey seiner Geschichte geglaubt hätte! Wäre ja auch zuviel verlangt gewesen. Aber er hatte ihm anstandslos zugehört und dann Beweise verlangt. Und da hatte McClain den Einsatz seines Lebens gewagt und ihm von dem Mikrofilm erzählt. Der General hatte einen Befehl ins Telefon gebrüllt, und keine Viertelstunde später war der Kater da. Paff war in eine Decke gewickelt, nur sein Kopf guckte raus, aber er fauchte wie ein Dämon aus der Hölle. Der junge Marineinfanterist, der ihn auf dem Arm trug, sah aus, als ob er einen menschenfressenden Tiger am Schwanz hielt. Genau diesen Eindruck hatte auch McClain, als ihm mit erleichtertem Aufseufzen des jungen Mannes, der salutierte und sich eilig zurückzog, das Bündel auf den Schoß gekippt wurde. Paff war keine gewöhnliche Miezekatze, und McClain, der gelernt hatte, schnell und skrupellos mit der

Fellkugel umzugehen, schaffte es gerade noch, dem Tier das Halsband abzunehmen, bevor es so feurig und wütend aus der Decke brach wie der Vulkan Mount Saint Helen. Während Paff wie ein Derwisch mit Krallen durch das Büro des Generals wirbelte, auf dem obersten Nußbaumbrett eines eingebauten Bücherregals landete und die Welt zusammenfauchte, nieste sich McClain halb tot.

»Hier, miez-miez.« Der General stellte sich unter das Bücherregal, während McClain den Mikrofilm herauszufummeln versuchte, was ihm schließlich gelang, indem er mit Hilfe von Ramseys Brieföffner das Halsband aufschlitzte. Als er endlich die Kapsel mit der winzigen Filmrolle in der Hand hielt, hatte der General den Kater vom Bücherregal gelockt und sich auf den Schoß gesetzt, wo er ihm den Kopf kraulte. Paff, der freundlich geschnurrt hatte, fauchte, sobald ihn McClain nur ansah.

»Ich glaub, er mag Sie nicht«, bemerkte der General amüsiert.

»Er haßt mich«, sagte McClain und warf dem Kater einen angewiderten Blick zu. »Und ich bin auch nicht gerade verrückt nach ihm.«

»Ach, Tiere spüren immer ganz genau, ob man was für sie übrig hat. Ich bin ein Katzenliebhaber, hab sie schon immer gemocht.«

»Offensichtlich mag er Sie auch«, sagte McClain. Daß Paff den General akzeptierte, machte ihn seiner Meinung nach zu einem größeren Helden als alles, was er auf dem Schlachtfeld vollbracht hatte. Ein Mann, der diesem gestörten Kater ein Schnurren entlockte, konnte Wunder vollbringen. McClains Achtung vor seinem ehemaligen Kommandeur stieg in schwindelnde Höhe.

»Haben Sie ihn gefunden?« Trotz des riesigen grauen Katers, der sich auf seinem Schoß breitgemacht hatte, wurde Ramsey plötzlich wieder ganz offiziell. Statt einer Antwort streckte ihm McClain die Hand mit der gelbroten Kapsel hin. Ramsey nahm sie mit Daumen und Zeigefinger entgegen und brach sie auf. Die winzige Filmrolle fiel heraus.

»Verdammt!« Es klang überrascht. Er nahm den Telefonhörer ab und sprach mit seiner Sekretärin.

»Marge, schicken Sie bitte Captain Spencer rein, aber schnell, ja?« Er legte auf und sah McClain an. »Spencer ist ein guter Mann. Ich würde ihm mein Leben anvertrauen. Er soll sich das Ding mal ansehen.«

McClain sagte nichts, saß nur auf dem Stuhl neben dem Schreibtisch des Generals und wartete. Ramsey hatte ihn nicht um die Erlaubnis gebeten, den Mikrofilm an Captain Spencer weiterzureichen; er hatte ihm lediglich gesagt, was er zu tun beabsichtigte. Damit hatte McClain die Sache aus der Hand gegeben, und es lag nun an Ramsey, sich weiter darum zu kümmern.

Als Captain Spencer nach kurzem Anklopfen eintrat, wußte McClain sofort, warum er des Generals Adjutant war. Captain Spencer war wie aus dem Ei gepellt, von der feschen Mütze, die er unterm Arm trug, bis zu den auf Hochglanz polierten Schuhen. Um die vierzig, mit schütterem Haar und untersetzter Figur, war Captain Spencer der Inbegriff des typischen Marineinfanteristen.

»Davey, ich möchte, daß dieser Mikrofilm angeschaut wird. Auch auf Fingerabdrücke undsoweiter prüfen, damit wir rausfinden können, wo er herkommt. Und tun Sie's selbst, Davey. Es ist streng geheim, und ich will nicht, daß jemand außer uns dreien hier erfährt, daß das Ding existiert. Verstanden?«

»Ja, Sir.« Captain Spencer salutierte, nahm den Mikrofilm entgegen und stecke ihn sorgsam in seine Hemdentasche.

»Beeilen Sie sich, Davey!«

»Ja, Sir.«

Der Captain salutierte und drehte sich zum Gehen um. Als er schon fast an der Tür war, sagte der General noch: »Und schicken Sie jemanden zum PX rüber, Katzenfutter kaufen. Die Mieze sieht aus, als ob sie Hunger hätte.«

Captain Spencer zuckte mit keiner Wimper, salutierte nur und ging.

Als er fort war, setzte Ramsey Paff auf den Schreibtisch

und stand vom Stuhl auf. Paff fegte mit dem Schwanz hin und her und fixierte McClain mit bösem Blick. McClain, der sich gleichzeitig mit dem General erhob, gab sich Mühe, den blasierten Kater zu ignorieren, was ihm, bis auf sein unkontrollierbares Niesen, auf bewundernswerte Weise auch gelang.

»Captain Spencer wird für diese Aufgabe wahrscheinlich eine Stunde benötigen. Ich lasse sie in ein Zimmer bringen, wo Sie sich duschen und ausruhen können. Außerdem wird man Ihnen etwas zu essen bringen.«

»Ja, Sir.« Der militärische Drill war offenbar nicht aus ihm rauszukriegen. Es war wie Fahrrad fahren; man verlernte nichts. Er salutierte sogar, als der General mit Paff im Arm aus dem Zimmer ging.

Der Mikrofilm enthielt alles, was Juropow versprochen hatte. Namen, Daten, Operationen, die durch Bigfoot gefährdet worden waren; Agenten, die enttarnt worden waren; auf geheimnisvolle Weise geknackte Codes.

»Ziemlich beschissen«, sagte Ramsey zwei Stunden später, als er durch die zerkratzte Linse auf den Mikrofilm starrte. »Es gibt nicht den geringsten Zweifel, daß irgendwo ein Leck ist. Die Frage ist nur wo? Und wer?«

»Juropow war davon überzeugt, daß Bigfoot an oberster Stelle sitzt, General. Nach den Informationen hier kann man davon ausgehen, daß es stimmt.«

»Verzeihung, Sir, aber wenn das, was Mr. McClain uns über Bigfoot gesagt hat, der Wahrheit entspricht, müßten seine Informationen über einen Anschlag auf den Außenminister logischerweise ebenfalls zutreffen. Sollten wir Washington nicht warnen?« sagte Captain Spencer aufgeregt.

»Hab ich bereits getan«, erwiderte General Ramsey und starrte immer noch auf den Mikrofilm. »Bin gleich bis zum Generalstabschef vorgedrungen. Nick Segram und ich waren zusammen in Annapolis. Er wird den Außenminister informieren. Privat. Kein anderer darf davon erfahren.«

»Es bedeutet aber nicht, daß die Bombe nicht trotzdem platzt.« Alle Vorsichtsmaßnahmen der Welt waren kein absoluter Schutz vor einem Mann mit leistungsstarker Waffe, wie McClain sehr wohl wußte. Vorausgesetzt natürlich, daß dieser Mann bereit wäre, für die gute Sache das eigene Leben zu opfern.«

»Das ist mir klar. Aber es war jedenfalls meine vorrangige Pflicht, den Außenminister zu warnen. Nach allem, was Sie uns erzählen, McClain, können wir nicht mal unseren CIA einsetzen. Was bedeutet, daß die kleine Gruppe von Leuten, die bewiesen haben, daß man ihnen vertrauen kann – Sie, ich Captain Spencer hier und Nick Segram –, außerhalb der üblichen Geheimdienstkanäle zu einer Lösung kommen muß. Ich habe ein Gespräch mit dem Weißen Haus angemeldet. Der Präsident muß informiert werden. Ich denke, *ihm* können wir trauen!«

Es sollte ein Scherz sein. McClain lächelte halbherzig. Die Gruppe von Freiheitskämpfern, die Ramsey aufgezählt hatte, war erbärmlich klein, wenn er sich vorstellte, welch gewaltigem KGB-Apparat sie gegenüberstanden. Aber wenn er sich den wilden Bill und Davey Spencer ansah, müßte es eigentlich zu schaffen sein. *Semper Fidelis.* Durch und durch. Immer treu. Genau wie er, ob er wollte oder nicht. McClain grinste. Alte Marines starben nie. Sie grunzten nur in verschiedenen Schlammlöchern vor sich hin.

»Neben der Sicherheit des Außenministers muß unsere höchste Priorität der Identifizierung von Bigfoot gelten. Ich würde die Informationen gern Big Floyd eingeben, Sir. Wenn ich Zugriff haben könnte«, sagte Captain Spencer.

»Genau, was ich mir vorgenommen hatte«, warf McClain überrascht ein. Der Captain hatte scheint's mehr auf dem Kasten, als man ihm auf den ersten Blick zutraute. Big Floyd war ein weit und breit bekanntes Geheimnis, aber er war dennoch ein Geheimnis, von dem ein Durchschnittsoffizier nicht unbedingt etwas wissen mußte. Er betrachtete Spencer mit einigem Respekt. »Und ich glaube, mit Hilfe Ihrer Modems komm' ich rein.«

»Und wie haben Sie sich das vorgestellt?« fragte General Ramsey grinsend. »Nein, sagen Sie es mir nicht. Ich will nicht wissen, welchen gesetzeswidrigen Akt Sie planen. Sie stecken so schon bis zum Hals in der Tinte, McClain. Angefangen von der Polizei in fünfzig Staaten bis zum FBI, der Nationalgarde, dem CIA und dem KGB hat man sie für Sachen wie Autodiebstahl bis hin zu Massenmord auf dem Kieker. Wollen Sie der Liste noch illegales Eindringen in fremde Computersysteme hinzufügen?«

»Man lebt nur einmal, Sir.«

Ramsey stimmte ihm lachend bei. McClain arbeitete die ganze Nacht durch mit Davey Spencer und probierte verschiedene Kombinationen und Zugangscodes aus. Schließlich waren sie drin, und eine Stunde später hatten sie, was sie wollten. Die Liste der Personen, die Zugriff zu allen Informationen hatten, die Bigfoot weiterreichte, beschränkte sich am Schluß auf die folgenden fünf: Tim Hammersmith, der tot und somit wirksam eliminiert war, Eugene Matlock, Chef der Spionageabwehr, Oliver Simonis, stellvertretender Direktor des CIA; Brandt Rowe, Abteilungsleiter für konsularische Angelegenheiten innerhalb des CIA, und Michael Ball, ehemaliger Direktor des CIA und jetzt im Ruhestand, der trotzdem wöchentlich über alle Operationen der Agency informiert wurde. Und natürlich müßten der gesamte Geheimdienstausschuß des Senats sowie der Präsident und seine wichtigsten Berater mit auf die Liste, wie McClain sarkastisch bemerkte. Nicht mehr als zwei Dutzend, obwohl die fünf Namen, die Big Floyd herausgepickt hatte, die wahrscheinlichsten Kandidaten waren, wie Spencer hinzufügte.

»Und ich wollte damit zu Michael Ball gehen«, murmelte McClain stirnrunzelnd.

»Ein Glück, daß wir Sie daran gehindert haben«, sagte Spencer gutgelaunt und tippte einen letzten Befehl in den riesigen Computer, der eine ganze Wand einnahm. Zu dieser frühen Morgenstunde war das Computerzentrum im Camp Lejeune menschenleer. General Ramsey hatte alle rausgeschickt und einen Posten vor die Tür gestellt. Als McClain und Spencer schließlich ins Schwarze trafen und General Ramsey herbeiholten, war dieser beeindruckt, mit welchem

Tempo der Rechner Informationen ausspuckte. Er selber halte sich allerdings lieber an Sekretärin und Schreibmaschine, meinte er, und McClain rang sich ein Grinsen ab. Er war todmüde.

Schließlich hatte man sich geeinigt, daß die Sache weiterlaufen müsse, als ob McClain den General noch nicht von der Wahrheit überzeugt hätte. Wenn der KGB Wind davon bekäme, daß ihr Komplott aus dem Leim geriet, würden sie Bigfoot so gut verstecken, daß es Jahre dauern würde, ihn aufzuspüren. Geplant wurde also, vorzutäuschen, daß alle davon überzeugt wären, McClain sei übergeschnappt. Er würde am Morgen das Camp verlassen. General Ramsey war bereits informiert worden, daß eine Eskorte von Agenten eingetroffen sei, die den Gefangenen nach Langley begleiten sollte. Bevor er dort einträfe, würde ihm zur Flucht verholfen – Ramsey arbeitete die Einzelheiten bereits mit Nick Segram aus. Anschließend würde er unter strengster Geheimhaltung zum Camp Lejeune zurückgebracht, wo er an der Identifizierung von Bigfoot mitarbeiten würde. Rostow würde inzwischen das Land nach McClain absuchen, und Bigfoot hätte keine Ahnung, daß McClain nicht der gejagte Ausreißer wäre, für den er ihn hielt, und sich in Sicherheit wiegen. Womit er leichter zu entdecken wäre.

Aber es war ganz anders gekommen. McClain schüttelte den Kopf über sich selbst – wie konnte er nur so naiv sein und sich einbilden, daß so etwas klappte? Wunschdenken vermutlich. Vor Knebel und Thompson hatte er jedoch einen verdammt guten Akt hingelegt, als er den widerspenstigen Gefangenen spielte, der sich verzweifelt mühte, seine Zuhörerschaft von der Wahrheit seiner Aussage zu überzeugen. Er wußte ja, daß sie alles an ihre Vorgesetzten weitergaben. Wahrscheinlich war sogar ein Aufnahmegerät im Auto. Alles, damit Bigfoot nicht mißtrauisch würde. Und er hatte voll auf diese Flucht vertraut.

Aber Bigfoot hatte offensichtlich sogar im Camp seine Spitzel. Er hätte daran denken müssen, hätte wissen müssen, daß der KGB sich nicht so leicht abschütteln ließ. Auf die

Idee, daß Rostow ihn sich schnappen würde, bevor ihm Ramseys Leute befreien könnten, war niemand gekommen. Tröstlich war nur, daß die Sowjets offenbar nicht wußten, daß er den Mikrofilm an Ramsey weitergegeben hatte, sonst wären er und Clara längst tot. Selbst ein Sadist wie Rostow würde diese Charade nicht fortsetzen, wenn er wüßte, daß McClain ihm nicht geben konnte, was er wollte.

Vor dem garagenartigen Tor des Möbelwagens ratterte es. Wenn man vom Teufel spricht, dachte McClain und lauschte gespannt. Aber wie es schien, prüfte nur einer der Ganoven, der beim Wagen geblieben war, ob die Tür immer noch fest verriegelt war. Wäre Rostow zurückgekehrt, hätte er in unsagbarer Wut, Paff nicht vorgefunden zu haben, die Tür aufgerissen. Doch sie blieb verschlossen.

Bei Rostows Rückkehr bleibe ihnen nur die eine – ziemlich geringe – Chance, den Schweinehund zu überrumpeln. Eine andere Möglichkeit gab es nicht. Aber es mußte klappen, mußte unbedingt klappen, und zwar viel mehr um Claras als um seinetwillen. Seit Jahren hatte er mit seinem Leben russisches Roulette gespielt. Er war nicht unbedingt scharf darauf zu sterben, aber es gehörte zum Berufsrisiko. Daß Clara jedoch so leiden mußte, war unerträglich. Er dachte daran, wie Rostow ihr den Finger gebrochen, sie mit der Zigarette verbrannt, wie er sie gedemütigt und terrorisiert hatte, und spürte eine ungeheure Wut in sich. Rostow würde dafür bezahlen!

Daß er mit Clara geredet hatte, war ein Fehler gewesen. Es hatte Gefühle heraufbeschworen, die seit vier Jahren verschüttet gewesen waren. Die er unter sorgfältig aufgetragene Schichten von Gleichgültigkeit vergraben hatte. Er sah Natalias Gesicht vor sich, wollte sich jedoch nicht weiter an Natalia erinnern, deren dunkles Haar und süßes Lächeln ihn geblendet hatten. Deshalb verscheuchte er ihr Bild, und sofort tauchte Glorias Gesicht vor ihm auf. Er hatte Gloria nicht geliebt, war nur auf ihren Körper scharf gewesen, aber ihren Tod hatte er nicht gewollt. Stets hatte er geglaubt, daß sie in Sicherheit wäre. Schließlich war er nur ein Bürohengst gewesen, als er sie kennenlernte. Er konnte ja nicht ahnen, daß er in eine Sache hineingezogen würde, die sie das Leben kosten sollte. (Falls Rostow die Wahrheit sagte.)

Und jetzt Clara, die friedlich neben ihm schlief. Sie vertraue ihm, das kleine Dummchen. Bestimmt glaubte sie immer noch, daß er sie lebendig da rausholen konnte. Sie hatte mehr Vertrauen in ihn als er selber. Aber er würde sein Bestes versuchen – ihretwegen.

Die Frau gefiel ihm. Alles gefiel ihm an ihr – vom frechen Mundwerk bis zu den sanften blauen Augen, von ihren Südstaatenmanieren bis zu ihrer sexy Figur. Er mochte die Art, wie sie lächelte, wie sie an ihrem Kater hing und wie sie ›O mein Gott‹ sagte, wenn sie sich im schlimmsten Dilemma wähnte. Er mochte ihre Weiblichkeit und ihren Mut. Kurz gesagt: sie hatte ihn nicht ein einziges Mal enttäuscht. Er hatte erkannt, daß in dieser Magnolie eine Menge Stahl steckte.

Und es machte ihm Spaß, mit ihr zu schlafen. Nein, er liebte es, sie zu lieben. Und das machte ihm Sorgen, wenn er darüber nachdachte. Sein Geschmack waren eher Frauen, die seine Mutter als ›liederlich‹ bezeichnen würde. Und das war Clara keinesfalls. Clara war eine Lady. Jedenfalls bis er sie im Bett hatte. Dann war sie heiß wie keine, die er gehabt hatte. Und sie machte *ihn* heiß, geil wie einen Bock. Er war unheimlich scharf auf sie. Im Bett war die Lady keine Lady. Und dann fiel ihm der Spruch ein, daß die ideale Ehefrau Dame im Salon und Hure im Schlafzimmer sei. Was das betraf, wäre Clara als Ehefrau kaum zu übertreffen.

Doch der Gedanke an eine Ehefrau war erschreckend. Na schön, er mochte Clara. ›Mögen‹ war sogar untertrieben. Sie törnte ihn an. Aber das hatte nichts mit Heiraten zu tun. Heiraten war nicht in seiner Lebensplanung. Seit Natalias Verrat hatte er keine Frau mehr getroffen, mit der er den Rest seines Lebens hätte verbringen wollen. Für die Ehe, ein normales Familienleben, war er nicht geschaffen. Er brauchte seine Freiheit.

Aber es war schön, wie sie sich an ihn kuschelte, ihr warmer Körper, ihr Vertrauen. Es war schön, sie im Arm zu halten. Und sie war sehr lieb gewesen, als er ihr das dunkelste Geheimnis seines Lebens verraten hatte, über das er bisher nur mit dem Psychiater in der Klinik gesprochen hatte. Nur Gott macht keine Fehler, hatte sie gesagt. Er hatte nicht darauf geantwortet. Jetzt fielen ihm die Worte wieder ein. War es möglich, daß er nach all den Jahren die Toten loslassen konnte? Daß er das Geschehen als das, was es gewesen war – ein Fehlurteil, ein tragischer Fehler –, abschreiben konnte?

Vielleicht – aber wirklich nur vielleicht –, würde er, wenn er lebendig aus der Sache herauskäme, weiter darüber nachdenken. Im Augenblick erschien es wenig sinnvoll, sich selbst zu vergeben. Viel wichtiger war es, einen Plan zu entwerfen, wie sie sich retten könnten. Er war nicht Superman, bei weitem nicht. Er müßte fünf Kalaschnikows, Skorpion-Maschinenpistolen und Gott weiß was noch alles bewaffnete KGB-Agenten austricksen, und das alles im geschlossenen Raum eines neun mal drei Meter großen Möbelwagens. Völlig unmöglich. Die Chancen standen ungefähr fünf Milliarden zu eins. Wenn er schlau wäre, würde er sofort aufgeben, Clara im Schlaf erwürgen, um sie vor dem zu bewahren, was Rostow und seine Affen mit ihr anstellen würden, wenn sie zurückkämen, und sich dann am Haken in der Decke aufhängen. Der Tod war gar nicht so schrecklich, wie er wußte. Sterben war der schlimmere Teil.

Clara rührte sich neben ihm. Er blickte auf sie hinab, schaute in ihr vom Schlaf gerötetes Gesicht, ihre wirren blonden Haare, ihre üppige Figur, die ihn sogar jetzt noch erregte. Sein Blick blieb an der kleinen runden Brandwunde unter ihrem Ohr hängen und fiel dann auf den albernen Verband an ihrer Hand. Er dachte daran, wie elend und hilflos er sich gefühlt hatte und gleichzeitig rasend vor Wut, als sie ihr weh taten und sie weinte …

Das Gefühl, sie beschützen zu wollen, war so stark, daß es ihn überraschte. Sie hatte das alles nicht verdient. Er hatte sie in diese Schwierigkeiten gebracht, und es lag an ihm, sie zu retten – wenn er konnte. Er zog sanft die Schulter unter ihr weg und schüttelte den Kopf über sich selbst. Hoffnungsloser Fall oder nicht – er würde alles tun, um ihr das Leben zu retten.

Hatte schon jemals einer behauptet, er hätte Verstand?

20

»Clara, wach auf!«

Sein eindringliches Flüstern drang durch den warmen, behaglichen Nebel des Schlafes. Clara tauchte widerstrebend auf. Aus irgendeinem unerklärlichen Grund wollte sie nicht zu sich kommen.

»Clara!«

Die Stimme an ihrem Ohr war männlich und vertraut. Sie klang tief und rauh und jagte ihr wohlige Schauer über den Rücken. Mit dieser Stimme verband sie Vergnügen ... Ihre Augen blinzelten und guckten in funkelnde grüne, keine zwei Handbreit von ihr entfernt. Jack. Natürlich. Jack. Sie lächelte ihn verschlafen einladend an und bemerkte mit weiblicher Genugtuung, wie sich seine Augen verdunkelten. Von ganz allein hob sich ihre Hand und berührte das stoppelige Gesicht. Keine zwölf Stunden, nachdem er sich rasiert hatte, waren Wangen und Kinn schon wieder mit dichten schwarzen Borsten bedeckt. Clara strich sanft über die sandpapierrauhe Haut und fand, daß ihm der Miami-Vice-Look stand. Er unterstrich seine vitale Männlichkeit.

»Was hast du vor? Willst du mich verführen?« Er ergriff ihre Hand, die verträumt sein Gesicht streichelte, und hielt sie an seinen Mund. Seine Lippen waren warm auf ihrer Handfläche. Clara spürte seine Zunge und zitterte. Nie hätte sie sich träumen lassen, daß die leichteste Berührung eines Mannes so etwas fertigbrachte. Niemals hätte sie sich träumen lassen, daß ein langer, sehnsüchtiger Blick aus einem Paar männlicher Augen ihren Körper erbeben ließ.

»Küß mich, Jack.« Ihre Augen schlossen sich, während

sich ihm ihre Lippen voller Verlangen entgegenstreckten. Sie spürte, wie es sie bis zu den Zehen heiß durchfuhr, als sich sein Mund warm und hart auf ihren preßte. Dann wurde der Mund zurückgezogen, und gleichzeitig spürte sie einen Schlag auf ihrem seidenbedeckten Hinterteil. Aufjaulend richtete sie sich auf, rieb sich den geschundenen Teil ihrer Anatomie und starrte ihn an.

»Steh auf, Schlafmütze. Wir haben zu tun.« In voller Bekleidung stand er über ihr, die Fäuste an den Hüften geballt. Clara blickte sich um und wußte plötzlich wieder, wo sie sich befanden und was passiert war. War Rostow zurückgekehrt? Natürlich nicht. Sonst würde Jack nicht so dastehen.

»Ist Rostow zurück?« Mühsam brachte sie die Frage heraus. Vielleicht war er draußen, vielleicht gleich im Wagen. Vielleicht hatte Jack sie deshalb geweckt.

»Noch nicht. Aber wir müssen uns bereit machen. Lange kann's nicht mehr dauern.«

»O mein Gott.« Clara stöhnte. Sie hatte so schön geschlafen, eingelullt von Jacks Wärme und seiner tröstlichen Nähe, angenehm beschwipst vom Bier. Jetzt war sie aus dem Schlaf gerissen worden, spürte ihre schmerzende Hand und eine Brandwunde, die pochte, und wurde zunehmend verlegener, als ihr einfiel, wie es zu diesem intimen Zusammenkuscheln gekommen war – mein Gott, sie hatte den Mann ja regelrecht vergewaltigt! Und über allem die furchtbare Gewißheit, daß sich nichts geändert hatte: ihr Leben war immer noch in allergrößter Gefahr.

»Nun, komm schon, Baby, zieh dich an. Ich hab einen Plan.« Jack packte sie an der heilen Hand, und Clara ließ sich hochziehen.

»Wie spät ist es?«

Jack schüttelte den Kopf. Die Typen hatten ihm bei der Durchsuchung die Uhr zerschlagen. Wahrscheinlich hatten sie gehofft, den Mikrofilm darin zu finden.

»Ich weiß nicht. Aber Rostow ist jetzt an die sechs Stunden weg. Also dürfte es zwei Uhr früh sein.«

Unausgesprochen blieb der Gedanke, daß er bald zurück

sein müßte. Clara wurde es eng um die Brust, als sie sich nach ihren Jeans bückte. Sich mit dem verletzten Finger anziehen zu müssen war unangenehm, aber sie schaffte es, in Jeans und Schuhe zu steigen, die Jack neben das provisorische Bett gestellt hatte. In den einen Schuh schlüpfend und sich zur Seite drehend, bemerkte sie Jacks Blick auf sich. Nach seiner Miene zu urteilen, hatte er sie beim Anziehen beobachtet.

»Toller Arsch«, sagte er theatralisch. Clara hatte endlich den Schuh am Fuß und richtete sich auf. Er grinste und wartete auf ihre Reaktion. Dachte er etwa, er hätte sie mit seiner chauvinistischen Bemerkung aus der Fassung gebracht? Sie ging zu ihm, tätschelte das knackige kleine männliche Hinterteil, das sie aufrichtig bewunderte, und sagte mit ernster Miene: »Deiner auch.«

Er war so verblüfft, daß sie lächeln mußte. Er grinste zurück, beugte sich über sie, küßte sie schnell und richtete sich wieder auf.

»Erinnere mich, daß ich was gegen dein vorlautes Mundwerk unternehme, wenn wir hier rauskommen«, sagte er. Dann wurde er ernst. Während ihm Clara zuhörte, wurden ihre Augen groß. Sie konnte nicht machen, was er von ihr verlangte – oder?

»Vergiß bloß nicht, wie das verdammte Ding funktioniert. Und schieß *mich* nicht über den Haufen!«

Clara starrte ihre Waffe – einen Feuerlöscher – mit den allergrößten Vorbehalten an. Damit sollte sie Rostow erledigen? Ihr wurden die Knie weich, doch mußte sie zugeben, daß ihr nichts Besseres einfiel. Also setzte sie sich mit klopfendem Herzen auf den Boden des Möbelwagens, auf dem Schoß eine Matte, um die Waffe zu verbergen, und eine Mattenrolle neben sich in der Hoffnung, daß Rostow diese wenigstens eine Sekunde lang für Jack hielt. Das einzig Positive war, daß Rostow sie immer noch in Handschellen vermutete, und der Angriff, den Jack geplant hatte, für ihn völlig überraschend käme. Die Einzelheiten verblüfften sie selbst, und sie lernte schnell, was in seinem Kopf ablief.

Nachdem sie ihre Positionen eingenommen hatten, konnten sie nur noch warten. Clara merkte, daß ihre Angst immer größer wurde – so groß, daß sie nicht mehr reden konnte. Sich die Konsequenzen auszumalen, wenn Jacks Plan nicht funktionierte, war einfach zu gräßlich. Rostow wäre außer sich und würde sich fürchterlich rächen. Als Clara sich vorstellte, was er mit ihr machen könnte, spürte sie, wie sich ihr Magen hob. Dann fiel ihr ein, was er bereits getan hatte. Und was wäre schrecklicher, als mit einem Gummireifen um den Hals verbrannt zu werden?

Eisige Ruhe trat ein. Ihre angegriffenen Nerven verweigerten jede Empfindung. Sie würde tun, was zu tun war. Sie hatten beide eine Aufgabe zu erfüllen, damit der Einsatz erfolgreich verlief. Einsatz. Sie fing schon an, wie Jack zu denken.

»Clara, mach dich bereit!« Jack zischte ihr die Warnung von der Führungsschiene der Stahltür zu, auf der er hockte. Er zeigte mit dem Daumen nach oben.

Clara wußte, daß der Showdown begann. Das flackernde Licht der Glühlampe warf unheimliche Schatten auf die Metallwände. Eine ungeheure Spannung lag in der Luft.

Das Klicken der Tür, die entriegelt wurde, hatte zur Folge, daß sich ihre Nerven bis zum Zerreißen spannten. Sie war wacher als je zuvor in ihrem Leben und immer noch wild entschlossen, ihren Teil zu erledigen, denn schließlich standen ihr Leben und das von Jack auf dem Spiel.

Die Tür öffnete sich rumpelnd. Rostow, eine Silhouette vor dem dunklen grau der Mondnacht, hievte sich mit dem Gewehr in der Hand hoch, richtete sich auf und blickte sich nach seinen Gefangenen um.

»Du spielst mit mir, Dragon.« Seine eisblauen Augen fanden Clara zusammengekauert unter der Umzugsmatte und wurden schmal. Orlow tauchte hinter ihm auf, stand jedoch immer noch draußen, Kopf und Rumpf im Schatten, aber sichtbar, als er die Hände auf den Boden des Wagens stützte, um sich hochzustemmen.

Krachend stieß McClain die Füße gegen die schwere Metalltür, die augenblicklich herunterdonnerte. Orlow sprang fluchend zurück. Rostow wirbelte herum, blickte hoch und schulterte sein Gewehr. Clara sprang mit dem Feuerlöscher in der Hand auf die Füße. Auf den Hebel drückend, rannte sie auf Rostow zu. Dieser hörte ihre Schritte und drehte sich um. McClain brüllte. Rostow zuckte zusammen und sah hoch. Weißer Schaum spritzte ihm ins Gesicht. McClain ließ sich fallen und landete auf dem Rücken des Russen. Die beiden Männer knallten wild um sich schlagend und fluchend auf den Boden. Das Gewehr glitt funkensprühend über die Metallfläche.

Clara stürzte der Waffe hinterher. Die Kampfgeräusche rissen sie mit. Es war unmöglich zu wissen, wer hinter ihrem Rücken was mit wem tat, aber sie wußte, daß es um Leben und Tod ging. Sie mußte Jack helfen. Und sich auch. Ihr Leben lang hatte sie sich für einen Feigling gehalten. Jetzt konnte sie sich selbst das Gegenteil beweisen.

Verzweifelt suchte sie nach der Waffe. Wo war das verdammte Ding bloß hingerutscht? Lautes Hämmern an der Tür sagte ihr, daß Jacks Plan, nach dem Zuknallen der Tür eine Handschelle durch eines der Löcher an der Führungsschiene zu stecken, funktioniert hatte. Orlow, Malik und die anderen konnten nicht rein. Jedenfalls nicht sofort.

Endlich fand sie das Gewehr – der Lauf lugte unter dem Generator hervor. Sie fischte es raus, hob die Waffe, wunderte sich über das Gewicht und Kälte in ihrer Hand und drehte sich um. Die Männer zappelten wie gestrandete Fische auf dem Boden herum. Rostow hatte Jack im Schwitzkasten. Jack haute Rostow auf die Nieren. Die verzerrten Gesichter waren blutig. Beide Männer wollten töten. Sie mußte etwas tun! Es war kein anderer da. Jack mochte den Kampf gewinnen oder auch nicht. Es wäre dumm, ein Risiko einzugehen. Sie hob das Gewehr an die Schulter, richtete die häßliche, schwarze Mündung auf das sich balgende, prügelnde, grunzende Paar auf dem Boden und ging darauf zu. Anderthalb Meter davor blieb sie stehen. Ihr fiel ein, daß Rostow versuchen könnte, ihr die Waffe zu entreißen, und das wäre entsetzlich. Sie war unentschlossen. Was sollte sie tun? Sie achteten überhaupt nicht auf sie, schlugen nur wie von Sinnen auf einander ein. Wieder hatte Rostow Jack in der Kopfzange.

Sekundenlang war Clara zum Abfeuern bereit. Es würde ihr ein außerordentliches Vergnügen bereiten, Rostow eine Kugel in den Schädel zu jagen. Aber sie wußte nicht genau wie, und selbst sie war sich der Gefahr bewußt, in einem Metallgehäuse zu schießen. Der Querschläger könnte jeden von ihnen oder alle töten. Außerdem hatte sie noch nie im Leben geschossen. So ineinander verschlungen, wie Jack und Rostow waren, tötete sie womöglich den Falschen.

Es blieb nur eines. Sie holte tief Luft, senkte das Gewehr, packte den Lauf fest mit beiden Händen, hob es hoch über ihren Kopf und ließ den schweren Metallkolben krachend auf Rostow blonden Hinterkopf sausen.

21

»Moj twojou mat!« Eine Flut rauher russischer Worte, vermischt mit englischen Flüchen, ergoß sich aus Rostows Mund. »Hurensohn! Schwein! Schlampe!«

»Damit kannst du uns nicht treffen, Genosse«, grinste Jack. Clara, die auf dem Mattenhaufen saß, konnte noch immer nicht glauben, daß der Plan funktioniert hatte.

Rostow hing von der Decke, seine Füße schwebten knapp über dem Boden, und seine Armmuskeln schwollen an. Seine Hände steckten in Handschellen, die an der Türführung befestigt waren. Er war nackt. Clara starrte auf seinen leise hin- und herschwingenden Körper. Er war blaß, mager, gut gebaut, aber nicht so muskulös wie Jack, und mit rötlichen Haaren übersät. Nicht unbedingt häßlich für einen männlichen Körper, ging es Clara durch den Kopf. Dann wunderte sie sich über sich selbst. Noch vor fünf Tagen hätte sie sich geschämt, so ungeniert einen nackten Mann zu betrachten. Aber da saß sie nun und wartete mit Genugtuung auf die sehr intime Folter, die sich Jack für ihn ausgedacht hatte.

Jack wickelte einen dünnen Draht um Rostows Hoden. Der Draht war mit dem Generator verbunden. Jack würde Rostow Fragen stellen, und wenn die Antworten nicht zufriedenstellend ausfielen, würde er die Maschine ankurbeln. Früher oder später würden die Stromstöße, die Rostow durch die Genitalien fuhren, ihn schon zum sprechen bringen, versicherte ihr Jack. Clara fragte nicht, woher er das wußte. Sie war nur froh, daß Rostow die Methode nicht bei ihr angewendet hatte.

Für den Augenblick waren sie im Möbelwagen sicher. Das Hämmern an Tür und Wände hatte aufgehört, die Kerle konnten nicht rein. Rostow war ihnen vollkommen ausgeliefert. Wie Jack gesagt hatte – wahrscheinlich war es die letzte Chance, aus Rostow etwas rauszuquetschen. Wer konnte wissen, was später passierte. Die anderen, die sie in der Falle vermuteten, warteten draußen wohl erst mal ab.

Rostow trat nach Jacks Kopf. Jack duckte sich. Unverletzt richtete er sich auf.

»Viel Hirn scheinst du wohl nicht zu haben, Genosse.« Dann boxte er Rostow in den Magen. Der Russe schrie auf und wand sich wie ein Wurm am Angelhaken.

»Das war für Hammersmith«, sagte Jack. Rostow schnappte keuchend nach Luft. Jack wartete, bis er ruhiger atmete. Dann haute er ihm wieder in den Magen. Rostow würgte und zappelt wie ein Fisch.

»Das war für Gloria.«

Rostow rang keuchend nach Luft. Sein Gesicht war blau angelaufen. Jack lächelte. Dann schlug er Rostow so hart er konnte zwischen die Beine.

»Und das«, sagte Jack, »war für Clara.«

Dann drehte er sich um und ging zum Generator, während Rostow auf den Boden kotzte. Jack wartete geduldig, bis der Anfall vorüber war.

»Und jetzt, Genosse, sagst du uns alles, was du über die Pläne, den Außenminister zu ermorden, weißt.«

»*W'nebratschnee!* Kapitalistisches Schwein! Hast du vergessen, daß vier meiner Männer draußen warten? Bestimmt haben sie Verstärkung angefordert. Ihr kommt hier niemals raus! Sie werden den Wagen stürmen und euch töten oder besser noch – *nicht* töten! Dafür werdet ihr mir mit tausend Schreien bezahlen!«

»Ah ja, ehe ich's vergesse«, sagte Jack und nahm Rostows Funkgerät in die Hand. »Du sagst deinen Handlangern, daß sie ohne deinen ausdrücklichen Befehl nichts unternehmen sollen – absolut nichts. Verstanden? Sag ihnen, wir verhandeln. Clara, halt ihm das Ding an den Mund. Drück die Taste runter, damit sie ihn hören können, aber erst, wenn ich's dir sage.«

»Wenn du glaubst, daß ich ...« sagte Rostow voller Haß, als Clara sich aufrappelte, um zu tun, was Jack verlangte. Sie mußte sich recken, um das Gerät an Rostows Mund halten zu können, und paßte auf, daß sie seinen Füßen nicht zu nahe kam. Sie wunderte sich, wie sehr sie es genoß, ihn zappeln zu sehen.

»Ach, ich denke doch«, sagte Jack. Er nahm die Pistole, die Rostow in einem Schulterhafter unter der Kleidung getragen hatte und richtete sie auf Rostows Knie. »Wenn nicht, baller ich dir die Kniescheibe weg.«

Rostow ließ wieder eine russisch-englische Schimpfkanonade los, die er abrupt unterbrach, als Jack die Pistole entsicherte. Mit wildem Blick sprach er schnell ins Mikrofon.

»Auf englisch, damit es keine Mißverständnisse gibt«, wies Jack ihn freundlich an. »Clara, jetzt kannst du auf den Knopf drücken.«

Clara drückte die Taste nieder, und Rostow gehorchte widerwillig Jacks Anweisungen. Als Clara das Gerät wieder senkte, traf sie ein eiskalter Blick.

»Es wird mir ein Vergnügen sein, mich zu revanchieren, Miss Winston«, versprach ihr Rostow leise. Clara zuckte erschrocken zusammen, bemühte sich aber, sich nichts anmerken zu lassen. Jack und sie hatten schließlich die Oberhand.

»Letzte Gelegenheit, Rostow.« Jack stellte sich neben den

Generator, Clara setzte sich auf die Umzugspolster. Beide beobachteten den Mann, der schwitzend und nackt an der Decke hing.

»Zum Teufel mit euch!«

Jack drehte an der Kurbel, und Rostow schrie auf. Clara schrak zusammen; sie wußte, daß Rostow, was Jack mit ihm machte und mehr verdiente, trotzdem haßte sie es, einen Menschen vor Schmerzen schreien zu hören, selbst Rostow, auch wenn die Bezeichnung Mensch – ihrer Meinung nach – für ihn gar nicht zutraf.

Es dauerte eine ganze Weile, bis Rostow zusammenbrach. Zuerst fing er an zu schluchzen, und als Jack wieder an der Kurbel drehte, schrie er und fing an zu brabbeln. Der Außenminister sollte, sobald er am Abend des sechzehnten zu einem geheimen Gipfeltreffen auf Seabrook Island einträfe, ermordet werden. Der Mörder wäre ein Agent, der schon vor Jahren eingeschleust worden sei, um ganz allmählich in eine Vertrauensposition zu rücken. Was Bigfoot betraf, so waren Rostows Informationen nur lückenhaft. Er wußte, daß der Maulwurf sich in höchsten Geheimdienstkreisen bewegte. Er selbst hatte Anweisungen, ihn unter allen Umständen zu schützen.

Das einzig Neue, worüber er angeblich Bescheid wußte, war, daß Bigfoot der Chef eines gewaltigen Agentenrings war, der schon viele Jahre lang im Land agierte. Auf Befehl von Moskau aktivierte er einen Mann nach dem anderen. Vor einigen Jahren hatte einer davon das Virus freigesetzt, das bei einem Kongreß in Philadelphia die sogenannte Legionärskrankheit zum Ausbruch brachte, um seine Wirksamkeit als biologische Waffe zu testen. Der zweite hatte in Chicago Tylenol-Kapseln vergiftet, um zu prüfen, ob die Vereinigten Staaten über den Verbrauchermarkt angreifbar wären. Die Ermordung des Außenministers stand als nächstes auf dem Plan. Rostow wußte nicht, wie viele Leute es insgesamt waren. Er wußte nur, daß die Agenten, je nach Bedarf, von Bigfoot aktiviert werden sollten.

»Ihr Monster!« brach es aus Clara. Sie konnte nicht fassen, was sie soeben gehört hatte.

Jack winkte ab. Dann wandte er sich wieder Rostow zu. Seine Hand lag drohend auf der Kurbel.

»Wer ist Bigfoot?«

»Weiß ich nicht. Ich schwöre es – ich weiß es wirklich nicht!«

Jack drehte an der Kurbel. Rostow schrie.

»Ich weiß nur, daß einer der *Natschalstwo* ihn als Schwarzer Falke mit gelben Augen bezeichnete!« stotterte Rostow so schnell er konnte. Schweiß rann ihm von der Stirn; seine Augen blickten ängstlich auf Jacks Hand.

»Schwarzer Falke mit gelben Augen«, murmelte McClain langsam und kniff die Augen zusammen. Dann schüttelte er den Kopf und griff wieder nach der Kurbel. »Das sagt mir nichts.«

»Mehr weiß ich nicht! Ich schwöre es! Ich weiß nichts weiter!«

Jacks Hand lag immer noch auf der Kurbel. Dann schaute er Clara an und schüttelte den Kopf. »Ich glaube, er sagt die Wahrheit. Außerdem haben wir nicht mehr viel Zeit. Wir müssen hier raus, bevor es hell wird. Wir haben noch ungefähr eine Stunde.«

»Ihr werdet es ... nie schaffen, Dragon!« stieß Rostow mit leiser, aber schon wieder hochmütiger Stimme hervor.

»Wenn wir's nicht schaffen, schaffst du's erst recht nicht.« Jack zog sich aus. Auf Claras fragenden Blick deutete er auf die Sachen, die sie Rostow vom Leib gerissen hatten.

»Wenn sie nicht gleich erkennen, wer *wer* ist, können wir Zeit gewinnen.«

Clara sah ihm zu, wie er die marineblaue Hose und das Button-Down-Hemd anzog, dessen Kragen blutverschmiert war. Die Hose war ein bißchen zu lang, das Hemd ein bißchen zu eng. Er knöpfte es nur zur Hälfte zu, damit seine Schultern mehr Bewegungsfreiheit hatten. Dann schnallte er sich Rostows Schulterhafter um. Den weißen Pullover, den ebenfalls rote Flecken zierten, zog er zuletzt über. Seine Turnschuhe behielt er an. Clara war beeindruckt. Gut gekleidet, selbst mit rotgeränderten Augen, schwarzen Bartstoppeln und diversen blauen Flecken, war er ein äußerst attraktiver Mann.

»*Eine* falsche Bewegung, Genosse, und ich puste dich bis in den Kreml zurück.« Jacks Stimme war so eisig wie Rostows Blick. Er hob seine Jeans vom Boden auf, zog sie Rostow geschickt über die Beine und knöpfte sie über dem Bauch zu. Dann band er als Fußfessel je einen Ärmel seines Sweatshirts um Rostows Knöchel. Zum Schluß nahm er den Draht, den er Rostow von den Hoden gezogen hatte, und bog ihn zu einer Schlinge, die er ihm um den Hals legte. Das andere Ende wickelte er um das Gewehr, das er Rostow ins Genick drückte.

»Und jetzt mach eine der Handschellen auf, Clara.«

»Dafür wirst du mir büßen, Dragon«, drohte Rostow mit zusammengebissenen Zähnen. Er war schweißgebadet und kreidebleich. Unter seinen Füßen hatte sich eine Pfütze mit Erbrochenem gebildet, und auch seine Brust war damit bekleckert. Er stank nach Kotze und Schweiß. Clara zog die Nase kraus, als sie Jacks Anweisung befolgte.

Rostow fiel zu Boden. Seine Knie gaben nach, und er sackte nach vorn, so daß seine Stirn den Boden berührte. Angeekelt stieß ihm Jack die Gewehrmündung in den Nacken.

»Ich hab immer gewußt, daß du ein Schlappschwanz bist, Rostow. Hände auf den Rücken!«

Auf ein Zeichen von Jack ließ Clara die offene Handschelle zuschnappen, so daß Rostows Hände jetzt auf dem Rükken gefesselt waren.

»Wir machen uns auf den Weg, und du kommst mit. Du bist unsere Geisel, Genosse. Wenn uns jemand aufzuhalten versucht, auf uns schießt oder sonstwas unternimmt, bist du der erste, der dran glauben muß. Aus dieser Entfernung pustet eine Kalaschnikow AK-47 dir glatt den Schädel weg, woran ich dich sicher nicht zu erinnern brauche.«

Um seiner Rede Nachdruck zu verleihen, ließ er Rostow die Gewehrmündung spüren. Rostow sagte nichts, aber Clara spürte, wie sehr er sie haßte.

»Und jetzt steh auf, du Arschloch! Clara, bring das Funkgerät her! Rostow sagte seinen Genossen jetzt, daß die Verhandlungen erfolgreich beendet wurden. Wir kommen raus, und sie sollen uns keinesfalls aufhalten. Sag ihnen, daß wir zusammen verschwinden! Und die Schlüssel haben im Zündschloß zu stecken. Sag's ihnen – auf englisch!«

Rostow kam langsam und ungeschickt auf die Füße. Er schwankte, schaffte es aber mit großer Willensanstrengung, gerade zu stehen. Der Draht um seinen Hals schnitt ins Fleisch, so daß sich die Haut rötete und rundum anschwoll. Mit grimmiger Miene, die Hände in Schußposition am Gewehr, das sich in den Nacken des Russen grub, stand Jack keinen Fußbreit hinter ihm. Die Szene erinnerte Clara an ein Bild, das sie vor kurzem in der *Washington Post* gesehen hatte, wo es um eine Geiselnahme ging. Es war eine so schreckliche, barbarische Sache, wenn jemand anderes es tat. Aber jetzt war Rostow ihre Geisel, und nur er konnte sie gegen den zu erwartenden Kugelhagel schützen. Ein gräßlicher Gedanke.

Clara hielt Rostow das Funkgerät an den Mund. Er funkelte sie böse an, wiederholte aber, was Jack gesagt hatte.

»Frag sie, ob sie alles verstanden haben!«

Rostow gehorchte.

»*Da,* Genosse Oberst.« Die Stimme, die aus dem Gerät knatterte, konnte die von Orlow, Malik oder irgendeinem anderen sein. Es war nicht auszumachen. Wenn die Kerle Rostows Anweisungen mißachtet hatten, würden sie draußen von einer ganzen Armee KGB-Schurken empfangen.

»Sag ihnen, sie sollen sich hinter den Wagen stellen, wo ich sie von der Tür aus sehen kann! Sag ihnen, sie sollen die Waffen niederlegen! Wenn ich irgendwas in ihren Händen sehe, das nach Schußwaffe aussieht, knall' ich dich ab!«

»Dann bist du selber tot, Dragon.« Rostows Stimme war kräftiger geworden. Jack rammte ihm die Gewehrmündung ins Genick. Rostow heulte auf.

»Du wirst nicht lange genug leben, um dich darüber freuen zu können! Und jetzt sag ihnen gefälligst Bescheid!«

Rostow tat es, und Jack langte nach oben und entfernte

die Handschellen, die die Tür verriegelt hatten. Dann wandte er sich an Clara.

»Mach das Licht aus! Wir wollen es ihnen nicht zu leicht machen. Komm dann her und stell dich zwischen uns! In die Mitte. Dann bist du nicht so leicht zu treffen.«

Clara verstellte die Kurbel des Generators um eine halbe Umdrehung. Es wurde stockfinster. Blind tastete sie sich an Jacks Seite und schob sich zwischen seine Pulloverbrust und Rostows nackten, schweißgebadeten Rücken. Es schüttelte sie bei dem Gedanken, einem Mann, der ihr so weh getan hatte, nahe zu sein.

»Und nimm die! Wenn irgendwas schiefgeht, drück ab! Es ist eine Automatik. Du brauchst nur abzudrücken und sie runterzuhalten. Sie feuert ununterbrochen.«

»Jack ...« Sie spürte, daß er ihr die Pistole in die Hand drückte. Die Waffe war kalt und schwer. Clara hatte plötzlich furchtbare Angst.

»Mach dir keine Sorgen, Baby. Ich hab schon Schlimmeres überlebt.« Er flüsterte ihr die Worte ins Ohr. Sein Atem war warm auf ihrer Haut. Dann spürte sie, daß sich sein Mund – unglaublich – zu einem Lächeln verzog. »Und vergiß nicht, wie toll sich das in einem deiner Bücher machen wird.« Ihre Angst wurde nicht weniger, aber ihr Herz erwärmte sich.

Bitte, lieber Gott, betete sie fieberhaft, bitte mach, daß Jack und mir nichts passiert.

Jack richtete sich auf. Clara hielt die Luft an. Es war Zeit zu gehen.

»Sag Orlow, er soll die Tür aufmachen! Und sag ihm, er soll so weit zurücktreten, daß ich ihn sehen kann!«

Rostow gehorchte. Claras Nerven waren aufs äußerste gespannt. Hinter sich konnte sie spüren, wie sich Jacks Körper straffte – ein Tiger, der durch die Dunkelheit schlich.

Die Tür ratterte hoch. Vor ihnen, in der grauen, frühmorgendlichen Kälte, standen vier Männer in der Lichtung, in der der Möbelwagen geparkt war. Orlows untersetzte Gestalt war leicht zu erkennen, ebenso die Maliks. Bei den beiden anderen handelte es sich mit ziemlicher Sicherheit um dieselben, die von Anfang an bei Rostow gewesen waren. Clara atmete erleichtert auf: Wenigstens standen sie keiner Armee gegenüber! Das Mondlicht glitzerte auf dem grauen Metall der Waffen, die ordentlich gestapelt vor dem Wagen lagen.

»Sag ihnen, sie sollen bleiben, wo sie sind!« McClain zischte es Rostow zu. Der zögerte, und McClain stieß ihm das Gewehr ins Genick.

»Stoj!«

Die Kerle starrten zu ihnen hoch.

»Okay, wir setzen uns hin und lassen die Beine runterhängen. Alle zusammen – jetzt!« Der geflüsterte Befehl galt Rostow und Clara.

Es war nicht ganz einfach, aber sie schafften es, den Erdboden zu erreichen, ohne ihre Formation zu verändern. Claras Mund war vor Angst wie ausgetrocknet. Hinter sich konnte sie das langsame, gleichmäßige Pochen von Jacks Herz spüren. Vor sich hatte sie, eng wie das Brot auf einem Sandwich, Rostows nackten Rücken. Die nächsten Sekunden waren entscheidend. Würden die Kerle sie zum Fahrerhaus gehen und einsteigen lassen? Wäre der Draht um Rostows Hals überzeugend genug? Ahnten sie überhaupt, was hier ablief? Das eng zusammengepreßte Trio, das um die Ecke bog und sich rückwärts dem Fahrerhaus näherte, sich dabei an den Wagen drückte und in seinem Schatten Deckung fand, schien sie zu verwirren. Die Nacht selbst war düster und kalt. Eine schmale Mondsichel schwebte am Himmel, meist hinter vorüberziehenden Wolken verborgen. Clara mußte sich konzentrieren, um nicht über gefrorene Grasbüschel zu stolpern. Ihre Hände ruhten auf Rostow feuchtem nackten Rücken. Obwohl sie sich ekelte, mußte sie sich an ihm festhalten, um das Gleichgewicht nicht zu verlieren.

»Beinah geschafft«, murmelte Jack. Clara spürte, daß er nach oben und hinter sich nach dem Türgriff langte. Es klickte, als sich der Griff bewegte. Die Kerle hatten sich nicht gerührt. Sie wandten die Köpfe und verfolgten jeden Schritt.

»Haltet sie auf!« brüllte Rostow und warf sich wild nach

vorn. Jack war durch das Öffnen der Tür abgelenkt. Bevor er abdrücken konnte, wurde ihm die Kalaschnikow aus den Händen gerissen. Rostow stürzte zu Boden, krabbelte auf Händen und Knien und langte nach dem Gewehr hinter sich, die anderen rannten zu ihren Waffen. Alles war vorbei …

»Himmel, Arsch und Zwirn!« brüllte Jack, packte Clara um die Taille und warf sie auf den Plastiksitz. Schockiert und entsetzt, aber geistesgegenwärtig genug, rutschte sie rasch zur Seite. Er sprang neben sie hinein, schlug die Tür zu und tastete nach den Schlüsseln. Gott sei Dank – sie steckten im Zündschloß! Als die Russen angestürmt kamen, ließ er den Motor an. Die Kugeln prasselten in das Metall des Fahrerhauses. Clara duckte sich schreiend. Die Windschutzscheibe zerbarst.

»O Scheiße!« murmelte McClain. Sein Körper zuckte. Er klatschte sich die Hand auf die Brust, und eine dunkle Flüssigkeit – Blut – sprudelte durch seine Finger. Clara starrte ihn entsetzt an. Auf der Fahrerseite wurde die Tür aufgerissen. Eine schwarze Gestalt zeichnete sich ab.

Clara hob die Pistole und drückte ab. Kugeln jagten an Jack vorbei. Die Gestalt schrie und fiel rückwärts zu Boden.

»So ist's brav«, rang sich Jack mit einem schiefen Lächeln ab und langte nach der schwankenden Tür, wobei er fast aus dem Fahrerhaus stürzte. Clara packte ihn, aber er schlug schon die Tür zu und trat aufs Gras. Der riesige Wagen schoß vorwärts. Einer der Typen sprang zur Seite. Ein anderer wurde niedergemäht. Der Möbelwagen bockte und schleuderte aus der schlammigen Lichtung auf eine unbefestigte Straße hinaus. Kugeln schlugen hinter ihnen ein. Clara hörte das Pfeifen, als sie vom Metall prallten.

»Jack! Mein Gott, Jack!« Sie rückte näher an ihn heran und berührte ihn mit angstvollem Blick an der Schulter. Er war totenbleich. Immer noch rann ihm das Blut durch die Finger, die er an seinen Brustkorb preßte. Pulvergeruch hing in der Luft. McClain schwankte. Seine linke Hand hatte sich um das Steuer gekrallt. Er zwinkerte ein paarmal, als ob er

Schwierigkeiten hätte, die Augen offenzuhalten. »Jack, sie haben dich getroffen!«

»Fahr du«, murmelte er mit halberstickter Stimme. Dann verdrehte er die Augen und brach über dem Lenkrad zusammen. Die Hupe dröhnte unter seinem Gewicht. Der riesige Möbelwagen schlitterte über die Schlammstraße. Ihr blieb vor Entsetzten die Luft weg. Sie würden gegen einen Baum rasen!

Geistesgegenwärtig packte sie ihn am Hemdkragen und zerrte ihn vom Steuer. Er sackte auf ihrem Schoß zusammen. Sie hatte keine Zeit, ihn zur Seite zu schieben. Sie langte nach dem Lenkrad, klammerte sich daran und bekämpfte den Drang, die Augen zu schließen, während der Wagen auf die dicht an dicht stehenden Stämme kräftiger Kiefern zuraste. Mit aller Kraft riß sie das Steuer nach rechts. Der Wagen gehorchte und schlitterte in die Gegenrichtung. Sie könnten sich überschlagen ... Clara riß das Steuer wieder nach links. Das Herz schlug bis zum Hals. Irgendwie landete der Wagen wieder auf der Straße und fuhr geradeaus. Clara seufzte erleichtert auf. Mit Gottes Hilfe und sonst gar nichts hatte sie es geschafft, daß sie nicht in die Bäume gekracht waren. Jacks Fuß war ein Totgewicht auf dem Gaspedal, deshalb fuhren sie natürlich immer noch in diesem Wahnsinnstempo. Sie schob Jacks Bein beiseite und stellte erleichtert fest, daß das Auto von allein abbremste. Dann fiel ihr Rostow ein, und sie trat selber wieder aufs Gas. Der Wagen brauste davon. Aber immer noch war keine Zeit, sich um Jack zu kümmern. Von seinem Gewicht auf ihrem Schoß behindert, beugte sie sich zur Seite und streckte die Arme soweit sie konnte, um das Steuer fest im Griff zu behalten und zu verhindern, daß der schwankende, schlingernde Wagen nicht von der schmalen Straße abkam. Während die dunklen Schatten des Waldes auf beiden Seiten vorüberflitzten, feuerten Rostow und seine Schergen auf das davonrasende Auto immer noch vergebliche Schüsse ab. Clara merkte, daß sie vor lauter Angst nicht einmal beten konnte.

22

»Bitte stirb nicht. Bitte stirb nicht, Bitte stirb nicht. Lieber Gott, bitte laß Jack nicht sterben!«

Ununterbrochen betete sie ihre Litanei herunter. Clara hatte es endlich geschafft, sich zwischen Jack und Tür zu quetschen und ihn vom Lenkrad zu schieben. Jetzt saß er zusammengesackt neben ihr und rührte sich nicht. Die rechte Hand hielt sie fest auf das Loch in dem blutigen Pullover gepreßt. Blut sickerte ölig durch ihre Finger. Sie hatte entsetzliche Angst, er könne sterben. Und sie konnte ihn nicht retten, nur versuchen, den Blutstrom mit ihrer Handfläche zu stoppen. Sie kam sich vor wie der kleine Holländer, der den Finger in den Deich steckte, um das Wasser aufzuhalten.

Vor einer Weile war der unbefestigte Weg auf eine Asphaltstraße gestoßen. Der Wald stand immer noch dicht auf beiden Seiten, aber die Sonne ging auf, und es wurde langsam hell. Über allem lag der Geruch nach taufeuchtem Nadelgehölz. Doch wo waren sie eigentlich? Wo konnte sie ihn hinbringen? Wo wäre er vor Rostow sicher? Wenn sie nicht bald irgendwo anhielten, würde er verbluten.

Ein kleines grünes Schild zeigte an, daß sie sich dem Highway 58 näherten, und als sie auf die vierspurige Straße einbog, hatte sie die Sonne vor sich. Also fuhren sie nach Osten. Die Richtung war eigentlich egal. Wichtig war, den Abstand zwischen sich und Rostow möglichst rasch zu vergrößern. Sie hatten ihn fahrzeuglos zurückgelassen, aber dieser Zustand würde sich sicher bald ändern. Wahrscheinlich hatte er schon längst per Funk Kontakt mit seinen Verbündeten aufgenommen.

Sie mußte bald anhalten. Sie warf einen besorgten Blick auf McClain und sah das bleiche Gesicht unter den schwarzen Bartstoppeln. Er war still, so still, daß sie Angst hatte, er atme nicht mehr. Dann spürte sie das rhythmische Pumpen unter ihre Hand und beruhigte sich. Sein Herz schlug noch. Er war nicht tot.

Minuten später stieß der Highway 58 auf die 24, und der

Atlantik lag vor ihnen. Instinktiv fuhr sie nach Süden und rumpelte die Küstenstraße entlang. Der purpurrote Sonnenaufgang, der die schaumigen Brecher rosa färbte, bot einen herrlichen Anblick, doch war sie viel zu besorgt, um ihn genießen zu können. Sie mußte irgendwo anhalten, an einem Ort, an dem sie sich verstecken konnten.

Ein großes Schild wies darauf hin, daß sie den *Croatan National Forest* verließen. Sie fuhr über eine Brücke und fand sich in der Stadt Swansboro wieder. Ein großer Truck-Stop mit grellem Neonschild und einem schäbig aussehenden Motel fiel ihr ins Auge. Ein Dutzend riesiger Lastwagen parkte vor dem Eingang, mehr noch auf der Rückseite des Gebäudes. Wenn sie hinten parkte, wäre der Wagen von der Straße aus nicht zu sehen, und Rostow erwartete sicher nicht, daß sie ihre Fahrt so schnell unterbrachen. Hieß es außerdem nicht, daß das beste Versteck vor aller Augen wäre?

Sie fuhr von der Straße runter, manövrierte den Wagen hinter das Gebäude und parkte zwischen zwei Sattelschleppern. Sie stellte den Motor ab und beugte sich über McClain. Er atmete schwer. Rasch zog sie den Pullover hoch und riß ihm das Hemd aus der Hose. Die Brusthaare waren blutverschmiert. Er war rot vom Schlüsselbein bis zum Nabel. Er verlor eine Menge Blut ...

»Jack! Jack, kannst du mich hören?« Er reagierte nicht. Sollte sie ihn ins Krankenhaus fahren? Womöglich würden sie ihn dort wiedererkennen. Schließlich war sein Bild auf der Titelseite der *Washington Post* – und wer weiß, in wie vielen anderen Zeitungen – gewesen. Vielleicht hatten sie es sogar im Fernsehen gezeigt. Nein, sie konnte es nicht riskieren. Aber was riskierte sie überhaupt, wenn er ohnehin starb?

Jack würde nicht wollen, daß sie ihn ins Krankenhaus brachte. Er würde lieber bei *ihr* bleiben, und sie müßte versuchen, ihm zu helfen. Sie biß die Zähne zusammen und zog sich Pullover und Hemdbluse aus. Dann zog sie den Pullover wieder über und faltete die Bluse zu einem Polster zusammen. Das schob sie ihm unters Hemd und drückte es fest auf die Wunde. Vielleicht ließ sich der Blutverlust ja damit eindämmen.

Sie mußte Jack ins Haus bringen. Clara erschrak, als ihr klar wurde, daß sie einem Menschen gegenübertreten mußte, um ein Zimmer zu bekommen. Aber für sie bestand doch gar keine Gefahr! Ihr Bild war nicht veröffentlicht worden. Nur hinter Jack war die Polizei her. Hoffentlich.

Geld. Um ein Zimmer zu mieten, brauchte man Geld. Sie hatte keinen Penny bei sich. Und Jack? Hatte er nicht vor drei Tagen seine letzten Dollar für eine Zeitung und Cracker ausgegeben? Vielleicht steckte welches in Rostows Taschen.

Sie brauchte etwas, um den provisorischen Verband an Ort und Stelle zu halten. Clara dachte einen Augenblick nach. Dann fiel ihr der teuer aussehende Schlangenledergürtel um seine Taille ein. Er gehörte Rostow. Mit Genugtuung zog sie ihn aus den Schlaufen. Rostow hatte Jack töten wollen. Es war nur gut und richtig, etwas von ihm zu benutzen, um Jack zu retten.

Der Gürtel war nicht lang genug. Clara starrte auf die zehn oder fünfzehn Zentimeter Muskelfleisch, die verhinderten, daß sich die Gürtelenden trafen. Sie glaubte, den Verstand zu verlieren. Sie mußte unbedingt etwas finden ...

Der Sicherheitsgurt. Die Gurte waren in den Spalt zwischen Sitz und Rückenlehne gerutscht, aber sie schaffte es, sie hervorzuklauben. Sie zog den Gurt so weit heraus, wie sie konnte, legte ihn um Jack und klickte das Ende fest.

Es funktionierte! Der Gurt zog sich zusammen, bis er sich fest über Jacks Brust spannte. Das Blut schien bereits spärlicher zu fließen. Jedenfalls färbte sich ihr Hemd nicht so schnell rot.

Sie beobachtete ihn und schob die Hand in seine Hosentasche. Die erste Tasche war leer, aber in der zweiten wurde sie fündig. Ein Portemonnaie mit fast zweihundert Dollar und einer Handvoll Kreditkarten. Alle auf den Namen Andrej Rostow. Clara lächelte boshaft. Rostow konnte nicht ahnen, welch große Hilfe er war.

Sie wagte nicht, die Kreditkarten zu benutzen, aber das

Bargeld war der desinteressierten, verschlafen aussehenden Frau an der Rezeption durchaus willkommen. Clara reichte ihr achtundzwanzig Dollar für ein Doppelzimmer und bekam dafür einen Schlüssel mit blauem Griff. Zimmer 38, auf Wunsch nach hinten, Erdgeschoß. Nun brauchte sie nur noch Jack aus dem Wagen zu hieven und ins Zimmer zu schleppen.

Am Ende schaffte sie es, indem sie mit dem Wagen so weit heranfuhr, daß die Tür auf der Beifahrerseite keine anderthalb Meter vom Eingang entfernt war. Sie schob, zog und stieß, und irgendwie gelang es ihr, Jack ins Zimmer zu bugsieren. Der Druck des Sicherheitsgurts hatte den Blutfluß zwar gestoppt, aber nach dem Herumgezerre fing die Wunde wieder an zu bluten. Ihr Hemd klebte am getrockneten Blut auf seiner Brust, und Clara wollte sich nicht vorstellen, was passierte, wenn sie es entfernte. Statt dessen zog sie das Leintuch vom Bett und kaute so lange an der Kante herum, bis sie das Laken durchreißen konnte. Die abgerissenen Streifen wickelte sie ihm um die Brust und machte einen festen Knoten über der Stelle, an der sie die Wunde wähnte. Der Verband war sicher nicht keimfrei, aber sie wollte vor allem die Blutung stillen. Dann drückte sie so lange fest auf den Knoten, bis ihr das Handgelenk weh tat. Danach schien die Blutung wieder nachzulassen.

Jack aufs Bett zu packen, erwies sich als völlig unmöglich. Er war tonnenschwer. Mit dem größten Bedauern ließ sie ihn auf dem Fußboden liegen, schob ihm ein Kissen unter den Kopf und deckte ihn zu. Liebevoll wickelte sie das Ende der Decke um seine nackten Füße, von denen sie die schmuddeligen Turnschuhe gezogen hatte. Dann ging sie ins Bad. Sie blickte an sich herab und stellte erschrocken fest, daß ihre Hände bis über die Handgelenke mit Blut besudelt waren. Sie hatte noch nie Blut sehen können. Ihr hob sich der Magen, aber sie ließ es nicht zu, daß ihr schlecht wurde. Jack hatte nur sie! Sie mußte stark sein, also holte sie tief Luft und wusch sich systematisch das Blut von den Händen. Sie mußte vorsichtig sein. Die Leute durften sie nicht mit Blutflecken sehen.

Im Augenblick konnte sie für Jack nichts mehr tun, aber es gab noch andere Probleme zu lösen. Zunächst mußte der Möbelwagen vor ihrer Tür verschwinden. Er stand quer über sechs Parkflächen und würde Aufmerksamkeit erregen. Clara fuhr ihn zu seinem ursprünglichen Versteck und kaufte in dem kleinen Drugstore neben dem Restaurant etwas zu essen und ein paar andere Nützlichkeiten.

Als sie wieder ins Zimmer trat, lag Jack noch genau so da, wie sie ihn zurückgelassen hatte. Voller Angst kniete sie sich neben ihn und sah, wie sich sein Brustkorb hob und senkte. Er war noch am Leben.

»Jack! Jack! Kannst du mich hören? Jack, ich bin's – Clara!«

Er rührte sich nicht, zeigte mit keiner Geste, daß er sie verstanden hatte. Clara hockte auf den Fersen und sah ihn an. Sie wußte nicht, was sie tun sollte. Wenn er nicht behandelt wurde, würde er vielleicht sterben, aber sie konnte doch keinen Arzt rufen! Sie konnte überhaupt niemanden rufen! Sie mußte, so gut es ging, selbst für ihn sorgen. Nur wenn sich sein Zustand verschlechterte, müßte sie es riskieren, ihn in ein Krankenhaus zu schaffen. Die würden dann aber sofort sehen, daß es sich um eine Schußwunde handelte und mit Sicherheit die Polizei verständigen.

Aber noch etwas anderes machte ihr Sorgen. Rostow konnte sie aufspüren. Wahrscheinlich grasten seine Leute inzwischen schon alle Straßen ab, die aus dem Wald führten, und es war nur eine Frage der Zeit, bis jemand den Wagen mit seinem auffallenden orangefarbenen Anstrich entdeckte. Es konnten nicht allzu viele davon auf den Straßen sein, jedenfalls nicht in dieser Gegend.

Sie lief zum Wagen und angelte die Pistole unter dem Sitz hervor. Dann verschloß sie die Motelzimmertür, legte die Kette vor und rammte einen Stuhl unter den Knauf. Wenn jemand versuchen sollte, bei ihnen einzubrechen, würde sie die Polizei rufen. Zumindest würden sie damit etwas Zeit gewinnen.

Es ließ sich nicht vermeiden, sagte sich Clara. Sie hatte die Sache von sich geschoben, aber es mußte sein. Sie und nur sie allein, Miss Schwachmagen höchstpersönlich, mußte sich seiner Wunde annehmen. Sie war keine begnadete Krankenpflegerin, war auch nie in die Verlegenheit gekommen, es zu beweisen. Ihre Mutter kränkelte nie, und sie selbst war mit der gleichen eisernen Kondition gesegnet. Aber Jack hatte nur sie, unerfahren und unzulänglich wie sie war. Sie würde ihr Bestes versuchen. Zum Teufel mit ihrem empfindlichen Magen, der sich regte, sobald sie ein bißchen Blut sah.

Sich auf die Unterlippe beißend, zog Clara die Schere aus der Tüte und zerschnitt den dicken irischen Wollpullover an den Schultern und der Länge nach in der Mitte. Sie wollte es nicht riskieren, ihm den Pullover über den Kopf zu ziehen. Als der Pullover entfernt und das Hemd vorsichtig aufgeknöpft war, zögerte sie. Die Wunde mußte gereinigt werden; sie hatte es oft genug in Büchern gelesen und zu diesem Zweck ein Antiseptikum gekauft. Aber die Lakenstreifen und ihr Hemd waren dunkelrot und schwarz von frischem und getrockneten Blut. Als sie den Verband zerschnitt und ihn abzuziehen versuchte, stellte sie fest, daß er und das Hemd fest an der Wunde klebten. Stirnrunzelnd schnitt sie soviel wie möglich von dem Stoff ab. Dann füllte sie den armseligen Eiskübel mit warmem Leitungswasser, tauchte einen Waschlappen hinein und legte ihn auf den fest haftenden Stoff. Nach mehrmaligen Versuchen ließ sich das blutgetränkte Hemd von der Wunde nehmen.

Aus dem schwarzen Loch unter seinen Rippen, das kaum größer als ein Zehn-Cent-Stück war, sickerte immer noch Blut. Bestimmt saß eine Kugel in seiner Brust, und diese Kugel mußte entfernt werden. Aber das traute sie sich nun wirklich nicht zu. Die Kugel mußte bleiben, wo sie war, und Clara konnte nur hoffen, daß alles gutging. Der Rand um das Loch war geschwollen und weiß. Getrocknetes Blut verfilzte die Haare auf seiner Brust. Sein Bauch war blutverschmiert, der Nabel mit Blut überkrustet, ebenso seine rechte Hand. Rostows einstmals makellose Hose war voller Blutspritzer. In ihrem ganzen Leben hatte Clara noch nie so viel Blut gesehen.

In irgendeinem Buch hatte sie mal gelesen, wenn man ratlos wäre, sollte man immer das Nächstliegende tun. Das Nächstliegende war in ihrem Fall, alles Blut abzuwaschen. Als sie damit fertig war, hatte sie den spärlichen Vorrat an Handtüchern, der ihnen zugeteilt worden war, verbraucht und das Wasser im Eiskübel sechsmal ausgetauscht. Schließlich war dann aber nur noch die Stelle blutig, aus der immer noch Blut aus der Wunde sickerte. Und geblieben waren die Flecken auf der Hose.

Sich nach wie vor an den Rat des Nächstliegenden haltend, betupfte sie die Wunde mit dem Antiseptikum, schraubte die Kappe von einer Tube mit antibiotischer Salbe und schmierte reichlich davon auf die Wunde. Dann riß sie die Packung mit Verbandmull auf, legte eines der Vierecke über das nässende Loch und wickelte einen Gazeverband um ihn herum. Nachdem sie über der Wunde einen Knoten gemacht hatte, der Druck aufbringen sollte, saß sie einen Moment lang da und sah ihn an. Was nun?

Er war leichenblaß. Seine Haut war kalt, und das ängstigte sie mehr, als wenn sie sich heiß angefühlt hätte. Sie stand schnell auf und riß alle Zudecken vom Bett. Danach fiel ihr nichts mehr ein. Sie kniete sich neben ihn und küßte ihn auf die weiße, rauhe Wange. Dann setzte sie sich an den kleinen wackligen Tisch am Fenster, dessen Vorhänge fest zugezogen waren, und zwang sich zu essen, was sie mitgebracht hatte. Der Kaffee war eiskalt, und der Cheeseburger, den die Frau in die Mikrowelle gestellt hatte, war genauso schlimm, aber sie aß ihn trotzdem. Komisch, nur einen Tag zuvor, war sie vor Hunger fast gestorben, und jetzt mußte sie sich zum Essen zwingen. Sie blickte auf den Mann, der zu ihren Füßen lag. Es war wegen Jack …

Sie warf den Styroporbecher und die Zellophanverpackung weg. Dann stelle sie sich neben den wie leblos Daliegenden. Sie war unentschlossen und schaute besorgt in sein wächsernes Gesicht. In seiner Brust war eine Kugel. Konnte er eine Bleivergiftung kriegen? Könnte sich die Wunde entzünden? Mit einer eiternden Kugel im Leib würde er sich nie erholen. Es war Zeit, einen Arzt zu rufen. Sie ging an Telefon und hob ab. Eine Frauenstimme meldete sich.

»Rezeption.«

Clara holte tief Luft. »Falsche Nummer«, sagte sie und legte auf. Vielleicht sollte sie doch versuchen, die Kugel selbst zu entfernen. Als sie noch klein war, hatte sie oft ›Operation‹ gespielt. Dabei mußte sie einem Patienten aus Pappe ein Plastikorgan entfernen. Die Organe lagen in kleinen Löchern. An den Öffnungen waren Metallringe, und das Entnahmegerät war eine elektronische Pinzette. Wenn die Pinzette während der Operation an die Metallringe kam, summte es, und der Patient war tot. Sie hatte sich damals ziemlich geschickt angestellt, aber Jack war nicht aus Pappe. Er war ein Mensch, der lebte und atmete und ihr ungeheuer viel bedeutete. Sie konnte doch nicht mit einer Pinzette in dieser schrecklichen Wunde herumstochern! Aber wenn *sie* es nicht tat – wer dann? Das Nächstliegende war die Entfernung der Kugel, und sie allein mußte es tun.

Sie ging wieder zum Drugstore, kaufte eine Pinzette, Alkohol zum Einreiben, Watte und noch mehr Verbandszeug. Vielleicht würde sie nur ein bißchen in der Wunde herumtasten. Wenn sie Glück hatte, lag die Kugel gleich unter der Oberfläche und ließ sich problemlos entfernen.

Während sie den Verband abwickelte, den Bereich um die Wunde mit Alkohol betupfte und die Pinzette in die stark riechende Flüssigkeit tauchte, nahm sie sich zum wiederholten Male vor, in der Wunde nur herumzutasten. Sie nahm die Pinzette in die Hand. Sollte sie es wirklich tun? Würde sie ihm nicht eher schaden? Aber die Kugel mußte raus. Und wenn sie es nicht schaffte, müßte sie einen Arzt rufen. Doch das ging nicht! Was würde Jack sagen, wenn er bei Bewußtsein wäre? Pack's an! Und dabei würde er grinsen.

Nur ein bißchen herumtasten, sagte sich Clara zum x-ten Mal und senkte die Pinzette in das Loch. Frisches Blut schoß heraus. Clara zuckte zusammen und spürte, wie sich ihr der Magen drehte. Gleich würde er schreien! Aber er lag reglos da und kriegte barmherzigerweise nichts von ihrer laienhaften Herumwerkelei mit. Sie holte tief Luft und tauchte die Pinzette noch etwas tiefer ins Fleisch. Inzwischen steckte sie fast bis zum Ende in der Wunde; Clara schwitzte wie ein Regenwald. Ihre Hand war voll Blut. Blut hatte einen bestimmten Geruch, einen süßlichen Geruch, der nicht gerade beruhigend auf ihren Magen wirkte. Tapfer kämpfte sie gegen die Übelkeit an, die Welle für Welle über sie hinwegschwappte, und konzentrierte sich darauf, dem Weg der Kugel zu folgen. Tiefer konnte und wollte sie aber nicht gehen. Außerdem konnte sie die Pinzette kaum noch halten.

Da stießen die spitzen Enden auf etwas Hartes, Metallenes. Wie es schien, hatte sie die Kugel gefunden.

Die Pinzette war so tief in seinem Körper, daß sie sie nicht öffnen konnte. Statt dessen mußte sie die Kugel Millimeter für Millimeter nach oben schieben, bis sie richtig zupacken konnte. Danach dauerte es nur noch ein oder zwei Minuten. Sie öffnete die Pinzette, tastete vorsichtig herum, spürte Metall an Metall und drückte zu. Behutsam zog sie die Pinzette aus der Wunde und hielt ihren Preis in die Höhe. Aus der Wunde schoß frisches Blut. Clara konnte nur kurz auf den schwarzen, blutigen Metallklumpen in ihrer Hand schauen, dann warf sie ihn durchs Zimmer und versuchte erneut, die Blutung zu stillen.

Als dies endlich bewerkstelligt war, strich Clara die Wunde wieder mit der antibiotischen Salbe ein, legte einen frischen Verband an und fühlte sich danach, als hätte sie ein Lastwagen überrollt. Jeder Muskel ihres Körpers schmerzte. Aber sie hatte es geschafft! Sie hatte es wirklich geschafft! Sie war stolz. Lächelnd richtete sie sich auf und stolperte ins Bad, um möglichst alles Blut abzuwaschen. Als sie fertig war, lächelte sie nicht mehr. Die Kugel war raus, aber das bedeutete noch lange nicht, daß Jack sich von der Sache erholen würde. Er konnte an einer Infektion der inneren Verletzungen sterben. Sie hatte ja keine Ahnung, wie schlimm es wirklich um ihn stand.

Aber sie hatte getan, was sie konnte, und war völlig erschöpft. Sie zerrte das zweite Kopfkissen vom Bett und fiel neben Jack auf die Knie. Wenn es ihm schlechter ging, wollte sie bei ihm sein. Dann schlüpfte sie neben ihm unter die Decke. Er war immer noch eiskalt. Sie kuschelte sich so nah sie es wagte an ihn heran, legte die Arme um ihn, schloß die Augen und hoffte, daß sie ihn wärmte. Gleich darauf war sie eingeschlafen.

23

Er war glühendheiß, und sie hatte schreckliche Angst. Mitten in der Nacht hatte er angefangen, sich hin- und herzuwerfen und unverständliche Worte gemurmelt. Einmal hatte er ihren Namen gerufen.

»Ich bin hier, Jack. Bleib ruhig, Liebling! Bitte, lieg still, sonst platzt die Wunde auf!«

Aber er hatte sie nicht gehört, sich in einem fort hin- und hergeworfen, alle Decken von sich gestrampelt und mit den Armen um sich geschlagen, bis sie seine Hände ergriff und festhielt, damit er sich beruhigte.

»Jack, Jack – bitte lieg still! Bitte!« Sie weinte und war sich in ihrem ganzen Leben noch nie so hilflos und allein vorgekommen. Er würde sterben. Hier in ihren Armen. Niemand konnte ein solches Fieber überstehen. Und sie konnte ihm nicht helfen. Konnte niemanden anrufen.

»Bitte laß ihn nicht sterben!« betete sie zu Gott, den Tröster aus den Tagen ihrer Kindheit. Als Kind hatte sie jeden Sonntag morgen in der Kirche verbracht und jeden Abend gebetet. Als Erwachsene war sie nicht mehr so gewissenhaft gewesen, aber jetzt, so sie niemanden hatte, an den sie sich wenden konnte, betete sie wie nie zuvor in ihrem Leben.

Ihre Arme lagen auf Jacks harten Bauch. Seine Haut war glühendheiß. Er stöhnte vor Schmerzen, und sie hatte nichts, um sie zu lindern. Dann fing er an zu wimmern, hilflos wie ein krankes Kind. Sie konnte ihn doch nicht einfach so sterben lassen, sagte sich Clara verzweifelt – es durfte nicht sein!

Das Fieber mußte gesenkt werden, das war im Augenblick das Wichtigste. Und er mußte ruhig liegenbleiben. Sie hockte sich auf ihn, um ihn zu bändigen, langte nach dem zerfetzten Laken und riß es in lange Streifen, die sie zu einem Seil verknotete. Dann setzte sie sich auf seine Schenkel und band ein Ende des Seils um seine flatternden Handgelenke. Sie wickelte den Streifen um Jack, bis er vom Nabel bis zu den Knöcheln wie eine Mumie verschnürt war. Dabei warf er den Kopf wie wild hin und her. Sie band das Seil an seinen Füßen fest und hoffte, daß die provisorische Zwangsjacke hielt. Dann erhob sie sich, langte nach dem Eiskübel und lief zur Eismaschine drei Türen weiter. Clara blickte sich ängstlich um, bemerkte aber nichts Ungewöhnliches. Immer noch dachte sie an Rostow, und ihr Herz hämmerte.

Wieder im Zimmer, war Rostow schnell vergessen. Jack zitterte am ganzen Körper und wölbte sich in krampfhaften Zuckungen. Ach, lieber Gott, bitte, bitte laß ihn nicht sterben!

Sie kippte das Eis ins Waschbecken, füllte es mit kaltem Wasser und tauchte das Spannlaken hinein. Mit dem tropfnassen Bettuch kniete sie sich neben Jack und wickelte ihn hinein. Nur die Stelle über der Wunde ließ sie frei und eine kleine Öffnung zum Atmen. Die Wunde sollte möglichst trocken bleiben, aber vor allem mußte das Fieber gesenkt werden.

Sie tauchte das Laken ins Wasser und schlang es um den Fiebernden, tauchte und wickelte, und endlich lag er still. Seine Haut war immer noch viel zu warm, aber nicht mehr glühendheiß. Er atmete ruhiger. Clara war erschöpft, aber so triefendnaß konnte sie ihn nicht liegen lassen. Sie mußte ihn abtrocknen.

Jeder Muskel ihres Körpers schmerzte. Sie war so müde, daß sie die Arme kaum noch heben konnte. Die linke Hand tat ihr entsetzlich weh, und die Schiene, die Jack aus Pappe und seiner Unterhose gebastelt hatte, war völlig durchweicht. Aber Clara war zu müde, um sich um ihren Finger zu kümmern. Sie schluckte zwei Aspirin und fing an, Jack aus seiner Zwangsjacke zu befreien. Am Ende hatte sie den ganzen Streifen abgewickelt, und Jack lag reglos da. Sie betete, er möge von seiner Bewußtlosigkeit in tiefen Schlaf gesunken sein.

Hose und Hemd waren triefendnaß und klebten ihm am Körper. Sie zerrte und zog an der Hose, bis sie endlich runterkam. Dann schnitt sie das Hemd auf. Nun war er nackt bis auf den Verband. Mit gespreizten Beinen lag er da, den linken Arm zur Seite geworfen, den rechten an den Körper geschmiegt. Behutsam trocknete sie ihn mit einer Decke, seine Nacktheit war für sie so natürlich wie die eigene. Danach zog sie sich selbst Pullover und Jeans aus. Nur mit dem Hemdhöschen bekleidet, legte sie sich neben ihn und zog den Rest der Zudecken über sie beide. Das Gesicht an seines geschmiegt, legte sie den Arm um seine Mitte und betete flüsternd, Gott möge ihn am Leben erhalten. Dabei schlief sie ein.

Eine dreiviertel Stunde später wurde sei von seinem unruhigen Gemurmel wach, wußte aber nicht gleich, wo sie sich befand und was passiert war. Dann spürte sie die glühende Hitze seiner Haut. Das Fieber war zurückgekehrt. Aufstöhnend erhob sie sich, holte Eis, tauchte die Laken ins Wasser und wickelte Jack in die nassen Tücher. Und wieder ging das Fieber zurück, und sie trocknete ihn und schlief wieder ein.

Bevor es hell wurde, wiederholte sie das Ganze noch zweimal. Als die Sonne aufging, saß sie auf dem Fußboden neben ihm. Sie hatte sich ans Bett gelehnt, und ihr Kopf sackte auf die Matratze. Sie war völlig erschöpft. Helle Flecken tanzten vor ihren Augen. Noch nie hatte sie so schwer gearbeitet, noch nie so verzweifelt gebetet und sich etwas so unbändig gewünscht. Und er würde leben! Etwas anderes ließ sie nicht zu.

Warum lag ihr eigentlich so viel daran? Schließlich kannte sie ihn doch erst seit fünf Tagen. Wie konnte ein fremder – ein gewalttätiger, selbstzerstörerischer Fremder, der dieses schreckliche Spiel des Tötens und Getötetwerdens mit der allergrößten Selbstverständlichkeit spielte – ihr so schnell so viel bedeuten? Dabei war er überhaupt nicht ihr Typ. Allerdings war sie sich auch nicht sicher, wie ihr Typ eigentlich zu sein hatte – so jedenfalls nicht. Er sah nicht einmal gut aus, zumindest hatte sie das am Anfang gedacht. Inzwischen fand sie ihn nämlich außerordentlich attraktiv, was aber wohl in erster Linie etwas mit ihren Hormonen zu tun hatte. Mit ihm war sie so ungehemmt leidenschaftlich wie die Heldinnen ihrer Bücher. Was sie sich vorher nie zugetraut hätte und ihr auch gar nicht gefiel. Nach dem Körper eines Mannes wie einer Droge zu gieren, war einfach anstößig. Verlieben würde sie sich deshalb jedenfalls nicht …

Ein gräßlicher Gedanke. Sie konnte und wollte sich nicht in ihn verlieben. Es war lächerlich, unmöglich. Er war verrückt, Herrgott noch mal, und dabei dachte sie nicht an seinen Nervenzusammenbruch. Er liebte die Gewalt, die Gefahr – sie wußte genau, denn seine Augen leuchteten, wenn es brenzlig wurde. Er hatte sie aus ihrer vertrauten Umgebung gerissen, sie alle halbe Stunde in Lebensgefahr gebracht, war unverschämt gewesen, hatte sie beleidigt, herumkommandiert – und er haßte Katzen! Unmöglich! Sie konnte sich *unmöglich* in ihn verlieben.

Sie hatte immer das Gefühl gehabt, irgendwo auf der Welt sei ein Mann, den das Schicksal nur für sie bestimmt hatte, ein Seelenverwandter. Ein Gentleman, ein Ritter in glänzender Rüstung, jemand, in den sie sich wahnsinnig, unsterblich verlieben könnte. Jemand, mit dem sie glücklich den Rest ihres Lebens verbringen würde. Sie hob den Kopf und starrte entsetzt auf Jack. Bleich, unrasiert, mit offenem Mund röchelnd atmend, schwarze Haare, die ihm wie Stacheln vom Kopf abstanden – und er war doch das Liebste, was sie sich vorstellen konnte. Ihr wurde warm ums Herz, aber ihre Seele wandte sich schaudernd ab. Bitte, lieber Gott, betete sie zu guter Letzt auch noch, laß ihn nicht mein Seelenverwandter sein!

Er murmelte etwas vor sich hin. Clara seufzte und schob die unwillkommenen Gedanken von sich. Ob er nun einer der schmutzigen kleinen Tricks war, die das Lebens sich für sie ausgedacht hatte, oder nicht – er brauchte sie, und sie war für ihn da. Und das Fieber war wieder angestiegen.

Es war später Nachmittag. Clara lag müde neben Jack auf dem Boden, sogar zu müde, um schlafen zu können. Den ganzen Tag lang hatte sie gegen das Fieber angekämpft, und endlich hatte sie das Gefühl, die Schlacht zu gewinnen. Jetzt schlief er. Wenn doch auch sie endlich einschlafen könnte!

»Clara.« Es kam so leise, daß sie glaubte, es sich nur eingebildet zu haben.

»Clara.« Er nannte sie beim Namen! Im Nu war sie hellwach. Sie rappelte sich auf und berührte seine Wange.

»Jack, ich bin da! Gleich neben dir, Liebling!«

Er öffnete die Augen. Sein Blick war fiebrig, aber klar.

»Was ist … passiert?«

»Weißt du es nicht mehr? Du bist von einer Kugel getroffen worden. Auf der Flucht vor Rostow und seinen Leuten.«

»Ahh.« Er schloß die Augen. Dann öffneten sie sich wieder. »Wir haben's geschafft … wie ich sehe.«

»Ja, wir sind in Sicherheit. Mach dir keine Sorgen.« Sie wollte ihn beruhigen. Impulsiv beugte sie sich über ihn und küßte ihn auf die Wange. Er suchte ihren Blick, und seine Lippen verzogen sich zu einem schiefen Lächeln.

»Du bist 'n netter Kerl.«

Clara wußte nicht, was für Lobreden sie erwartet hatte, aber dieses kleine Kompliment brachte sie völlig aus der Fassung. Sie wollte lachen und weinen, ihm eins über den Schädel hauen und ihn in die Arme nehmen – alles zur selben Zeit. Wenn sie daran dachte, wie verzweifelt sie in den letzten vierundzwanzig Stunden mit dem Tod gerungen hatte, dann war die Begrüßung ›du bist 'n netter Kerl‹ eine kalte Dusche. Aber was hatte sie sich erhofft? Schwüre ewiger Dankbarkeit und Treue? Nicht von Jack.

»Du bist auch 'n netter Kerl, Jack«, erwiderte sie mit einem wehmütigen Lächeln und hielt die Daumen hoch. Diesmal sah sein Lächeln schon echter aus.

»Du hast die Kugel rausgeholt, nicht wahr?«

Clara zwinkerte. »Woher weiß du das?«

»Ich kenn dich doch. Wenn du willst, schaffst du alles. Ganz erstaunlich – tolle Frau.« Er brachte die Worte kaum raus. Dann fielen ihm die Augen zu.

»Jack!« Erschrocken beugte sie sich über ihn. Sie hatte nicht gewußt, wie sehr sie ihn brauchte.

Seine Lider flatterten. Er blickte ihr ins Gesicht.

»Ruf Ramsey an«, sagte er und schloß die Augen. Clara rief ihn beim Namen, schüttelte ihn sogar, aber es war nutzlos. Entweder hatte er das Bewußtsein wieder verloren, oder er schlief. Sie hockte sich auf die Fersen und biß sich auf die Unterlippe. Ruf Ramsey an, hatte er gesagt. Er meinte sicher den wilden Bill – General Ramsey vom Camp Lejeune. Aber war General Ramsey denn auf ihrer Seite? Zwar hatte er sie nicht abgeschossen, aber weitergeholfen hatte er ihnen schließlich auch nicht. Und nun sollte sie ihn anrufen. War Jack überhaupt bei Verstand? Clara ließ sich die Sache noch eine Weile durch den Kopf gehen. Dann griff sie zum Telefon.

»Bitte verbinden Sie mich mit dem Camp Lejeune«, sagte sie in den Hörer.

24

Keine Stunde später tauchte General Ramsey auf. Während sie auf ihn gewartet hatte, war sie nervös durchs Zimmer gepest, hatte abwechselnd Jack angestarrt und aus dem Fenster gespäht. Als die Verbindung mit dem Camp hergestellt war, hatte sie Ramseys Sekretärin am Apparat. Sie wollte schon auflegen, nannte dann aber nervös ihren Namen. Die Sekretärin schien nicht zu wissen, wer sie war, und Clara begann zu zweifeln, daß der General überhaupt mit ihr sprechen würde. Aber Sekunden später meldete er sich.

»Wo zum Teufel sind Sie eigentlich?« hatte er gebrüllt.

Clara war erleichtert. Es klang, als ob er einen Soldaten zusammenstauchte und nicht, als ob er es mit einem gesuchten Verbrecherpaar zu tun hatte.

»In einem Truck-Stop in Swansboro. Ich – ich glaube, es heißt *Stop and Eat*. Das steht jedenfalls auf der Reklametafel.«

»Du lieber Himmel!«

Worauf das gemünzt war, war ihr nicht klar. Deshalb redete sie weiter.

»General, Jack hat mich gebeten, Sie anzurufen. Es geht ihm ziemlich schlecht.«

»Was ist passiert? Ach, egal. In spätestens einer Stunde bin ich bei Ihnen.« Und nach einer kurzen Pause: »Miss Winston, machen Sie niemandem die Tür auf!«

»Nein, bestimmt nicht!« hatte Clara schnell geantwortet und die Pistole griffbereit hingelegt, aber die ganze Zeit gebetet, sie bis zum Eintreffen des Generals nicht benutzen zu müssen. Einmal in ihrem Leben – in der allergrößten Not – hatte sie abgedrückt, konnte sich aber überhaupt nicht mehr vorstellen, wie sie das geschafft hatte.

Als die beiden unauffälligen Kombis auf den Parkplatz fuhren, klopfte ihr Herz so wild, daß sie nichts anderes mehr hören konnte. Doch die Angst war mit einem Schlag wie weggeblasen. Es war Ramsey, kein anderer – mit seiner Uniform und allem Drum und Dran ein General, wie er im Buche stand. Er stieg auf der Beifahrerseite des ersten Kombi aus, während ein glatzköpfiger Offizier um die Vierzig und offensichtlich sein Untergebener auf der Fahrerseite aus dem Wagen kletterte. Ein jüngerer Offizier stieg hinten aus. Als der Ältere um das Auto ging, atmete Clara erleichtert auf. Sie hatte den ›wilden Bill‹ nur kurz zu sehen bekommen, aber das ledrige Gesicht und die graue Igelfrisur waren unverkennbar.

Während General Ramsey und die anderen auf sie zuschritten, stiegen vier weitere Marines, gewöhnliche Frontschweine, wie Jack sie nennen würde, aus dem zweiten Wagen und formierten sich hinter dem General. Es sah aus, als habe er seine eigene Privatarmee mitgebracht. Gott sei Dank!

Clara ging schnell an die Tür und zog den Stuhl unter dem Knauf zur Seite. Die Tür war offen, bevor der General und seine Leute davorstanden.

»Miss Winston.« Er nickte. »Wo ist ... ah!«

Sie war beiseite getreten, um ihn ins Zimmer zu lassen; und da sah er Jack unter dem Deckenhaufen auf dem Fußboden liegen.

»Was ist passiert?« fragte er ernst, schaute Jack an und die blutigen Handtücher, die Stoffetzen und Kleidungsstücke, die verstreut herumlagen. Während es Clara ihm stoßweise auseinandersetzte, betrat der zweite Offizier den Raum, der ihr als Captain Spencer vorgestellt wurde. Ihm folgte ein dritter, Captain Kryzanski, Arzt. Clara war so froh, einen richtigen Doktor zu sehen, daß sie ihm am liebsten um den Hals gefallen wäre. Aber General Ramsey rief sie mit seiner strengen Miene auf den Boden der Tatsachen zurück, während sich die vier gewöhnlichen Frontschweine draußen vor der Tür postierten, die er dann schloß und verriegelte. Clara wurde fast schwindlig vor Erleichterung, so viel Verstärkung um sich zu haben, und sie erzählte dem General alles, was geschehen war, seit sie das Camp verlassen hatten.

»Jack hat die Wahrheit gesagt, General, das schwöre ich! Der KGB ist wirklich hinter ihm her, und es gibt einen Maulwurf und einen Mikrofilm und –« Ihr verzweifelter Versuch, General Ramsey von Jacks Unschuld zu überzeugen, bevor sie ihn zu irgendeinem Gefängnis karrten, wurde mit brüsker Handbewegung unterbrochen.

»Ich weiß Bescheid«, sagte er schroff. Dann: »McClain und ich haben uns im Camp geeinigt, daß niemand davon erfahren sollte. Aber ich denke, Sie sind inzwischen sowieso über alles informiert. Dann sollten Sie auch wissen, was gespielt wird.«

»Danke, General«, sagte Clara verblüfft. Jack hatte ihr nichts von einer Abmachung mit dem General erzählt. Sie blickte finster auf Jack. Von dem Mikrofilm hatte er ihr auch erst erzählt, als es nicht mehr anders ging. Was er ihr wohl sonst noch verheimlichte?

»Jemand hat ihn perfekt zusammengeflickt.« Der Arzt, der neben Jack gekniet hatte, erhob sich. »Die Kugel ist draußen, und soweit ich es erkennen kann, hat sie keine lebenswichtigen Organe getroffen, weder Herz, Lunge, Leber oder sonst irgendwas. Der Kerl – Verzeihung – der Mann hat Glück gehabt.«

»Sie haben die Kugel rausgeholt?« General Ramsey sah sie scharf an. Clara nickte. »Nun, er hat ja auch gesagt, daß Sie eine tolle Frau sind.«

Ihre Augen wurden groß. Aber bevor sie etwas erwidern konnte, regte sich Jack und rief ihren Namen.

»Ich bin hier, Jack«, sagte sie und ging zu ihm. Er öffnete die Augen, sah sie an und blickte dann erstaunt auf den Arzt und Captain Spencer. Seine Muskeln strafften sich. Dann trat General Ramsey vor, und Jack schien sich zu entspannen.

»Schön, Sie zu sehen, General.« Er runzelte die Stirn. »Die Bombe soll auf Seabrook Island platzen. Am ersten Tag des Gipfeltreffens, gleich bei der Ankunft. Der Täter ist ein eingeschleuster Agent in Vertrauensposition.«

Der General regte sich auf. »Wie haben Sie das bloß rausgekriegt?«

Jack lächelte. »Ich hab mich ein bißchen mit Rostow unterhalten. Clara kann Ihnen alles erzählen.«

Ramsey nickte und machte eine ruckartige Kopfbewegung. Captain Spencer führte den Arzt außer Hörweite. General Ramsey beugte sich über Jack und sagte leise: »Ich hab gestern mit dem Präsidenten höchstpersönlich gesprochen und ihn über alles informiert. Er hat die Sache ernst genommen und nur seine vertrauenswürdigsten Mitarbeiter benachrichtigt. Keiner außer ihnen weiß Bescheid. Für alle Berater des Präsidenten ist die Sicherheit verstärkt worden, um ja nicht durchsickern zu lassen, daß wir mit einem Anschlag auf den Außenminister rechnen. Jetzt, da wir genau wissen, wo und wann es passieren soll, können wir uns um alles kümmern. Die verdammte Insel wird eine einzige Festung sein. Und wir werden dafür sorgen, daß Sie ins Krankenhaus kommen und natürlich entlastet werden. Machen Sie sich keine Sorgen! Sie haben Ihre Aufgabe erledigt und das verdammt gut!«

Jack schüttelte den Kopf. »Wegen des kleinen Lochs in meinem Bauch geb ich mich noch lange nicht geschlagen.« Das Gespräch mit Ramsey hatte ihn angestrengt, und seine Worte kamen undeutlich heraus. Er holte tief Luft. »Sie brauchen mich! Die Agency ist keine Hilfe, solange Bigfoot auf freiem Fuß ist. Sogar der Leibwächter des Außenministers steht unter Verdacht. Alle stehen unter Verdacht. Der Agent kann sich sonstwo rumtreiben. Ich will dabei sein. Wenn's passiert. Auf der Insel. Es ist *mein* Baby, General!«

General Ramsey zog die Stirn kraus. »Es ist nicht nötig. Sie sind nicht fit. Und Miss Winston?«

»Ich gehe mit ihm«, warf Clara, die mit verschränkten Armen am Kopfende des Lagers stand, ein. Jack blickte zu ihr hoch. Dann sah er General Ramsey wieder an und nickte.

»Sie haben die Dame gehört. Sie bleibt bei mir.«

»Das ist verdammt unklug. Sie sind verletzt, Sie müssen ins Krankenhaus.«

Jack schüttelte den Kopf. »In einem Krankenhaus bin ich nicht sicher. Nicht im Camp, nirgends. Nicht, solange Bigfoot nicht entlarvt ist. Das wissen Sie genau, General. Außerdem hab ich noch andere Informationen für Sie. Vielleicht sehr wichtige. Die gebe ich Ihnen, wenn Sie mich nach Seabrook Island bringen.«

General Ramsey sah böse aus. »Das ist Bestechung!«

Jack kniff die Augen zusammen. Seine Schultern hoben sich. »Was sein muß, muß sein.«

General Ramsey starrte auf ihn hinab. Seine buschigen graumelierten Brauen zuckten. Clara hielt die Luft an ...

»Sie haben Nerven, McClain, das muß man Ihnen lassen. Schon immer gehabt.« Er schüttelte den Kopf und grinste plötzlich. »Okay, mein Junge, wird gemacht. Wir fahren nach Seabrook Island.«

25

Seabrook Island war phantastisch. Es war ein 900 Hektar großes Erholungsgebiet in Privatbesitz mit üppiger Blumenpracht, moosbehangenen Bäumen und Regenwaldvegetation vor der Küste von South Carolina, dreiundzwanzig Meilen von Charleston entfernt. Wellen brachen sich an den weißen Sandstränden. Dreistöckige Villen aus silbrigem Holz mit Balkonen hatten Meeresblick auf der einen und ein Pförtnerhaus auf der anderen Seite. Es gab auch Villen am Rande des Golfplatzes und im Wald. An schmalen Flüssen, die sich durch die Insel schlängelten und ins Meer mündeten, fühlten sich viele Vögel und andere Tiere heimisch. Künstliche Seen glitzerten wie Saphire in der grünen Landschaft. Ein breites Sumpfgebiet mit dichtwachsenden hohen Binsen trennte die Insel vom Festland. Das Inselparadies war der perfekte Ort für einen Traumurlaub – oder ein streng geheimes Gipfeltreffen.

Drei Tage, nachdem sie mit dem General in Mietautos eingetroffen waren (Militärwagen wären zu auffallend gewesen), saß Jack bereits in der Fünf-Zimmer-Villa, die ihnen zugeteilt worden war, aufrecht im Bett. Er war ein anstrengender Patient, aber Clara – froh, daß er am Leben war – nahm es ihm nicht übel. Klaglos holte sie ihm Sachen, fütterte ihn, wenn er zu schwach war, die Gabel zu halten, und wusch ihn im Bett, wenn er lauthals erklärte, sich viel lieber von ihr als dem Doktor verpäppeln zu lassen. Wenn Ramsey auftauchte, der zweimal täglich mit Jack konferierte, setzte sie sich entweder dazu oder machte einen langen Strandspaziergang, je nachdem, wie es die Herren wünschten. An Ramseys Augenbrauen ließ sich sofort erkennen, ob er mit Jack allein sein wollte. Sie genoß es, an den wasserumspülten weißen Stränden entlangzuschlendern, die jetzt, in der Nebensaison, fast menschenleer waren. Wenn sich Clara danach erkundigt hätte, hätte Jack ihr sicher erzählt, was während der Besuche besprochen wurde, aber sie stellte keine Fragen. So genau wollte sie über die Pläne, die die beiden ausheckten, gar nicht Bescheid wissen, denn sie wurde das unangenehme Gefühl nicht los, daß das, worüber sie sich so angeregt unterhielten, mit einer Menge Blutvergießen enden würde. War Gewalt im Spiel, schien Jack erst richtig aufzublühen, und der wilde Bill Ramsey war auch nicht besser. Aber Clara hatte mehr als genug von Tod, Waffen und Blutvergießen. Sie wollte nur mit Jack zusammen sein und in Sicherheit, weit, weit weg von dem ganzen Schlamassel.

Sie ahnte, daß sie auf dem besten Wege war, sich in Jack zu verlieben, und fand dies äußerst beunruhigend. Er war viel zu sehr Eigenbrötler, ein Außenseiter, für den andere Werte galten als die, mit denen sie aufgewachsen war. Sie wünschte sich einen netten, normalen Mann mit einem netten, normalen Job, damit sie ein nettes, normales Leben mit netten, normalen Kindern führen konnte. Mit ihrem verrückten Spion schien all dies unmöglich zu sein.

Kaum waren sie auf der Insel angekommen und hatten sich in der Villa niedergelassen, kam Ramsey schon über die paar Meter Gras und Sand, die ihr Haus von seinem trennten, anmarschiert. Clara mochte ihn gern, was sicher auch mit seiner Aussage zu tun hatte, daß Paff, der im Camp von seiner Frau versorgt wurde, ein Kater mit *Persönlichkeit* sei. Jack hatte ihr gesagt, daß General Ramsey ein Katzenliebhaber sei, und beschrieben, wie Paff sich ihm gegenüber verhalten hatte. Nach Claras Auffassung konnte jemand, den Paff mochte, kein schlechter Kerl sein, und so ließ sie ihn, als er an die Tür hämmerte, lächelnd ein. Aber der General hatte etwas auf dem Herzen. Er brummte vor sich hin und lief die Treppe zum Schlafzimmer hinauf, wo Jack von Captain Kryzanski, der sie mit Captain Spencer und einem kleinen Trupp Marines begleitet hatte, gerade untersucht wurde.

»Diesen Kids kann ich vertrauen«, sagt der General, als Clara ihre Anwesenheit in Frage gestellt hatte. Und sie sah ein, daß es Sinn machte. In Zivilkleidung, wie der General und die anderen Offiziere, waren die Soldaten auf die Häuser verteilt worden, um unauffällig Wache zu halten. Clara hielt sie absolut nicht für unauffällig, aber sie wußte ja auch

Bescheid. Jemand, der nicht informiert war, konnte sie für Gärtner, Sonnenanbeter oder sonstwas halten. Rostow und seinen Leuten, falls diese wider allen Erwartens den Aufenthaltsort ihrer Opfer ausfindig machen sollten, fürchtete sie, wären die Soldaten jedoch ganz gewiß unterlegen. Aber Jack schien sich darüber keine Gedanken zu machen. Er hatte gelacht, als er Ramseys private Sicherheitstruppe zu sehen bekam, und gesagt, der wilde alte Bill sei ein vorsichtiger Mann.

»Und wo sind die Informationen, die Sie mir versprochen haben?« bellte der General, sobald Captain Kryzanski auf ein Stirnrunzeln hin das Zimmer verlassen hatte. Clara war mit verschränkten Armen am Fuß des luxuriösen Doppelbetts stehengeblieben. Sie dachte, daß Jack, der noch nicht sitzen konnte, sie vielleicht brauchte, und ließ sich von Ramseys finsterem Blick nicht einschüchtern.

Das Treffen fand keine sechsunddreißig Stunden, nachdem der General sie aus dem Motel geholt hatte, statt. Es war Freitag, der neunte Oktober. Die Ermordung des Außenministers sollte genau eine Woche später erfolgen. Jack war immer noch sehr schwach, konnte sich aber leider nicht in Frieden erholen. Die Dinge spitzten sich zu. Die Zeit wurde knapp.

Jack lag auf seine Kissen gestützt im Bett, das aggressive Kinn glatt rasiert und die Haare ordentlich gekämmt. Sein Oberkörper war nackt. Über der Brust lag ein fachmännisch angebrachter Verband. Sein rechter Arm ruhte in einer Schlinge, und seine Haut war fast so weiß wie das Bettzeug. Aber seine Augen strahlten smaragdgrün, und er brachte sogar ein schwaches Grinsen zustande.

»Guten Morgen, General.«

»Lassen Sie den Quatsch! Sie haben mir Informationen versprochen. Also?«

Statt einer Antwort fuhrwerkte Jack mit der Zunge im Mund herum, dann hob er eine Hand an die Lippen und schien etwas hineinzuspucken. Erstaunt beobachtete Clara, wie er triumphierend einen Zahn in die Höhe hielt.

»Was, zum Teufel, ist *das*?« General Ramsey sprach ihr aus der Seele. Clara blickte von Jack zum Zahn in seiner Hand und sah, daß sein perlweißes Lächeln ein Lücke aufwies, wo sein rechter Eckzahn gewesen war. Jack hatte einen falschen Zahn!

»Sie haben doch nicht geglaubt, daß die Fellkugel der einzige Trick war, den ich auf Lager hatte, General?« Jacks Augen blitzten Ramsey an, während er die Wurzel abschraubte. Im Zahn, genau eingepaßt, lag eine rotgelbe Kapsel.

»Das darf ja nicht wahr sein!« Der General klang gleichzeitig erstaunt und beleidigt. Jack drehte an der Kapsel, und ein winziger Mikrofilm kam zum Vorschein, den er auf die Handfläche schüttelte. »Noch ein Mikrofilm? Sie haben mir nicht alles gesagt, McClain!«

»Tut mit leid, Sir, aber ich wußte damals noch nicht, ob ich Ihnen hundertprozentig trauen kann oder nicht. Ich wollte nicht alles auf eine Karte setzen. Schließlich bin ich nur deshalb noch am Leben, weil ich ein vorsichtiger Mann bin.«

»Hmm!« brummte der General und nahm Jack den Mikrofilm aus der Hand. »Woher haben Sie den?«

Jack schraubte die Wurzel wieder auf den Zahn und steckte ihn sich wie eine Pille in den Mund. Er fuhr mit der Zunge im Mund rum, und Clara mußte staunend feststellen, daß der Eckzahn so natürlich wie die anderen in den Zahnbogen paßte. Ihr Spion war eben voller Überraschungen!

»Es ist die Hälfte des ursprünglichen Mikrofilms, den Juropow hatte. Er schnitt ihn in der Mitte durch, falls die eine Hälfte entdeckt würde, und ich fand das eine gute Idee. Niemand suchte nach *zwei* Mikrofilmen.«

»Donnerwetter!« brüllte Ramsey aufgeregt und starrte auf den winzigen braunen Film, als ob er eine heilige Reliquie wäre. »Ich muß gleich Davey Bescheid sagen!«

»Ich würde ihn mir auch gerne anschauen, Sir.«

Ramsey sah ihn an. »Haben Sie noch mehr Überraschungen auf Lager?«

McClain grinste mühsam. Der Besuch des Generals erschöpfte ihn, stellte Clara fest und runzelte die Stirn.

»Es war meine letzte.«

»Das möcht' ich auch hoffen!« knurrte Ramsey und wandte sich an Clara. »Miss Winston, passen Sie gut auf den Schlawiner auf! Wenn Sie was brauchen, schicken Sie einen meiner Jungs los. Es ist nicht nötig, daß Sie auch noch Besorgungen machen.«

»Vielen Dank, General.«

General Ramsey stapfte auf die Tür zu. »Sobald wir eins von diesen Mikroskop-Dingern haben, schauen wir uns die Sache an und sagen Ihnen Bescheid, was drauf ist. Geben Sie auf sich acht, McClain!«

Als er weg war, stellte sich Clara an Jacks Bett und betrachtete ihn stirnrunzelnd. »Gibt es noch irgendwas, das du mir nicht gesagt hast?«

»Ich glaube, ich hab dir noch nicht gesagt, wie hübsch du heute aussiehst«, antwortete er mit unschuldigem Lächeln und griff nach ihrer Hand. Clara ließ es zu, daß er die Hand an seine Lippen drückte, aber ihre Stirnfalten wurden noch tiefer.

»Du hast mir überhaupt nichts von dem Mikrofilm erzählt, kein einziges Wort. Du hast mich in dem Glauben gelassen, aus uneigennützigen Gründen Paffs Leben gerettet zu haben und dabei nur an den verdammten Mikrofilm gedacht! Nach unserem Aufenthalt im Camp hast du mir nicht gesagt, daß General Ramsey auf unserer Seite ist. Ich bin vor Nervosität fast gestorben, als ich mich entscheiden mußte, ob ich ihn anrufen sollte oder nicht. Ich wußte ja nicht, ob du bei Sinnen warst! Und jetzt das! Noch einen Mikrofilm in einem falschen Zahn! Als nächstes wirst du mir erklären, daß du gar nicht Jack McClain heißt!«

»Also, um ehrlich zu sein ...« sagte er grinsend.

»Ach!« Clara entriß ihm die Hand, drehte sich auf dem Absatz um und marschierte aus dem Zimmer.

»Ich hab doch nur Spaß gemacht!« rief er ihr schnell hinterher. »Natürlich heiße ich Jack McClain! Clara, Baby, komm zurück! Bitte!« Und er fing fürchterlich an zu husten. Clara wurde schwach und machte kehrt. Dann verdarb er alles mit einem: »Traust du mir etwa nicht?«

Er lachte, Clara jedoch keineswegs. Die Wahrheit war nämlich, sie traute ihm nicht. Und zwar kein bißchen!

26

Abends um neun hämmerte General Ramsey an die Tür. Jack, der sich zwar erholt, aber schnell müde wurde – was er ungern zugab –, war eben eingeschlafen. Clara in Morgenrock und Nachthemd, daß sie in einer der exklusiven Boutiquen des Ortes gekauft hatte, war unten in der Wohnküche und brühte frischen Kaffee. Trotz der Wachtposten des Generals war sie nervös und zuckte zusammen, als es klopfte.

Mit einem »Sie gehen doch nicht etwa schon ins Bett?« marschierte der General an ihr vorbei ins Haus. »McClain wach? Auf dem Mikrofilm sind ein paar Sachen, die ihn vom Hocker reißen werden!«

»Er schläft«, sagte Clara, aber der General war mit dem braunen Umschlag, den er in der Hand schwenkte, schon die Stufen hochgestürmt. Clara schüttelte den Kopf, schloß und verriegelte die Tür und folgte ihm die Treppe hinauf.

»Ich dachte mir, *das* muß er sofort sehen!« Als Clara ins Zimmer trat, hatte Ramsey schon die Nachttischlampe angeknipst und Jack geweckt. Jack blickte benommen hoch, blinzelte ins Licht und schüttelte den Kopf, um wach zu werden. Seine schwarzen Haare waren wirr und sein Kinn voll schwarzer Stoppeln. Clara spürte einen wehmütigen Stich im Herzen. Wieso dachte sie früher, er sei kein gutaussehender Mann?

»Was ist?« knurrte McClain verschlafen, stützte sich auf die Kissen und nahm Ramsey den Umschlag aus der Hand. Er schien sich nicht aufrichten zu können, weil die Bewegungsfähigkeit seines rechten Arms immer noch stark eingeschränkt war. Clara eilte zu ihm und rückte die Kopfkissen zurecht. Dabei neigte er sich nach vorn und zog die Unterlagen aus dem Umschlag.

Was sie für ihn tat, war wohl alles schon selbstverständlich? Sie blickte auf seinen schwarzen Hinterkopf und, als er kurz durch die Zähne pfiff, auf den Ordner in seinen Händen. Er enthielt zwei fotokopierte Blätter. Auf dem einen war die Schwarzweißaufnahme eines jungen Mannes in der hochgeschlossenen Gymnasterka-Uniform der sowjetischen Armee. Er war schlank, hatte markante Gesichtszüge und eine lange Hakennase. Auf dem Bild lagen seine Haare eng am Kopf an, schienen aber pechschwarz zu sein. Seine Augen waren für solche dunkle Haare erstaunlich hell, doch war die genaue Farbe nicht auszumachen. Die Unterschrift unter der Aufnahme identifizierte den Mann als Nikolai Andrejwitsch Bukowski. Das andere Blatt enthielt Bukowskis Biographie. Clara überflog sie rasch.

Nikolai Bukowski wurde am 17. August 1922 im Dorf Gorlowka in der östlichen Ukraine geboren. Sein Vater war Bergmann und Soldat der Roten Armee. Seine Mutter stammte von lettischen und polnischen Vorfahren ab. Er war der älteste von vier Kindern, hatte ausgezeichnete Schulzeugnisse vorzuweisen und eine Leidenschaft für die Fliegerei entwickelt. Im Juni 1941, als Hitler die Sowjetunion angriff und den Hafen von Sewastopol bombardierte, schloß sich Bukowski der Roten Armee an. Er wurde in der gerade mal flügge gewordenen Luftwaffe ausgebildet und flog während des Krieges zuerst antiquierte Holzflugzeuge und später moderne Kampfmaschinen. Im Oktober 1944 wurde er in der Nähe von Warschau von deutschen Fliegerabwehrkanonen abgeschossen. Zunächst wurde er als vermißt gemeldet. Später erhielt seine Familie die Nachricht, er sei tot. Da war er zweiundzwanzig Jahre alt.

»Wer ist Nikolai Bukowski?« fragte Clara stirnrunzelnd. So, wie der General sich verhielt, mußte die Akte von großer Bedeutung sein, aber Clara begriff noch immer nicht, worum es ging.

»Ich glaube« sagte Jack langsam und sah sich das Bild noch einmal an, »ich glaube tatsächlich, daß wir Bigfoot gefunden haben.«

»Genau meine Meinung«, strahlte General Ramsey.

»Aber wie kann Nikolai Bukowski Bigfoot sein?« Clara kapierte immer noch nichts. »Hier steht doch, daß er 1944 umgekommen ist.«

»Ja, das steht da«, bestätigte der General fröhlich.

Jack hatte Erbarmen. »Nur weil in einer Akte behauptet wird, daß jemand gestorben ist, heißt das noch lange nicht, daß es stimmt. Der KGB ändert oft die Unterlagen seiner Agenten. Ich vermute, daß Bukowski gar nicht umgekommen ist. Er wurde als Agent rekrutiert und nach dem Krieg in die Vereinigten Staaten geschleust. Und hier ist er nun – als Bigfoot.«

»Aber wie ist das möglich? Wie kann so ein Mann in unserem Geheimdienst eine Spitzenposition einnehmen, wie Bigfoot sie angeblich hat? Wird denn gar nicht geprüft, wo die Leute herkommen?«

»Offenbar hat er eine neue Identität angenommen. Aber jetzt, wo wir wissen, wonach wir suchen, sollte es nicht allzu schwierig sein, ihn zu finden. Wir müssen unsere Liste mit Verdachtspersonen überprüfen und nach Informationen aus der Zeit vor 1944 Ausschau halten, die nicht stichhaltig sind. Gefälschte Zeugnisabschriften zum Beispiel. Falsche Geburtsurkunden. Keine Freunde oder Familienmitglieder aus der Zeit vor 1944. Solche Sachen eben.«

»Wäre es nicht einfacher, das Bild mit den verdächtigen Personen zu vergleichen? So sehr kann er sich doch nicht verändert haben.«

Beide Männer sahen sie mitleidig an.

»Wenn er ein untergetauchter Agent ist, hat er sich mit Sicherheit einer Gesichtsoperation unterzogen, Clara«, sagte Jack. Er zog die Stirn in Falten. Es sah aus, als ob er mit den Gedanken schon wieder ganz woanders wäre.

»Davey führt gerade diese Background-Checks durch. Dann werden wir uns die offiziellen Fakten ansehen und mit dem wahren Leben vergleichen. Das dürfte nicht mehr als zwei Tage in Anspruch nehmen. Was meinen Sie, McClain?«

Jack saß immer noch mit gerunzelter Stirn da und schien nicht bei der Sache zu sein.

»Ich weiß nicht, General. Bigfoot hat bestimmt dafür gesorgt, daß eine Spuren problemlos verfolgt werden können. Wahrscheinlich ist mehr als die Überprüfung seiner Vergangenheit nötig, um ihn hochgehen zu lassen. Aber ich bin auch der Meinung, daß es der erste Schritt sein muß.«

»Wir kriegen ihn – so oder so. Jetzt, wo wir wissen, daß er da ist und wo er herkommt, ist es nur noch eine Frage der Zeit.«

»Zeit haben wir allerdings nicht viel, General. Der Anschlag auf den Außenminister soll in weniger als einer Woche erfolgen. Und Bigfoot gefährdet die Sicherheit jeden Tag.«

»Um den Außenminister haben wir uns bereits gekümmert«, sagte General Ramsey, nahm Jack die Akte aus der Hand und klemmte sie sich unter den Arm. »Das Einfachste von der Welt, wenn man darüber nachdenkt. Der Anschlag wird stattfinden wie geplant, nur wird es den Minister nicht erwischen. Wir haben einen Ersatzmann bereitgestellt. Gleiche Größe und Körperbau. Er trifft mit der Limousine des Außenministers und seinen Leibwächtern ein. Keiner wird was merken. Wenn es passiert, erschießen sie den Falschen.«

»Der Arme!« hauchte Clara.

General Ramsey grinste sie an. »Er trägt kugelsichere Sachen unter der Kleidung. Ihm geschieht schon nichts. Und den Schützen schnappen wir uns auf frischer Tat. Wenn wir mit unseren Untersuchungen nicht weiterkommen, kann der uns vielleicht zu Bigfoot führen.«

»Ja«, kam es gedehnt von McClain. Er war immer noch geistesabwesend. Ramsey schaute ihn stirnrunzelnd an und sagte, er müsse gehen. Clara begleitete ihn bis zur Tür.

»Ihm geht's noch nicht so gut, was?« fragte der General, und Clara nickte.

»Er hat jedenfalls 'ne Menge geleistet. Passen Sie auf, daß

er im Bett bleibt, okay? Er braucht sich keine unnötigen Gedanken zu machen. Wir – Nick und Davey und ich – haben alles unter Kontrolle.«

Clara schloß die Tür hinter ihm und ging die Treppe wieder hinauf. Jack saß grübelnd im Bett.

»Was ist denn los?« fragte sie und zog ihm ein Kopfkissen weg, so daß er nur noch auf einem lag.

»Hey!« protestierte er und lehnte sich mit finsterer Miene zurück. »Ich hab so ein komisches Gefühl. Als ob da was ist, das ich weiß und nicht weiß, daß ich es weiß. Weißt du, was ich meine?«

»Ja, ich weiß.« Clara grinste. Er lächelte schief.

»Das Ganze ist zu verdammt einfach«, murmelte er.

»Hör auf, dir Gedanken zu machen, und schlaf jetzt.« Clara beugte sich zu ihm, um die Nachttischlampe auszuknipsen.

Er langte nach ihrer Hand und zog sie aufs Bett neben sich. Seine Finger zogen die Bogen des Ausschnitts ihres cremefarbenen Steppmantels nach.

»Gefällt mir. Wo hast du den gekauft?«

»Bei Columbella, einer ganz exklusiven Boutique. Hat ein Vermögen gekostet. General Ramsey sagte, ich solle kaufen, was ich brauche und das Kreditkonto der Villa belasten. Ich hab mich an seinen Rat gehalten.«

»Schön.« Seine Hand glitt unter den Ausschnitt des Morgenmantels und strich über die seidige Haut unter dem Schlüsselbein. Selbst diese zarte Berührung war wie ein Stromschlag. Sie ergriff seine Hand, schob sie weg und hielt sie fest.

»Warum hast du das getan?« Es klang verletzt. Clara wollte seine Hand loslassen, aber seine Finger verschränkten sich mit ihren.

»Du brauchst deinen Schlaf.«

»Schlaf mit mir!«

Clara machte große Augen. »Du machst wohl Witze! Mit *dem* Loch in der Brust?«

Sie konnte seine Zähne in der Dunkelheit funkeln sehen. Er grinste.

»Was hast du bloß für schmutzige Gedanken? Ich meinte *schlafen.* Verstehst du? Rrrrr.«

»Na klar.«

»Echt! Um ehrlich zu sein, ich schlaf nicht mehr gerne allein.«

Clara sah in mißtrauisch an. Es hatte sehnsüchtig geklungen, richtig wehleidig. Das sah Jack überhaupt nicht ähnlich.

»Wieso nicht?«

»Ich hab schreckliche Alpträume.« Er wisperte es mit zittriger Stimme. Darauf fiel sie nicht herein. Wenn er wirklich Alpträume hatte, würde er sich eher vierteilen lassen, als es zuzugeben.

»Die du bestimmt alle verdient hast!« erwiderte sie schnippisch und versuchte aufzustehen. Er brüllte vor Lachen und hielt sie fest. Sein Griff war erstaunlich kräftig. Aus Angst, ihm weh zu tun, sträubte sie sich nicht.

»Ich mag dich, Clara Winston«, sagte er grinsend. Dann hob er ihre Hand an den Mund und drückte seine Lippen in ihre Handfläche.

»Schlaf mit mir! Bitte. Weiter nichts, ich versprech es dir. Es ist doch albern, in zwei Betten rumzuwühlen, wenn wir wunderbar mit einem auskommen.«

Es war zwar kein überzeugender Grund, aber Clara ließ sich überreden. Um bei der Wahrheit zu bleiben – sie wußte, sie würde ihn vermissen, wenn sie im Zimmer nebenan zu Bett ginge. Sie hatte sich an seine Gegenwart gewöhnt, fest und warm neben sich, wenn sie schlief.

»Wenn du mir meine Hand zurückgibst, zieh ich meinen Morgenrock aus«, versprach sie. Sie wollte nicht, daß er merkte, wie gern sie zu ihm in das riesige Bett stieg.

»Ich kann es nicht erwarten.« Er sah ihr zu, wie sie sich aus dem Morgenrock schälte, und zeigte ihr deutlich, wie sehr ihm das hübsche rosa Nachthemd darunter gefiel. Es war wadenlang, mit cremefarbener Spitze eingefaßt und in Gedanken an ihn gekauft worden. Darauf achtend, daß sie die verletzte Körperhälfte nicht berührte, rollte sie sich neben ihm zusammen. Eigentlich wollte sie ihm die Sache mit dem Nachthemd verraten, ließ es dann aber doch lieber sein. Er brauchte nicht zu wissen, welchen Platz er in ihrem Herzen bereits einnahm.

»Gib mir einen Gute-Nacht-Kuß, Baby«, murmelte er und zog sie mit dem heilen Arm an sich. Gehorsam reckte sie den Hals und küßte ihn auf die Lippen. Es sollte ein ganz leichter, weicher Schmetterlingskuß sein, aber er packte ihren Mund mit seinem, teilte ihre Lippen und küßte sie so heftig, daß es sie bis ins Innerste erschütterte. Sie zitterte, als er sie losließ.

»Ich möchte irrsinnig gern mit dir schlafen.« Seine Hand glitt über ihren nackten Arm, strich rauf und runter und verursachte eine köstliche Spannung.

»Geht nicht«, flüsterte sie schwach. Sie lag bebend neben ihm im Dunkeln, den Druck seines Kusses noch auf den Lippen, und ertappte sich bei Überlegungen, wie sehr ihn seine Wunde wohl drosseln mochte. Vielleicht, wenn sie selbst die Initiative ergriff ...

Leises Schnarchen machte den Gedankengängen ein Ende. Ihr sexy Spion war fest eingeschlafen. Erst war sie beleidigt. Dann mußte sie grinsen.

»Ich mag dich auch, Jack McClain«, flüsterte sie ins Dunkel und kuschelte sich noch enger an ihn.

27

Bis zum Mittwoch der folgenden Woche hatten die Untersuchungen nichts Neues ergeben. General Ramsey befahl Captain Spencer, noch tiefer zu graben. Captain Spencer schwor, sein Bestes zu tun. Wenn Jack nicht mit dem General zusammensteckte, was meistens der Fall war, schien er mit den Gedanken weit weg zu sein. Alles war in die Wege geleitet worden, um die Ermordung des Außenministers zu vereiteln. Jetzt ging es nur noch um die Identifizierung von Bigfoot. Aber bisher hatten sie damit kein Glück gehabt.

»Wir müssen ein paar Falschmeldungen einschmuggeln und dann sehen, was dabei rauskommt«, sagte Jack schließlich.

»Das könnte aber ziemlich viel Zeit kosten«, warf Captain Spencer ein. »Jedem Verdächtigen auf unserer Liste müßten wir völlig verschiedene Informationen zuspielen. Wenn wir den Geheimdienstausschuß des Senats und die Präsidentenberater berücksichtigen, kommt eine Menge Zeit und eine Menge Ärger zusammen. Und damit wäre noch nicht einmal garantiert, daß Bigfoot die Informationen, die wir ihm zukommen lassen, auch weitergibt.«

»Es müßte was Dringendes sein, etwas, das er sofort loswerden muß.«

»Sie wissen nicht, daß wir wissen, wie sie unseren VKR-Code geknackt haben. Wir könnten das in einem streng geheimen Memorandum erwähnen und einen neuen Code beifügen. Für jeden Verdächtigen einen anderen. Dann brauchten wir nur noch abzuwarten und zu sehen, welcher Code benutzt wird.«

Der General und Captain Spencer betrachteten Jack mit Ehrfurcht.

»Brillant!« lobte Captain Spencer. »Das wird funktionieren!«

»Kennen Sie die Codes?« fragte Ramsey. »Die neuen müßten legitim sein – etwas, das man verfolgen kann.«

»O, ja«, sagte Jack grimmig. »Ich kenne die Codes.«

General Ramsey und Captain Spencer saßen bis spät in die Nacht hinein mit Jack zusammen. Sie ließen sich sogar das Essen aufs Zimmer bringen, um ihre Beratungen nicht unterbrechen zu müssen.

Clara aß allein vor dem Fernseher. Sie fühlte sich einsam. Ihr Spion leistete ihr kaum noch Gesellschaft. Sie würde froh sein, wenn das ganze Theater vorbei wäre und sie nach Hause fahren könnte. Plötzlich sehnte sie sich so sehr nach Jollymead, daß sie weinen mußte. Es war kaum zu glauben, daß sie zwölf Tage zuvor einen friedlichen Tag damit beendet hatte, ihr Buch abzuschließen. Nie hätte sie sich da träumen lassen, was alles auf sie zukommen sollte. Nicht einmal in ihrer wildesten Phantasie hätte sie sich einen Mann wie Jack ausgemalt.

Die Spätnachrichten waren vorbei. Clara klickte den Fernseher aus und ging nach oben. Die Schlafzimmertür war immer noch geschlossen. Sie warf ihr einen bösen Blick zu und beschloß zu baden. Sich schön lange im warmen Wasser zu aalen war genau das, was sie jetzt brauchte.

Sie drehte die Hähne auf, gab etwas von dem veilchenduftenden Badesalz dazu und ging in das zweite Schlafzimmer, wo sie ihre neuen Sachen aufbewahrte. In der Boutique hatte sie nur das Nötigste gekauft, aber für jemand, der nur ein Paar schmuddelige Jeans, ein zerrissenes Hemd, einen geborgten Pullover und einen ausgeleierten Seiden-Teddy besessen hatte, die allesamt, bis auf das Hemdhöschen, voller Blutflecken waren, war einiges zusammengekommen. Außer dem gesteppten Morgenrock, hatte sie zwei Nachthemden, eines rosa und eines cremefarben, gekauft, dann noch einen tollen himbeerroten Spitzenbüstenhalter und mehrere Slips im gleichen wunderschönen Farbton, einen vanillefarbenen Satin-Teddy mit tiefem V-Ausschnitt und hochgeschnittenen Beinen, die mit milchkaffeebrauner Spitze besetzt waren, in den sie sich verliebt hatte, drei Paar Strumpfhosen, ein Paar flache und ein Paar hochhackige Sandalen, ein phantastisches schulterfreies Sommerkleid, gelb mit weißen Blumen, einen breitkrempigen Sonnenhut und zwei Shorts mit passenden T-Shirts. Das meiste hätte sie zwei Wochen früher niemals gekauft, weil es ihr zu auffallend, zu hell und zu offenherzig gewesen wäre. Aber sie war schlanker geworden und ihre Muskeln fester – kein Wunder, nach allem, was passiert war! –, und selbst sie mußte zugeben, daß sie jetzt eine gute Figur hatte. Auch innerlich war etwas mit ihr geschehen. Früher hatte sie sich am liebsten im Schatten versteckt. Jetzt zeigte sie sich selbstbewußt im Sonnenschein. Wem oder was sie diese Veränderung zu verdanken hatte, war ihr nicht ganz klar, aber vermutlich hatte es mit einem gewissen Jack zu tun.

Sie nahm das cremefarbene Nachthemd und ihren Morgenrock aus dem Schrank, bewaffnete sich mit den Cremes und Kosmetika, die sie im Drugstore auf Kredit gekauft hatte, und ging ins Bad. Die Wanne war fast voll. Sie steckte die blonden Haare hoch, schmierte sich Creme ins Gesicht, spülte sie wieder ab und trug eine dicke Schicht Feuchtigkeitscreme auf. Bei den Strapazen, die ihre Haut sich in letzter Zeit gefallen lassen mußte, konnte sie viel Feuchtigkeit vertragen. Der Wasserdampf würde die Pflege unterstützen.

Clara drehte die Hähne zu, zog die limonengrünen Shorts, das T-Shirt und die himbeerrote Spitzenunterwäsche aus und stieg in die Wanne. Sie wusch sich genüßlich und dachte, was für ein Luxus ein heißes Bad doch sei. Erst seit sie mit ihrem Spion auf Abenteuertour unterwegs war, wußte sie es richtig zu schätzen.

Das heiße Wasser machte sie müde. Sie lehnte sich an den Prozellanrand und schloß die Augen. Der nach Veilchen duftende Dampf schwebte ihr um die Nase. Sie atmete ihn genießerisch ein.

»Du siehst aus wie Caspar, das freundliche Gespenst.«

Mit einem Blick saß sie aufrecht in der Wanne und schlug die Augen auf. Die vertraute Stimme, mit der sie nicht gerechnet hatte, hatte sie erschreckt. Jack lehnte mit nacktem Oberkörper am Türknauf. Schmale Hüften in hellblauer Pyjamahose; er war barfuß. Als sie ihm ins Gesicht blickte funkelten grüne Augen sie an. Clara dachte an die dicke weiße Cremeschicht, die sie sich aufs Gesicht geschmiert hatte, und hob schnell die Hände. Dann sah sie, worauf sein Blick ruhte. Ihre nackten, glänzenden Brüste schwebten über dem Wasser, und der Rest von ihr lag auch nicht im Verborgenen. Das Wasser bot ihrer Schamhaftigkeit keinen Schutz.

Sie ließ die Hände sinken, kreuzte die Arme vor der Brust und schaute zu ihm hoch.

»Was machst du hier? Du darfst doch nicht aufstehen!«

Er grinste. Er wußte, wie peinlich ihr die Sache war, der Halunke.

»Der wilde Bill und Davey sind endlich abgehauen. Ich

war einsam. Dann bekam ich's mit der Angst. Es konnte ja sein, daß die babygrünen Marines nicht richtig aufgepaßt hatten. Es konnte ja sein, daß sich Rostow ins Haus geschlichen und dich entführt hatte. Es konnte ja sein, daß du zuviel vom Orangenlikör gesüffelt hattest und besinnungslos auf dem Küchenboden lagst. Ich mußte nachsehen.« Er grinste noch breiter. »Und ich sehe.«

»Würdest du bitte verschwinden?« Es ärgerte sie, daß er sich amüsierte. Es war ihr nicht mehr peinlich. Sie war jetzt richtig wütend und sah ihn finster an.

Er schnüffelte herum. »Mmm, schön! Blumen?«

»Veilchen. Jack, ich bade mich. Bitte geh!«

Er zog eine Augenbraue hoch. Seine grünen Augen blitzten teuflisch.

»Ich hab mich seit Wochen nicht mehr richtig gebadet.«

Seine Hände fummelten am Druckknopf seiner Hose herum. So hatte er das also gemeint! Ihre puritanische Seele war empört.

»Jack, wage es ja nicht! Du kannst hier nicht rein! Denk an deinen Verband!«

Aber er achtete nicht auf ihre Worte, trat aus seiner Pyjamahose und kletterte in die Wanne. Clara zog quietschend die Beine an.

»Hör auf, hier rumzuspritzen! Du machst meinen Verband naß! Clara, Baby, was hast du bloß auf deinem Gesicht?«

Clara hatte sich von seinen Sperenzchen ablenken lassen und dabei die Creme vergessen. Schnell spritzte sie sich Wasser ins Gesicht. Als alles abgespült war und ihre Augen von der Mischung aus parfümiertem Wasser und Gesichtscreme brannten, reichte er ihr das Handtuch, das genau zu diesem Zweck neben der Wanne auf dem Fliesenboden lag. Sie trocknete sich das Gesicht ab und schaute ihn über den Rand des Handtuchs an. Die untere Hälfte hing ins Wasser und verbarg ihren Körper.

»Du bist doch nicht etwas schüchtern?« neckte er sie und zupfte am Handtuch. Clara drückte es fester an sich.

»Natürlich nicht!«

Er grinste. Und zupfte wieder am Handtuch.

»Ich wette, du sitzt zum ersten Mal mit einem Mann in der Wanne.«

Clara funkelte ihn an. »Und wenn schon!«

Jack zerrte am Handtuch. Es flog ihr aus der Hand und landete klatschend auf dem Boden.

»Oh!« Ihre Augen wurden groß. Mit einem Ruck stand sie auf, kletterte über den Wannenrand und langte nach dem Handtuch. Das Wasser strömte an ihrem Körper herab, und Jack hatte einen hervorragenden Blick auf volle weiße Brüste mit samtigen rosa Brustwarzen, einer schmalen Taille, gewölbten Hüften und einem flachen Bauch mit einem niedlichen runden Nabel über dem dreieckigen braunen Nest. Ihre Beine waren lang und wohlgeformt. Und als sie ihm den Rücken zukehrte, fing sein Herz an zu rasen.

»Baby, du törnst mich an.« Es war nicht gelogen. Sie hatte sich inzwischen in ein Handtuch gewickelt und blickte ihn finster an.

»Du solltest im Bett sein!«

Er drehte sich in der Wanne so, daß ihn die Armaturen nicht störten. Beide Arme auf den Wannenrand gestützt, lächelte er zu ihr hoch. Sein Charme raubte ihr den Atem.

»Ich hab dir doch gesagt – ich war einsam. Außerdem brauche ich wirklich ein Bad.«

»Dann bade!« Sie drehte sich um und fing an, ihre Schlafsachen zusammenzusuchen. Er sah ihr mit glänzenden Augen zu und ließ sie über ihre langen nackten Beine wandern.

»Ich könnte ein bißchen Hilfe gebrauchen«, sagte er kläglich. »Schließlich soll mein Verband nicht naß werden. Denk bloß mal an die Komplikationen, die daraus entstehen könnten. Ich könnte *sterben*!«

Sie drehte sich zu ihm um.

»Du hast es so faustdick hinter den Ohren, daß es ein Wunder ist, daß sie dir noch nicht abgefallen sind!«

Er lachte. Sie beäugte ihn mit Mißfallen, machte kehrt und marschierte aus dem Bad.

»Clara, warte!«

Es spritzte gewaltig. Dann hörte Clara einen Schrei und einen fürchterlichen Knall. Danach Stille.

»Jack!« Sie rannte ins Badezimmer zurück und sah ihn auf dem Boden liegen. Seine Augen waren geschlossen, und sein Kopf lag neben der Toilette. War er mit dem Kopf aufgeschlagen?

»Jack!« Sie fiel neben ihm auf die Knie, berührte seine Schultern, sein Gesicht. Ihre Finger fuhren ihm sanft durch die Haare und über seinen Hinterkopf, wo sie nach Zeichen einer Verletzung suchten. »Jack, sag doch was!«

»Was«, sagte er, schlug die Augen auf und packte sie an den Armen.

»Du Schwindler!« Die grünen Augen funkelten. »Du gemeiner, unverschämter Kerl! Du –«

»Sprich weiter, Süße«, murmelte er grinsend und zog sie näher an sich heran. »Deine Worte sind Musik in meinen Ohren.«

»Schmutziger Ferkel!« schimpfte Clara, als sie so nah war, daß er sie küssen konnte. Er mußte den Kopf heben, aber seine Finger hielten ihre Oberarme fest umklammert. Mit einer Drehung des Kopfes hätte sie sich natürlich losreißen können, aber sein warmer weicher Mund war so quälend, so verführerisch und so voller Versprechungen. Clara spürte, daß sich ihre Augen schlossen, und wehrte sich nicht. Etwas Besseres, als sich von ihm küssen zu lassen, konnte sie sich gar nicht mehr vorstellen.

»Du riechst so gut«, flüsterte er und bedeckte ihren Hals mit feurigen Küssen. Clara drückte ihre Lippen auf seine Schulter und mußte sich ein Kichern verkneifen.

»Du auch«, sagte sie mit zittriger Stimme. Der Veilchenduft, vermischt mit seinem Moschusgeruch, war berauschend.

»Mmmm, ich könnte dich fressen!« Sein Mund glitt über ihr Schlüsselbein und tiefer. Endlich ließen seine Hände ihre Arme los und preßten sich auf ihren Rücken. Das Handtuch fiel zu Boden und legte ihre Brüste frei.

Clara blickte an sich herab, sah die weichen weißen Kugeln mit ihren erdbeerfarbenen Brustwarzen über seinem Gesicht und wie sich seine Augen verdunkelten, die ihre Beute verschlangen.

»Mein Gott, bist du schön!« Es war ein heiseres Knurren. Clara spürte seinen Atem, und es war wie ein Beben, das ihr über den Rücken zuckte. Dann glitten seine Lippen über die Wölbungen ihrer Brüste. Sein stoppliges Kinn strich über die weichen Schwellungen, bis sie nach Luft schnappte und es nicht erwarten konnte, daß er die Brustwarzen in den Mund nahm. Endlich tat er es. Er leckte und biß und nuckelte wie ein Baby, während Clara ihm wie durch eine Nebelwand dabei zusah. Er war so dunkel und sie so hell …

Sie kniete neben ihm, beugte sich über ihn. Seine Hände glitten an ihr herab und kneteten ihr Hinterteil. Sie waren so groß und warm über den seidenzarten Wölbungen, sein Mund war heiß und feucht und kraftvoll auf ihren Brüsten. Tief in ihrem Innern fing etwas an zu toben – ein Wirbelsturm, der stärker und stärker wurde und immer mehr wollte.

Ihre Hände lagen auf seiner Brust und gaben acht, den Verband nicht zu berühren, als sie über die Muskeln strichen, jede Sehne betasteten und an dem lockigen dunklen Haarwald zupften. Sein Brustkorb war so breit, sein Bauch mit seinem schwarzen Haarpfeil so hart und flach. Sie liebte diesen Bauch und streichelte ihn, während seine Hände über ihr Hinterteil strichen und sein Mund ihre Brüste liebkoste.

Dann rutschte seine Hand noch tiefer, robbte von hinten zwischen ihre Schenkel, kroch und strich an ihrem heißen Fleisch entlang, bis sie die Öffnung fand und seine Finger hineinglitten.

»O, Jack!« Sie war über ihn gebeugt, offen für seinen Mund, seine Berührung. Ihre Augen waren geschlossen, ihr Körper stand in Flammen. Zitternd schmiegte sie sich an seine Brust, dachte überhaupt nicht mehr an seine Wunde oder daran, ihn zu verletzen, sondern nur noch an die wunderbaren Gefühle, die er in ihr wachrief. Seine Finger bewegten sich in ihr. Sie maunzte und biß ihn in die Schulter. Blind tasteten ihre Finger nach dem geschwollenen Beweis seines Verlangens.

»Halt ihn fest!«

Clara blinzelte, und er setzte sich mit ihr zusammen auf.

»Jack!« Ihre Hände klammerten sich an ihn, ihr Körper sehnte sich nach ihm. Er konnte doch jetzt nicht einfach aufhören!

»Soll ich dich vielleicht auf dem harten Badezimmerboden lieben, wenn nebenan ein bequemes Bett steht?« stieß er zwischen zusammengebissenen Zähnen hervor und stand auf. Clara kniete nackt vor seinen Füßen und sah mit verschwommenem Blick zu ihm auf. Sie wollte ihn ... So, wie er nackt über ihr stand, war er wunderschön – diese bronzefarbene Haut, die Muskeln und das schwere lockige Haar. Sie heftete den Blick auf jenen Teil von ihm, der von seinem Körper abstand. Er war riesig, sah heiß aus und pulsierte.

»Komm!« Er reichte ihr die Hand und zog sie auf die Füße, legte die Arme um sie und hob sie hoch. Clara erwachte aus ihrer Benommenheit, als er mit ihr in den Armen aus dem Badezimmer schritt.

»Jack, setz mich ab! Jack, deine Wunde!«

»Zum Teufel mit dem verdammten Ding«, murmelte er. Dann war es zu spät, Einwände waren überflüssig, weil er das Bett erreicht hatte und sie fallen ließ. Sie landete auf kühlen Laken, lag auf der Seite, während ihre Beine über die Kante baumelten. Er warf sich über sie, und sie spreizte die Schenkel für ihn. Dann war er in ihr, tauchte tief in sie hinein, entlockte ihr Schreie der Ekstase und nahm sie mit wildem Verlangen. Ihre Arme waren um seinen Nacken geschlungen, ihre Beine umklammerten seine Taille, und sie zitterte, bebte und starb fast vor Glückseligkeit.

Sein Mund fand ihre Brustwarzen, und seine Zähne schlossen sich um sie. Er sog und biß daran herum, bis sie glaubte, den Verstand zu verlieren, und dabei stieß er zu wie ein wildgewordener Bohrhammer.

»Clara! Mein Gott, Clara!« Er rief ihren Namen und versank noch einmal tief und bebend in ihrem Körper. Sie wurde mitgerissen und schrie, klammerte sich an ihn und wirbelte davon.

28

Als der Tag erwachte, war Clara so erschöpft, daß sie nur noch mit dem Kopf unterm Kissen im Bett liegen und den Tag verschlafen wollte. Sie hatte es aufgegeben zu zählen, wie oft sie und Jack sich in der Nacht geliebt hatten. Er war unermüdlich gewesen, und trotz ihrer gelegentlichen schwachen Einwände hinsichtlich seiner Verletzung war sie mehr als willens gewesen. Erst als die Sonne aufging und rosa Streifen über dem Himmel zog, hatten sie die Augen geschlossen.

Jack lag neben ihr und schnarchte. Sie lauschte ihm ganz benommen und fragte sich, ob es das war, was sie geweckt hatte. Dann hörte sie lautes Hämmern an der Tür.

»O, nein!« stöhnte sie, vergrub den Kopf wieder unterm Kissen und versuchte, General Ramseys Weckruf zu ignorieren. Vielleicht ging er ja wieder. Aber es klopfte weiter, und zwar so laut, daß die Wände wackelten. Dann rief die Baßstimme des Generals: »Miss Winston, ist alles in Ordnung?«

Clara setzte sich im Bett auf und bedachte Jack mit einem finsteren Blick. Er schlief immer noch wie ein Baby. Clara konnte nicht verstehen, wie ein Mensch den Lärm überhören konnte, aber Jack hatte offensichtlich keine Probleme damit. Sie rüttelte ihn an der Schulter. Er rührte sich nicht. Sie schüttelte ihn heftiger.

Das Schnarchen hörte auf. Ein grünes Auge spähte unter seinem Arm hervor.

»Baby, du bist das Schärfste auf zwei Beinen, aber ich muß passen. Ich bin todmüde«, murmelte er, und das grüne Auge schloß sich wieder. Clara blickte amüsiert auf ihn hinab.

»Kein bißchen eingebildet bist du, Jack McClain«, erklärte sie dem schwarzen Hinterkopf. Sie stand auf, zog sich den

Morgenmantel über und ging an die Tür, bevor einer der Soldaten sie eintreten würde.

Nachdem sie den aufgebrachten General ins Haus gelassen hatte, ging sie in die Küche, um Kaffee zu kochen. Er stapfte die Treppe hoch. Wenn Jack sich so schlapp fühlte wie sie, brauchte er dringend den Coffeinstoß, um mitzukriegen, was der General ihm zu sagen hatte. Als der Kaffee fertig war, stellte sie Kanne, Zucker, Sahne, Tassen und Untertassen aufs Tablett und trug es die Treppe hinauf. Jack richtete sich gerade mühsam auf, während General Ramsey ihn verwundert anstarrte.

»Von den Codes ist keiner benutzt worden«, hörte sie ihn sagen, als sie mit dem Kaffee eintrat. Sie setzte das Tablett auf dem Nachttisch ab, und Jack grinste sie mit verschwommenen Blick an. Sie kniff die Augen zusammen. Er müsse passen, hatte er gesagt!

»Kaffee, General?« fragte sie höflich, während sie Jack eine Tasse reichte. Jack trank seinen schwarz mit einem Löffel Zucker.

»Danke. Nur ein wenig Sahne.« Clara schenkte ein und reichte ihm den Kaffee. Dann nahm sie sich selbst eine Tasse. Sie würde den Kaffee mit ins Bad nehmen und ihn beim Anziehen trinken.

»Wir müssen –« begann der General und fing an, herumzuschnüffeln. Clara, schon auf dem Weg zur Tür, sah, wie seine Augen groß wurden und sich auf Jack hefteten.

»Das ist das ekelhafteste Aftershave, das mir je unter die Nase gekommen ist«, sagte der General. »Es riecht, verdammt noch mal, nach *Blumen*!«

Jack, der gerade die Tasse ansetzte, verschluckte sich. Clara grinste, als sie sah, wie seine Ohren rot wurden. In Zukunft würde es sich Jack wohl zweimal überlegen, bevor er in parfümiertes Badewasser stieg.

Als es Abend wurde, konnte sich Clara kaum noch auf den Beinen halten. Jack war in das Haus nebenan gegangen, das sich der General mit Captain Spencer teilte. Er wollte am Computer arbeiten, den Ramsey mit auf die Insel gebracht hatte. Sie machte sich eine Kleinigkeit zu essen und wollte auf Jack warten. Aber als er reinkam, schlief sie fest auf der Couch.

»Wach auf, du Schlafmütze«, hörte sie ihn sagen. Benommen versuchte sie, sich ein Lächeln abzuquälen, aber ihre Augen wollten sich nicht öffnen. Sie war so müde, daß sie die dichten Nebelschichten ihres Schlafes einfach nicht durchdringen konnte. Sie spürte, wie sich seine Arme um sie legten. Dann hob er sie hoch und trug sie die Treppe hinauf. Clara schlang die Arme um seinen Hals und legte den Kopf an seine Schulter. Er küßte sie zart auf den Mund und legte sie aufs Bett.

»Ich bin auch kaputt. Schlaf weiter, Baby«, murmelte er. Clara versuchte ihn wieder anzulächeln, merkte, wie er ihr behutsam den Morgenrock auszog, hörte vage, wie er sich seiner Sachen entledigte, und spürte die Wärme seines Körpers, als er neben ihr ins Bett kletterte. Sie kuschelte sich an ihn und schlief wieder ein.

29

»Clara!«

»Hmmm?«

»Clara!«

Sie spürte einen Mund an ihrem Hals und reckte das Kinn, um ihn wegzuschieben. Der Mund rutschte tiefer, glitt über die sanfte Wölbung ihrer rechten Brust und blieb auf der Brustwarze liegen. Die heiße Feuchtigkeit dieses Mundes brannte auf ihrer Haut. Clara öffnete die Augen.

Jack sah sie grinsend an.

»Komm, laß uns schwimmen gehen!«

»Was?« Der Vorschlag überraschte Clara so, daß sie meinte, sich verhört zu haben. Jack wiederholte, was er gesagt hatte.

»Mitten in der Nacht?«

»Hast du nie davon geträumt, bei Mondschein im Meer zu baden?«

»Nein.«

Er lachte. »Es wäre eine neue Erfahrung – was für deine Bücher!«

Clara stöhnte, aber als Jack aus dem Bett kletterte, sah sie ihm mit verschlafenen Augen zu. Er meinte es ernst, denn er zog sich tatsächlich die Pyjamahose aus und Bermuda-Shorts sowie ein weißes Sweatshirt an, Sachen, die sie ihm von ihrem Shopping-Ausflug mitgebracht hatte.

»Mit einem Loch in der Brust kannst du nicht schwimmen!«

»Captain Kryzanski sagt, ich sei zu neunzig Prozent wiederhergestellt. Nicht einmal Badewasser mit Veilchenduft würde mir schaden.«

»Wann hat er das gesagt?«

»Heute, nachdem ihm mein eigenartiger Geruch aufgefallen war.«

Clara lächelte ins Kissen. Jack sah es und zog sie auf die Bettkante.

»Ich habe nichts anzuziehen. Ich hab mir keinen Badeanzug gekauft.«

Jack seufzte. Wieso glauben Frauen eigentlich immer, daß sie für alles, was sie machen, perfekt angezogen sein müssen? Baby, niemand stört sich dran, daß du keinen Badenanzug hast. Es ist dunkel draußen. Das Ding, das du anhast, ist doch okay. Sieht sogar wie ein Badeanzug aus – ein supersexy Badeanzug.«

Das Ding war der neue Teddy, den sie angezogen hatte, als sie auf Jack warten wollte, dann auf der Couch aber eingeschlafen war. Clara blickte an sich herunter. Jack hielt das Hemdhöschen also für sexy. Es zeichnete jede Kurve und Einbuchtung ihres Körpers getreulich nach. Ihre Brustwarzen preßten sich an die schimmernde Seide, und Spitzenrüschen quollen aus den hochgeschnittenen Seiten, die ihre Beine unwahrscheinlich lang und schlang aussehen ließen. Sie *fühlte* sich sexy darin.

»Los, komm! Es dämmert ja schon bald! Ich möchte am Strand beobachten, wie die Sonne aufgeht. Ein Sonnenaufgang über dem Meer ist das Schönste auf der Welt.«

Clara murrte, stand aber auf, zog sich den Morgenrock über und ließ sich von Jack die Treppe hinunterziehen.

Der Strand war nachts ein wunderschöner, geheimnisvoller Ort. Der Mond, eine verschwommene, weiße Sichel, stand niedrig am Horizont. Sterne funkelten dicht an dicht am Himmel aus mitternachtsblauem Samt und beleuchteten ihren Weg. Der weiße Strand erstreckte sich vor ihnen wie ein gespenstisches Band, während sich die Wellen mit ihren weißen Schaumkronen am Ufer brachen – eine nach der anderen mit rhythmischem Klatschen, das hypnotisierte. Der Geruch nach Meer lag über allem, ein salziger Geruch, der Clara an Austern denken ließ.

Ein frischer Wind blies, und Clara, die sich mit den Armen umschlang, war froh, daß sie den Steppmantel angezogen hatte. Sie blickte zu Jack in Shorts und Sweatshirt und fragte sich, ob ihm nicht kalt sei. Offenbar nicht, denn er ging neben ihr, die Augen aufs Meer gerichtet, und hielt ihre Hand. Als sie das Ende der Häuserreihe erreichten, tauchte ein junger Mann in der Uniform eine Motel-Angestellten hinter ihnen auf. Jack winkte ihn mit schroffer Handbewegung fort.

»Wer ist das?«

»Einer der babygrünen Marines des wilden Bill. Wir brauchen ihn nicht, oder?«

Clara schüttelte den Kopf. An Jack gelehnt, ihre Hand mit der seinen verschränkt, brauchte sie keinen anderen Menschen auf der Welt. Dies war wieder einer der Momente, den sie nicht vergessen würde. Gefahr, Verrat und Tod wurden aus ihrem Kopf verbannt. Sie würde die Nacht genießen!

Der Sand war kühl und rauh unter den Füßen. Sie gingen ganz nah am Wasser entlang, das herein- und wieder zurückflutete. Der Sand war naß von der Gischt. Clara blickte sich um und sah Fußabdrücke, die ihren Weg markierten: zwei Paar lange schmale Füße, die harmonisch und nah beieinander die langgestreckte, mondbeschienene Sandfläche abschritten. Den Anblick dieser Fußstapfen würde sie nie vergessen! Auch im Alter würde sie sich noch daran erinnern, das wußte sie genau.

Sie gingen, bis die Villen ferne graue Burgen am Horizont waren, bis der Strand um eine grasbewachsene Erhebung bog und eine kleine, geschützte Bucht bildete. Jack blieb stehen und zog sich das Sweatshirt über den Kopf.

»Willst du wirklich schwimmen? Das Wasser muß eiskalt sein!«

»Sei kein Frosch«, sagte Jack und zerrte an ihrem Morgenrock. »Los, komm schon!«

»Nein!« Clara schüttelte den Kopf und verschränkte die Arme vor der Brust. »Du kannst eine Frau ans Wasser führen, sie aber nicht zum Schwimmen zwingen. Geh doch allein rein! Ich warte hier auf dich.«

»Feigling!« Er grinste sie an, lief ans Wasser und watete hinein. Er sah phantastisch aus in den Wellen, die sich am Ufer brachen. Clara war stolz. Das war *ihr* Mann! Dann machte er ein paar kräftige Züge. Clara sah ihm eine Weile zu und sorgte sich, er könne zu weit hinausschwimmen, aber er schwamm parallel zum Strand und schließlich wieder ans Ufer. Als er aus dem Flachen watete und das Wasser an seinem Körper herabströmte, klebten ihm die schwarzen Haare wie Seehundfell am Kopf. Er grinste und schüttelte sich wie ein Hund. Beim Schwimmen hatte sich der Verband gelöst. Clara sah es, als sie mit seinem Sweatshirt zum Wasser eilte. Seine Wunde war ein runzliger schwarzer Kreis in einem gelbgrauen Fleck.

»Wenn du erst drin bist, ist es gar nicht mehr kalt, Clara. Komm rein!« Er trocknete sich das Gesicht mit dem Sweatshirt ab. Clara sah ihn mißtrauisch an.

»Belügst du mich auch nicht, Jack McClain?«

»Ehrenwort! Das Wasser ist wunderbar. Traust du mir nicht?«

»Nein!« gab Clara zurück, und er grinste.

»Okay, du Tyrann! Ich probier's, aber wenn es zu kalt ist, geh ich wieder raus.«

Sie zog den Morgenrock aus und ließ sich an der Hand behutsam ins Meer führen. Die erste Welle übergoß ihre nackten Beine mit eiskaltem Wasser, das direkt vom Polarkreis angeströmt sein mußte.

»Brrrr! Ist das kalt! Jetzt weiß ich wieder, warum ich dir nicht traue, Jack McClain!«

»Wenn du erst drin bist, gewöhnst du dich dran«, rief er ihr hinterher, die schon wieder zum Strand zurückstolperte. Er packte sie am Handgelenk und nahm sie schwungvoll in die Arme. Lachend und strampelnd spürte sie, wie sich ein Arm unter ihre Knie schob und einer um ihre Schultern legte.

»Jack!« kreischte sie. »Was machst du? Laß mich runter! Wirf mich ja nicht in das kalte Wasser! Hast du mich verstanden? Jack!«

Er watete weiter ins Meer hinaus. Sie klammerte sich halb lachend und halb schimpfend an seinen Hals.

»Was gibst du mir, wenn ich dich zurücktrage, ohne dich fallen zu lassen?« fragte er grinsend.

»Das ist Bestechung!« japste sie.

»Wenn's funktioniert«, sagte er achselzuckend, und Clara mußte lachen.

»Einen Dollar«, schlug sie vor.

Er schüttelte den Kopf. »Einen Kuß.«

Das war natürlich kein Opfer. Im Mondschein, der auf seinen schwarzen Haaren glitzerte, den schwarzen Bartstoppeln, die gegen ihre Wangen schabten, und den grünen Augen, die im gespenstischen Licht funkelten, sah er so teuflisch gut aus wie die Piraten, über die sie in ihren Büchern schrieb. Die Arme eng um seinen Hals geschlungen, küßte sie ihn auf den Mund. Er ließ es sich gefallen, daß sie an seinen Lippen knabberte und ihn mit ihrer Zunge neckte. Ohne Vorwarnung wurde plötzlich alles anders. Er holte tief Luft und küßte sie mit solcher Macht, daß ihr Kopf an seine Schulter sank und sich die Welt zu drehen begann. Jetzt war nur noch er da, sein Mund und seine Arme, die sie festhielten.

Dann ließ er sie fallen.

Clara schrie. Eisiges Wasser schwappte über ihrem Kopf

zusammen. Wütend fand sie auf dem Boden Halt und kam prustend an die Oberfläche. Jack lachte. Sie stürzte sich auf ihn und holte aus. Ihm wäre der Kopf abgefallen, wenn sie den Schwinger hätte landen können. Aber leider duckte er sich.

»Du Schwein! Du gemeiner Dreckskerl! Du …!« tobte sie und holte im taillenhohen Wasser wieder rechts und links nach ihm aus. Lachend zog er sich zurück und versuchte sie mit den Armen abzuwehren. Sie konnte kaum sehen, wohin sie trat. Das klatschnasse Haar machte sie blind. Sie strich es mit einer Hand zurück und zielte noch einmal nach dem Schweinehund, bevor sie ihm den Rücken zukehrte und ans Ufer stapfte. Die Strömung der Wellen machte das Gehen schwierig.

Es ging immer zwei Schritte vorwärts und einen zurück. Aber sie schaffte es bis ins Flache und trottete weiter durch den eisigen Schaum. Sie umschlang sich vor Kälte zitternd mit den Armen und knirschte wütend mit den Zähnen. Nicht einmal ihr weißglühender Zorn konnte sie wärmen. Jack, dem es offensichtlich egal war, ob er die Villa mit heiler Haut erreichte, stapfte immer noch lachend hinter ihr her.

»Sei nicht böse, Clara!«

»Ich soll nicht böse sein? Nicht *böse*? Ich bin nicht böse, ich bin fuchsteufelswild!«

»Es tut mir leid, Clara. Echt! Ich konnte einfach nicht widerstehen.«

»Geh zum Teufel!«

»Ach, Clara, es war doch nur Spaß! Und ich hab gesagt, daß es mir leid tut!«

»Leid? *Leid?* Du wirst es bereuen, du …« Sie wirbelte herum. Beide Hände waren zu Fäusten geballt. Er stand direkt hinter ihr und grinste von einem Ohr zum anderen. Natürlich grinste er, weil sie in ihrem sexy Seiden-Teddy, der in seiner Nässe fast durchsichtig war, mit ihren Haaren, die als tropfende Rattenschwänze herunterhingen, mit ihren klappernden Zähnen und ihrer Gänsehaut so lächerlich aussah! Diesmal landete sie den Schwinger auf seiner Backe.

»Au!«

»Geschieht dir recht!« Sie drehte sich um und stakste dem Strand entgegen. Kaum hatte sie ihren Fuß auf festen Sand gesetzt, hörte sie ihn hinter sich. Sie blickte über die Schulter zurück und sah es in seinen Augen blitzen. Sofort fing sie an zu laufen, aber schon nach wenigen Schritten stürzte er sich auf sie und warf sie in den Sand.

»Laß mich gehen! Hör auf! Hast du mich verstanden? Laß mich los, du Grobian!« Alles Kämpfen war zwecklos. Er drückte sie zu Boden, bis ihre Augen auf gleicher Höhe mit seinen grünen waren, die Rache versprachen. Sie versuchte, nach ihm zu treten, aber er warf einen schweren, feuchten Schenkel über die strampelnden Beine. Dann versuchte sie wieder, nach ihm zu boxen, aber er packte sie an den Händen und hielt sie gefangen. Er stützte sich auf einen Ellbogen, während er ihr mit der anderen Hand ihre beiden Handgelenke an die Taille preßte. Hilflos japsend starrte sie zu ihm hoch. Plötzlich grinste er.

»Wenn ich gewußt hätte, daß du eine Rechte wie Mohammed Ali hast, hätte ich mich geduckt. Wahrscheinlich krieg ich ein blaues Auge.«

Clara spürte, wie ihr Zorn nachließ. Soweit sie sehen konnte, war nichts weiter passiert. Sie glaubte auch nicht, daß ihre Faust ihn am Auge getroffen hatte.

»Jetzt mußt du es küssen und wieder gutmachen«, befahl ihr Peiniger und kam mit seinem Gesicht näher. »Genau da.« Er drehte den Kopf zur Seite, bis ihre Lippen unter seinem rechten Auge lagen. Clara sah ihn an und überlegte. Dann hob sie den Kopf und biß ihn mit scharfen kleinen Zähnen in die Wange.

»Autsch!« Er fuhr zurück und ließ ihre Hände los, um sich an die mißhandelte Backe zufassen. Seine grünen Augen glitzerten. »Das wird teuer, Baby! Jetzt mußt du mich richtig küssen!«

»Würdest du mich bitte gehen lassen? Mein ganzer Rükken ist sandig!« Sie wand sich unter ihm, stemmte sich gegen seine Schultern und versuchte, sich zu befreien. Er schüttelte den Kopf, packte sie wieder an den Händen und pinnte sie über ihrem Kopf auf den Sand.

»Erst wenn du mich geküßt hast!«

»Kannst du nicht endlich mit dem kindischen Quatsch aufhören?« Er sah sie nur an. Ein Grinsen lauerte in seinen Mundwinkeln, und seine grünen Augen funkelten. »Also gut!« Sie drückte ihm schnell einen Kuß auf die Lippen. Er schüttelte den Kopf, und seine Augen funkelten noch feuriger.

»Das nennst du einen Kuß? *Das* ist ein Kuß!« Er neigte den Kopf und packte ihren Mund mit seinen Lippen – und er hatte recht: *das* war ein Kuß! Clara schlang die Arme um seinen Hals und küßte ihn, als ob sie sterben müßte, wenn sie es nicht täte. Die Brandung donnerte in der Ferne, und die Sterne glitzerten am Himmel, als er ihr das Hemdhöschen vom Leib zog und sich selbst seiner Shorts entledigte. Sie lagen nackt im Sand, und er liebte sie mit kraftvoller Leidenschaft, bis Clara in seinen Armen dahinschmolz, und dann liebte er sie noch einmal.

Danach lag er, alle viere von sich gestreckt, auf ihr, und sein Körper wärmte sie wie eine Decke. Es dauerte eine ganze Weile, bis Clara zu sich kam und begriff, wo sie sich befanden. In ihren wildesten Träumen hätte sie sich nicht vorstellen können, mit ihrer großen Liebe nackt an einem öffentlichen Badestrand zu liegen, während der Morgen dämmerte.

»Schau!« Er hob den Kopf und blickte in den Himmel. Dann wälzte er sich auf den Rücken und zeigte nach Osten. Sein Arm, der Clara umfaßte, zog sie an seine Seite. Sie kuschelte sich an ihn und freute sich über die Wärme seines Körpers in der Kuhle, die sie im Sand gebildet hatten. Ihr Morgenrock lag in der Nähe. Sie streckte sich, packte ihn und zog ihn über Jack und sich.

»Siehst du? Hier kommt sie!«

Clara blickte in die Richtung, in die er zeigte, und staunte. Am östlichen Horizont funkelten am dunkelblauen Himmel herrliche tiefrosa, feuerrote, gelbe und orangefarbene Feuerräder. Lila Bänder wirbelten durch das prachtvolle Farbenspiel und zarte Lavendelwolken schwebten über dem Wasser.

»Es ist wunderschön«, sagte sie ehrfürchtig.

»Ich wußte, daß es dir gefallen würde.« Es klang ziemlich selbstgefällig. Clara sah ihn an. Da lag er, einen Arm unter seinem Kopf gebeugt, und bestaunte eines der Wunder der Natur. Seine schwarzen Haare waren schon trocken, und seine schiefe Nase und das vorspringende Kinn waren in orangefarbenes Licht getaucht. Clara betrachtete ihn statt des Sonnenaufgangs und zog in Gedanken seine markanten Gesichtszüge nach, jede dicke Wimper, jede widerspenstige Bartstoppel. In weniger als zwei Wochen war dieser Mann ihre Welt geworden. Der Gedanke machte ihr Angst, und gleichzeitig wurde ihr warm ums Herz. Sie sah ihn an und spürte, wie zärtlichste Gefühle in ihr aufwallten. Er wandte den Kopf und lächelte sie mit seinen unglaublich grünen Smaragdaugen an.

»Ich glaube, ich liebe dich, Jack McClain.« Die Worte waren aus dem Nichts gekommen. Clara zwinkerte. Sie war genauso überrascht wie er.

Es wurde still, und seine grünen Augen blickten sie an. Seine Hand zog den Umriß ihrer Lippen nach. Sie zitterten unter der zarten Berührung.

»Dann heirate mich«, sagte er. Clara hielt die Luft an und machte große Augen. Ihr verrückter, sexy Spion wollte sie heiraten?

»O, nein!« hauchte sie entsetzt – entsetzt über den plötzlichen Drang, ihm die Arme um den Hals zu schlingen und zu lachen und zu weinen und ihn zu küssen und ihm alles zu versprechen. »Ich kann dich doch nicht *heiraten*!«

Sein Gesicht wurde so kalt und hart wie die Felsen hinter ihnen. Er setzte sich plötzlich auf und erhob sich, als Clara ihn anstarrte. Sie hatte es nicht laut sagen wollen. Was sie hatte sagen wollen, war, daß sie Zeit zum Nachdenken brauchte. Er hatte sie überrumpelt. Sie hatte nie im Ernst daran gedacht, seine Frau zu werden. James Bond hatte keine Ehefrau.

»Jack, ich meinte es nicht so, wie es geklungen hat«, sagte sie, verzweifelt über seine Miene, während er sich die nassen Shorts und das Sweatshirt überzog.

»Ich glaube nicht, daß es da etwas mißzuverstehen gab«, sagte er bissig. Clara stand schnell auf, zog den Morgenmantel über und verknotete den Gürtel mit nervösen Händen.

Jack stapfte bereits auf die Häuser zu. Clara lief hinter ihm her und ergriff seinen Arm. Er schüttelte sie wütend ab und marschierte weiter.

Sie holte ihn ein und packte ihn wieder am Arm.

»Jack, ich liebe dich wirklich!« sprudelte es aus ihr heraus. Sie wollte, daß er ihr zuhörte und begriff, welche Gefühle in ihrem Innern tobten.

»Ja, du liebst mich so sehr, daß du bei dem Gedanken, mich zu heiraten, Krämpfe kriegst«, sagte er gehässig und schüttelte ihren Arm wieder ab.

»Doch, ich liebe dich!« rief sie verzweifelt aus.

Plötzlich wirbelte er herum und packte sie so fest an den Armen, daß es weh tat. Clara fühlte sich von stählernen Fingern umklammert und blickte wie versteinert in seine wilden grünen Augen.

»Baby, was du für mich empfindest, ist keine Liebe. Man nennt es *Begierde.* Es juckt dich, und ich muß dich kratzen. Das ist alles«, stieß er hervor. Dann ließ er sie los und stapfte davon.

Clara blieb stehen und blickte wütend und verletzt hinter ihm her. Ihre Augen füllten sich mit Tränen. Hinter ihr, in einiger Entfernung, lag der zerknitterte Teddy vergessen im Sand.

30

Freitag, 16. Oktober, 16 Uhr 55

Die Limousine des Außenministers sollte in fünf Minuten eintreffen. Der Geheimdienst stand bereit. Sie hatten die Villa am Golfplatz, wo er übernachten würde, und die Umgebung genauestens unter die Lupe genommen und abgesichert. Der chinesische Ministerpräsident wurde um dieselbe Zeit erwartet, damit nicht der Anschein erweckt wurde, die eine Seite hätte Vorrang vor der anderen. Natürlich würde der Mann, der aus dem Wagen des Außenministers stieg, ein Lockvogel sein, aber nur ein paar handverlesene Leute wußten darüber Bescheid. Der echte Außenminister war in aller Heimlichkeit mit einem Minimum an Begleitpersonen bereits angekommen.

Clara wartete mit Captain Spencer und Jack in dem verglasten Konferenzraum, der die runde Einfahrt überblickte, wo die hohen Herren aussteigen würden. General Ramsey und Admiral Segram saßen zum gegenwärtigen Zeitpunkt mit dem Außenminister zusammen. Alle Sicherheitsvorkehrungen waren getroffen, alles lief nach Plan, aber Clara war nervös. Würde der Trick funktionieren? Würde es tatsächlich einen Mordversuch geben? Oder war alles nur ein ungeheurer Alptraum? Wenn Schüsse fielen, würde der Ersatzmann überleben? Würde der Schütze geschnappt werden, und, wenn ja, würde er sie zu Bigfoot führen?

Davey Spencer und Jack waren so schweigsam wie sie. Zu dritt standen sie am Fenster und blickten auf die Einfahrt. Clara hatte Jack seit dem Morgen am Strand nicht mehr gesehen. Nach einem kurzen kühlen Blick aus seinen grünen Augen schaute er nicht mehr in ihre Richtung. Clara fühlte sich elend. Sie mußte unbedingt mit ihm reden, doch jetzt war nicht der richtige Augenblick.

»Da kommen sie.« Davey Spencers Augen glänzten vor Aufregung, als er das Auftauchen einer langen schwarzen Limousine in der Biegung ankündigte. Zwei weiße Wagen folgten. Clara drückte ihre Nase ans Fenster und beobachtete die Prozession der Autos. Sie fuhren an den Rand, wo der Außenminister aussteigen würde.

Es war soweit. Die Limousine hielt an. Die beiden Autos dahinter hielten an. Ein Mann in Uniform sprang aus dem Nichts, um die Hintertür der Limousine aufzureißen. Eine Doppelreihe Geheimdienstagenten formierte sich von der Autotür bis zum Hoteleingang und blickte sich aufmerksam um. Ein Mann im Trenchcoat mit einem Hut, den er sich tief ins Gesicht gerückt hatte, stieg aus – der angebliche Außenminister. Er blieb einen Augenblick stehen und sah sich um. Ein zweiter Mann, der mit ihm im Auto gesessen hatte, gesellte sich zu ihm. Die beiden betraten langsam das Gebäude und wurden von der kleinen Agentenarmee umringt.

»Nichts ist passiert!« Clara drehte sich nach Jack um. Er runzelte die Stirn, zog die Brauen zusammen. Davey Spencer wandte sich vom Fenster ab. Auch er sah verblüfft aus.

»Sie müssen rausgefunden haben, was wir vorhatten.«

»Aber wie?« Clara warf noch einen Blick aus dem Fenster. »Schaut, der chinesische Ministerpräsident ist angekommen. Wenigstens können sie jetzt ungestört die Gipfelkonferenz abhalten.«

»Mmmm.« Auch Jack drehte sich zum Fenster. Die zweite Limousine fuhr an die gleiche Stelle heran wie die erste. Wieder öffnete ein Uniformierter die Tür. Die Doppelreihe Agenten formierte sich. Eine zarte Gestalt im westlichen Anzug stieg aus. Ein untersetzter Mann in traditioneller Mao-Uniform stieg aus dem zweiten Wagen und ging auf den ersten Mann zu.

»Deng En-lai«, identifizierte Jack den ersten. Clara verlor das Interesse und wandte sich ab.

Peng! Peng! Peng! Peng!

Schüsse! Wie gut sie dieses Geräusch kannte! Sie wirbelte herum und sah das Chaos, das vor dem Gebäude ausgebrochen war. Deng En-lai lag auf dem Pflaster, Agenten beugten sich über ihn. Wenige Schritte davon entfernt überwältigten andere einen Mann, aus ihren Reihen, der immer noch eine Pistole schwang.

Peng! Peng! Peng!

Noch mehr Schüsse. Das Knäuel von Agenten, die mit dem Schützen gerungen hatten, löste sich auf. Der Schütze fiel zu Boden, seine Füße zuckten auf dem Beton, auf dem er, offenbar tödlich getroffen, ausgestreckt lag. Der Untersetzte in Mao-Uniform rannte vom Tatort auf eine Baumgruppe zu.

»Nein! Nicht schießen!« brüllte Jack durch das Glas, obwohl ihn da draußen niemand hören konnte. Aber die Agenten verfolgten den Mann und wichen seinen Schüssen aus, bis eine tapfere Seele sich auf ihn warf und zu Boden streckte.

Im Raum herrschte entsetztes Schweigen, als die Drei auf das Blutbad hinunterblickten.

»Mein Gott«, brachte Davey heraus. »Sie hatten es gar nicht auf den Außenminister abgesehen! Sie wollten Deng En-lai ermorden! Und es ist ihnen gelungen!«

31

Freitag, 16. Oktober, 18 Uhr

»Jetzt haben wir es mit einer internationalen Krise zu tun.« Es war ein Außenminister, Franklin Conran, der das sagte. »Wenn rauskommt, daß der chinesische Ministerpräsident ermordet wurde – und die Nachricht muß innerhalb von zwölf Stunden veröffentlicht werden, sonst spitzt sich die Krise noch mehr zu –, werden unsere Beziehungen zu China einen noch nie dagewesenen Tiefpunkt erreichen. Ministerpräsident Deng war heimlich in diesem Land, in höchst empfindlicher Friedensmission. Die meisten Mitglieder seiner Regierung waren über seine Absichten nicht informiert. Und jetzt ist er auf amerikanischem Boden von einem amerikanischen Geheimdienstagenten ermordet worden. Die Auswirkungen werden enorm sein.«

»Weiß der Präsident Bescheid?« Admiral Segram beugte sich vor. Seine Finger trommelten auf das polierte Holz des runden Tisches, um den sich alle versammelt hatten.

»Ich habe soeben mit ihm telefoniert.«

»Und Bigfoot gewinnt«, murmelte Jack. Sie saßen im neu ernannten ›Krisenzimmer‹ im Untergeschoß des größten Pförtnerhauses in der Nähe des Golfplatzes. Auch General Ramsey und Captain Spencer waren anwesend. Der Außenminister hatte Jacks Bemerkung gehört und nickte.

»Bigfoot gewinnt. Es sei denn, wir können ihn identifizieren und den Mord vor aller Welt als einen Anschlag des KGB entlarven. Wäre das möglich, bevor die Nachricht freigegeben wird?«

»Der Mörder war ein eingeschleuster Agent, der von Bigfoot aktiviert wurde, und zwar mit einem so guten Cover, daß er sämtliche Prüfungen des Geheimdienstes bestand. Der zweite Schütze ist einer von Dengs Leuten. Er behauptet, die Nerven seien mit ihm durchgegangen, als er zusehen mußte, wie der Ministerpräsident erschossen wurde. Natürlich gehört auch er zum KGB. Daß er in die Sache verwickelt ist, weist darauf hin, daß Deng von Anfang an das Ziel des Anschlags gewesen sein muß. Dagegen haben sowohl Rostow als auch Juropow ernsthaft geglaubt, daß Sie, Herr Außenminister, dieses Ziel waren. Wer auch immer sich im Kreml diese Spielchen ausdenkt, läßt sich offenbar nicht in die Karten schauen. Bigfoot muß den Agenten erst in allerletzter Minute aktiviert haben, sonst wäre die Nachricht über eine Änderung des Plans ja wohl durchgesickert. Es gibt genügend Leute, die die Ohren offenhalten. Der Agent wurde wahrscheinlich selbst erst im letzten Moment über das tatsächliche Ziel informiert.« Jack hatte die Lage in nüchternem Ton zusammengefaßt und blickte jetzt Ramsey durch Augenschlitze an. »In anderen Worten: hier wird auf die raffinierteste Weise gepokert und geblufft.«

»Hat der Begleiter des Ministerpräsidenten irgendwas gesagt?«

Davey Spencer schüttelte den Kopf. »Noch nicht. Er wird gerade verhört. Wir werden aus ihm rauskriegen, was er weiß. Machen Sie sich keine Sorgen!«

General Ramsey sah Jack an. »Hat mit den Falschmeldungen was geklappt?«

Jack schüttelte den Kopf. »Bis jetzt ist noch nichts eingegangen, was sich aber jederzeit ändern kann.«

Es klopfte. Davey Spencer stand auf und ging an die Tür. Als er zurückkam, flüsterte er dem General etwas zu, der sich sichtbar aufregte.

»Herr Außenminister, ich habe soeben erfahren, daß der Festgenommene gestanden hat, mit dem KGB zusammengearbeitet und seit seiner Ankunft in den Staaten mit Bigfoot in Verbindung gestanden zu haben. Laut Anweisungen hatte er nach seinem Eintreffen in Charleston eine bestimmte Nummer anzurufen. Ein Mann war am Apparat, der den Code kannte. Dieser Mann war, wie wir glauben, Bigfoot. Der Festgenommene denkt, daß er die Stimme des Mannes, mit dem er sprach, identifizieren kann.«

Franklin Conrans Hände umklammerten die Armlehnen seines Stuhls. »Ausgezeichnet. Haben Sie die Nummer überprüft?«

»Ein Münztelefon in Washington.«

»Der Schweinehund sieht sich natürlich vor«, seufzte Conran. »Jetzt muß sich Dengs Berater eben die Stimmen der Verdächtigen anhören. Und wir können nur hoffen, daß es mit der Identifizierung klappt. Wie viele Verdächtige haben wir eigentlich im Moment?«

Jack antwortete: »Drei, Herr Außenminister. Den Rest konnten wir aus diversen Gründen eliminieren.«

»Und wer sind die Drei?«

»Oliver Simonis, stellvertretender Direktor der CIA, Michael Ball, ehemaliger Direktor der CIA, und Senator Adam Chandler, Vorsitzender des Geheimdienstausschusses des Senats.«

Admiral Segram pfiff durch die Zähne. »Keine kleinen Fische. Sind Sie sicher?«

»Daß einer davon Bigfoot ist? Ziemlich sicher.«

»Wir müssen die Männer herschaffen. Vor allem, damit sich unser Freund ihre Stimmen anhören kann. Wenn er den Mann, mit dem er gesprochen hat, identifiziert, haben wir schon das meiste geschafft, und Bigfoot wird festgenommen, solange wir noch dafür sorgen können, daß der Schaden gering bleibt, die Medien also nicht gleich von der Sache erfahren. Die Hölle bricht los, wenn die Öffentlichkeit erfährt, daß es einem Sowjetspion gelungen ist, sich in eine verantwortliche Position an der Spitze unserer Regierung einzuschleichen. Würde keinen guten Eindruck machen.« Admiral Segram trommelte erneut mit den Fingern auf die Tischplatte. »Wir müssen eine Lösung finden. Natürlich müssen wir diesen Bigfoot schnappen, wobei der erste Schritt die Ergreifung der drei Verdächtigen wäre, eine Aufgabe, um die sich der wilde Bill und seine Jungs an Ort und Stelle kümmern werden. Wenn wir die Männer hierherkriegen!«

Das angespannte Gesicht des Außenministers verzog sich zu einem grimmigen Lächeln. »Ich werde den Präsidenten bitten, jeden einzelnen höchstpersönlich anzurufen und ihnen mitzuteilen, daß wir eine internationale Krise hätten und sie in den Krisenstab berufen worden seien. Innerhalb der nächsten sechs Stunden werden wir hier eine Notstandssitzung abhalten.«

General Ramsey schnaubte. »Glauben Sie, daß dieser Bigfoot uns das abnimmt?«

Franklin Conran schüttelte den Kopf. »Er weiß schon, daß wir ihm auf der Spur sind. Wenn er wegläuft, verrät er sich. Er wird sicherlich annehmen, daß er aus eben diesem Grund – den der Präsident ja auch angibt –, herbeizitiert wird. Da nichts angekündigt worden ist und die anderen beiden von der Ermordung des Ministerpräsidenten nichts wissen, wird Bigfoot als einziger informiert sein. Er weiß also, daß es eine echte Krise gibt. Ich wette, daß er kommen und sich irgendwie durchmogeln wird. Er muß ein phantastischer Schauspieler sein – so, wie er bisher alles gedeichselt hat.« Der Außenminister blickte in die Runde. »Gibt es sonst noch was zu besprechen?«

Die Männer schüttelten die Köpfe.

»Packen wir's also an«, sagte er und schob seinen Stuhl zurück.

32

Samstag, 17. Oktober, 12 Uhr 01

Die Gruppe hatte sich im Krisenzimmer erneut versammelt, aber zu den ursprünglichen Mitgliedern waren vier neue Gesichter gekommen: Oliver Simonis, stellvertretender Direktor der CIA, Michael Ball, kürzlich in Ruhestand getretener Direktor der CIA, Senator Adam Chandler, Vorsitzender des Geheimdienstausschusses des Senats, und Clara, die von General Ramsey als Protokollführerin angeheuert worden war. Ihre Kurzschrift ließ zwar zu wünschen übrig, war aber, weil sie sie manchmal bei der Arbeit benutzte, brauchbar. Sie wollten keine weiteren Leute, die nicht direkt betroffen waren, mit in die Sache einbeziehen.

»Meine Herren, bitte üben Sie Nachsicht mit mir! Zwei von Ihnen werden sogleich aufs tiefste beleidigt werden. Ich entschuldige mich dafür im voraus. Aber die Situation, der wir uns gegenübersehen, erfordert schwerwiegende Maßnahmen und rasches Vorgehen, wenn wir in diesem Debakel noch etwas retten wollen.« Dann beschrieb Franklin Conran mit wenigen Worten die Ermordung des chinesischen Ministerpräsidenten. Simonis, Ball und Chandler machten entsetzte Gesichter.

Conran fuhr fort. »Aber der Grund, warum der Präsident Sie hierher gebeten hat, ist folgender: Wir glauben, daß der Mord mit Hilfe eines Maulwurfs erfolgte, der im Netz des Geheimdienstes eine hohe Position innehat. Als verdächtige

Personen kommen folgende drei in Frage: Mr. Simonis, Mr. Ball und Senator Chandler.«

»Das muß ein Witz sein!« protestierte Oliver Simonis wütend und sprang vom Stuhl auf.

Die anderen beiden blieben sitzen, sahen aber aus, als wären sie derselben Meinung. Clara blickte verblüfft von Jack zu General Ramsey und dann in die geröteten und verkniffenen Gesichter der Verdächtigen. Sie hatte nicht gewußt, daß der Zweck der Besprechung die Entlarvung von Bigfoot war, und konnte nicht glauben, daß einer dieser distinguierten Herren jahrelang Landesverrat begangen haben sollte. Senator Chandler kannte sie sogar sehr gut! Er war seit Jahren mit ihrer Mutter befreundet. Als er das kleine, hell beleuchtete Zimmer betreten hatte und sie – ebenso überrascht wie sie – begrüßte, hatte sie keine Ahnung gehabt, daß *dies* der Grund seiner Anwesenheit sein würde.

»Leider nein, Mr. Simonis. Setzen Sie sich bitte!«

Oliver Simonis' Gesicht lief purpurrot an, aber er setzte sich mit zornigem Blick auf die ernsten Gesichter in der Runde wieder hin. Das Kontingent an Marines, das draußen im Korridor Wache hielt, war nicht zu ignorieren. Niemand würde ohne Erlaubnis von General Ramsey den Raum verlassen.

»Das ist eine verdammte Beleidigung«, murmelte Simonis. Clara beobachtete ihn. Protestierte er zuviel? Benahm sich einer so, wenn er sich schuldig fühlte? Oliver Simonis war ein großgewachsener, dünner Mann mit gebräuntem, faltigem Gesicht, einer Hakennase und fliehendem Kinn. Er war Mitte sechzig, wie die beiden anderen Verdächtigen. Sein ehemals dunkles Haar war stahlgrau. Clara starrte ihn an und fragte sich, ob dies der Mann war, der früher Nikolai Bukowski hieß. Dem Foto, das Clara gesehen hatte, sah er allerdings – und logischerweise – kein bißchen ähnlich. Jack hatte ja von Gesichtschirurgie gesprochen. Aber irgendwelche Ähnlichkeiten mußten doch noch vorhanden sein. Clara blickte Simonis in die Augen. Sie waren graubraun. Auf der verschwommenen Fotokopie einer Schwarzweißaufnahme war es natürlich schwer zu erkennen gewesen, aber Clara meinte, Bukowskis Augen heller in Erinnerung zu haben. Wenn sonst nichts mehr stimmte, so mußten doch wenigstens die Augen dieselben geblieben sein!

»Der Außenminister hat sich bereits für die Beleidigung entschuldigt, die er selbst als außerordentlich eingestuft hat«, sagte Adam Chandler zu Simonis. Obwohl der Senator auch nicht hocherfreut zu sein schien, verhielt er sich beherrscht. Seine Stimme, die den Südstaatler verriet, klang nur leicht irritiert. Wie Clara, so stammte auch Adam Chandler aus einer alten Familie Virginias, jeder Zoll ein Aristokrat: nicht übermäßig groß – Clara vermutete, daß er keine fünf Zentimeter größer als ihre einsfünfundsechzig war –, aber muskulös, das schütter werdende graue Haar makellos gepflegt, der dunkelblaue Anzug eindeutig von einem teuren Schneider. *Er* konnte Bigfoot nicht sein, dachte sie bei sich, während sie ihn bis zu den auf Hochglanz polierten Schuhen hinunter musterte. Ihre Großmutter war doch sogar mit seinen Eltern befreundet gewesen! Alle drei waren schon lange tot, aber ihre Mutter kannte den Stammbaum aller, die einer prominenten Familien angehörten. Nikolai Bukowski konnte unmöglich eine solche Abstammung gefälscht haben! Aber aus irgendeinem Grund mußte er in Verdacht geraten sein. Clara blickte ihm in die Augen. Sie waren tiefblau und stimmten, wie die von Simonis, nicht mit dem Foto überein.

»Machen wir weiter?« fragte Admiral Segram schroff. Franklin Conran nickte.

»Was genau sollen wir tun, Frank?« Michael Ball, ein rundlicher kleiner Mann mit Glatze und grauschwarzen Haarfransen, war mit dem Außenminister offenbar gut bekannt. Wenn sie Freunde oder alte Kollegen waren, befände sich Conran in einer schwierigen Lage. Aber dem Hängebackengesicht des Außenministers war nichts anzumerken. Clara, die ganz genau hinsah, fand, daß auch Michael Balls graue Augen nicht die richtige Farbe hatten.

»Am besten den Lügendetektor auf uns ansetzen.« Simonis' Gesicht war puterrot.

»Nein.« Franklin Conran schüttelte den Kopf. »Ich möchte, daß mir jeder von Ihnen den folgenden Satz nachspricht: Kamerad, die Reiter sind aufgestiegen.«

»Was soll dieser verdammte Quatsch?« Simonis sah aus, als stünde er kurz vor einem Schlaganfall.

»Es war der Code, der benutzt wurde, um den Mord zu veranlassen. Weigern Sie sich, ihn zu wiederholen?«

»Allerdings! Ich –« Simonis sah in die versteinerten Mienen am Tisch. »Okay. Aber ich erwarte eine verdammt gute Entschuldigung von Ihnen, Conran, wenn die Sache erledigt ist. Das kann ich Ihnen flüstern!«

»Und Sie, Mr. Ball?«

»Ich sage alles, damit wir endlich weiterkommen.«

Franklin Conran sah Adam Chandler an, der eifrig nickte.

»Na schön. Mr. Simonis, fangen Sie bitte an!«

»Ich komm mir vor wie ein Vollidiot«, schnaubte er, wiederholte aber den Satz.

»Mr. Ball.«

Michael Ball tat, was von ihm verlangt wurde.

»Senator Chandler.«

Adam Chandler ebenfalls.

Das Telefon am Platz von Franklin Conran klingelte. Er nahm den Hörer ab, lauschte und nickte General Ramsey zu. Der General erhob sich sofort, ging an die Tür und winkte die bewaffneten Soldaten herein. Sechs uniformierte Marines betraten den Raum und bauten sich in einer Reihe vor der Tür auf.

»Unser Mann hat die Stimme identifiziert. Michael Ball, Sie sind wegen Landesverrats verhaftet.«

»Kommt überhaupt nicht in Frage!« Mit zornigem Blick und geballten Fäusten sprang Ball auf die Füße. Adam Chandler, der neben ihm saß, sprang ebenfalls auf und legte ihm die Hand auf den Arm. Die Marines traten vor. Als die Soldaten den fluchenden und wild um sich schlagenden Verdächtigen umringten, erhoben sich die Männer am Tisch. Michael Ball holte aus und traf Chandler an der Schläfe. Sich den Kopf haltend, taumelte der Senator rückwärts. Die Marines drückten Ball auf den Boden, legten ihm Handschellen an, und damit war alles vorbei. Bigfoot war endlich gefaßt.

33

Das Zimmer leerte sich, Clara stand auf. Sie war wie betäubt, als sie dem Außenminister ihre Notizen reichte, der sie am Montag, nachdem die Nachricht über den Mord bekanntgegeben wäre, in seinem Büro abtippen lassen würde. Mit der Verhaftung Michael Balls war der Alptraum, in dem sie gefangen war, endlich vorüber. Es war vorbei.

»Clara Winston? Sie sind es doch, nicht wahr? Was, um alles in der Welt, tun Sie hier?« Senator Chandler ging um den Tisch auf Clara zu. Er kniff die Augen zusammen, als ob ihm etwas hineingeflogen wäre. Ein roter Kreis auf seiner linken Schläfe markierte die Stelle, die Michael Ball getroffen hatte. Vielleicht tränten ihm deshalb die Augen. »Ich dachte doch gleich, daß Sie es sind, als Sie sich setzten, aber ich war mir nicht sicher.«

»Das ist eine lange Geschichte, Senator«, erwiderte sie seufzend und schüttelte ihm die dargebotene Hand. Er zwinkerte wieder, rieb sich das linke Auge und sah sie entgeistert an.

»Stimmt irgendwas nicht, Senator?«

»Ich – ich habe anscheinend meine Kontaktlinse verloren. Ich ...«

»Oje«, sagte sie und schaute zu Boden. Lena trug Kontaktlinsen, und Clara wußte aus Erfahrung, wie ärgerlich es war, wenn eine verlorenging. Etwas glitzerte auf dem Linoleumbelag. Sie kniete sich hin, und richtig – es war die Kontaktlinse. Vorsichtig nahm sie die kleine Kunststoffscheibe mit einem Finger auf, erhob sich und hielt sie dem Senator hin.

»Danke«, sagte er, nahm sie ihr aus der Hand und drehte

sich zur Seite, um sie sich wieder ins Auge zu setzen. Lena hatte ihre vorher immer gereinigt …

Über die Schulter des Senators hinweg sah Clara, wie Jack mit Davey Spencer aus der Tür ging.

»Entschuldigen Sie, Senator, ich muß dringend mit jemand reden«, sagte sie schnell und lief Jack hinterher. Sie hatte Angst, daß er jetzt, wo alles vorbei war, wie ein Geist in der Nacht verschwinden würde.

»Jack, warte doch!« Ihre Absätze klickten auf dem Linoleum. Sie trug das gelbe Sommerkleid mit den weißen Blumen und die hochhackigen Ledersandalen, die sie in der Boutique gekauft hatte, und wußte, daß sie gut aussah. Und sie *wollte* gut aussehen, um Jack zu sagen, was sie auf dem Herzen hatte. »Jack!«

»Was ist?« Er drehte sich um, sein Gesicht eine starre Maske. Damit er ihr zuhörte, zupfte sie ihn am Ärmel. Seine grünen Augen waren pures Eis. Clara zögerte. Davey Spencer war mit Jack stehen geblieben, und Senator Chandler war ihr gefolgt.

»Ich *muß* mit dir reden!«

»Ich glaube nicht, daß wir uns noch etwas zu sagen haben.« Er riß sich los, aber sie klammerte sich mit flehendem Blick an den Ärmel seines Tweedjacketts.

»Willst du mir nicht die Gelegenheit geben, alles zu erklären? Ich – ich hab nicht gemeint, was du gedacht hast.«

»Es spielt keine Rolle, was du gemeint hast. Ich nehme mein Angebot zurück«, zischte er ungeduldig. Als er weitersprach, war seine Stimme leise und rauh. »Schau, Clara, begreifst du nicht, daß alles vorbei ist? Es war gut, Baby, solange die Hatz der Sache Pfiff gegeben hat. Aber die Jagd ist vorbei, und wir müssen ins wahre Leben zurück. Wir passen nicht zueinander. Sei froh, daß du Verstand genug hattest, es als erste zu erkennen.«

»McClain!« Die Stimme des Generals donnerte durch den Korridor. »Eben kommt was Interessantes per Fax! Kommen Sie – schauen Sie sich das an!«

»Entschuldige«, sagte Jack förmlich. Er befreite sich aus

ihrem Griff, drehte sich auf dem Absatz um und ging davon. Clara blickte ihm hilflos hinterher. Sie spürte, wie ihr die Schamröte in die Wangen schoß, als Davey Spencer sie mit einem mitleidigen Blick bedachte, bevor er Jack nacheilte.

»Es tut mir leid, meine Liebe«, sagte der Senator leise, der hinter ihr stand. »Ich habe alles mitangehört.«

Clara schüttelte den Kopf. Tränen brannten in ihrem Hals, aber sie würde sich lieber rädern und vierteilen lassen, als zu weinen und sich noch mehr zu blamieren. Wenn Jack sie nicht wollte... Trotz aller Vorsätze füllten sich ihre Augen mit Tränen.

»Ist das nicht der Mann, der in allen Zeitungen war? Derjenige, den alle für den Massaker im Krankenhaus verantwortlich machen? Wie sind Sie bloß an den geraten?« Clara hatte den Eindruck, daß der Senator nur redete, um zu vertuschen, daß sie es nicht konnte. Sie schniefte und schluckte und schaffte es mit größter Anstrengung, ihre Stimme wiederzufinden.

»Auch das ist eine lange Geschichte, Senator.«

»So, so.« Er zögerte einen Augenblick. Dann sagte er: »Ich muß morgen rechtzeitig zu einem Empfang, der mir zu Ehren gegeben wird, in Washington sein. Deshalb fahre ich sofort los. Ich nehme Sie gerne mit und setze Sie zu Hause ab, wenn Sie wollen.«

Zu Hause! Sie sah Jollymead vor sich, ihre Mutter, die von ihrer Kreuzfahrt zurückkehren würde, und ihr Manuskript, das sie noch nicht in die Post gegeben hatte, und Iris und Amy und Paff, den ihr der General zurückschicken müßte ...

Plötzlich wünschte sie sich nichts sehnlicher, als wieder zu Hause zu sein. Es war schließlich der Ort, stellte sie traurig fest, an den man zurücklief, wenn man Wunden zu lekken hatte.

»Vielen Dank, Senator, das ist sehr freundlich von Ihnen. Ich nehme Ihr Angebot gerne an«, sagte sie. Er tätschelte ihr väterlich die Hand, klemmte sie in seine Armbeuge, und gemeinsam gingen sie den Korridor entlang.

34

Samstag, 17. Oktober, 2 Uhr 15

Clara saß neben dem Senator auf dem Rücksitz der Limousine und versuchte, nicht an Jack zu denken. Sie hatte wirklich alles vermasselt. Wenn sie die letzten Stunden rückgängig machen könnte, würde sie seinen Antrag annehmen. Und zwar so schnell, daß er sich wie eine Fliege vorkäme, nach der ein Frosch schnappt. Aber es war nicht möglich. Wie das ganze phantastische Abenteuer, war auch ihre Romanze mit Jack vorbei. Sie paßten nicht zueinander, hatte er gesagt. Und sie wußte, daß er recht hatte. Aber, ach, wie wunderbar es doch sein konnte, nicht zueinander zu passen!

»Am Flughafen von Charleston wertet ein Charterflugzeug auf uns. Wenn wir drin sind, können Sie schlafen. Sie sehen ja völlig übermüdet aus.« Die Stimme des Senators riß sie aus ihren Gedanken. Sie lächelte, obwohl es sie Mühe kostete. In der Limousine war es dunkel. Sie befanden sich immer noch auf der Insel und fuhren auf die Brücke zu, die die Insel mit dem Festland verband. Lampen brannten nur in der Nähe der Häuser.

»Es ist wirklich sehr freundlich von Ihnen, mich mitzunehmen, Senator«, wiederholte Clara. »Ich wollte unbedingt nach Hause.«

»Das hatte ich mir gedacht.« Senator Chandler beugte sich vor und nahm den Hörer des Telefons in die Hand, das in der Autotür hing. Die Limousine war mit jedem denkbaren Luxus ausgestattet – von der komplett bestückten Bar bis zu einem Fernsehgerät. »Aber danken Sie mir nicht. Ich freue mich über Ihre Gesellschaft.«

Clara lächelte ihm zu. Er lächelte zurück. »Ich hoffe, Sie werden mir verzeihen«, sagte er und hielt den Hörer hoch, »aber ich möchte meiner Haushälterin mitteilen, daß ich auf dem Weg nach Hause bin.«

»Oh, bitte, lassen Sie sich nicht stören«, murmelte Clara und blickte hinaus in die Dunkelheit. Als der Senator die

Nummer eintippte, machte das Telefon kleine Piepsgeräusche. Ihre Gedanken drifteten zu Jack zurück.

»Verdammt, ich glaube, ich werde alt. Oder meine Kontaktlinsen werden alt, was ich lieber annehmen möchte. Jedenfalls kann ich die Nummern auf dem Ding hier nicht erkennen.« Der Senator zog eine Grimasse und blinzelte das Telefon an. »Wären Sie so freundlich, meine Liebe?« Er hielt ihr den Hörer hin.

Clara, in die Realität zurückgeholt, lächelte. »Gerne.«

Er reichte ihr den Hörer. »Besten Dank. Das erste, das nachläßt, wenn die Jugend vorbei ist, sind die Augen.«

»Wie ist die Nummer?«

»Vorwahl 301-244-3668.«

Es war schwierig, die Zahlen im Dunkeln zu erkennen. Die kleinen Tasten waren beleuchtet, aber Clara mußte beim Wählen den Apparat nah ans Gesicht halten und die Augen zusammenkneifen. Das Besetztzeichen ertönte. Sie sagte es dem Senator.

Er runzelte die Stirn. »Versuchen Sie es bitte noch mal. Es ist die Leitung zu meinem Privathaus; sie dürfte nicht besetzt sein. Jedenfalls nicht um diese Zeit.«

»Vielleicht habe ich mich verwählt.«

»Ja, das ist möglich. 301-244-3668.«

Clara versuchte es noch einmal. Sie hielt sich das Telefon vor die Augen. Über den kleinen Tasten tanzten die entsprechenden Buchstaben und waren deutlicher als die Ziffern. Beim Wählen spielte sie oft ein kleines Spiel – sie sah nach, ob die Buchstaben über den Tasten, die sie drückte, irgendein Wort bildeten. Bei Unternehmen war dies häufig der Fall. Zum Beispiel hatten die Buchstaben über den letzten Ziffern eines Fitneß-Centers, zu dem sie mal gegangen war, das Wort Diät gebildet.

»2-4-4-3-6-6-8«, murmelte Clara vor sich hin und tippte die Nummern sorgfältig ein. Plötzlich wurden ihre Augen groß. Voller Entsetzen ging sie die Reihenfolge der Buchstaben noch zweimal durch. Die Buchstaben, die der Privatnummer des Senators entsprachen, bildeten das Wort Bigfoot! Ein Zufall? Dann hob sie den Blick und sah in Chandlers Gesicht. Wie Jack einmal gesagt hatte, in diesem Geschäft gab es keine Zufälle.

»Sie haben mich also ertappt. Ich war immer der Meinung, daß Sie eine außergewöhnlich intelligente junge Frau sind, und freue mich, daß ich mich nicht getäuscht habe«, sagte er gewandt, nahm ihr den Hörer aus der schlaffen Hand und legte auf.

»Aber – sie haben doch Michael Ball festgenommen«, protestierte sie wie ein Idiot und starrte ihn mit zunehmendem Entsetzen an.

Er lächelte. »Ja, nicht wahr? Ich habe immer viel Glück gehabt im Leben. Mein Glück läßt mich nicht im Stich.«

»Ihre Augen sind zu dunkel«, wisperte sie.

»Da haben Sie aber gut aufgepaßt!« sagte er grinsend, hob die Hand und hielt sie erst unter das eine Auge und dann das andere. Als er wieder aufblickte, stockte ihr der Atem. Seine tiefblauen Augen waren nicht länger blau. Sie waren hellbraun, fast gelb, eine ungewöhnliche Farbe.

»Die Kontaktlinsen! Sie sind grün gefärbt!« Als sie ihm das winzige Ding zurückgegeben hatte, war ihr die Farbe aufgefallen, aber sie hatte nicht weiter darüber nachgedacht. Sie hatte doch geglaubt, das schreckliche Spiel sei vorbei. Und sie hatte an Jack gedacht ...

»Schade, daß ich dort eine verlieren mußte und Sie sie aufgehoben haben. Pech – für Sie!«

Der schwarze Falke mit den gelben Augen! So hatte ihn Rostow beschrieben. Clara starrte ihn an wie ein Kaninchen eine Schlange.

»Sie sind Nikolai Bukowski«, hauchte sie. »Aber wie kann das sein? Meine Mutter kennt Ihre Familie. Adam Chandler ist kein angenommener Name. Er ist *echt*!«

»Er war echt«, korrigierte sie der Senator. »Adam Chandler ist seit zweiundvierzig Jahren tot, Friede seiner Seele. Gestorben im Jahr 1944 in einem russischen Feldlazarett. Er war auf geheimer Mission hinter feindlicher Linie, wurde gefangengenommen und versuchte zu fliehen. Dabei wurde er schwer verwundet. Aber ich, der mit ihm floh, war nur leicht verletzt und trug ihn auf meinen Schultern bis zur russischen Front. Damals waren wir eure Verbündeten, wie Sie wissen. Der Kommandierende der Einheit gehörte zum KGB.

Während ich mich erholte und Chandler an seinen Verletzungen starb, fiel diesem Offizier unsere Ähnlichkeit auf – Größe, Körperbau, Haarfarbe. Außerdem war ihm klar, daß ich aufgrund unserer Freundschaft eine Menge über das Leben wußte, das er führte, bevor er in den Krieg zog. Unsere Gesichtszüge waren anders, auch die Farbe unserer Augen, aber im wesentlichen waren wir uns sehr ähnlich. Der Offizier war außerordentlich weitsichtig: Er vermutete, daß die Freundschaft zwischen den Vereinigten Staaten und der Sowjetunion den Krieg nicht lange überdauern würde. Also überprüfte er Chandlers Hintergrund, fand heraus, daß er so wohlhabend und einflußreich war, wie er es mir prahlend erzählt hatte, und beschloß, daß es von Nutzen wäre, einen Agenten in Gestalt eines solchen Mannes in den Vereinigten Staaten operieren zu lassen, sollten sich die Beziehungen der beiden Großmächte wieder einmal verschlechtern. Er unterbreitete mir diesen Vorschlag, ich stimmte zu und unterzog mich den chirurgischen Eingriffen und der Ausbildung, die notwendig waren, um einen Adam Howard Chandler IV aus mir zu machen. Meine Augenfarbe ließ sich natürlich nicht verändern, ohne meine Augen zu beschädigen, womit ich nicht einverstanden war. Deshalb trage ich seit 1944 farbige Kontaktlinsen, die von sowjetischen Wissenschaftlern speziell für mich angefertigt wurden und im Lauf der Jahre regelmäßig ausgetauscht worden sind.

Inzwischen kann man farbige Kontaktlinsen natürlich in jedem Laden kaufen. Ich war ein richtiger Trendsetter!« Er lachte glucksend.

»O mein Gott!« hauchte Clara. Auf einmal wurde ihr klar, in welcher Gefahr sie sich befand. Dies war Bigfoot! Sie wußte es, und er wußte, daß sie es wußte. Er konnte sie nicht am Leben lassen.

»Daß ich zum Senator gewählt wurde, war ein Gewinn, mit dem meine Vorgesetzten nicht gerechnet hatten. Der Vorsitz im Geheimdienstausschuß des Senats war der absolute Gipfel. Als Adam Chandler, vermögender Kriegsheld, stand mir jede Tür offen. Ich bin für mein Land von unschätzbarem Wert gewesen und werde es jetzt, wo die Suche nach Bigfoot erfolgreich abgeschlossen ist, auch weiterhin sein.« Er gluckste wieder. »Wenn ich mir vorstelle, daß ich ernsthaft daran gedacht habe, Amerika zu verlassen, als die Vorladung des Präsidenten kam! Fast wäre ich in die Sowjetunion zurückgekehrt! Eines Tages werde ich natürlich heimkehren und dann als einer der größten Helden unseres Landes empfangen werden.«

Er holte tief Luft und stieß sie seufzend wieder aus. Seine gelben Augen schauten Clara bedauernd an.

»Es tut mir wirklich sehr leid, daß Sie in diese Sache verwickelt wurden, meine Liebe. Ich verstehe immer noch nicht ganz, wie es passieren konnte. Ich hatte gehofft, Sie verschonen zu können. Da sie aber nun die Kontaktlinse gesehen haben ... Na ja.«

»Was werden Sie tun?« Es war, als ob ihr jemand ein Kissen aufs Gesicht drückte.

»Nun, ich werde Sie natürlich umbringen lassen. Aber sorgen Sie sich nicht – ich werde ihnen Anweisungen geben, es schmerzlos zu machen.«

»Ich habe General Ramsey gesagt, daß ich mit Ihnen fahre. Ich mußte ihm sagen, wo er meinen Kater hinschicken soll. Sie werden wissen, daß Sie es waren.« Sie klammerte sich an den letzten Strohhalm und drückte sich instinktiv in die Ecke des luxuriösen Ledersitzes, um den Abstand zwischen ihm und ihr so weit wie möglich zu vergrößern.

»Wirklich?« Es klang verärgert. Er runzelte die Stirn. »Wie dem auch sei. Ich werde dafür sorgen, daß Sie trotz Ihrer Verzweiflung über die Treulosigkeit Ihres Liebhabers sicher nach Hause gelangen. Bei Ihnen zu Hause habe ich natürlich keinen Einfluß darauf, daß Sie sich aus Kummer das Leben nehmen.«

Vor Entsetzen wie gelähmt, starrte Clara ihn an, während er sich die Einzelheiten ihres Abgangs durch den Kopf gehen ließ. Aber ihr Verstand löste sich blitzschnell aus seiner Starre und arbeitete verschiedene Möglichkeiten durch. Der Fahrer. Hatte er mit der Sache zu tun? Höchstwahrscheinlich, sonst würde der Senator – Bukowski, sie hatte immer noch Schwierigkeiten, die beiden gleichzusetzen – nicht so offen reden. Mit seiner Hilfe konnte sie also nicht rechnen. Mit ziemlicher Sicherheit war Bukowski unbewaffnet. Vor der Konferenz des Außenministers war er abgetastet worden und hätte keinen Grund gehabt, sich anschließend noch zu bewaffnen. Natürlich konnte sich in der Limousine eine Waffe befinden.

Bukowski langte nach dem Aktenkoffer neben sich.

»Welch ein Glücksfall, daß ich schlecht schlafe, obwohl ich dies bisher ganz anders gesehen habe«, bemerkte er und zog ein Tablettenröhrchen aus dem Aktenkoffer, den er sofort wieder zuschnappen ließ. Er nahm ein Glas aus dem Regal zu seiner Linken, öffnete den Kühlschrank und nahm eine Flasche Wodka heraus, den er ins Glas goß. Als das Glas voll war, schraubte er den Verschluß wieder auf die Flasche und stellte sie in den Kühlschrank zurück.

»Sie nehmen doch kein Seconal, meine Liebe?«

Clara schüttelte den Kopf und starrte auf die beiden roten Kapseln, die er dem Röhrchen entnommen hatte.

»Ausgezeichnet. Zwei von denen, ein Schuß Wodka dazu, und Sie schlafen wie ein Baby. Sie werden so fest schlafen, daß Sie ins Flugzeug getragen werden müssen, was als Zeichen einer Depression verstanden werden wird. Und noch ein Vorteil, meine Liebe: wenn die Zeit für Sie kommt, sich aufzuhängen, werden Sie gar nichts merken.«

»Ich nehm sie nicht.« Clara drückte sich noch tiefer in den Sitz, als er ihr die Pillen auf der flachen Hand entgegenstreckte. Verzweifelt schaute sie sich nach dem Türgriff um. Endlich fand sie ihn tief im Schatten verborgen. Das Auto fuhr im Vierzig-Meilen-Tempo auf der dunklen kurvenreichen Straße entlang. Sie waren jetzt auf der Brücke. Unter ihnen, erinnerte sich Clara, lag der Sumpf. Er galt als unpassierbar …

»O doch!« sagte Bukowski mit Überzeugung, setzte das Glas auf dem Tischchen in der Mitte ab und langte nach unten, um sich den Schuh auszuziehen. Mit Bestürzung mußte sie beobachten, wie er den Absatz um neunzig Grad drehte. Eine winzige Pistole lag darin.

»Ich würde Sie lieber nicht erschießen, werde es aber tun, wenn Sie mich zwingen«, sagte Bukowski und richtete die Waffe auf Clara. »Und jetzt nehmen Sie die Pillen!«

Er hielt ihr die Hand unter die Nase. Clara sah die Pistole an und würgte. Demütig ließ sie sich die roten Kapseln auf die Handfläche koppen.

»Nehmen Sie sie!«

»Könnte ich – zuerst etwas Wodka haben? Mein – Hals ist so trocken, ich glaube, ich kann nichts runterkriegen.«

»Na schön.« Die Pistole folgte jede ihrer Bewegungen, als sie sich nach vorn beugte, um das Glas vom Tisch zu nehmen. Sie hob es an die Lippen und nahm einen Schluck.

»Und jetzt die Pillen!«

Clara hob die Hand mit den Kapseln an den Mund. Jetzt oder nie, dachte sie, und schüttete ihm den Wodka ins Gesicht.

Bukowski schrie auf und faßte sich ins Gesicht. Ein Schuß fiel. Die Kugel schwirrte über ihren Kopf hinweg durchs Fenster. Der Fahrer trat auf die Bremse. Clara und Bukowski wurden nach vorn geschleudert. Noch während sie sich hochrappelte, langte sie nach dem Türgriff. Ein Ruck. Sie war verriegelt.

Die Limousine schlitterte mit quietschenden Reifen auf die Seite. Sie mußte sich retten … Eine Hand lag auf ihrem Bein. Clara blickte sich um, sah, daß Bukowski sich vom Boden aufrichtete, Mordgelüste in den gelben Augen.

Ihre Hand durchbrach das geborstene Glas, ohne den Schmerz unzähliger Schnittverletzungen zu spüren. Sie tastete nach dem Türgriff, fand ihn, drückte auf den Knopf, warf sich gleichzeitig mit ihrem ganzen Gewicht gegen die

Tür, und dann war sie frei, rollte eine grasbewachsene Böschung hinunter, während das Auto vorbeischleuderte und Bukowskis Kopf in der schwingenden Tür erschien.

Am Fuß des Abhangs landete sie in meterhohem Eiswasser. Schwankendes Schilfrohr ragte über ihren Kopf. Beim Auftauchen nach Luft schnappend und sich halb blind Schlamm und Schleim aus dem Gesicht wischend, wagte sie einen Blick zur Straße. Die Limousine war stehengeblieben. Bukowski stand an der Seite und starrte in den Sumpf. Sein Fahrer holte etwas aus dem Kofferraum. Clara krabbelte halb schwimmend, halb kriechend am schlüpfrigen Boden entlang. Schlick quoll ihr durch Zehen und Finger. Das Wasser war schwarz und glänzte ölig auf der Oberfläche. Sie zitterte, ihre Zähne klapperten. Der fürchterliche Gestank des Sumpfgases drohte ihr den Atem zu rauben.

»Da ist sie!« hörte sie Bukowski schreien. Instinktiv schaute sie zurück. Sie holte tief Luft und tauchte unter. Es zischte über ihrem Kopf. Dann noch einmal. Das Gewehr war mit einem Schalldämpfer ausgerüstet. Niemand würde die Schüsse hören und ihr zu Hilfe kommen!

Sie schleppte sich verzweifelt am Boden entlang und hielt den Atem an, solange es ging. Als sie schließlich auftauchen und die faulige Luft einatmen mußte, hörte sie es hinter sich spritzen. Über die Schulter zurückblickend, sah sie ein zuckendes Licht. Was war das? Dann wurde ihr klar: Bukowski war im Sumpf, links hinter ihr, und suchte sie mit der Taschenlampe. Sie konnte die dunkle graue Masse hinter der Lampe gerade noch erkennen. Unter dem linken Arm klemmte ein Gewehr. Sie dankte Gott für die Schatten der Finsternis und das hohe Schilf. Er sah sie nicht, als die Lampe über ihrem Kopf aufblitzte. Sie kauerte zwischen den Gräsern, und ihr Herz klopfte so laut, daß sie nichts anderes hörte. Wo war der Fahrer? Sie wandte den Kopf in Richtung der Ferienanlage. In der Ferne blinkten schwache Lichter. Dann sah sie den Fahrer hinter Bukowski. Auch er hatte eine Taschenlampe. Und ein Gewehr.

Sie konnte die Schildmütze des Chauffeurs deutlich erkennen. Er und Bukowski schienen im Zickzack entlangzuwaten. Clara begriff voller Entsetzen, daß sie den Sumpf wie bei einer Treibjagd durchkämmten. Sich ins Schilf zu kauern und zu beten, daß sie im Dunkel nicht bemerkt würde, war sinnlos. Wie ein gehetztes Tier mußte sie vor ihnen fliehen.

Vorsichtig und leise zog sie sich voran. Und die Männer verfolgten sie weiter, hin und her zuckten ihre Lichter, und die Stille war schlimmer als jede ausgestoßene Drohung. Bukowski würde sie zu Tode hetzen! Nur einer käme lebendig aus diesem Sumpf.

Zu ihrer Linken hörte sie etwas klatschen. Sie warf den Kopf herum und sah zu ihrem Entsetzen, wie ein Alligator von einem Sumpfgrasbüschel glitt und neben ihr vorbeihuschte. Sie biß sich auf die Zunge, um nicht zu schreien. Doch die Tiere hinter ihr waren tödlicher, der Alligator längst nicht so gefährlich wie Bukowski. Das Reptil beachtete sie nicht. Mit hämmerndem Herzen hoffte Clara, daß seine Verwandten ebenso nachsichtig wären.

»Dort ist sie!« Der grelle Strahl seiner Taschenlampe blendete sie. Kugeln sausten über ihren Kopf, klatschten um sie herum ins Wasser. Ihr drehte sich der Magen vor Entsetzen, aber sie tauchte rasch in das ölige schwarze Wasser, kroch wie der Alligator auf dem Bauch, während die Kugeln um sie herum ins Wasser prasselten, und betete, daß ein Wunder geschehen möge, damit sie am Leben bliebe.

Als sie auftauchte, waren sie direkt hinter ihr. Die Strahlen der Taschenlampen zuckten in der Dunkelheit. Über dem heftigen Pochen ihres Herzens konnte sie ihr wildes Herumplatschen hören. Schluchzend stolperte sie weiter und suchte in der riesigen schwarzen Wasserfläche und dem noch schwärzeren Schlamm verzweifelt nach einem Versteck. Die Finsternis war ihre Verbündete. Die schwankenden Schatten und raschelnden Gräser tarnten ihre Bewegungen.

Die Taschenlampe zuckte wieder über sie hinweg und verharrte.

Swusch! Swusch! O Gott, sie stand in ihrem Licht! Mit dem Gesicht nach unten warf sie sich ins eisige Wasser und zog sich bis zur Mitte des Kanals, wo das Schilfrohr dichter stand. Sie brauchte ein Wunder, um zu überleben!

Einen Blick zurück wagend, sah sie, daß sie sehr nahe waren. Wie lange würde sie ihnen noch ausweichen können? Es war nur eine Frage der Zeit, bis einer von ihnen auf ihren Rücken zielte und eine Kugel durch sie hindurchjagte, während sie ihnen verzweifelt zu entkommen suchte. Wäre es nicht viel leichter, sich einfach hinzustellen und diese furchtbare Hetzjagd, dieses Elend zu beenden? Dann würden ihr vielleicht noch ein paar Stunden bleiben. Statt sie im schleimigen Sumpf zu erschießen, würde Bukowski vielleicht seinen ursprünglichen Plan verfolgen und sie auf Jollymead sterben lassen.

Ach Gott, sie hatte doch solche Angst vorm Sterben! Bitte hilf mir, betete sie, und schleppte sich weiter, während die Männer sie umzingelten. Bitte hilf mir! Bitte! Bitte!

»Da ist sie!«

Clara tauchte ohne Luft zu holen unter. Verzweifelt drehte sie sich um die eigene Achse und bewegte sich im Schutz des Wassers und des Schilfs auf sie zu. Darauf wären sie nicht gefaßt. So leise und schnell sie konnte, schob sie sich voran. Aber sie mußte bald wieder auftauchen, um nicht zu ersticken. Wann würde eine Kugel ihr das Fleisch zerfetzen?

Atmen oder ertrinken, sie hatte die Wahl – und stieß den Kopf aus dem Wasser. Wieder einmal hatte Gott ihr Flehen erhört: Während sie untergetaucht war, hatte sich eine Nebelwand über das Wasser geschoben.

35

»Clara!«

Die heiser flüsternde Stimme machte sie vor Entsetzen schaudern. Sie wußte nicht, wie lange sie im eisigen Sumpf gelegen hatte, Minuten oder Stunden. Sie wußte nur, daß sie ihr immer noch nachsetzten, sie in den Nebelschwaden suchten. Die Taschenlampen hatten sie ausgeknipst. Vor einer Weile hatte Bukowski angefangen, ihren Namen zu rufen.

»Clara!«

Sie konnte sie durch den Sumpf stapfen hören, aber die dichten Nebelschwaden dämpften nicht nur die Leute, sie raubten auch die Sicht. Die Männer konnten drei Meter von ihr entfernt sein oder dreißig.

»Clara!«

Ihren Namen von seinen Lippen zu hören, raubte ihr die Nerven. Sie wußte, daß es Bukowskis Stimme war, aber es klang so schrecklich vertraut, daß sie sich jedesmal zusammenreißen mußte, um nicht zu antworten. Die Stimme schien immer noch Adam Chandler zu gehören, dem alten Freund der Familie. Sie geriet in Panik, sinnlose, schluchzende Panik! Sie fürchtete, der Nebel, den sie für ihre Rettung gehalten hatte, würde das Grauen nur verlängern. Der Falle aus eisigem Schlamm und Terror entkäme sie nur durch den Tod.

»Clara, Sie benehmen sich albern! Kommen Sie raus – ich fahre Sie nach Hause!«

Es klang so verführerisch, gräßlich verführerisch, geflüstert im schleppenden Rhythmus des Südstaatlers aus Virginia. Clara zitterte. Nur mit Mühe konnte sie ihren Verstand beherrschen. Sie durfte nicht antworten, durfte nicht antworten!

»Emily wartet in Jollymead auf Sie, Clara! Kommen Sie, ich bringe Sie zu Ihrer Mutter!«

Clara wollte schreien. Sie biß sich auf die Zunge. Er kam näher. Das Flüstern wurde lauter. Sie konnte es spritzen hören, als er durchs Wasser auf sie zuwatete.

Langsam und vorsichtig wich sie zurück, weg von der schmeichelnden Stimme, die nur den Tod versprach. Wie ein Aal glitt sie durch den Schlamm, entfloh dem Horror, der sie verfolgte. Um sie herum gluckste und seufzte der Sumpf. Das Herz schlug ihr bis zum Hals.

»Clara!«

Sie ließ sich schneller gleiten und starrte wie gebannt in die Richtung, aus der die Stimme kam. Ihr Fuß stieß an etwas Festes.

»Ich hab sie! Ich hab sie!«

Clara schrie vor Entsetzen. Sie war an das Bein des Chauffeurs gestoßen, der nach ihr griff. Seine Arme umschlangen sie, zerrten sie aus dem eisigen Schlamm, der so lange Schutz gewährt hatte, und er hielt sie wie einen geangelten Fisch in die Höhe, während sie strampelte und kämpfte und schrie.

»Halt sie fest – ich komme!« Bukowskis Stimme war wie eine Fackel im flammenden Inferno ihres Entsetzens. Wie wild riß sie an den Armen, die sie umklammert hielten, trat um sich, biß und kratzte, bis sie frei war und mit gewaltigem Klatschen ins Wasser fiel, während wütendes Fluchen über ihrem Kopf zusammenschlug.

»Laß sie nicht abhauen!«

Mit aller Macht schob sie sich durchs Wasser, obwohl sie wußte, daß sie ihr nach wie vor hart auf den Fersen waren. Sie spürte, wie die Männer sie einholten. Sie wußte nicht mehr, was sie tat, raffte sich auf und stürzte sich heulend wie eine Irre in die Finsternis, floh wie ein Reh vor den Jägern. Durch das hüfthohe Wasser spritzend, stolpernd, fallend, sich aufrappelnd und weiterlaufend, spürte sie mit eisiger, betäubender Sicherheit, daß ihr Ende nahe war. Dann hörte sie metallisches Schaben – ein Gewehr wurde in Anschlag gebracht.

Sie warf sich in den Schlamm, krabbelte vornübergebeugt weiter und kämpfte immer noch gegen das Schicksal an, das, wie sie wußte, unausweichlich war. Die Kugeln sausten an ihr vorbei.

Ihre Füße berührten festen Boden. Ohne zu überlegen, erklomm sie einen Schlammhügel und stand plötzlich nicht mehr im Schutz des Schilfrohrs.

»Dort ist sie!«

Clara hörte den Schrei und Geplansche und wußte, daß sie von den Männern nur wenige Meter trennten. Hastig kletterte sie auf die andere Seite des Hügels. Aber ihre Füße ließen sich nach dem stundenlangen Aufenthalt im eisigen Wasser im Stich. Sie rutschte aus und schlug der Länge nach hin.

»Es war dumm von Ihnen, davonzulaufen, Clara!«

»Nein!« Mit diesem Aufschrei drehte sie sich um und sah, daß er direkt hinter ihr stand. Der Nebel hob sich, und Clara konnte ihn deutlich erkennen. Chandler – Bukowski – mit seinem schrecklich vertrauten Gesicht und den barbarischen gelben Augen, die sie durch die fasrigen Nebenschwaden hindurch anfunkelten.

»Erschießen Sie mich nicht! Bitte! Ich gehe mit Ihnen! Ich mach Ihnen keinen Ärger mehr, ich verspreche es!« brabbelte sie und stolperte rückwärts über das schlammige Gras – entsetzte Augen auf das Gewehr gerichtet, das er langsam an die Schulter hob.

»Sie haben mir schon genug Ärger gemacht, Clara. Ich werde zu spät zu meinem Empfang kommen.« Das Gewehr war angelegt. Er richtete es auf ihr Herz.

»Nein!« schrie Clara und duckte sich. Sein Finger krümmte sich am Abzug. Schluchzend schloß sie die Augen.

Die Welt explodierte. Clara schrie. Es war ein schrilles Kreischen. Panikwellen schwappten über sie hinweg, und sie schrie und schrie ... Dann schrie jemand anderes. Ein Mann.

Es knallte. Clara schlug die Augen auf. Vor ihr lag Bukowski, alle viere von sich gestreckt, und berührte fast ihre Füße in ihren schlammbedeckten Sandalen, das Gewehr nutzlos an seiner Seite. Seine Augen standen offen. Mit diesen furchtbaren gelben Augen blickte er durch sie hindurch, seine Hand streckte sich nach ihr aus und öffnete und schloß sich wie die Kralle eines Vogels. Unbändiger Haß lag auf seinem Gesicht. Sein Körper bebte. Dann regte sich nichts mehr.

Japsend und zitternd drehte Clara sich um. Zu ihrer Überraschung sah sie die Sonne aufgehen. Rosa, gelbe und orangefarbene Kreise wirbelten über den Himmel. Und vor dieser Farbenpracht hob sich die Silhouette eines Mannes ab. Er senkte sein Gewehr.

»Es ist alles in Ordnung, Clara«, sagte Jack grimmig. »Ich bin da.«

Epilog

Clara verbrachte zwei Wochen im Saint Mary's Hospital in Richmond, Virginia, wo sie eine Lungenentzündung als Folge ihrer Nacht im Sumpf auskurierte. Ihre rechte Hand, die das Fenster der Limousine durchstoßen hatte, mußte mit fünfundsiebzig Stichen genäht werden. Sie war in einen weißen Verband gepackt und sah aus, als gehöre sie einer Mumie.

Clara hatte pausenlos Besuch. Ihre Mutter und Lena kamen täglich ins Krankenhaus, Mitch beinahe jeden Tag. Sogar seine Mutter kam zweimal vorbei und brachte jedesmal einen Apfelkuchen mit. Hauptgesprächsthema war Senator Chandlers Jagdunfall in Georgia. Bei einem Kurzurlaub war er frühmorgens auf der Pirsch gewesen und versehentlich von seinem Chauffeur erschossen worden, der sich vor Verzweiflung über den Unfall anschließend das Leben genommen hatte. Eine schreckliche Tragödie und ein furchtbarer Verlust für das Land. Darin waren sich alle einig.

Sie machte nicht den Versuch, diese Ansichten zu korrigieren. Wie General Ramsey ihr bei seinem einmaligen Besuch (als er Paff nach Jollymead brachte) erklärt hatte, konnte der Schein trügen.

Der chinesische Ministerpräsident war nämlich nicht tot. Da mit einem Mordversuch am Außenminister gerechnet wurde, hielt man es für klüger, das Gipfeltreffen zu verschieben. Der Mann, der für Deng gehalten, jedoch nicht getötet und nicht einmal verwundet wurde, weil er als Vorsichtsmaßnahme eine kugelsichere Weste trug, war ein Double des Ministerpräsidenten, so, wie Franklin Conran ja auch von einem Ersatzmann vertreten wurde. Die angebliche Krise hatte man wahrgenommen, um Bigfoot zu schnappen, da keinem der Hauptakteure des Mordkomplotts bewußt sein konnte, daß der Anschlag gescheitert war.

Jack war der erste, der Adam Chandler verdächtigte. Ein Routine-Check hatte zutage gefördert, daß seine gesamte Familie in der Zeit zwischen der Nachricht, daß er vermißt sei, und seiner Heimkehr aus dem Krieg bei Unfällen ums Leben kam: seine Eltern starben gemeinsam nach einem Autounfall, seine Schwester und ihr Mann kamen beim Brand ihres Hauses um, sein Bruder fiel beim Wandern von einem Felsen. Fünf Todesfälle innerhalb von achtzehn Monaten waren – gelinde ausgedrückt – etwas merkwürdig. Auch eine junge Frau, die Chandler nahegestanden hatte, war gestorben. Bis zu seiner Rückkehr aus dem Krieg war jeder, der ihn näher kannte, tot.

Er hatte Zugriff zu den Informationen, die weitergereicht wurden.

Und gerade als die Besprechung, bei der Michael Ball verhaftet wurde, zum Abschluß kam, hatte jemand auf eine der absichtlich ausgegebenen Falschmeldungen reagiert. Es hatte sich um die Nachricht gehandelt, die Adam Chandler zugespielt worden war.

Schließlich hatte der Begleiter des chinesischen Ministerpräsidenten ihnen unter zunehmendem Druck gestanden, Michael Ball fälschlicherweise als Bigfoot identifiziert zu haben. Sein Leben stünde auf dem Spiel, wenn er die Wahrheit preisgebe, hatte er beteuert. Der KGB habe lange Arme und ein ausgezeichnetes Erinnerungsvermögen. Die Stimme sei in Wirklichkeit mit dem dritten Redner identisch gewesen. Der Südstaatenakzent sei nicht zu verkennen gewesen.

Adam Chandler hatte die Anlage bereits verlassen. Anweisungen wurden erteilt, ihn am Flughafen von Charleston oder Washington abzupassen. Falls dies mißlänge, sollten ihn Agenten in seinem Stadthaus in Georgetown sowie in seinem Wochenendhaus in Maryland erwarten.

Jack war in die Villa zurückgekehrt und hatte Clara nicht angetroffen. Erst drei Stunden später kam er auf die Idee, sie könne mit Chandler abgereist sein. Ein Telefonat mit dem Flughafen von Charleston hatte ergeben, daß das Flugzeug, das Chandler gechartert hatte, noch nicht abgeflogen sei.

Jack, General Ramsey und einige seiner jungen Marines hatten sich sofort auf die Suche gemacht und die Straße zwischen der Ferienanlage und dem Flughafen abgeklappert. Dabei hatten sie die Limousine am Straßenrand entdeckt – offener Kofferraum, das hintere Seitenfenster zerbrochen – und sich sofort auf alle Himmelsrichtungen verteilt, um den Sumpf zu durchkämmen.

Jack hatte Clara gefunden, die augenblicklich das Bewußtsein verlor, und aus dem Sumpf getragen. In der Anlage wurde sie wegen ihres Schockzustands und Blutverlusts behandelt und anschließend ins Krankenhaus nach Virginia geflogen.

Mary Hammersmith hatte sich sofort nach ihrer Festnahme erhängt. Man vermutete, daß sie zu Bigfoots ›Schläfern‹ gehörte und den Auftrag hatte, sich mit Hammersmith kurz nach seiner Anstellung beim CIA anzufreunden. Als sie nicht mehr nützlich war, wurde sie ausgeschaltet. Rostow hatte man ausgewiesen. Seine Immunität als Diplomat schützte ihn vor strafrechtlicher Verfolgung.

Und so war der Alptraum nun wirklich und wahrhaftig zu Ende.

Doch die Freude war nicht ungetrübt: der eine, den Clara mehr als alle sehen wollte, kam sie nicht besuchen. Jack glänzte durch Abwesenheit.

»Er wollte nach Tennessee zurück«, erklärte ihr der General, als sich Clara nach Jack erkundigte. (Es war ihr peinlich gewesen zu fragen, aber sie *mußte* es wissen!) »Er sagte was von Hühner züchten.«

Wo in Tennessee, wußte Ramsey allerdings nicht. Aber Clara, die im Recherchieren viel Übung hatte, entdeckte schon nach drei Stunden ›McClain's Chicken Ranch‹ im Telefonbuch einer Kleinstadt namens Fort Mountain, etwa vierzig Meilen von Knoxville entfernt.

»Ich *wußte* ja, daß ein Mann im Spiel war!« quietschte Emily, als Clara ihr gleich nach der Entlassung mitteilte, sie müsse nach Tennessee fliegen, um etwas auszubügeln. »Ist es endlich *derjenige welcher*?«

»Wenn er mich will, Mutter«, antwortete Clara und zog eine Grimasse.

»Er wird dich wollen, und wenn ich ihn an den Ohren herziehen muß«, sagte Emily grimmig, und Clara mußte lachen. Die Vorstellung, daß ihre elegante kleine Mutter Jack an den Ohren zog, war zum Totlachen und gleichzeitig liebenswert.

Von ihrer Mutter abgesegnet, nahm sie den Abendflug nach Knoxville. Dann mietete sie sich ein Auto, kaufte eine Landkarte und steuerte Fort Mountain an. Als sie endlich das Schild sah, das die Hühnerfarm der McClains ankündigte, war es fast Mitternacht. Sie hatte sich sechsmal verfahren.

In einem Fenster auf der Rückseite des Hauses brannte noch Licht. Sie nahm, was sie als Zeichen des Friedens mitgebracht hatte, in den Arm, raffte ihren ganzen Mut zusammen und marschierte draufzu.

Das weiße, mit Schnitzereien verzierte Holzhaus war riesig. Das Licht strömte aus einem Fenster über der Hintertür. Sie kletterte ein paar Holzstufen hinauf und klopfte schnell, bevor sie der Mut wieder verließ. Dann spähte sie durch den Spalt im Vorhang. Wie sie vermutet hatte, brannte das Licht in der Küche. Auch die Küche war riesig und voller Leute.

»O nein!« murmelte Clara und wünschte, sie hätte zuerst geguckt und dann geklopft. Hastig ging sie die Stufen wieder hinunter. Sie mußte sich schleunigst aus dem Staub machen! Sie konnte unmöglich vor all diesen Menschen mit ihm reden!

Die Tür ging auf. Eine fröhliche, dunkelhaarige Frau mittleren Alters schaute raus und runzelte die Stirn, als sie niemand sah. Dann entdeckte sie Clara, die sich davonstehlen wollte und mit schuldbewußter Miene zu ihr hinaufblickte. Die Frau zog die Augenbrauen hoch.

»Hallo«, sagte die Frau.

»Hallo«, sagte auch Clara. Was blieb ihr nun anderes übrig, als ins Haus zu gehen? Und das lächerliche Mitbringsel hinter ihrem Rücken zu verstecken, war ebenfalls sinnlos. Es war viel zu groß. Wie konnte sie bloß annehmen, daß Jack allein wäre? »Ich – ich wollte zu Jack. Er ist doch da, oder?«

»Allerdings. Kommen Sie nur rein! Ich bin seine Schwester Janey. Meine Güte – was haben Sie denn da in den Händen? Die sind doch nicht etwa für Jack?«

Clara betrat die Küche. Sofort lagen alle Augen auf ihr. Im ersten Moment sah es aus, als befänden sich Dutzende von Leuten im Raum. Es waren aber nur fünf Frauen und eine größere Ansammlung von Kindern unterschiedlichen Alters.

»Schaut mal her, was sie Jack mitgebracht hat!« lachte Janey, und die Frauen am Tisch, die dem Aussehen nach seine Schwestern sein mußten, lächelten hinter vorgehaltener Hand oder kicherten ungeniert.

»Rosen! Für Onkel Jack?« piepste eines der Kinder, ein Mädchen von ungefähr elf Jahren. Dann lief es aus der Küche. »Onkel Jack! Onkel Jack! Eine Dame ist hier und hat dir *Rosen* mitgebracht!«

Clara wollte im Boden versinken.

»Kommen Sie – setzen Sie sich!« sagte eine der Frauen, stand auf und bot ihr freundlich einen Stuhl an.

»Ärgern Sie sich nicht über uns«, warf eine andere ein. »Es ist nur so komisch, daß sie Jack ausgerechnet Rosen mitbringen!«

»Es war nur ein – Witz«, erklärte Clara schüchtern und ging auf den angebotenen Stuhl zu.

»Ich bring Ihnen einen Kaffee«, sagte Janey und wieselte zum Herd.

»Was erzählt mir Katie da für einen Quatsch –« Jack schlenderte in die Küche, das kleine Mädchen an der Hand, und blieb wie angewurzelt vor Clara stehen.

»Siehst du? Ich hab's dir doch gesagt, Onkel Jack!« sagte Katie wichtigtuerisch.

»Sie hat dir *Rosen* mitgebracht, Jack«, sagte eine der Schwestern und prustete los.

Wortlos hielt Clara ihm die Blumen hin. Jack wurde rot bis über beide Ohren und nahm sie entgegen. Er sah ihr tief in die Augen. Seine Gesichtsmuskeln zuckten. Dann mußte er furchtbar niesen.

»Bist du etwa auch gegen Rosen allergisch?« fragte Clara

und begriff plötzlich, warum seine Schwestern ihre Gabe so lächerlich fanden.

»Ich hasse Rosen«, sagte Jack, zog die Stirn kraus und schob die zwei Dutzend prächtigen, blutroten langstieligen Rosen Janey in die Arme.

»Und Katzen und Käse und –«

»Sally, würdest du bitte die Klappe halten?« Jacks Ton war ausgesprochen unhöflich. Sally lachte, hielt aber folgsam den Mund.

»Jack, zwischen den Rosen ist eine Karte!« Janey zog sie raus. Clara riß vor Entsetzen die Augen auf. Sie hatte sich nicht die Mühe gemacht, sie in einen Umschlag zu stecken, und einfach auf die Vorderseite geschrieben –

»Für Mr. Unwiderstehlich«, las Janey vor. Die Schwestern kicherten im Chor. Jack starrte Clara an, und seine Augenfarbe nahm wieder diesen tiefdunklen Smaragdton an. Clara fühlte sich elend und blickte unglücklich zu Boden. In ihrem ganzen Leben hatte sie sich noch nie so geschämt.

»Meine Damen, könnten wir bitte für ein Weilchen allein sein?« Jack fixierte seine Schwestern mit ungerührter Miene.

»Willst du sie uns nicht wenigstens vorstellen, bevor du sie durch die Luft wirbelst?«

»Das ist Clara Winston. Clara, wie du dir sicherlich denken kannst, sind diese Kichertanten meine Schwestern. Sie wollten gerade zu Bett gehen.«

Die Küche leerte sich im Nu. Fröhliches Gelächter drang aus dem Flur zu ihnen zurück. Jack drehte sich um und schloß sorgsam die Tür. Dann sah er Clara an, die Arme vor der Brust verschränkt, den Kopf zur Seite geneigt. Die Augen funkelten dunkelgrün.

»War das ernst gemeint?«

»Was?«

»Mr. Unwiderstehlich.«

»Ja.«

»Soll das heißen, du machst mir einen Heiratsantrag?«

Clara spürte, wie ihr Herz zu rasen begann. »Soll das heißen, du nimmst ihn an?«

»Wenn du mir einen Heiratsantrag machst, nehm ich ihn an.« Plötzlich grinste er und streckte die Arme aus. »Komm her, Baby!«

Clara ging zu ihm. Seine Arme schlossen sich um sie. Sein Mund berührte ihren. Clara küßte ihn leidenschaftlich zurück. Sie hatte das Gefühl, endlich nach Hause gekommen zu sein.

»Du bist wirklich mein Mr. Unwiderstehlich, weißt du?« murmelte sie, als sein Mund sich endlich von ihrem löste. Sie öffnete die Augen und lächelte matt.

»Baby, was ich bin«, sagte er und unterstrich jedes Wort mit einem Kuß, »ist unwiderstehlich dein.«

Und dann küßte er sie wieder, und als Clara die Arme um seinen Hals schlang, war ihr, als höre sie gleich hinter der Küchentür leises Gekicher.

HEYNE BÜCHER

Johanna Lindsey

Fesselnde Liebesromane voller Abenteuer und Zärtlichkeit.
»Sie kennt die geheimsten Träume der Frauen...«

Zorn und Zärtlichkeit
01/6641

Wild wie der Wind
01/6750

Die gefangene Braut
01/6831

Zärtlicher Sturm
01/6883

Das Geheimnis ihrer Liebe
01/6976

Wenn die Liebe erwacht
01/7672

Herzen in Flammen
01/7746

Stürmisches Herz
01/7843

Geheime Leidenschaft
01/7928

Lodernde Leidenschaft
01/8081

Wildes Herz
01/8165

Sklavin des Herzens
01/8289

Fesseln der Leidenschaft
01/8347

Sturmwind der Zärtlichkeit
01/8465

Geheimnis des Verlangens
01/8660

Wild wie deine Zärtlichkeit
01/8790

Gefangene der Leidenschaft
01/8851

Lodernde Träume
01/9145

Wilhelm Heyne Verlag
München